蜀道难

SHUDAONAN

曾月郁　周　实/著

中国文史出版社

目录

蜀道之难，难于上青天，使人听此凋朱颜。

——李白《蜀道难》

第 一 章

1

大唐王朝，神龙元年（705）。

某夜，夜色正浓。

新疆，天山山脉，一条蜿蜒崎岖的山道上，一支马队正匆匆东行。茂密的古树遮掩了繁星闪烁的夜空，马蹄踏在山道上，几乎没有任何声响。上路前，主人特意叮嘱他的两个胡人随从，用毛毡将马蹄包裹扎实，摘去平日吊挂在马脖子上的响铃，并用早已备下的笼套罩住了马嘴，以防路上遇有不测，马匹受惊嘶鸣起来，暴露行踪。这一切都准备得十分仔细。这些准备使得马队静悄悄地行进在黢黑无比的山道上，宛若蛇行，无声无息。突然，一匹不省人事的老马，扑哧一声，打了个响鼻，声音不大，却如炸雷当头一般，震惊了走在前面的男主人绷紧的心弦。他右手下意识地一把握住佩在腰间的长剑剑柄，收住脚步，锁紧双眉，定睛在黑暗中搜索了一番，直到确确实实认定四周并无任何异常，才从憋住的丹田深处吐出一口放松的长气。

"混账东西，老实点！"

后头传来压低的训斥老马的声音。这是随从安顺子。显然，他也是过了半刻，才从惊吓中醒悟过来。

男主人高高地扬起手臂，在头顶一左一右摆动，罩在里面的白色袖袍从黑色外衣里露了出来。

1

这是事先定好的信号——注意肃静，继续前进。

马队在黑暗中保持着队形。

其实，这支静静的马队并不是完完全全的马队。马队的中部还夹着两头十分高大的骆驼。驼铃当然摘掉了。与整个马队不同的是，骆驼的头上没罩笼套，足下也未扎裹毛毡。骆驼根本不需要裹足，它足上的二趾有极厚的皮茧，行于沙漠不怕火烫，走在路上毫无声响。两头骆驼的驼峰之间还各驮着一间小小的房子。小房子是用一块平板，上面支着篷布搭成。随着驼步的一起一伏，小房子一上一下波动，很有些像在大海上随风漂荡的一叶扁舟。

这时，前面的小房子是空着的，男主人实在疲惫的时候，那就是他休息的地方。女主人和她五岁的儿子安睡在后面的小房子里。她蜷曲着双腿，侧着身子，一只胳膊张开着，让儿子在她的手臂上枕着。她所选择的这个姿势，既可以防止熟睡的儿子胡乱翻身滚下驼背，也是她躺在小房子里所能保持的唯一姿势。小房子实在太小了，长时间地蜷缩着，使她觉得浑身难受，筋骨也好像麻木了。刚才外面发出的声响，她睡着了没听见，但声响刚刚一过去，却突然惊醒了。她凝住神，屏住息，侧耳聆听，四周仍是死一般寂静，连不知疲倦的小虫子都仿佛睡着了。不是小房子上下波动，她还真的会以为他们已经陷入了死海，再不可复生了。女主人紧闭着双眼，在心里默默地祷告着：苍天开眼，苍天开眼，保佑我们全家大小，一路平安！一路平安！

马队脚下的山路似乎越走越长。

东去路途遥远，一路上大漠、风沙、热海、火山、冰河、雪谷……走也走不完。

想着山路，女主人再也睡不着了。今夜，这死一般的寂静，使她愈加不安起来。她想爬起身，离开小房子，和马队一起走上一程。但那是不行的。老爷不允许，她也不会这么做。她放心不下身边的儿子。照顾好他们的宝贝儿子，是老爷交给她的重任。

出发前，她要辞退儿子的奶娘和家里所有的女婢。老爷不同意。他说："夫人，路途艰险，你一人夜间要照看小儿，白日还须主持我们主仆五人的食宿，三几日尚可应付，数月征程，只怕夫人弱体难支。依我看，留下奶娘，食宿有个帮手，你也可专心带好小儿。"

儿子的奶娘是胡人家女子，初来时年仅十七岁，嫁人一年有余，生有一个男儿。她身材高大，碧眼金发，一对乳房从早到晚都是胀得圆鼓鼓的，奶两个孩子绰绰有余。又因她夫家不太宽裕，故托人说情，带着孩子，住到了主人家的府上。两年后，她丈夫在外跑马帮，发生意外，死于非命，婆婆也随之悲伤离世。小叔子娶了妻子后，奶娘从此没了婆家。好在她的体格健壮，眼看着儿子和小公子都长到三四岁了，一对大乳还圆鼓鼓的，每天若是少奶一次，便会胀得疼痛难忍。日子一天一天长了，女主人不能不担心奶娘的乳水会越来越差，她专门让奶娘挤在碗里，查看过好几回，可那乳水真没说的：奶白奶白的颜色，面上还浮着一层油脂，薄薄的，黄黄的，离得近，还能闻见淡淡的清香。

为了奶孩子，奶娘从来就是和主人家一起吃饭的。她身体本来就健壮，人又年轻，这一两年来，越发好看了。再加上奶娘人很乖巧，性格又温柔，不像一般的胡人刁悍，老爷自然很是喜爱。女主人是个聪明人，当然明白老爷的心思，也想索性成全了他们。为人妻室，为夫纳妾，也算得是一宗美德。只因奶娘仍在服丧，未满三年，一时还不能够收房。女主人原想过了今年，就为他们办了喜事。但她却万万没有想到，天有不测之风云，半月前，家里突然出了大事。

那天傍晚，老爷从外面跨进家门，进家便把她唤入内室，对她说，他前次的案子有了变化，衙府又在追查，必须马上动身，全家离开碎叶（今在吉尔吉斯斯坦境内，唐朝时属安西都护府管辖），到内地找一个偏僻的地方，避避风头。按照大唐当时的刑律，官司打不赢，逃亡到人烟稀少的僻地，便可得以免祸消灾。那时把这叫作：避仇。老爷前次犯的案子，要说也可不算是案，因为他是仗义而为。但也不能说不算是案，毕竟已有几条人命在他的剑锋之下。坐官司，他必然要受极刑，全家人也难免连坐。事关全家性命，没有商量的余地。当天晚上，他们便决定备好马队，收拾好所有的金银细软，三日内悄悄弃家动身。

事出突然，出走又急，家财多，马队大，正因如此，女主人才不听老爷的建议，她说："孩儿、食宿，老爷都不必挂心，妾身自会安排妥当。路途之事一时难料，人多反而会多事。"女主人坚持没带奶娘，也没有带其他女婢，只留下了两个胡人男仆，一路上既可照料牲畜，同时也是彪悍的保镖。

出走上路之前，女主人把碎叶的房产全部交托给了奶娘，并给她留下不少银两。女主人估计着这些银两能将奶娘的孩子养大，娘儿两个不至于挨饿受冻。奶娘哭得泪人一般，死活都要一同上路。女主人终究没有答应，只是安慰奶娘说："事出紧急，逃归内地，险象丛生。你母子二人非我们本家，留在碎叶，不会受到牵连，比一同逃亡安全可靠。待日后人过事迁，我们在内地安顿好了，有机会，一定遣人来接你过去。"

夫人的话，句句在理，老爷心下虽难舍奶娘，也只能依夫人的意思办。好在奶娘母子二人今后的生活有了着落，不至于让他再添心病。分别前，他掏出一副纯金耳坠私下交给了奶娘，这是他原先备下的正式收她入房的信物。

奶娘双手接过耳坠，跪在老爷膝前发誓："老爷只管放心上路，留下的家业由奴才照看，保证万无一失。"

老爷双手扶起奶娘，动情地只说了一句话："待到时机成熟了，我自会回来接你的。"

奶娘两眼泪水涟涟，望着相伴几年的老爷，只是抽泣，难舍难分……

2

东方渐渐地露出了鱼肚白。

枕睡在母亲臂上的男孩，猛然一噤，跟着一个鲤鱼打挺，轻巧灵活地坐了起来。他用两只瘦白的小手，使劲地揉了揉两只刚刚睡醒的眼睛。

"天色还早，孩儿再睡会儿。"仍然躺着的母亲用平和的语气对儿子说。

小男孩睁着大眼睛，看着母亲，黑色的眸子亮晶晶的，闪烁着孩童的天真和无邪，也含有些许惶惑和惊恐。

"母亲，我们在哪里？"

"我们睡在骆驼背上的小屋里。"

"骆驼还在走？"

"还在往东走。"

"父亲呢？"

"在给马队带路。"

"他要带我们到哪儿去?"

"去一个没有人知道的地方。"

"那个地方还有很远很远吗?"

"还有很远很远。"

同样的对话,儿子和母亲,已经重复过好多遍了。

逃离碎叶城,为了避人耳目,他们一直是夜晚行路,白天找个山坳睡觉。儿子每天睁开眼睛就要问这些同样的问题。母亲一遍一遍地重复,他总是似懂非懂地听着。可是,在新的一天里又要重复头天的问题。

天色还很早,估计到大亮还有一两个时辰。母亲想告诉她的孩子一些他应该知道的事情。

"孩儿,你姓什么?"

"姓李,李子的李。"

"叫什么?"

"李白,字太白。"

关于他的这个名字,母亲已讲过不少的故事。

母亲说,生他的头一天晚上,她做了一个梦,梦见天上的长庚星,也就是那颗太白金星,突然从空中往下坠,钻进了她的怀里。第二天早晨一醒来,不一会儿,就生下了他。因此,给他取名白,字太白。

母亲还说,生他的前一天,她一个人去江边浣纱,突然,有一条金色的鲤鱼跃进她漂洗的白纱里。她把鲤鱼带回家,烹了一碗鲜鱼汤,鲜鱼汤奶白奶白的。家里人都说,喝了这碗鲜鱼汤,生孩子一定大吉大利。鲤鱼的"鲤",音同"李",白纱又应了他们后来给他取的这个名字——"白"字。果真,隔天生下的孩子,聪明伶俐,人见人爱。

"母亲这次要给你讲李家的故事,讲你的很老很老的祖爷爷们的故事。"

小李白最爱听故事,母亲这一说,他赶紧趴在母亲身边,用小手支撑着大脑袋,静静地听母亲讲故事。

八百年前,李家的祖爷爷叫李广,他是西汉年间的名将,人称"飞将军"。李广的长相很特别,相传他"眉阔一寸,目光四照,形坚骨壮,声雷气云",是狮子精千年修炼成仙,脱胎来到人世上的。李广究竟生于何时，现在已经无人知晓，只知道他去世的时候，好像是西汉元狩四年（前119），至今已有八百多年了。

西汉年间，北方匈奴经常大举入侵中原，李广带兵镇守边界，积极抗击。他一生都在与匈奴交战，战功赫赫。尤其是他勇猛善战，被后人传为佳话。当时，匈奴十分惧怕李广，每次两军交战之前，只要听说是李广领兵，常常不战自退。史书上记载了许许多多他与匈奴作战的故事。

中元六年（前144）六月，匈奴入犯雁门（今山西右玉县南）、上郡（今陕西榆林一带）。李广当时任上郡郡守。

一次，他带一百骑手巡逻，突然遇上了匈奴骑兵。匈奴骑兵多达数千，而且来势极为凶猛。一些跟随李广的骑手，脸色顿时吓得惨白，有人甚至想掉转马头，赶快逃回大本营。李广反倒若无其事，他镇定地勒住坐骑说："我们离开自己的大军已有几十里路，此刻逃跑，匈奴骑兵必会追击。顷刻之间，我们都将被砍落马下。但是，如果我们留在这儿不走，匈奴一定误认为我们是后面大军派出的诱饵，绝不敢贸然攻打我们。"据此，他命令跟随他的骑手：只准前进，不准后退！

骑手们跟在李广后面，向敌阵冲去。冲至离匈奴阵地不远时，李广下令：停止出击，全体下马。下马后，他又带头解松马鞍，给敌人造成一种假象：他们既不打算逃走，也不想马上进攻。匈奴看着他们的动作，不解其意。许久，一名骑白马的匈奴将领，壮着胆子，走到阵前，想要打探。这时，李广却乘其不备，突然一个翻身上马，满开弓弦，就是一箭，将骑白马的匈奴将领射于马下。然后，他又返回原处，解下马鞍，命令骑手们放开战马，随意地卧躺在沙漠上。

果然，匈奴上当了。他们不知对方要干什么，无人再敢出阵查看。双方就这样僵持着，直到天色暗了下来，匈奴也未能猜出眼前的这一些汉兵究竟要的是什么花招。入夜，匈奴只得引兵自退。

后来，匈奴知道事情真相，追悔莫及，但也不能不赞叹：李广胆大心细，才智过人。

李广与匈奴交战，胜多败少，即使战败，他也表现得十分英勇。

元光六年（前129）春上，匈奴入侵上谷（今河北怀来县西南一带及北京延庆地区），李广奉命迎击。不想，这次吃了败仗。他本人也被匈奴俘获。匈奴让身受重伤的李广躺在绳子结成的网袋里，把网袋挂在两匹马中间，押解他回营。路上，李广装死，一直紧闭双眼，一动也不动。瞅准机会，他突然腾跃而起，飞上一匈奴骑手的战马，劈手夺下他的弓箭，用力打马向南疾驰。待匈奴骑手缓过劲来，他早已驱马远去，顺利地返回了汉营。从此，"飞将军"美誉名扬天下。

李广虽然如此英勇，朝廷对他并不重用。这次战败，回朝后，他被狱吏定为死罪。幸亏众人上书皇上，请求宽赦，家人又出重金赎罪，最终才免于一死，被贬为庶人，驱出都城。

十年后，元狩四年（前119），李广再次被朝廷召回，作为先锋，攻打匈奴。出师后，李广率领的尖兵，因为没有找到向导，在一望无际的大草原上，迷失了方向，以致延误了整个大军预先约定的会合日期。为此，大将军卫青派出特使，责成跟随李广的幕府对这次进军造成的失误，做出详尽的书面解释。

特使走后，李广回首往事，深痛于心。他走出军帐，独自面对苍茫大地，仰天长叹："我李广活到今日，六十多岁，戎马一生，却从不被朝廷所重用。想那些以击匈奴获取军功又封侯的数十人：论功，在我之下；论才，至多也只能算是中等人才。人生有命，功名成败，在天不在人。如今，我再不能允许自己去面对那帮舞文弄墨的刀笔吏了。"说罢，他铿锵一声，拔出宝剑，抹颈自刎，一腔热血抛洒在秋天枯黄的草原上。

相传，李广去世的那一年夏天，西北方天空曾出现一颗名为长星的彗星。人们都说，这颗彗星是李广的克星。它的出现，给"飞将军"带来了灭顶之灾。

母亲的故事讲到这里，天色已经大亮了。小李白为其高祖李广将军的悲壮一生所吸引，也跟着母亲长长地叹了一口气。

半个多世纪以后，李白五十七岁。这时的他，因安史之乱误入永王李璘幕府，被连坐沦为朝廷罪犯。在友人的帮助下，他出狱逃难到宿松山，又不幸病倒在床上。躺在病床上，李白想起了当年母亲在骆驼背上给他讲的高祖的故事。他发现，人生轮回，世事变迁，自己几十年的人生之路，竟与高祖有许多相近之处。他为李广勇猛善战的传奇一生而感到骄傲自豪，也为他生不得志而遗憾不已，更为自己生不逢时而感慨万千。为澄清事实，表明自己的清白无辜，李白抱病上书宰相张镐（《赠张相镐二首》），他追忆高祖李广，述说陇西李氏后人世代勇猛、气壮秋风的故事，

7

回顾自己少年成才，曾经蒙受皇上恩宠，但始终不得朝廷任用的蹉跎一生。李白写道：

本家陇西人，先为汉边将。
功略盖天地，名飞青云上。
苦战竟不侯，富年颇惆怅。
世传崆峒勇，气激金风壮。
英烈遗厥孙，百代神犹王。
十五观奇书，作赋凌相如。
龙颜惠殊宠，麟阁凭天居。
晚途未云已，蹭蹬遭谗毁。
想像晋末时，崩腾胡尘起。
衣冠陷锋镝，戎虏盈朝市。
石勒窥神州，刘聪劫天子。
抚剑夜吟啸，雄心日千里。
誓欲斩鲸鲵，澄清洛阳水。
六合洒霖雨，万物无凋枯。
我挥一杯水，自笑何区区。
因人耻成事，贵欲决良图。
灭虏不言功，飘然陟蓬壶。
惟有安期舄，留之沧海隅。

𝒮

马队走出天山山脉，顺着孔雀河继续往东，穿过一片广袤的沙漠，又沿着祁连山脉一直往东南方向前行。这里虽然仍属陇右道管辖，离碎叶城却已经很远，有几千里的路程了。揣摩着危险越来越小，马队由日间睡觉，夜晚赶路，改为白天上路，晚上休息。卸下了笼套解去了裹蹄毛毡的马队一下子轻松了许多，日行速度更加快了。

每天，天未大亮，马队就出发上路。一天三餐，他们坐在骆驼小屋或马背上啃食备好的干粮。不到天完全黑下来，马队不会停下来休息。这样，小李白和母亲，从早到晚，少说也有十几个钟头，坐在卷起了篷布的、高高在上的骆驼小屋里，他们有很多很多的时间。李白后来说，他"五岁诵六甲"，就是从逃难的路上开始的。

这天黄昏，马队来到洮河边。清凉的河水在晚霞中闪动着明明灭灭的波光。宽阔的鹅卵石河滩上，微风阵阵。一群白色的江鸥栖息在河边的滩地上，它们听见马蹄声响，忽然同时张开双翅，从低向高惊叫着，飞入对岸的树林里。

"好啊，你们飞走了，我们来这儿住下，这块地方可真不错！"男主人高高兴兴地说。他转过身去告诉家人，今晚就在这里安营。

马队被集中起来了。

另一个随从老五楞喊了一声安顺子，忙着从马背上卸东西。

东西全部卸下来后，老五楞开始喂骆驼饮马，给牲口们刷洗身子。安顺子则选了平整的河滩，开始搭帐篷。路上走了好几个月，安顺子搭帐篷已是好手。他一个人钉木桩，支篷架，固定基脚，不一会儿的工夫，两顶帐篷就搭好了。一顶高大一些的，主人一家三口住。另一顶细长细长的，比起来稍微矮一些，这是他和老五楞晚上轮流睡觉的地方。

住处初步安顿好后，安顺子到河边洗了把脸，又去和女主人准备晚饭。他拾柴，挖灶，又提水，事事都做得恰到好处。

河滩上很快升起了炊烟。

借着傍晚的余光，男主人打开了行囊，他小心地取出一卷白绢，将它平铺在河滩地上。

这是一卷大唐地图，一尺宽，三尺半左右长，唐太宗贞观元年（627）绘制。男主人父亲经商时，常常随身带着它。男主人父亲去世后，这卷地图传给了他。这次，他们从碎叶出逃，一路上闯过艰难险阻，也全凭这卷地图引导。

"父亲，我们在哪里？"看见父亲铺开了地图，小李白也跑过来凑热闹。

"我们在这儿，洮州。"父亲点着地图上一个小黑点子说，"已经到陇右道边上了，再往前走就可以离开这该死的地方啦！"

"你以前来过这个地方吗？"

父亲摇了摇头："我也没来过，我们大家都是第一次。"停了一下，他又说，"不过，这里是我们的老家，我们李家的祖上就生活在这里。"

"是老祖爷爷李广吗？"

"是李广的后代。两百多年前，我们的高祖叫李暠，李广的第十六世孙。李家是陇西的世系大族。李暠在世时，创立了西凉国，被称为太祖，声名十分显赫。"

"祖爷爷住在这儿，我们家为什么住在碎叶？"

"那是一百多年前，我们这一支搬迁去了西域。"

"我们为什么要搬去？现在，我们又为什么要搬回来？"

小李白声声急切地问。

父亲惊讶地看着儿子。这一路，儿子好像长大了许多。

小李白也大眼睛一眨不眨地盯着父亲。这一路，他心里一直想弄清楚的，就是这许多的为什么，可母亲总是不说明白。

父亲也不愿意告诉他。

小李白想了想，又问："父亲，我们要到哪里去？"

"哪里去？"这个问题不能不答，但父亲也没考虑成熟，"是啊，我们到哪里去为好呢？我还要问问地图才好。"

"地图会告诉我们吗？"

"噢，哈哈，"父亲笑着拍了一下小李白的后脑勺，"我的儿子真性急，哈哈，真是我的儿子呀！"

小李白也跟着父亲傻乎乎地笑了起来。

"好吧，现在，我们来看看地图。"

地图上，洮州向东沿渭水直下就是长安了，两地相隔数百里，水路旱路都好走。这一段的渭水河，两岸都是一马平川。可长安是京城，有案在身的人，绝不会去自投罗网。往南，就要过蜀道，进川蜀，那里属剑南道管辖，地理位置虽较偏，但土地肥沃，气候适中，稻粮丰盛，历来有天府之国的美称。

到蜀地去寻一块僻静处居住，是消灾避难的首选方案。男主人心中主意已定。由陇入蜀，有路三条：

靠东的一条是米仓关道，从洮州出发，向东南跨嘉陵江，到汉中，再向南行，过米仓山，经巴中、阆中，到绵州。这条道，来往客商比较多，且离洮州也最远，不能选。

居中的一条是金牛道，它从洮州向东行，到宝鸡南下，经广元，沿著名的剑南栈道入川。这条路历来是入川的要塞，且又是官道，与东西两道相比起来，道路虽要好走得多，但客商繁杂，也不能选。

临西的这条阴平道，是最偏僻最难行的一条。它从洮州南下武都，横渡白龙江至青川，然后，翻过摩天岭，经平武进川到绵州。这条蜀道，崎岖险要，人烟稀少，又与洮州相隔最近。如果想要安全入川，恐怕只能走这条道了。

父亲用手指在地图上画出阴平道的路线，他告诉儿子，明天，他们就要上蜀道了。

小李白从地图上，当然看不出蜀道的艰险。可是，此去近一月的行程，在他幼小的心灵上，如刀似刻地划下了一条不可磨灭的印记：两头大骆驼因伤留在了深山里，没再跟他们继续前进，它们肯定难以逃脱要被虎狼咬死的命运。那匹相伴千里的老马也在途中累死了。老五楞的腿拐了。安顺子的手伤了。家里能够丢掉的东西也都边走边丢光了。父亲的那件黑色外衣挂破了，白袍子也撕烂了。母亲的双脚也打了好多好多的大血泡。小李白的嫩脸上也被刮了几道血痕……

二十多年后，李白在长安写下"蜀道难，难于上青天"的名句，与这次他家逃难入川，显然是不无关系的。

来到川蜀盆地边缘，绵州就在眼前了，人马也都倦到了极点，马队不能再走了。

1

绵州的江油、彰明一带，是个极为偏僻的地方，周围数百里人烟稀少，直到清代乾隆年间，这地方仍然"荒城斗大俯江滨"，"市廛寥落等山村"，是逃难避仇的最好去处。在这里住了几天后，男主人便决定不再走了。他要在这里建立基业，把家稳妥地安下来。

乡里人大都十分好客，再加上这里远离市井，多少年没有外来户了，他们自然非常乐意这家人在此安居乐业。至于这家人的来历，农户们也大都不关心。他们只知道男主人姓李，于是便称他为李客。李客的娘子自然也就成了这里的李氏了。

有热心人告诉李客，十几里以外的青莲乡有一位风水老先生。他看的风水很是灵验。附近人家修房盖屋，都要请他来先看风水。这正中了李客的下怀。

由此，李客又不禁想起三年前的那天傍晚。那天傍晚，他刚进家门，门口就来了一个道士。看样子，道士也是远道而来。他浑身上下灰土蒙蒙，齐胸长的连腮胡子也很久没有刷理过了，上面结了许多疙瘩。靠近鼻梁的眼角上还堆着黄巴巴的眼屎。道士讨一碗白开水喝。正巧那日娘子不在，带家人上山烧香去了。家里没有下人，白开水都没有现成的。

道士非要讨一碗开水。李客见他不肯上别的人家去讨水，只好召唤安顺子暂时放下手中的活，先到厨房去烧壶开水。他把道士让进堂屋，请他坐坐，稍候片刻。

道士也不推辞，跟着李客走进堂屋，选了上首的红桃木椅，又顺手解下身后背的一个旧麻布袋子，啪地放在茶几上。旧布袋已经很脏了，刚一放到茶几上，茶几面上就落了一层薄薄的灰土。

"请问如何尊称道长？"坐在右首的李客，恭恭敬敬地一拱手。

道士正东张西望大模大样地打量着堂屋，听见问话，并不回答。

"这屋宅——怕有百来年了吧？"道士问。

"是祖上的基业。"李客答。

"建在隋文帝年间？"

"正是。"

李客心下有点奇怪，道士猜测得一点不错。算来，这套屋宅时至今日，已有一百零一年的历史了。

年少时，李客曾听父亲说过，这座屋宅原来是一家富裕的汉商所建，花费了不少银两。房子落成时，正好是隋文帝仁寿元年（601）。为了吉利，和着年号，他们命它为"仁寿宅"。可是，仁寿宅并没给那家带来什么好运气。十几年里，汉商家每隔几年就死一人。他的娘子很能生，一连生了四个儿子、一个女儿，没有一个活过五岁。汉商担心会绝后，又听外人纷纷传说，汉人来西域修造大宅，家里必然会有祸。因此，他决定贱价卖掉房屋，搬回内地去。当地人知道他卖房的原因，都不肯买他这座宅院。正巧，这时李客的祖父一房，因罪"被窜于碎叶"，听说有便宜住宅出卖，二话没说就买了下来。

说也奇怪，自李家住进这所房子，百来年里，不但没有灾祸，反而越住越兴旺。祖父由习武转为经商，生意竟也越做越好。到李客父亲这一辈时，李家已经是碎叶城排得上号的富裕户了。父亲去世后，房子传到李客手中，生意更是发达兴旺，一年比一年做得大。去年（701），他娘子生下儿子李白，正逢这屋建成百年。李客说，这是双喜临门，还摆了三天的喜庆宴，专门庆贺。

"道长怎么如此清楚这房屋所建的年代呢？"

"不瞒你说，进门前，我就围着这所宅院看了几圈，它的根底已略知一二了。"

李客从来不相信道教相术、阴阳风水。他祖上数辈一直崇尚习武，历代在朝廷为官，对儒学道教都颇有领悟。但先辈中的很多人并未因此得做高官，反而多不得志。到祖父时，更是一房不幸，被流放到了西域。后转为经商，兼做游侠，日子倒过得很是顺心。听道士这么说，李客明白，这是一个专行相术风水的道士，心里不觉有点好笑。

"不怕你见笑。"道士说，"贫道确实是以相术风水为生。今天来府上并不只为讨碗水喝。"

"道长有话请讲。"

道士停了片刻，清了清嗓子说："实不相瞒，府上不久将有灾祸临头。"

李客听了，并不惊奇。他笑了笑，问："何以见得？"

道士说："我从此地路过，见你家宅院上方为杀气所罩，便特意围着宅地的外墙转了几圈。仔细查看，这院墙的四周不与山水相接，也不与他人相邻，东南西北四方为大路与街道所围。历来住宅'四面交道主凶殃，祸起人家不可挡'。现在，这宅地处于血光杀气之中，百日内房主必有事变。为消灾避祸，贫道特访府上。此刻，观你脸面挂有青色，时下正是秋季，'青色出面，金克木也'，又可知血光杀气之中，你会拾得一笔为数可观的横财。"

"既然会发横财，又何以灾祸临头呢？"

"你天庭上方暗含黑色，说明拾得这笔横财，你千日之内必然破家。"

13

李客不信，还想盘问。安顺子已烧好开水，冲了一碗热茶，端了上来。

道士不等李客说请，接过茶碗就喝。一大碗滚热滚热的茶水，两三口就被他喝进了肚里。

放下茶碗，道士横着肮脏的袖筒来回揩了几下嘴唇，连声大叫："好茶，好茶，好茶啊！"

李客连忙让安顺子给道士再续上一碗茶。

道士摇头，张开手掌盖住大碗说："贫道已经止渴了。"

李客又恭敬地一拱手："道长可还有什么相告？"

"看得出来，你并不相信贫道所言。"

李客不想让道士知道自己真的不相信他所说的那番话。他摇了摇头，刚想辩解，却被道士止住了。

"多谢你的热茶款待，贫道就此告辞了。"说完，道士提起那旧麻布袋，将它重新背在背上，扬长而去。

送走道士，李客再没想过他。没想到，就在这年岁末，他果真犯了一桩血案，并从中发了一大笔横财。

本来，李客以为，自己为民除害开杀戒，这笔横财是由义得利，受之无愧。但细细一算，事发的时间和脏道士预言的一点不差，正好在百日之内，他心里暗暗吃了一惊。他想起，道士还说，千日之内，他会因此而破家。对这句预言，李客再不敢掉以轻心。三年内，他时时留心，打听这事。果然，千日未满，衙府又开始追查这桩血案了。幸亏李客早有提防，提前打探到了消息，全家才得以安全逃出。

现在，李客不能再不相信相术风水之事了。他想，这回在绵州安家，一定要找个有经验的风水先生，好好看看风水，找一块顺天应人、得地脉之吉利的风水宝地，以保全家大小平安无事，荫福于子子孙孙。

第二天一大早，李客便打发安顺子去寻访那位风水先生。两三个时辰过去后，安顺子回来说，风水先生的家，他是找到了，但他家两间破草房里空无一人，不知人到哪里去了。李客让他隔天再去。

隔天，安顺子起早就去了。可他回来还是说，没见到风水先生的面，他家仍和先前一样，房门大敞着，屋里仍是空无一人。

一连五天，安顺子去寻风水先生，回来都是同一个结果。

李客决定自己去，亲自去请风水先生。

这天，他选的是中午时分，太阳正当头顶。

风水先生正横坐在前门的木门槛上喝酒。一小壶白酒和一碟油炸花生米放在两寸来宽的门槛上。

"老先生，打扰了。"李客上前招呼道。

风水先生并没有侧过脸来看李客。他放下手中的酒杯，说："来者可是新近从外地迁来本土的李客？"

"正是。"

"盖房子，让我给你看风水？"

"前几天，我让下人来请了先生，都没有能遇见先生。今日专程来拜请先生，劳驾先生，帮忙看看风水，我一定重谢先生。"

"给不给酬金，给多少酬金，并不要紧，我不以看风水为生。平日，乡邻请我看风水，是看得起我罢了。"

"我也是真心来请先生。"李客说，"来此地定居，是我李客后半生的头等大事，不得老先生指点，恐今后对家人，对后代，乃至对远亲近邻多有不利。敬请老先生多多帮助。"

"看风水，一要心诚，二要心细。心诚是对你而言，心细需要我去做。"风水先生拿起酒杯，抿了一小口酒，又用手拈了两粒花生米丢入口中，继续说，"前两天，我就知道你要请我看风水。这几日外出，顺便看了几个地方，并不十分令人满意。不知李君择宅地有些什么要求？"

"我初来此地，人生地不熟，对风水之事又一窍不通。选择新居宅地，全仗老先生替我做主。"

"既然如此，我带李君先看两个地方，看看是否合意。"

"有劳老先生了。"

风水先生带着李客从他家出来，向右走了一里多地，来到一个山谷边。他指着面前的高山，对李客说，看风水，重要的是山水和方位，一个地方的吉凶全由这山水及方位来决定。通常，别人看风水都以水为前提，所谓"未看山，先看水，有山无水休寻地"。而他则不同，他看风水，首选的是山。这是因为，山一可以向吉祥地传递生气，二能够藏风聚气。"阴阳之气噫为风，升为云，斗为雷，降为雨，行乎地中而为生气。"地有生气，滋养万千生物。有生气则生吉祥。再者，水源总是以山脉的走向而

15

定的，山形顺势，地下水道必然流畅。"山环水抱必有气"，"山环水抱必有大发者"。所以，他最为看重的是山。

"这座山，名唤紫云山。人说，有龙脉的地方，才会'紫气如盖，苍烟若浮，云蒸霭霭，四时弥留'。前日我从这儿过，仔细观看，发现紫云山的山势正应此意。此地是一宝地无疑。不过，要选作宅地，还需要仔细确定方位，考证水质、土质和风的走向才好。"

风水先生从怀中掏出一个木质罗盘。这罗盘分两层，上盘为圆形，象征天；下盘为方形，象征地。上圆下方的盘面上刻有八卦、天干、地支和二十四方位，包藏着无穷的玄机奥秘。

拿着这只罗盘，风水先生围着山脚下转来转去，走走停停，左测右测，口中还振振有词地念叨不休。李客跟在后面，始终没看出什么名堂。在他看来，这紫云山下，处处风光秀美，空气明净，又僻静无人烟，不为外界注意，确实是自己的理想居住之处。可风水先生好像总不满意，带着他从山下寻到半山坡，又从山坡上下来，寻入后山山脚。每到一个地方，停下来，用罗盘测过后，只是摇头摆脑，露出不满意的神色。太阳快下山时，他们从后山山脚绕至山南面。这里，有一条涓涓小溪从山边流过。风水先生背对小溪，面向高山，用罗盘测好方位后，又趴在地上，双手支地，把左耳贴在地面，细细地辨听了好一会儿工夫。

最后，他直起身来对李客说："这里是山的阳面，为一吉；后有高山谓之玄武，前有小溪不是朱雀也有灵，可算为二吉；西北面山峰环绕，挡住了两面来的寒冷阴风，东南方宽敞开阔，四季有温暖阳风聚合，这又是一吉。可惜，此地再找不到负阴抱阳、金带环抱的最佳宅址。不知李君对这块地方是否中意？"

李客对风水先生的耐心讲究早就由衷地敬佩，听他这么问，忙说："一切全由老先生做主就是。"

"要最终定夺，还须看看这溪水是否甘甜。"

李客走到溪边，双手合拢，捧了一捧清凉的溪水，一口气喝下，连声称赞说："好水，这是好水！"

风水先生笑了笑说："李君和我走了大半天，想必早已口干舌燥，现在喝着水甜，并不完全真实。要知水味，还须我今夜亲自来尝，李君不必担心。"

原来，看风水有一套品尝水味的方法，必须"夜半子时，先以别水净口"，再至水边取水尝试。以初饮香、再饮甜，为最佳水源。如若初饮甜，再饮淡，恐怕附近会有阴宅，或是人家的祖地坟山，这种水不能长饮。再者，水还有辣、苦、酸、咸、腥等许多口味。不同的味道，各有一番讲究，其中的学问，一般人是不能掌握的。即使告诉你，你也辨不出其中的甘甜苦涩。这个本事，是风水先生特有的。

以后两天，为进一步查清楚这里的土质和地气，风水先生又独自来了好几回。他选了一处平地，掘出一个一尺二宽、上下见方的土坑，又将挖出的泥块一点点碾成细土，用细筛筛过，填入土坑，并不压紧。隔天，再来查看坑中细土的变化情况。

宅址终于被最后认可了。

风水先生告诉李客，这地方，水质上乘，地气很旺，坑中的松土隔夜便高高拱起了，足有一寸多高。可以说，这是一块"朱雀龙虎四神全，男人富贵女人贤。官禄不求而自至，后代儿孙福远年"的风水宝地。

有风水先生的这番说道，李客自然高兴。他立即请人动工，在这块宅地上，修了一处很有些气势的院落，方圆百里没有人家能比得上。

住进这套大宅院，李客希望，一切都如风水先生所说的那样，趋利避邪，儿孙长贵。

事实上，这块风水宝地并不像风水先生所说的那么灵验。

李客和他妻子，最终没能躲过仇家复仇，惨死在大宅院中。儿子李白，一生坎坷，官禄始终与他无缘，空怀一腔济世报国的雄心壮志，到头来得不到朝廷的赏识。李白的儿女虽然记取了父亲的教诲，一生与世无争，甘做平民百姓，却未能完成传宗接代的重要使命。到儿子伯禽以后，李氏这一族便断了香火，没了后裔。

风水不灵，也许是因为他们选的这块宝地实在过于偏僻了。对此，李白深有感触。

十八岁时，他曾在《赠江油尉》诗中写道：

> 岚光深院里，傍砌水泠泠。
> 野燕巢官舍，溪云入古厅。
> 日斜孤吏过，帘卷乱峰青。
> 五色神仙尉，焚香读道经。

神龙元年（705）岁末，李客一家终于安居在四川绵州昌明县的青莲乡。

这一年，从西域到川蜀，李家经历了一次大迁徙，生活也发生了重大变化，但李客仍以经商为生。不过，对儿子李白的前程，李客却是另有打算。当时，中原风行诗文，重视文章，读书习文是成为官宦人家的唯一途径。他要让儿子饱览诗书，一改祖上习武报国的遗风，走上从政效国的仕途。或者直截了当地说，他要让儿子做官，不做武官，做文官，要做定国安邦的大文官。少年李白在父亲"天将降大任于斯人也"的引导下，发奋攻读古今诗文，更是不敢有一天怠惰。

然而，也就在这一年的年末，陇西李氏后裔的另一族，当今天子家族，在东都洛阳宫内发生了重大事变。

在704年，秋七月，月全食。人见，纷纷私下传闻：周武氏将不久于人世。

果不其然，第二年正月，居于洛阳宫长生殿八十一岁的女皇帝武则天突然病危。她皱纹满面，杏眼迷茫，成天昏睡在龙榻上，不省人事。宫中内外人心浮动。又一场重大的皇权争斗在宫中悄悄酝酿，忠于李唐王朝的大臣们，决心趁此时机夺回李家的江山。

整整五十年前，即永徽六年（655），发生了一起对李氏皇族和大唐王朝历史产生深远影响的事件——武则天被立为皇后。这个女人是一个很有本领、极有权术的女人。

唐太宗贞观二十二年（648），武氏入选进宫封为武才人十年后，天上的太白星突然多次在白日闪烁于空中。这一天象奇观，引起朝野上下的不安。太史占卜说："女君主将要昌盛。"民间也传言《秘记》中说：唐朝三代后，女君主武王将代替唐朝拥有天下。

圣上太宗李世民对此心存疑虑，特别忌畏"武"字。属下武卫将军李君羡小名叫作五娘，其官称和封地都有一个"武"字，太宗疑虑，将他遣出京都，命为华州（今陕西省华县西北）刺史。御史又上奏说，李君羡在华州图谋不轨，太宗便命人把他杀了。过后，太宗仍不放心，他寻思朝中的武姓之人，发现这个武姓女子很可能就是自己身边的武才人。但太宗爱她美貌机敏、善解人意，使唤又十分得心应手，舍不得加罪于她。

一天，太宗悄悄唤来太史令李淳风，问道："《秘记》所说的，可以相信吗？"

李淳风说："臣下我曾经观看了天象，仔细推算了天历运行之数，这个女君主已经在宫中，从现在开始，不过三十年，她就会称王统治天下。她将杀尽唐朝子孙。这种征兆已经形成了。"

太宗听他之言，又问："把那些可能是这个女君主的人全杀掉，怎么样？"

李淳风回答说："上天的安排，地上的人是不能违抗的。陛下为杀她一个，定会牵连许多无辜者。到头来，那个将称王的人死不了，却要白白杀掉许多无罪的人。况且，我已算过，从今以后三十年，那个人已经老了，也许她到那时候已经有了慈善之心，将不至于造成太大的祸害。再者，即便今天陛下抓到了她，并杀了她，上天或许还会生出一个壮年人来，变本加厉地大肆发泄她的怨毒，那样恐怕陛下的子孙会遭更大的殃，甚至会断了龙种啊！"

太宗听信了李淳风的话，不再捕杀武姓之人。他留住了武才人，心下也满意。但第二年，太宗闭眼离世之前，还是留下了一条遗言：送武才人出宫，削发为尼。

武姓女子负有天命，不是那么容易打发出宫的。不久，她因高宗的宠爱，又得到王皇后的许诺返回宫中（王皇后想利用武氏分解皇上对萧淑妃的宠幸，没想到偷鸡不成，反蚀一把米，最终把自己和萧淑妃的性命都搭了进去）。五年后，她被封为昭仪（妇官名，九嫔之一）。一年后，又利用高宗皇帝与监国大臣的矛盾，登上了皇后的宝座。

原来，高宗即位后，长孙无忌等先朝大臣一直操纵皇权。长孙无忌是高宗的亲舅舅，也是唐朝的开国元勋之一，他受太宗遗诏，辅佐高宗治国。然而，他为宰相三十年，窃弄大权，天下皆畏其威。高宗也深感处处受制于他。对于长孙无忌这班长辈兼恩人的重臣，不能平白无故地剥夺他们的权力，又没有另外的大臣能够制约他们。为削弱相权，加强皇权，高宗一直在物色与长孙无忌相抗衡的力量。此时，武氏正看准了皇后的宝座，时刻想取而代之。出于对李唐王朝的忠实，深恐李家天下落入预言中的武姓女子之手，长孙无忌等大臣力保王皇后，坚决反对武氏干预朝政。但武氏"性明敏，涉猎文史，处事皆称旨"，重返宫中几年，已经成为高宗处理朝政的得力助手。终于，长孙无忌失败，武氏封后。紧接着，武后毫不手软地把国舅贬逐于黔州，又进一步"逼令其自缢而死"，并株连其九族。

武后是一个权力欲极强的女人。高宗想以立她为后来加强皇权，结果适得其反，却失去了皇权，从此做了名义皇帝。高宗去世后，武后连立两个亲生儿子为帝，又先后废了两个儿皇帝，终于公元690年，在宫中发动了一场震惊中国上下五千年的空前绝后的"革命"——以六十五岁的高龄正式登基做了女皇帝。她以"周"代"唐"，改元"天授"，尊号为"圣神皇帝"。

武后掌权半个世纪，现在已经灯油耗尽，即将离开人世了。

朝廷大权已经落入两个美男子的手中。朝廷重臣们怎么能服？

两个美男子，一名张易之，一名张昌宗。朝廷上下呼为二张。二张是由太平公主引入宫中的男妃，专供她母亲寻欢作乐的。史书上说，武氏愈老愈淫，太平公主为讨其欢心，把张昌宗带进宫中。这张昌宗"年仅及冠，生得眉目清扬，身材俊雅，风姿秀美，能晓音律"，进宫时，专门用兰芳草沐浴，"衣以轻绡，傅以朱粉，含鸡舌"，通身满是欲望。武则天瞧入眼中，早已十二分中意。又经张昌宗陪宿侍寝，更让她心里有一种说不尽的旖旎和缠绵。武氏生平从未经过这般的酣艳，她觉得昌宗是天生的妙人儿。先前的和尚薛怀义不能比，御医沈南璆也绝对没有此种风情。与昌宗同床共枕一夜，"不禁百体皆酥，五中俱快"，而且只嫌欢娱夜短，恋恋情深，不肯作罢。张昌宗初试武氏，也不禁暗暗吃惊：这个老妪，真是天下尤物，通宵达旦行房事，居然乐极不疲。他担心自己招架不住，便向武氏推荐了他的兄弟张易之。武氏先是不肯要，后听昌宗描述其兄，床上功夫更胜一筹，便答应还是先试一次。第二夜，武氏即召幸张易之。这一夜，果然满意非常。张易之的枕席功夫确实要比其弟进步，夜间数回，久战不衰，让她畅快无比。不过，要说柔情媚骨，还是不如张昌宗。好在，武氏乐得各取其材，与他兄弟二人彻夜交欢。

隔日起床上朝，武氏便将张昌宗封为跟前的云麾将军。张易之封为司卫少卿。此后，二张轮流进宫伴驾，深得武氏欢心，宠遇无比。继而，张昌宗又摇身一变，变成了银青光禄大夫，二张的家人也都成了朝中贵人。二张从此权力日增，十天内，已是"门无隙地，威震京都"。

武后春秋已高，又迷恋床笫，因而"政事多委易之兄弟"。二张得宠，在朝廷内外陷害忠良，淫辱百官，无恶不作。眼看武氏一病不起，他俩担心朝廷大臣处置他们，便在暗中蓄意谋反。与此同时，宰相张柬之与桓彦范、敬晖、崔玄暐、袁恕己等五人（史称"五王"）也在和姚元之共同商量铲除二张的行动计策。他们联合太平公主，拥戴太子李显，率领左右羽林军杀入玄武门。二张在宫内闻变，为寻活路，慌忙赶到大殿门口，正好迎面碰上闯进宫的羽林军将士，在张柬之等人指挥下，几个兵士一拥而上，数把钢刀同时落下，寒光闪动，两个貌美心残的淫夫，顿时被劈得身首分离。

历史上曾传说，二张生前得意之时，有一相士便与人预言："张家兄弟虽然貌美，但两人眼里缠有红丝，头发浓密，声音轻柔得如同女人，一身肥白，满脸娇嫩，这表明他俩心存恶念。他俩在世若作孽太多，死后肯定被众人食之。"二张死后，尸体果真被抛在街上，人们对他俩恨之入骨，争着脔割他俩的肢体，把他俩身上的细皮嫩肉当作猪肉煎炙爆炒，再蘸着五汁调味吞吃方解其恨。

再说，将士杀了二张之后，直奔向武则天的寝宫——长生殿。武氏虽然昏迷多时，但听见殿外人声杂沓，依旧全身一惊，猛然醒悟。她料到定是宫中有变，用力支撑着病体坐起，对着门外大声喝道："何人胆敢犯上作乱？"

这时，张柬之等人已拥着太子走进寝宫，众人一起跪下，齐声说："张易之、张昌宗二人谋反，我们奉太子之命已将他二人诛杀。恐怕事前泄露行动，没能预先禀告陛下。臣下自知拥兵进入禁宫，罪应万死。"

武后圆睁杏眼，怒目瞪着太子说："你也胆敢做这种事？"吐出一口气，她又说，"现在二张已死，你怎么还不赶快返回你的东宫去！"

太子被武则天训斥得手脚冰凉，不知如何是好。

桓彦范在一旁平身进言说："太子不能返回东宫！天皇在世时把太子托付给陛下，如今太子早已年长，天意人心，长久以来都归向太子了。我们臣下永远不会忘记太宗天皇的厚恩，所以今天诛了二贼，愿陛下顺应天

21

意民心，传位给太子。"

武后心里愤恨，不愿答应，但见殿内将士个个气势汹汹，又不可严词拒绝。两下为难之时，她看见崔玄暐也在下面站着，便指着他说："别人反我还有理由，你是朕亲手提拔的，为什么也和他们同流合污？"

崔玄暐没有一点胆怯，正言说："我今天和众人一起来，就是为了报陛下的大恩大德的。"

武后听了这话，不禁顿足，连声说："罢！罢！罢！"说完，反身躺睡在床上，再无半点声响。

宫内政变成功，唐中宗正式即位，复国号为"唐"，不久返回长安。武后被移居上阳宫，尊称为则天大圣皇帝。

到了十一月，武则天在洛阳上阳宫病死。死前，她留下遗言，取消自己原封帝号。可是，长安宫廷内的争斗并没有因为武后的去世而平息。相反，中宗和睿宗在位的八年时间里，宫廷内的权力之争甚至愈演愈烈。直到唐玄宗李隆基先后起兵讨伐了韦后集团，扫除了武则天在朝中的残余势力，赐死太平公主之后，朝廷内为争权夺利而进行的你死我活的斗争才暂时告一段落。

这时，远居川蜀大巴山中的李白，已经长到了十二岁。这期间，朝廷里有两件小事对他日后的生活道路产生了至关重要的影响。

6

唐中宗景龙二年（708）四月，李白八岁，朝廷由上官婉儿主持设置了修文馆，集合有名的学士专门吟诗作赋，历史上学士名官从此开始。

上官婉儿是高宗时西台侍郎上官仪的孙女。早年，上官仪因代高宗立诏，企图废除武后。武则天发现后，高宗便推说全是上官仪的主张。于是，上官仪被当场杖死在殿下，家族籍没，幸有一个儿子逃出都城，留下一系血脉。

上官婉儿年幼时，一直和母亲郑氏流落在外。她从小敏学聪慧，长到十四岁时，人已出落得妖冶艳丽，更有过目不忘、下笔千言的本事。她能不假思索，出口成章，随口念出的诗句和平日事先构成的一样。一时，上官婉儿名声大噪。

武后听说后，召她入殿，当面命题试文。上官婉儿稍事审题，提笔一挥而就。呈上，经武后过目，文章确实珠圆玉润，调叶声和，尤其是那一笔书法秀媚无比。武后当下便将婉儿留在身边，专门起草朝廷诏命。此后，宫里下的制诰，大多出自婉儿之手。婉儿在朝中的权力也越来越大。

武后去世，中宗甚爱婉儿的美艳，封她为婕好，收入内宫。婉儿长期涉足朝政，对政事念念不忘，正巧中宗封立的皇后韦氏也是一个权力欲极强、淫乱无度的女人。婉儿将自己的奸夫、武后的侄子武三思推荐给韦后，三人联为一体，再加上韦后的女儿安乐公主，把懦弱无能的中宗撇在一边，总揽了皇权。

不想，太子李重俊叛乱起兵，将正在家里夜饮的武三思和他的一群娇妻美妾全部刹死。婉儿和中宗、韦后、安乐公主虽然躲过了这一劫，但武三思被杀，婉儿没有了心上人，神情从此有所恍惚。

一日，婉儿陪中宗去后宫花园游玩。园内，春风和煦，阳光明媚，百花争艳，蝴蝶蜜蜂上下飞舞。婉儿心中念头一动，斜靠在中宗身上，娇声说道："陛下，你看，花鸟景色美不胜收，若能在这园内摆设游宴，令众人吟诗作赋，更会如同在天堂一般。"

"这也不难，明日，朕便命人在这园内摆宴，让你们姐妹一起尽兴游玩。"

"要论作诗，宫中姐妹没有能与妾和唱的，"婉儿扭腰离开中宗，快走了几步，站在前面，将拈在手中的粉色手帕向空中一扬说，"再说，妾也不愿混在她们堆里，作几句没有雅兴的小诗。"

看着婉儿娇嗔的神色，中宗走到她的身后，将嘴唇紧贴她的耳根，柔声问道："依你婉儿的意思，要怎样才好呢？"

婉儿转过身来，面对中宗行了一个正式的宫礼，然后郑重地说："陛下，臣妾早已想过，在朝廷内开馆修文，增设学士员，选择能文的公卿大臣、名儒学士，入修文馆。这，一来可弘扬文化，二来也方便聚集名人学士，令他们来宫中陪侍游宴，不是一举两得的好事吗？"

听婉儿说得头头是道，中宗没有犹疑，当即传旨："从即日起，朝廷设置修文馆，选学士二十五人入馆。"

婉儿当然积极筹备，不出半个月，就有李峤、崔湜等二十余人入选为学士。

至此，宫中又多了一项游戏。中宗和韦后、婉儿、安乐公主等宫中女眷常与这些文人学士一同游宴，结诗酒欢，流连景致，醉不思归。

中宗和韦后都不善诗文，游宴时，常常让婉儿代为作诗抑或赋词。这些文人学士明明知道所有诗文皆出自婉儿之手，却全都心甘情愿装傻，竭尽全力地加以颂扬。

这个说："有幸拜读陛下神作，臣虽死无憾！"

那个说："陛下的力作，百臣不逮！"

还有人道："母后一字千金，臣等万万不及。"

说得中宗和韦后心花怒放，更加宠爱这个玲珑乖巧、美若天仙的婉儿了。

婉儿也趁机相中了兵部侍郎崔湜，勾引他进入内室，配成一对佳偶。这个崔湜本来就是年少多才，比婉儿还小三四岁。婉儿和他做了露水夫妻，总算是如愿以偿了。可是，崔湜住在宫外，婉儿住在宫内，进宫来相聚总有些不方便。为了能天天和崔湜厮守，婉儿又想了一个点子，假说为了方便游玩，请皇上准奏在宫外再造一处精美的宫院。这时的中宗对婉儿早已是百依百顺了，当即面许，拨出数万两银子，为她专门营建一座庭院。

崔湜在外充当总督，加班加点赶着营造。不出短短三个月，一处十分精美的庭院就建好了。庭院内，亭台阁宇，园榭廊庑，错落得非常别致，风雅堪称洛阳第一。婉儿和崔湜住进院子，天天在里面鸳鸯戏水，过着人间天上的日子。中宗昏庸得莫名其妙，自己蒙在鼓里不算，还常常带上修文馆的学士文卿去那里游玩。

且说这年九月九日，中宗又与群臣一起来到这处宫院赏菊。待众人玩到兴头上时，婉儿高举酒杯，用百啭娇喉，媚声说道："臣妾以'酒'为题，为陛下献上小诗一首。"

> 帝里重阳节，香园万乘来。
> 却邪萸入佩，献寿菊传杯。
> 塔类承天涌，门疑待佛开。
> 睿词悬日月，长得仰昭回。

诗成句落，余音袅袅。四周一片嗟叹，齐赞婉儿是人间才女，诗歌作得无人可比。

中宗顿时也来了兴致，即命众人以"菊花寿"为题，每人作诗一首，由婉儿来评价诗的优劣。

"让我评定优劣不难。只是评出之后，还须以我的要求来做。"婉儿慵懒地拿出架子，慢慢地说，"作得好的，陛下要赏重金。作得不好的，必须受罚。表演歌舞，弹琴奏乐，各种技艺都可以献出，如果什么都不会，当着陛下和众人的面扮嘴脸、出洋相，也是一定要做的。"

中宗十分赞同。众人也跟着附和。

当下，学士们每人作诗一首。上官婉儿随看随评，以自己的好恶为标准，很快分出优、中、劣三个等级。崔湜的诗自然受了重赏，另有七人受罚。其中有一名学士，年逾花甲，唱不得，舞不动，也不善弹奏，只好请求陛下高抬贵手，给点面子，不要罚他出洋相了。

中宗本想允诺，但婉儿执意不肯。最终，老学士只好趴在地上，学了三声狗叫，逗得众人仰天大笑，玩得痛快极了。

传说，上官婉儿评定诗文的权力是天神赋予的。在她出生前，她的母亲郑氏梦见了一个巨人，递给她一杆秤，并说："你的女儿要拿这杆秤，称量天下士。"郑氏接过秤，没来得及问话，巨人就消失了。生下婉儿一个月之后，郑氏曾拿着这杆秤逗着女儿玩："你真有称量天下士的本事吗？"没想到，睡在摇篮中的婉儿竟十分肯定地点头认可。

朝中专门开设修文馆，引起很多大臣的非议。不说皇家养着大批文人寻欢作乐是荒淫无度，就是专门聚集文人才子在修文馆内协助朝政，也是不可取的。有人搬出初唐故事来论证：

唐高宗时，王勃、杨炯、卢照邻和骆宾王四个人很会做文章，他们以文艺享有盛名，被称作"初唐四杰"。宰相李敬玄很赏识这四个人，想委以重任，便向裴行俭推荐他们。

裴行俭是当时朝中知人识士的伯乐。经他提拔任命的将领大臣，后来都成为功臣忠臣。可对这"四杰"，他有不同的看法，他说："士人君子如想传名留世，应当先重实行，至于文艺词才则是次要的。王勃虽然有文才，却非常浮躁，这种人是不配享有官爵俸禄的！杨炯为人还算沉静，但

25

也只是个文艺人才，为官做到县令就了不起了。至于另外这两个人，能够善终，便算是他们的大幸，更不要提什么做官之事了。"

后来，王勃二十六岁落水身亡。卢照邻因为患上恶疾，疼痛难忍，投水自杀。骆宾王给徐敬业当幕僚，他替徐敬业起草檄文，声讨武则天。武氏看后，连声称赞骆宾王是文人奇才。徐敬业以谋反罪被诛杀，而骆宾王却不知所终。只有杨炯，在盈川（今四川筠连县内）做了一辈子县令，死在任上。

"初唐四杰"的命运应验了裴行俭所言——文艺奇才不可用。因此，朝廷专设修文馆是不可行的。

中宗没有接受这些谏言，坚持设修文馆，不断选入文人才子充任学士。朝廷内的风花雪月之事，百姓不能知道。他们只以为修文馆的设置是天子在崇尚文采，弘扬文化。朝廷喜好什么，百姓就风行什么。一时，天下人皆以崇尚文采为风尚，以前的儒家之学反而受到了冷落。

到唐玄宗时，又新置翰林院，广招天下文章之士、文艺之士、术数僧道以为翰林待诏。这更使得普天之下崇尚文采之风大肆盛行。

顺应尚文之风，隐居在川蜀大巴山中的李客特别注重培养儿子的文学素养。李白也不负父亲厚望，天生富有幻想的性情，从小就显示出极高的文学天赋。十岁前后，他就读完了诸子百家的史籍。他特别喜爱诗三百篇、汉魏乐府、楚辞以来的辞赋和老子、庄子的著作。十二岁上，李客开始教儿子读司马相如的《子虚赋》。他发现，儿子乌黑明亮的大眼睛里充满了梦幻般的神采，词赋中的情景在他眼中一一闪过。有一回，李白还活灵活现地说："父亲，刚才我看见子虚先生和乌有先生了，他们还带我到楚国王的苑囿中玩了好一会儿呢！"

下人听了，私下议论说：

"李家小公子成天就爱神说，有的事，没有的事，他全都能看到。"

"这孩子恐怕有灵气，什么事情他都知道。"

"他是读书人，见多识广，以后会是个了不起的大人物。"

"哼，成天跟神仙、古人打交道，以后怕是饭都没得吃呢！"

李客对儿子很有信心。他相信，凭儿子的灵性和天分，再好好读几年书，赶上朝廷内外人人推崇艺术文学的风尚，日后，一定能成大气候。

　　唐睿宗景云元年（710）十二月，李白十岁。这年朝廷里又发生了一件小事：皇上李旦恩准他的两个女儿——西城公主和隆昌公主出家去当女道士，以报答他的父亲高宗皇帝李治和母亲武则天的恩泽。皇上给她俩改名，一个叫金仙公主，另一个叫玉真公主。唐朝本来就重视道教，公主出家，更抬高了道家的身价。一时间，出家当道士，或隐居深山，成为时髦，很多有识之士跟着仿效。

　　公主出家，皇上要给她们分别建两座道家寺院。搞营建，从来是很有油水的美差，朝廷命官都争着应聘。太平公主的情夫窦怀贞也求公主出面，让他去当营观使。

　　这个窦怀贞长得真是身材魁梧，相貌堂堂。两年前，唐中宗在位时，他曾在中书门下任御史大夫。因为与韦后的父名同字，自愿不叫怀贞，改叫窦从一。景龙二年（708）腊月，中宗召中书门下命官与诸王、驸马、学士一起入阁守岁。宫廷里摆了几十桌酒宴，饮酒寻欢作乐。喝得高兴时，有人给中宗出主意说，今天是年终，庆祝元旦来临，要有喜事才好。中宗喝得半醉，听说要办喜事，连说是个好主意。他张目四顾，看见窦从一也在座，顿时，喜事从心中升起。

　　"窦从一，接旨——"

　　众人饮兴正酣，突然见宦官站出来，拉长了声音庄严地叫道。

　　窦从一丝毫不敢怠慢，赶紧离座，跑到皇上跟前，双手扶地，跪下："臣，窦从一听旨。"

　　"平身，平身，今日过年，不必多礼。"中宗笑着说，"朕听说爱卿丧偶已有多年，今晚正逢良辰佳节，朕有意赐一佳人，与你同拜天地，喜结良缘，不知爱卿意下如何？"

　　窦从一本来酒已喝得上了劲，忽听皇上面谕，赐他一个佳人做继室，真是喜出望外。

　　你想，皇宫里的佳人，个个如花似玉，平日里想看一眼都难得，现在皇上要赐一个给他做填房，还有什么不如意的？

窦从一连声高呼皇恩浩荡。

中宗立即吩咐左右，以大礼迎娶佳人。

不到半个时辰，就有一队内侍提着宫灯，后面跟着两个美丽的宫娥，一左一右扶着新嫁娘，移着碎步，从屏风后面转了出来。

新嫁娘腰系大红色长襦，脚穿翠绿绣花鞋，盖着红盖头，缓步来到酒宴台前。

宫人传皇上御旨：新人同拜天地——新人对拜——饮交杯酒——所有婚礼大典都一一行过。最后，由宫娥揭去新娘面纱。

只见新娘，满头金银翠玉的花钗首饰，在宫灯下闪烁着耀眼的光彩，而人却是白发苍苍、皱纹纵横的老娘娘！

窦从一顿时大吃一惊，简直不相信自己的眼睛：这哪里是什么佳人！分明是韦后宫里的六十多岁的老乳媪！

中宗先放声大笑起来。周围的侍从、宫女、大臣、学士也哗的一声跟着大笑。笑声中，窦从一又一想：这老妪是韦后幼时的奶娘，与韦后同时入宫，早晚伴驾，势力不小。我给她做夫君，年龄相貌虽相差甚远，禄位是可以保得稳了。因此，他也跟着高兴起来。他笑着牵着老乳娘，一同来到皇上面前，再次叩首，再次谢恩。

皇上面封老乳娘为莒国夫人，命左右备好舆马，送新人归第，共度良宵。从此，朝廷内外，上下左右，都称窦从一为皇后阿翁（唐朝时，对奶娘丈夫的称呼）。他也以皇亲国戚自居，扬扬得意，神气十足。

日后，韦后被诛，窦从一怕受连累，鼠窜回府，命人将老妻莒国夫人一刀砍死，并亲自提着她的头，献到了李隆基的脚下，以表白他与韦后集团并无一丝半点瓜葛。为此，他免于一死，被贬为益州（四川成都）刺史。不久，太平公主为网罗亲信，又想起他，向睿宗保荐他再次回宫，重新做了御史大夫，并兼做自己的情夫。有太平公主替他进言，营观使很容易就到了手。窦怀贞当然也特别卖力，每天亲自督役工程，短短一个多月时间，两座金碧辉煌的道观就建好落成了。他也从中刮到了不少至亲至爱的银两。

玉真公主的那座道观，修在长安南面的终南山，取名玉真观。玉真观落成典礼那天，窦怀贞陪同玉真公主一同上山去观看。结果，公主自然满意，回去在父皇睿宗面前，好好夸了一番窦怀贞能干。睿宗听了，二话不说，当下将窦怀贞升为侍中，并列同中书门下三品。

然而，窦怀贞如此得意之时，偏偏遇上一个相面道士。道士对他进言说："你今日虽高居相位，但看你眉宇间露有凶光，近期内必定要遭刑罚。好自为之，可以保住性命，否则，不得好死。"窦怀贞虽然张狂，却是不敢不信。回府后，左思右想，几个昼夜睡不着觉，终于痛下决心，自己请求解官罢职。果然，不久，太平公主同党谋反，被唐玄宗李隆基一网打尽，全部治了死罪，只留了窦怀贞一条性命。

睿宗自小就在宫廷权力斗争的旋涡中生活，亲见母亲武则天为权力不惜杀子害女。他自己当皇帝也是三上三下，性命可说随时难保。因此，他在儿子李隆基为他夺回的皇位上，坐了还不到两年，就心灰意冷得天天想尽快传位给李隆基了。

景云二年（711）冬十一月，睿宗派人召天台山（在今浙江天台县以北）道士司马承祯进宫，向他请教阴阳方术与修身养性的秘诀。

司马承祯，字子微，法号道隐，道家茅山宗第十二代宗师。其祖父曾任隋朝大都督，父亲唐初时任过州长史。司马承祯少年好学，天赋过人，但很看轻为官之道，二十一岁时，上嵩山，在道教大师潘师正门下学习符箓及辟谷导引服饵之术，正式出家做了道士。年轻的司马承祯学道不仅是学，而且还有很深的创旨。潘师正曾经赞赏他说："我自陶隐居传正一之法，至汝四叶矣。"学成后，他浪游名山，最后在天台山落脚隐居。武则天听说他道术高超，遇事神机妙算，运筹帷幄皆在谈笑之中，曾特意召他到都城洛阳，授予高官厚禄，但他却坚辞不受，执意再回天台山。武则天留不住，只好亲笔写诏书极度赞美他，并命大臣们列队恭送他，一直恭送到洛阳桥东。

睿宗从来雅尚道教，司马承祯早有所闻。因此，皇上下诏请他面授阴阳术数，他没有迟疑，即日便起程。

这天，睿宗早朝之后正在养心斋静坐，有宫女进来禀报："陛下，天台山司马承祯道长在宫门外求见。"

睿宗一听，精神倍增，大声传旨："快请道长进来。"

不一会儿，司马承祯手执拂尘走进养心斋。他嘴上那半尺多长的胡子青亮得带有丝丝白光，脚上的藏青色圆口布鞋还沾有点点新鲜的黄土。见了皇上，他并不下跪，只是恭敬有礼地双手作揖道："陛下在上，贫道这方有礼了。"

"道长一路辛苦，"睿宗欠了欠身，说，"快快请坐。"

司马承祯在皇上右下首坐稳了，宫女也及时地端上茶来。

"朕请道长远道而来，是要求教道家养身治国之方，敬请道长授予朕。"

司马承祯安详地理了理长及胸前的胡须，慢条斯理地说："回陛下，世上得道之人少而又少。得道之人之所以得道，是因为他们'损之又损之，以至于无为'。既然他们已经达到了无为境界，又怎么会再去费尽心机学习什么方术技巧呢？"

睿宗说："道家所说，保养身体达到无为是最高的境界了。但假如用这样的方法去治理国家，又会怎样呢？"

司马承祯答道："国家如同个人的身体一样，顺应事物的自然规律，并且内心没有为私的念头，就可以使天下得到治理。正如《庄子》曰：'游心于澹，合气于漠，顺物自然，而无私焉，而天下理。'又如《易》曰：'圣人者，与天地合其德。是知天不言而信，不为而成。无为之旨，理国之要也。'"

睿宗听了，觉得心下透亮，感叹说："仙人所说的话，实在是至理名言啊。记得我曾读过道家宗师广成子对黄帝所说的一段话，他说：达到道家的最高境界，就会浑浑噩噩、昏昏沉沉，对周围事物不闻不问，以求得思想的宁静，这样就会身健、心静、气清，而不必再劳累身体、费尽心思、苦心积虑地去追求，这样自可长生不老。"

"陛下说得极是。"司马承祯点头赞同。

二人话正说得投机，内侍走入房内，行宫礼奏曰："启禀陛下，玉真公主求见。"

睿宗让宣她晋见，又对司马承祯说："小女一心学道，朕已准奏让她姐妹两人出家。道长来得正好，可给她们授度戒律，也好让她们拜道长为师。"

正说着，玉真公主已走进养心斋，她先叩拜过父皇，又转身向司马承祯双手作揖，毕恭毕敬地一连三拜，说："师父在上，请受弟子一拜。"

司马承祯笑道："我并未答应收你做徒弟，怎敢坐受公主殿下一拜。"

"难道父皇不曾给师父说起，我要出家的事？"玉真公主笑着走近睿宗身边，稍带娇气地问，"师父不愿收下我这诚心诚意的女弟子吗？"

司马承祯打量这玉真公主，在十七八岁上下，长得眉清目秀，婀娜多姿。她的一举一动，阴柔中含有几分阳刚之美，更显出皇家公主的风范。

"刚才，陛下已说到公主出家之事。"司马承祯说，"不知公主为何出家？"

玉真公主想了想，说："我出家学道，一是为报答祖上恩泽，二是为图得自我清净。我要身清，眼清，耳清，周围一切皆清。"

司马承祯点了点头，说："道门出家分为两种，一种名为出恩爱之家。出家者是为了询请玄业，参习道教经典教义、法术武功，舍弃世俗的荣华富贵、儿女私情。另一种名为出诸有之家。出家者入道门后，勤行修炼，免离三涂，离三界爱，登入九清。不知公主选入哪一门？"

"弟子不曾入教，对道门之事一无所知。"玉真公主回答说，"所有选择全由师父做主。"

"无论哪种出家，都必须脱去俗衣，穿上道履、道裙、道冠，授度戒律。"司马承祯又说，"不知公主是否能耐得住诸多的道家清规戒律？"

"朕这女儿，早已铁心出家。"睿宗插话说，"她从小就喜道家之事，就请道长收她为徒吧。"

"小女子早已看破俗世，不图名利。"玉真公主又一次走到司马承祯面前，叩首三拜，坚决地说，"企盼尊师收弟子入门！"

司马承祯终于点头认可。他与睿宗商定，择一黄道吉日在骊山老君庙给两位公主授戒。

太极元年（712）正月十五，司马承祯在老君庙为金仙和玉真两位公主授戒。他端坐在道场上首。他面前硕大的长条桌已经覆盖好蓝台布，布台上整整齐齐地摆放着授戒所需要的各种信物：九尺长的青丝绳八条，直径一寸有余的金纽两枚，刀子、砧槌各一把，白纸一打，白毫子小楷毛笔两支，青龙砚盘两方，还有丹朱、水具、手巾等物一应俱全。

一位度师高声报道："时辰已到——"

玉真公主和金仙公主在四位度师的引导下，走进道场，隔着长条桌，站在司马承祯面前。

"礼拜三师——"

两位公主跪拜在地，向司马承祯三叩首。

接着，她们又拜道家先祖老子的牌位，再拜自家先祖，再拜别在场的亲人朋友。礼拜仪式过后，由司马承祯亲授道服、道简，交由度师替两位公主换上。然后，两位公主再次来到师父面前，授初真戒条。

"敬请尊师面授戒律。"两位公主同时请道。

司马承祯站起身，面对老君牌位立定，道："跟我诵读'洞玄智慧十戒'。"

"心不恶妒，无生阴贼。缄口慎过，想念在法。"

"心不恶妒，无生阴贼。缄口慎过，想念在法。"

司马承祯领诵一句，两位公主跟念一句：

"守仁不杀，悯济群生，慈爱广救，润及一切。"

"守正让义，不欺不盗，常得善念，损己济物。"

"不贪不欲，心无放荡，清洁守慎，行无点污。"

……

授完初真戒条，司马承祯回坐上首。两名度师来到长桌前，将桌上的两枚金纽分别包入白纸，用青丝绳扎紧，执朱笔在白纸包上工工整整地写下两位公主的姓名、出身及授戒年、月、日。再用刀子和砧槌分别破两枚金纽为二份，呈上两个半边交与司马承祯收藏。余下的半边由两位公主各自保留，作为她们正式出家的凭证及师徒之间的信物。若今后师徒反目，或她二人有想还俗者，司马承祯便会将他保存的那半块金纽退还给她，以此解除师生关系。

而后，两位公主各自取笔墨，坐在长桌前，写下自己的受戒盟文。玉真公主的盟文如下：

大唐太极元年，壬子正月十五，天台山大宗师司马承祯弟子李玉真，年一十八岁，但为肉人无识，既受纳有形，形染六情，六情一染，动之蔽。惑天所见，昧于所著世务因缘，依次而发，招引罪垢。历世弥积，轮回于三界，漂浪而忘返，流转于五道，长沦而弗悟，伏闻天真大圣演说十戒十四持身之品，依法行者，可以超升三界，位极三清，玉真性虽感昧，愿求奉受。修行供养，永为身宝。僭盟负约，长幽地岳，不敢蒙原。

32

写完，交与度师收藏。两位公主再复立于师父面前。由师父赐予法号，金仙公主为腾空法师，玉真公主为持盈法师。

司马承祯开口说："你二人既已入道门，日后衣食住行，行为规范，都必须以道戒为戒。道家法身'常存、快乐、自在、清净'四德须牢记在心。"

"弟子明白。"

司马承祯又从桌子下取出两摞线装的道教修身养性秘籍，分赠给两位新弟子，叮嘱说："道家教义精深，知识渊博。今后，徒弟一定要静心研读，好自为之。"

"师父教导，弟子铭记在心。"金仙公主说。

玉真公主也说："师父放心，弟子一定不枉为道家子弟。"

与两位公主授戒后，司马承祯几次提出要返回天台山，可睿宗总想同他在一起论说教义，不愿他走。睿宗要封司马承祯为银青光禄大夫，久居长安。司马承祯执意不受。尚书左丞卢藏用想出主意，奏请皇上，为司马承祯在终南山修建坛室。他说，终南山有许多好去处，绝不逊于天台山。他当年就曾在那里隐居。司马承祯回他说：在他看来，终南山不过是升官发财的捷径而已。卢藏用被他这句话说得当场羞愧满面。睿宗无法，不得不允许他归山。临行前，睿宗赠给他十二车价值连城的金银绢帛，司马承祯如数奉还，只留下一张千年古琴，随身带回了天台山。

皇上倍崇道家，司马承祯为两位公主授戒之事，很快在大唐各地传开。一时间，道教风靡于世。天台山司马承祯的众妙台，每天都有络绎不绝的求教者。远在川蜀盆地的李客夫妇也深受感染，他俩也常常有意无意与李白谈论道教思想。在少年李白的心目中，道教就像随风的草籽、鸟衔的谷粒，已经悄悄地落土生根。

8

李白十五岁了。

这一年，春天来得格外的早，大寒刚过不久，屋后紫云山上就有树枝吐出了新芽。

这天，天气晴朗，在家读书多日的李白想出去走走。他来到前屋对正在缝制衣服的母亲说："母亲，我今天想上紫云山去玩一玩。"

母亲看着半大的儿子，笑容浮在脸上："去山上玩一下可以，只是要早些回家。你父亲外出多日，说不定今天回来。要是他进家没看见你这宝贝儿子，又该有话说了。"

"知道了。"

李白口里答应着，脚已经到了门槛外。

住在紫云山下，已有十个年头，周围的山坡树林，李白都相当熟悉，母亲也常带他去半山腰玩耍。可是，山背面的那座古寺，他却一直没有去过。听人说，那古寺已经荒废许多年了。前朝曾有过一个和尚在古寺里修行，不知什么原因，和尚突然吊死在寺中。

以后，寺里时常闹鬼，便再无人敢去了。

李白早想去看看这座神秘兮兮的古寺，他多次求母亲带他去，母亲都摇头一口拒绝。母亲说，那古寺不是吉利地方，小孩子不要去。玩的地方多得很，为什么非要去那里？母亲越是不许去，李白就越是想去。古寺在他心里越是显得神秘起来。他总想有机会一个人去探探其中的秘密。今天正是好机会，李白出门时念头一闪：今天哪里都不去，就去古寺玩玩。

翻过山顶，李白就看见对面稍矮一点的山峰上，有一座孤零零的寺院。他一下子兴奋起来，跑着冲下了山坡，又快步爬上山峰。没用一个时辰，他便来到了古寺门前。

古寺的门柱是麻石凿的，柱上刻着一副对联，天长日久，字漆已失，李白仔细地看了好久，才将那对联看清楚。那对联写的是：

一片野心都被白云锁住
九重迷惑休教丹凤衔来

李白念着，不知怎的，心里浮现出那个和尚，觉得字字皆透出悲凉。他不愿再往深处想了，决定赶快进寺里看看。

古寺是一个单进院，走进院门，正面就是正殿，左手边有两间厢房。院子里的古树松柏早已被人齐根砍了，只剩下两个巨大的树墩，一圈又一圈的年轮上长着绿色的青苔。石板小路上，杂草没膝，人从中间走过，不时有大老鼠窜来窜去，好几次，吓得李白直冒冷汗。

李白自己给自己吃定心丸：怕什么，怕什么，太阳当头，鬼都不敢出来的！他麻起胆子，鼓足劲，往里走。

正殿里，几条破烂不堪的帷幕从屋顶阴森地吊挂下来，上面布满了蜘蛛网。两只大蜘蛛听到声响，支起又黑又长的多足，迅速地爬进了蛛网的暗处。南海观世音供奉在台上，脸上的色彩，身上的色彩，已经一片片脱落了，就像得了麻风病，脚下乱七八糟地甩着几个烂贡盘。一个大麻石香炉冷冰冰地放在台前，里面还有大半炉焚香留下的灰烬。李白看见石头台下有一个方形的小木门，木门关着，门上面还挂着一把生了锈的铁锁。

"铁锁怎么没人打开？"李白很奇怪。

他好奇地走过去，用手拉了拉锈锁，好像已经不太牢固。他憋住气，两手再一用劲，锁头啪嗒一声响，居然被他拽开了。他慢慢地打开木门，里面黢黑黢黑的，什么也看不见。他伸手进去摸了摸，几条蜈蚣飞快地从里面一下飘了出来，吓得他又赶紧缩回了手。

定了定神，李白想，里面一定有东西，刚才好像碰到了什么硬硬的东西。他又伸手进去摸，这回他摸出了一捆竹简。竹简已经旧得发黄，打开来，上面刻着一排排工工整整的正楷小字。

李白拿着它，索性一屁股靠着香炉读起来。

竹简上刻的是一个故事，一个关于剑的故事：

很久以前，一个农夫，家里很穷。一天，他和妻子在地里耕地，耙出了一把宝剑。宝剑埋在地里的时间已经很久了，剑身却没有一点锈迹，剑刃也十分锋利。夫妻二人很是高兴，将宝剑拿到街上去卖。市人看到宝剑，一下围了过来，有出五十两的，有出一百两的，还有出四百两的，争着买这把宝剑。有一个突厥人挤了进来，开口就出一千两。可是，农夫还是不肯。突厥人又加到一千五，再加到一千八，直至加到十万两，农夫才同意卖了。不过，他有个条件。他说，这宝剑是他家祖上的传家之宝，卖出去，很舍不得，他想再留它一个晚上。他请突厥人第二天清早再带钱到他家里来取剑。突厥人痛快地答应了他。

晚上，月光很亮，农夫和妻子拿出宝剑，左看看，右瞧瞧，不知它为什么如此值钱。妻子指着院子里的一块大青石，让农夫在石头上试试剑口。农夫点点头走过去，朝大青石随手一剑劈下，只听轰隆一声巨响，大青石顿时成了两半。剑过处，石面光滑如镜，再看宝剑，刃口仍然锋利如初。夫妻俩才知道，这确实是一把少有的宝剑。

第二天一大早，突厥人果然找来了。农夫反口不卖了。突厥人笑一笑，开口说，早就料到会变卦，现在他再翻两番。农夫还犹豫，他妻子却一口答应了。突厥人接过剑，用手试了试剑刃，摇头说，这把剑已不是昨日那把宝剑了，他不需要这把剑！农夫和妻子反复解释，宝剑只有这一把。突厥人就是不相信。说急了，农夫指着大青石，让突厥人看剑有多锋利。突厥人转头一眼看去，长长地叹了一口气，原来如此！原来如此！这剑已经被你们废了！

原来，这剑是突厥国的国宝，名叫破山剑。因为战争，丢失了近百年。突厥国一直在出重金寻找这宝剑，要用它去破他们的宝山。没有它，宝山是永远也打不开的。而这剑只能破石一回，其锋刃不可破石第二回。现在，既然已被劈了青石，他买它还有什么用呢？

突厥人不再要宝剑了。农夫和妻子又急又恼，眼看到了手的财富，竟被自己一剑劈了。他俩好说歹说，硬让突厥人买去宝剑。突厥人总算点头应承，但只出了一千两。

读了这个故事，李白很为农夫可惜，不识货，害了自己且不算，也误了突厥人的大事。他想，要是我遇到这样一把宝剑的话，一定会好好珍惜它的。

"说不定，这古寺里就藏着一把宝剑！"李白突发奇想，跳起身来，在古寺里前前后后寻找。可是，他找了许久许久，结果什么也没找到。古寺里除了碎石烂瓦，再没有其他东西了。

看看日头已过正午，李白想起了出门时母亲叮嘱的那些话。他带着遗憾走出了寺门。

回到家，院子里已堆着许多货筐，他知道父亲回来了。

"父亲，父亲——"他顿时又兴奋地喊了起来，边喊边往屋里冲。

李客也应声往外走，父子俩撞了一个满怀。

李客疼爱地摸了摸李白撞过来的头："这孩子，几天不见，又长高了。"

"看——我在古寺找到的。"李白举起手中的竹简。

"你一个人到古寺去了？"

李白没回答父亲的问话，仍在继续自己的思路："这上面记载了一把宝剑的故事。父亲，我也想要一把宝剑！"

"你要一把宝剑？"

"嗯，我想有一把宝剑！"

"是啊，太白长大了，应该有宝剑了，我像你这么大时，早就腰间佩剑，天天剑不离身了。"李客看着快和自己差不多高的儿子，笑了笑，说，"我有一把剑，就是专门留给你的。"

"真的！"李白高兴得蹦了起来，"它在哪儿？"

"不要着急，吃过午饭，我们慢慢说。"

这餐饭，李白吃得比谁都快。放下碗，他就催着父亲快吃，快点带他去找宝剑。

李客把儿子带进内房，从大衣橱的最底层抽出了一把剑。黄牛皮包裹的剑鞘上饰有深色的青龙花纹，剑格是用精铜铸就，剑柄两面都嵌有红色蓝色的宝石，剑首还坠有殷红的剑穗。这剑是李客十三岁时，他的父亲在陇西一家祖传剑铺里专门给他定做的。李客在西域生活时，这把剑一直跟在身边。李客既是商人，又是游侠，这两种身份都离不开剑。隐居到青莲乡之后，李客不再佩剑了，他把它精心地收藏起来，准备儿子长大后，再传给他做纪念。

"这剑真漂亮！"李白惊喜地叫了起来，"想不到防身杀人的凶器竟也成了绮丽华美的珍宝！"

"这把剑叫作水心剑，它可是一把真正的宝剑。"李客边说边抽出剑身，将它横放在面前。

只见这水心剑，剑尖锐利无比，剑脊挺直，剑刃青光闪闪，犹如秋水一般，寒气袭人。

李白伸手想摸摸剑身。

"不可乱动，"李客拦住他的手，"这剑刃很是锋利，手是碰不得的。"

"父亲，这剑为何叫水心剑？"

"要说这剑名，那倒真还有些来历。"李客告诉儿子，"水心剑是有名的古剑。战国时，秦昭王率将士攻占魏国，大获全胜，用的就是水心剑。"

李客把剑插回剑鞘，双手递到儿子面前："现在，我将这把剑正式传给你。它是你爷爷送给我的，你带着它，要好好珍惜。"

"我要学剑！"

李客惊异地看着儿子。他原本没有教李白学剑的念头。他送给李白剑，只是作为纪念。现在看李白的坚决样，他也突然改变了初衷。

"好，父亲教你。"李客拍了拍儿子的肩头，"我们从刺、撩、劈、砍的基本剑法学起，每月学一个套路，天天练，不出十八岁，你就能学会它。"

李客专门选了太白剑术教儿子。他想剑术名"太白"与儿子的字号正好相应，人剑合一，珠联璧合，一定能给儿子带来好运。

练这套剑术，李客架势舒展，绵绵不断，似行云流水，循环不已。进入高峰，手眼身步与剑融为一体，只见他身似游龙，剑如吐信，进退盘旋，转折拧抱，不断变化。站在一旁的李白，看得眼花缭乱，心里羡慕极了。

"习剑不能性急，只要坚持，日积月累，必然会有大长进。"李客告诉儿子，"这也和做文章是一个道理。从古时候起，剑就与文人志士结下了不解之缘。司马相如从小既爱读书，又学剑法。后人应以他为楷模。"

从此，李白每天除了读书，就是习剑、操枪、学射、骑马。李白练武从不马虎，一招一式，学得十分认真。不久，二郎担山、跪跳扑虎、仙人拱手等一套剑路，他已经做得有板有眼，很像那么一回事了。

自练武以来，李白的文章也大有长进。这天，他练完剑，回到房里，擦了把汗，就坐到书桌旁，准备再读一会儿书。

可拿着书，李白怎么也读不进去。他眼前闪过一幕一幕壮观的景象，他好像看见了开元天子大猎渭滨的空前盛况：天子将袖筒高高地捋起，抱着钟柱，撞响了鸿钟。于是，旷野大地，钟鼓齐鸣，万马奔腾，武士们张弓拉弦，拔出倚天宝剑，捕杀飞禽猛兽。顿时，羽毛飞满苍穹，鲜血染红江河，数以万计的猎物倒毙在荒野草原、河滩山岗之上……

李白按捺不住激动的心情，研足了浓墨，铺开了白纸，挥笔作赋。没用一顿饭的工夫，洋洋千言的《大猎赋》就作成了。他最为得意的是下面这两段：

> 君王于是撞鸿钟，发銮音。出凤阙，开宸襟。驾玉辂之飞
> 龙，历神州之层岑。游五柞兮瞰三危，挟细柳兮过上林。攒高牙

以总总兮，驻华盖之森森。于是擢倚天之剑，弯落月之弓。昆仑叱兮可倒，宇宙噫兮增雄。河汉为之却流，川岳为之生风。羽毛扬兮九天绛，猎火燃兮千山红。

……

所以喷血流川，飞毛洒雪。状若乎高天雨兽，上坠于大荒；又似乎积禽为山，下崩于林穴。阳乌沮色于朝日，阴兔丧精于明月。思腾装上猎于太清，所恨穹昊于路绝。而忽也莫不海晏天空，万方来同。虽秦皇与汉武兮，复何足以争雄？

奇怪的是，在李白，这篇《大猎赋》完全是他居于僻远山乡的神想之作。而在世间，两年前，唐玄宗李隆基确实有过一次这样的大猎。当时的气势、情景与少年李白《大猎赋》中的描述几乎同出一辙。

李客看过儿子的《大猎赋》后，心里暗想：冥冥之中自有天地知晓，我儿子李白的确不是一般人物。他有神思，有奇才，今后必然成大气候。我为人之父，一定要尽己所能，助儿子直上云霄一臂之力。

李客虽然这样想，表面上却未露半点声色，他对儿子说："你这习作想象丰富，辞采壮丽，大有进步。不过，从遣词造句和前后结构上看，还像是从司马相如的《子虚赋》脱胎而来。你还需继续努力才好。"

李白并不服气："父亲，赋中的情景完全是儿子亲眼所见记录下来，并没有神说，也没有模仿古人的意思。"

9

两年前，即开元元年（713），长安皇宫内刚刚平息太平公主一党的叛乱不久，唐玄宗李隆基即以大猎的名义，举行了一次耀武扬威的军事检阅，以示他李隆基正式掌握皇权，做了天子。

十月十三日，在长安附近的骊山脚下，"征兵二十万，戈铤金甲，耀照天地，列大阵于长川，坐作进退，人金鼓之声节之。三军出入，号令如一"。

二十九岁的唐玄宗李隆基，神采奕奕，雄姿英发。他身穿戎服，手持长枪，立于高台之上，面对千军万马亲自宣讲诏书：以往韦氏同党篡权逆施，近期又有凶魁作祸，使我大唐社稷危如累卵。为替天行道，抚慰百姓，我们"斩长蛇，截封豨，戮枭獍，扫欃枪"，终于救社稷于危难之中。今日，我三军将士同心协力，威震四方，共图匡复大唐之业！

说完，李隆基登上骊山，亲自擂响战鼓，调动三军，操演兵阵。只见山下，军旗猎猎，方队齐整，长矛如林，马车有序。雄壮的《秦王破阵乐》奏响了，它向世人宣告，新时期大唐盛世的到来。

不料，李隆基正如此兴奋之时，突然发现兵阵之中，左边有那么一队人马精神似乎不太振奋，他们没有与其他兵阵依照号令同时推进。在整齐划一的队列之中，这队人马格外刺眼。李隆基扫兴地环顾左右，见兵部尚书郭元振正趾高气扬地待在左首。他龙颜大怒，一声喝令，命左右将郭元振立即绑下。

少刻，郭元振被五花大绑，推至李隆基脚下。他面无愧色，大声奏道："陛下，不知我郭元振触犯了哪条刑律？"

"大胆！"李隆基厉声喝道，"你目中无朕！你督操兵阵，军容不整，还敢吐此狂言！"

"陛下……"郭元振还想辩解，又被李隆基喝了回去。

"拉他下去！处斩！以振军威！"

左右大臣一见绑了郭元振，都觉得事出蹊跷，又见皇上动了真怒，一下竟不知如何是好。

全场顿时一片死寂，好像没有了一个活人。

宰相刘幽求和张说相互看了看，暗暗递过一个眼色，同时叩跪在李隆基面前："陛下，念郭元振前日有讨逆大功，即使得罪，也应当格外加恩，以他前功抵罪，免死才是。"

左右大臣也都就势一齐跪倒在地，连呼："万岁，开恩！万岁，刀下留人！"

这个郭元振，武则天时就是有名的大将军了。他镇守边陲多年，立有大功，民间早有许多关于他的传奇故事。两个多月前，他与张说、刘幽求、钟绍京、王琚、崔日用、魏知古等人，一同协助李隆基扫除了太平公主的同党，又成为开元年间的有功之臣。他怎么能想到皇上居然会因为军容稍有不整，便要置他于死地呢？

李隆基本意也并非要治郭元振的死罪，他只是想借此种举动，杀杀功臣的傲气，扬扬天子的威风。现在，面对跪倒在地的群臣，目的完全达到了。

于是，李隆基缓了缓口气，说："好吧，看在众爱卿的面上，免去死罪，削官罢职，流放新州，即日出城。"

郭元振流放到新州后，又被遣任饶州司马，病死于途中，终年五十七岁。

赦了郭元振死罪，李隆基又以"制军礼不肃"为由，宣布治给事中、知礼仪事唐绍死罪，立即处斩。

唐绍的头被砍在军阵的旁边，鲜血淋淋。他人虽死，目不瞑。满朝文武，全军将士，都被这个年轻皇帝的威势所震慑。

阅兵后，李隆基又号令，以禽兽为假想之敌，开始大规模围猎。一时间，三军将士刀枪并举，弓箭并发，鹰犬四出，人兽相搏。骊山脚下风尘滚滚，喊声杀声动地惊天。那场面，如同两军阵前，生死鏖战，十分悲壮，可歌可泣。

大猎中，姚元之来见李隆基。

姚元之是朝廷老臣，已经年届六旬。武则天时，他就任过宰相，后因与武氏不和，被贬出京城。睿宗登基，请他回来再任相职。姚元之与另一宰相宋璟一起协助李隆基拟出三项措施，企图将太平公主迁居洛阳。然而，此事被太平公主发现，在睿宗面前大发脾气。当时，李隆基太子地位还不稳定，自然惧怕他姑母的势力，因此，结果是加罪于两个宰相，姚元之被贬同州。现在，李隆基已经大权在握，自然又想起了姚元之，一个月前，他专门派人到同州，召唤姚元之回长安。

姚元之上前行过叩见大礼。

"爱卿来得正好，"李隆基说，"陪朕一同捕猎如何？"

"臣愿随陛下同猎。"姚元之说罢竟跃上战马，扬鞭与李隆基齐头并进。围猎中，他控纵自如，而且张弓如满月，动作毫无老态。

李隆基看在眼里，喜在心上。这天，他让姚元之与他一同住宿在骊山行宫。晚宴后，他与姚元之相对而坐，纵谈天下之事。

李隆基说："朕知爱卿原名崇，是则天皇后给你改名为元之。从今后，你官复原职，名也复原，还叫姚崇吧。这也是'恢复名义'嘛。"

"谢陛下恩典，"姚元之起身，叩首道，"恢复臣名，姚崇受领。但复相一事，请陛下恕臣大胆，臣不敢贸然受之。"

　　"这是为何？"

　　"陛下雄才伟略，臣早已倾心慕之。但是姚崇这次奉诏回来，有十件大事要向陛下请愿，担心陛下未必能一一准奏，因此不敢为相。"

　　"你只管说来！"

　　于是，姚崇一条一条说了出来。这十款请愿，款款都是辅佐皇上励精图治的好条件，李隆基哪会不准？姚崇说一条，李隆基认可一次，说十条，认可十次，没有一点犹豫。这十条是：一愿先仁恕，二愿不幸边功，三愿法行自近，四愿宦竖不与政事，五愿绝租赋外贡献，六愿戚属不任台省，七愿接臣下以礼，八愿群臣皆得直谏，九愿绝佛道营造，十愿禁外戚预政。

　　姚崇说完，李隆基欣然说道："所说十条，朕都能一一照行，卿不必过虑，只管放心为相好了。"

　　有了这个肯定的答复，姚崇也欣然起身，顿首拜谢皇上。

　　第二天早朝，李隆基即授姚崇为吏部尚书，同中书门下三品，封梁国公。姚崇为相，为李隆基开创"开元之治"的盛世注入了一股清风，为李隆基以玄宗的美名流传千古奠定了一个坚实的基础。

　　历史上，姚崇是有名的忠臣。武则天时，他曾推举张柬之为相，又参与以张柬之为首的五王政变预谋。政变成功之后，武则天退位，唐中宗率文武百官欢宴庆功，姚崇却在一旁痛哭流涕。张柬之说他："今天哪是啼哭的日子，你以后恐怕会有大祸及身。"姚崇却一点都不隐瞒地道出真情，说："我参与预谋政变，是为大唐臣子应该做的，不敢说有什么功。今日我送别旧主武则天，伤心难过，也是尽为人臣子的终节。要是为了尽忠而获罪，我心甘情愿受之。"后来，韦后联合武三思将张柬之等五人全部诛杀，姚崇却保住了性命。这一是因他早被流放在外，二是因他确实是名副其实的忠臣。对他的忠诚，玄宗也有极高的评价，他说，姚崇"宏略冠时，伟才生代，识精鉴远，正词强学，有忠臣之操，得贤相之风"。

　　但是，作为忠臣，姚崇也加害了不少功臣。

　　姚崇初为宰相，就向玄宗献策说，大治之年，对朝廷有功之臣必须多加防范。这正中玄宗下怀。因为，历来明主都极善用人。开国或政变之时，必须全力依赖功臣。治国时，又必须重用忠臣贤相。这时期，功臣往往容易居功自傲，稍不如意，就会再次政变，推翻君主。对此，玄宗很有认识。大猎时，他之所以要处斩郭元振，就是想给在场的一班功臣以警告。现在，姚崇献策，更坚定了他的这一想法。在以后一年的时间里，功臣张说、刘幽求、钟绍京、王琚、崔日用、魏知古等人都步郭元振的后尘，一个一个的，或被贬出京城在外当刺史，或被罢相不予重用。其中，姚崇与张说之间，很有些故事。

自从姚崇当了宰相之后，对朝中的大小事情都尽忠尽职，经常直言进谏玄宗。玄宗也很看重姚崇，凡是他的进谏，没有不批准的。朝中有明主和贤相，朝廷政事焕然一新，国泰民安，百姓称颂，只有张说心里很不平衡。他原先与姚崇怀有过结，怕姚崇借势乘机报复，想找个靠山作为保护。他想，玄宗很喜欢其弟岐王范，正好岐王又好学重儒，借自己的文才和岐王拉关系，得到岐王的庇护是最好不过的了。于是，退朝之后，他就经常走访岐王府。这事偏偏让姚崇知道了，他想，正好借这个机会，把张说从相位上排挤出去。

一天，退朝了，姚崇到边殿与玄宗议事，他故意一瘸一拐地从外面挪进去。

玄宗问："爱卿的腿是不是有病了？"

"不是臣的腿有病，是臣有心病。"姚崇看了看左右宫人，低声对玄宗说。

玄宗明白其意，屏退左右，细问原因。

姚崇便将张说近期常出入岐王府的情况密告给玄宗，他说："张说身为辅臣，却频繁与皇上的弟弟接触。如果岐王为他所惑，后患无穷。臣作为宰相，怎么能不心忧成疾呢？"

玄宗对此事极为重视，立即命人认真查访，一旦查清，证据确凿，定要治张说以死罪。幸亏张说过去曾经有恩于办案的贾全虚，贾全虚事先通报，让张说花费了许多金银，买通了所有的办案官吏，才得以重罪轻判，罢了相位，贬出京城了事。

后来，姚崇年老退离相位。他知道，自己去世之后，张说必然恢复相位。姚崇担心身后被张说报复，殃及他的全家，便在临死前设了一计：让儿子在他的灵位旁摆上一些稀世古玩。张说素来有些贪小，肯定会看上这些古玩，这时，就可以告知张说："父亲大人生前有话，谁愿意为他作悼文，这些古玩就赠送与谁。"果然，张说一口就答应下来。张说是有名的文人，文章自然作得极美。悼文作好后，送至姚府，姚家连夜刻入石碑。第二天，张说醒悟过来，知道上了姚崇的当，想要追回悼文，却为时已晚。有了这碑文做挡箭牌，张说复相之后，无法食言报复姚崇。盖棺论定，何况这篇褒奖的悼文还是他张说亲笔所书。

死去的姚崇终归算计了活着的张说。

第 二 章

1

开元初年以来，大唐王朝一派欣欣向荣的景象，它给人们带来了无限的希望，令有识之士纷纷向往美好的未来。

李客想，自己已经进入中年，四十大几，朝五十岁奔的人了，这辈子恐怕只能隐居青莲乡，在这偏远山村终老了。可儿子却是风华正茂之时，不能让他也跟着自己在这山旮旯里寄居一辈子。要送他出去，见大世面才对，长大志气才好。

开春，李客对妻子说："过了年，太白就十八岁了。十八岁的人应该到外面去走走，去开开眼界，学习更多的知识。"

"老爷说得极是。这几日，我也正在想这事呢。"

"太白不能和我学做生意。他天生聪慧，又好学上进，是读书做官的好材料。"

"知子莫若父。老爷真的这样看吗？"李氏的脸笑成了一朵花。

"听人说，匡山里有一位隐士，号东严子，叫赵蕤，又叫赵征君，很有学问。我想让太白去拜他为师，再好好学两年。日后也好图大计。"

李氏完全赞同丈夫的主意。夫妻二人商定，先给儿子准备行装，过几天，再说与儿子听。他们估计，李白听了这消息，一定会高兴得跳起来。这孩子一天天长大了，早就有出外求学的想法了。

不出半个月，李氏把儿子外出应备的日常用物全准备好了。她和女仆一起，给儿子缝制了两身棉袍、四身秋衫和夏衣，还赶做了两双结实的纳底青布鞋，再加上毛巾手帕，还有陶瓷饭碗口杯，打在一个布包里，鼓鼓囊囊的，好大一包。她想让安顺子的孩子小顺子跟儿子一起去匡山。小顺子虽然只有十三岁，但和他父亲一样，十分机灵，长得也是粗粗壮壮的，很有力气。路上有他帮着照应，能够放心。到山上也好做个伴读，有什么事，他还能回来通报一声。

李白听说让他去匡山拜师读书，当然高兴，只是不愿意小顺子和自己一同去。

"母亲，孩儿已经长大成人了。去匡山读书，不用有人陪伴。"

"可是，生活起居，总有个人照应才好。再说，行装这么多，你一个人也拿不了。"

"我只要带上水心剑和笔墨纸张就够了，其他行装都可不要。"

"我给你准备下的衣物，都是日常所需，不带着，换了季节，要穿要用的，你在山上到哪儿去找？"

"母亲，孩儿是去读书，又不是去匡山安家落户，带这许多东西，不是拖累孩儿吗？"

"太白说得也对。"李客见母子俩各执己见，谁也不让谁，便出来调和说，"小顺子不用跟着去了。衣物有穿用的便可，多余的就别带了。我选一匹好马给你，路上让它与你做伴。"

李白见父亲站在自己一边，赶紧深深地鞠一躬道："孩儿拜谢父亲大人。"

"哈哈哈，不用谢，不用谢，"李客抚了把胡须，高兴地说，"只要你努力上进，为父我就喜欢了。"

"孩儿决不辜负父亲的厚望。"

看着这父子俩，李氏无可奈何地笑了。她只好重新收拾了行装，将暂时用不上的东西，统统挑出来，大行李一下缩成了一个蓝色的小布包。她用手拍了拍小小的包袱，笑着对儿子说："好啦，这回合你的心意了！"

天刚蒙蒙亮，李白就上了路。他身穿一件崭新的雪青色圆领长衫，小包袱左肩右斜地系在背后。头上第一次系了一方青巾，青巾的两个角垂吊在肩头。水心剑挎在腰的左侧，一束火红的剑穗在腿边晃动。

安顺子牵来一匹壮马，它是李客外出的坐骑。这匹马全身毛色雪白，右前蹄也是白色的，左前蹄和两个后蹄的下方各有一圈油亮的黑毛，像是人有意套上的蹄圈。李白非常喜欢它。他接过缰绳，轻轻地拍了拍马屁股，那肌肉如同橡胶做的，结实丰满，富有弹性。

"这是匹良种好马，很通人性。"李客说，"白天可以代步，夜晚它还能给你看门报信。记着隔三两天给它刷洗一次，它会长得很好。"

"父亲母亲留步，孩儿这就上路了。"李白给父母行过大礼，一个箭步翻身上马，头也不回地向前走去。

望着儿子骑在马上渐渐远去的身影，李氏鼻子发酸，咽喉哽咽，泪水终于忍不住地流了下来。与儿子道别时，她极力控制着自己的情绪，不敢哭。她好像还有许许多多的话要对儿子说，但始终没有说出一个字来。她知道，只要开口，泪水的闸门也会随之打开，不可抑制。

现在，儿子走了，看着儿子越走越远的背影，她想哭，她真想放声大哭。李白从出生到十八岁，没有离开过她的身边。她对儿子有无限的眷恋，也有殷殷的期盼，有自信也有担忧，放心更有不放心，所有矛盾的情感和心绪一起化作泪水，不断线地流了出来。

"你看你，说好了不许哭，你还是哭了。"李客劝妻子说，"太白出去读书是好事，应该高兴才是。再说，匡山离这儿又不远，五十多里地，想去看他也容易。"

李氏擦了擦眼泪，说："就你说得容易。儿子这一去，没有三年两载是回不来的。我就不相信，你心里舍得？"

"舍不得又怎么样？鸟长大了要分巢，孩子长大了总要远走高飞的。我们在山沟里住一辈子，难道能让孩子也跟我们住一辈子？我早想好了，等太白学成回来，就让他出蜀，到外面的天地里去寻找他的生活道路。我们的儿子，肯定有大作为！"

快马加鞭，中午时分就能到匡山。李白却不急于赶路，第一次单独离家出远门，路上见到的一切，他都有一种新奇感。

走到涪江边，他跳下马，掬上一捧江水，洗了洗脸。好清凉，好爽快！告别父母时心底涌出的恋恋不舍的情感被涪江江水淡化了许多。李白知道，父亲母亲一直站在路边遥望着他远去的身影。母亲哭了。他清清楚楚地看见母亲眼睛里饱含着泪花。

他不敢回头望。

他用两条腿夹紧马腹，催它一直向前走。

路边有一家小酒店，李白见了，想进去试试味道。看看日头，没过晌午。离家时，母亲亲自起早下厨房，给他做了一桌丰盛的早餐，肚子吃得饱饱的，这会儿也没有一点饿的感觉。

"管他饱也不饱，进去喝上两杯，吃点小菜也好。"李白想，"书上说，文人侠客从来与酒结缘。在家时，母亲不让我沾酒。今日，我十八岁走出家门，也算是成人了，遇见第一家酒店，非进去不可。"他下了马，整了整衣帽，牵着缰绳往酒家走去。

小酒保早就看见他了，看见他骑着马伫立路边，朝酒店这边犹豫张望。他断定这是一笔生意，已经笑着迎了出来。

"这位公子，要点什么，里边有请——"小酒保拉开嗓门给里面掌柜的报信。

晌午时分，正是生意清淡时刻，小店里没有一位酒客。掌柜的正趴在柜台上瞌睡，听见有客人进来了，精神一下就来了。他双手习惯地擦了擦前襟，也点头哈腰地迎到了门前。

"欢迎光临小店！欢迎光临小店！"掌柜的将李白带到临窗的八仙桌前，摆正靠椅，请他坐下，"请问客官，来点什么酒菜？"

李白从未进过酒家，哪里懂得什么酒菜！他不知道要什么才好，表面却一点不露声色——他担心酒家小看了他。

"拣你们最好的酒菜上来。"

李白话音刚落，就听小酒保大声报道："麻辣牛肉一盘，季季香四两——"

"客官请稍坐片刻，我到后头去催着他们，保证不耽误您赶路的时间。"掌柜的生怕好不容易来的这位客人走了，一溜烟小跑着去了后面。

李白坐在八仙桌旁，打量着这家小酒店。店堂内摆放着三张已磨去了油漆的饭桌。桌面上浸润着一层油渍，几只苍蝇正叮在上边贪婪地吮吸着油污。李白懒懒地抬起手来，扬了扬，想赶走苍蝇。苍蝇嗡嗡嗡地飞了一圈，又落回到原处。再赶，转了一圈又飞了回来。再赶，还来。几只苍蝇就是不肯离开李白面前的桌子。

这几只苍蝇真是蠢呀！死到临头了都不知道！李白正要叫小酒保，小酒保已托着酒菜来了。

"来了——新鲜可口的麻辣牛肉，香飘一里的季季香美酒——"小酒保熟练地摆放好酒壶、酒杯和一盘牛肉，"公子请慢慢品尝。"

"这许多苍蝇……"

小酒保看了看李白，又斜眼瞟了瞟桌上的苍蝇，笑道："公子不必担心，看我的本事。"说着，他抽下搭在肩头的毛巾，对着桌面，啪啪两下，立即拍死了三只苍蝇，余下的两只飞起来逃跑，也让他前一绕后一绕，正好包进了毛巾里。几个动作干净利索，一点也没碰着挨着桌上已经摆好的酒菜。李白看了也兴奋起来，他让小酒保也坐下来，与他一同喝两杯。小酒保也真的不客气，顺手拉过一张凳子，一屁股坐在李白对面，和他亲热地对饮起来。

"公子，我们这儿的酒，味道如何?"小酒保边喝边问。

李白初次饮酒，只觉得酒气直冲喉咙，一口喝下去，嘴唇、食道一直到胃都火辣辣地烫得难受，根本没品出一点香味来。听着问话，又只能装出行家的样子，连连点头赞好。

"来，来，我再给你满上一杯。"他使劲劝着小酒保多喝点，自己也跟着喝上两口。一壶酒好不容易才喝完了。

李白掏出一锭银子，递给小酒保，说："付了酒钱，余下的送你零花。"

没想到，这位公子居然如此大方! 一锭银子，酒钱还不到它的五分之一! 喝了酒，又得了这许多银子，今天真是福星高照! 小酒保高兴得笑眯了眼睛。

李白见小酒保的笑样，以为自己喝醉了，让他笑话。他站起身来，摇了摇头，抬了抬手，头不重，手也不软，眼前的一切都看得清清楚楚，根本没醉。

"看样子，我还有些酒量!"李白心里高兴，又掏出一锭银子，重重地放在桌上，"这锭银子也送与你，作为我们初次相交的见面礼好了。"

小酒保眼睛瞪得老大，半天也没有醒过梦来。

"有缘与公子相交，小的万分荣幸!"

小酒保跟着李白走到店外，替李白牵过白马，又扶他上马："下回路过本店，敬请公子留步，小的一定好好款待。"

李白扬了扬手，径自上路去了。

望着李白远去，小酒保一手握着一锭银子，放在耳边用力地对击了两下。银子发出的悦耳响声，真把个小酒保给乐得一蹦三跳地跑进了酒店。他想，他这辈子恐怕是再也难得碰上一回这样的好事了。

近黄昏时，李白来到匡山脚下。

这匡山又称作长平山。山不算太高，也没什么险峰峻岭，但山中林木极其幽深。或者说，匡山的山体包裹在参天古木之中，远看近看只有满目葱郁浓密的树林，站在山脚下，人已是抬首不见日月。

李白想，今日已晚，山道幽邃，坡滑路险，只能牵着马走，上山怕是来不及了。不如先在山下找一户人家住下，等明日一早，再上山去。

于是，他骑着马在山边来回转悠，天快黑时，才在一处山谷中瞧见了一间茅草小屋。这是一家猎户。户主二十出头的年纪，正蹲在门旁的坡地上摆弄他的弓箭，年轻妇人坐在一旁奶着孩子。李白下马，走近他们，猎人并不抬头，那妇人也只盯着他看，并不问话。

李白上前客气地说道："这位兄长，小弟打扰了。"

猎人看了看李白，继续弄着弓弦："你是问路，还是借宿?"

"小弟今日离家，来匡山求学。初来此地，人生地不熟，眼看天色已晚，想在兄长家借宿一夜，明天一大早便起身上山。"

"我们一家三口猎居在此，只有一间草屋，一张木床，实在无法留公子夜宿。"

李白听了猎人的话，心口一下冰凉。看看周围，天已大黑，深山密林，让他今晚到哪里去过夜呢? 想不到，这位兄长如此不通情理。难怪出门之前，父亲一再叮嘱说，在家千日好，出门一时难。独自出门在外，必须学会自己照料自己。借助他人之力，只能放在次要。

年轻妇人见李白刚才还是神清气爽，满面春风，这下却如霜打了一般呆呆地站着，走也不是，留也不是，有些过意不去，开口对丈夫说："这位兄弟远道而来，无处投宿。看样子，他确是一个读书之人，且刚离家门。我们做件好事，留他一宿有何不可?"

"睡在哪里?"猎人嘟哝着问。

"找些柴草铺在地上，将就一晚，不知这位兄弟是否愿意?"

"小弟只求有一夜宿之地，并不在乎床上地下。"李白赶紧说，"谢谢

50

兄嫂留宿之恩。"

这一夜，李白生平第一次睡在柴草上。

他和衣躺着，总觉得柴棍子顶着脊背生疼生疼的，茅草也不时从衣领袖口钻进他的贴身内衣，弄得他全身上下瘙痒。对面木床上，猎人侧卧在外边，鼻子里发出细细的鼾声。里边躺着的妇人倒是安安静静的，没有一丝半点声响。难道她也和自己一样，到现在仍然未睡着？李白想，我是躺着难受睡不着。她呢？她睡不着，也许是因为有陌生男子……天一亮，我就上山去，不知老师的居处好不好寻。父母这会儿也肯定未睡，恐怕还在替我担忧……李白这样想着想着，不知不觉，渐渐地，进入了梦乡。

2

李白被猎妇唤醒之时，天已经大亮。

猎妇熬了一锅红薯稀饭，盛了一大碗，让李白起来吃。

一碗稀饭喝下去，背上冒出毛毛细汗，人也清醒舒服了许多。

李白站起身来，整了整一夜压皱的衣服，掏出几块碎银子，对正在梳头的猎妇说："有劳兄嫂照顾，这点银子，仅表小弟的微薄谢意。"

猎妇接过银子，问："兄弟今日上山，不知要寻哪位师长？"

李白答道："家父说，这山上隐居着一位智者，名赵蕤，字太宾。我特意来拜他为师。"

"赵蕤？是不是那位读书练武，善养鸟禽，号为东严子的长者？"

"正是。"

"他就住在山南面的半腰坡上。"猎妇领着李白走出门来，指点着一条上山的小路说，"沿着这条道上山，再往右弯，走不出一里半地，就可见到他的居处。"

这时，猎人猎得两只野兔，从山里回来了，他听说李白要上山去寻找隐士东严子，便主动说愿给李白引路。

"不再烦劳兄长了。这里去山上，路已经不远，我自己慢慢去寻便可。"

李白牵上白马，再次道别猎人夫妇。猎人夫妇抱着孩子将他送至山路边上，一再说，日后有什么要做的事，尽管来找他们就是，不必客气。李白人已走进山林，还依稀听见那妇人的声音，至于说了些什么，却是听不大清楚了。

走上山向右不远，李白发现，周围的鸟禽似乎比别处多了起来，且越往前走，山林越是热闹，各种清脆的鸟鸣琴声般地在山坡上回荡。林中，有翠绿的、嫩黄的、火红的、湛蓝的各色小鸟在欢闹。小道间，不时有拖着长长尾巴的锦鸡、灰白相间的珍珠鸡以及羽毛丰满、体态优雅的各种从来没见过的野禽，神气活现地走来走去，引得大白马都看得出神，多次驻足忘了行路。李白从小生活在山里，认识不少鸟禽，但在这里，他除有几种认得外，多数从未见过。他觉得，自己和大白马好像走进了鸟禽世界。

"这位公子，往何处去？"

李白只顾欣赏鸟禽，没注意已经来到了一所草屋院落门前。一位五十开外的长者，立在院门外，对他发话。

"我是青莲乡布衣李白，专程来匡山寻拜赵蕤师长。"

"我正是赵蕤。"

看眼前长者，不同于常人。他小眼阔鼻，扁嘴长脸，个头偏小，着一件雪白的圆领长衫。他双手叉腰，左右两臂一边落着一只钩嘴苍鹰：右边这只，绿眼睛，毛色雪白；左边那只，黄眼睛，毛色全黑。大凡隐士长者多蓄有长须，而他的胡子却刮得干干净净，没留下半点胡楂。人过半百，多少难免生出些白发，可他却仍是满头青丝。他不结发髻，八寸长发正好披肩。

来此之前，李白听父亲说过赵蕤师长是川蜀一怪，行为举止不同一般。但真见其人，他还是不由得暗暗叫奇。

走上前去，李白解下布包，从包里拿出一封信函，恭敬地交给赵蕤。这是李客花两匹白帛，托人请梓州李县令给赵蕤写的引荐信。信中，李县令将李白称作族侄。因为赵蕤本是梓州人士，李客认为，有他本乡县令的推荐，赵蕤不会不给面子，定会收儿子做学生。

赵蕤接过信函，并没认真细读，只是草草扫了一眼，便收入了衣袋。

"今晨早起，我就知道会有人来。"赵蕤慢条斯理地说，"你父遣你来我这深山之中长知识，不知你心下有何想法？"

"我亦亟待师长教导。"

"这里生活清贫单一，每日粗茶淡饭，你一个富商子弟，耐得了这种寂寞日子吗？"

"学生虽然家境殷实，从小也是在山乡长大，周围极少人家。我每天读书习武，学写文章，并没有寂寞之感。相反，学生倒觉得，深山之中，正是藏龙卧虎之地，要成就大事业，必须从这里起步。"

李白一席话，说得赵蕤连连点头，他闭眼道："难得有如此雄心壮志的人才。今天，我赵某就破他一例，收你为学生吧。"

话音刚落，李白就撩起长袍，双膝着地，两手抱拳，说："师长在上，请受学生一拜。"接着，他一连五个响头，个个落地有声。

赵蕤并不谦让，他直立在学生上方，待李白拜过，才说："与我做学生，不必拘泥礼节。我们名分上有师长学生之分，情分上不分你我，要做兄弟朋友。起来，起来，随我一同进屋。"

走进草屋，黑白苍鹰同时飞落在屋脊的横梁上。

西房中，有一张铺好的木床，赵蕤指与李白看，说："已为你备好床单被褥。陋室简单，你将就着住它四年。"

李白心里奇怪，父亲并没到过匡山，李县令的信笺也没提他的家境和他来此求学的时间，师长怎么知道他是富商子弟，又怎么知道他近日上山求学，连父亲交代他的话学满四年再回家，也如同听到一般。

原来，不但李白不知道，就是李客也不深知，匡山里的这个赵蕤已是当时著名的隐士。他不但学识丰厚，博学有韬略，而且通前朝后代故事，善艺术文章。隐居匡山多年，他考证六经诸家异同之旨，已写下六十三篇并合为十卷本的传世著作《长短经》。他还精通天文，深研地理，对三教九流、风水相术等涉世之术更是无不知晓。

如此高手，怎么会看不透一个年轻布衣的根本呢？站在门外，东严子已将李白的来龙去脉看出了四层。这个学生，带剑与常人不同，佩在右侧，古人云："礼之所兴也，剑之在左，青龙象也；刀之在右，白虎象也。"

这会儿坐下来，趁李白喝茶，他又眯起左眼，细细端详这个学生的面相。李白生的是一副清相。看上去他肉白而弱，似乎寒薄，但寒薄中自有骨清肉洁之美。一双虎眼，瞳仁金黄，目光若晓星，晴气如点漆，预示他来日必然名扬四海。只可惜，李白虽然形体魁梧高大，但血气无华色，在他朗朗的神气之中，骨髓里暗含着一股傲气。

傲气，乃相中之最忌，凡贵人往往败相于此。东严子想，李白若不在中年遭遇一场重刑，扼杀其傲气，恐怕会落得一个孤苦伶仃、疾病缠身、含恨而亡的悲惨结局。他想要助他逃出这一大劫大难也是不可能的。因为"易变者相，不易变者性也"。人从少年、青年、壮年、暮年走过，面相在不断变化，而其本性终难改变。本性决定命运，正是天数已定的道理。想到此，深通命运之术的东严子，不无遗憾地长叹一声。

放下茶碗，李白发觉师长正在细观他的神情，又听师长长叹一声，不知为了什么，于是问道："师长有何见教？"

"你初来山中，生活起居只好慢慢适应，不可操之过急。"赵蕤边说边站起身来，"今日还早，先随我去会会邻居。"

邻居是居住在匡山上的飞禽走兽。

院子里，有白羽、素冠、赤足、长尾巴的白鹇在悠闲漫步。蓝孔雀、绿孔雀和白色的孔雀也很自在，有的落在树枝上梳理自己美丽的羽毛，有的雌雄结伴交颈而谈。

赵蕤给它们都起有名字，唤谁，谁就会乖乖过来，从他掌中啄食。李白好奇地伸手抚摸一只正在啄食的孔雀，它亦毫无一丝惊恐。摸得久了，它扭转头来，圆睁着黄溜溜的眼睛，"都护——都护——"地叫着和他说起话来。

赵蕤告诉李白，孔雀与人相近。它很爱美，栖居时，先找放尾巴的地方，保证它珍贵的尾羽不被折弯。它很会嫉妒，见到色彩便展开它美丽如画的屏风和人家比试比试。它很懂音乐，听到乐曲就要翩翩起舞，从镜子里看见自己优美的身姿，也会欣然起舞，跳舞是孔雀天生的癖好。金翠闪烁的孔雀舞蹈，节奏感极强，有婆娑之态，很让人着迷。

这里还住着聪慧能言的鹦鹉。它们色彩绚丽，品种不一，有红尾凤头鹦鹉、粉红凤头鹦鹉、虹彩吸蜜鹦鹉、绿翅王鹦鹉、红翅鹦鹉、玫瑰色环纹鹦鹉、红胸鹦鹉、蓝头鹦鹉、猩猩鹦鹉和白鹦鹉，大大小小十几个种类。

一只长尾五彩鹦鹉见到李白，热情地对他说："你好！你好！"

李白笑着回它："你也好！"

"欢迎你来，欢迎你来！"

"我今日刚到。日后我们交个朋友。"

"我高兴，我高兴！"它叫着。

一只花头鹦鹉在旁边问："你从哪儿来？你从哪儿来？"

"你走吗？你走吗？"另一只也歪着脑袋插问。

李白愣了神。他曾经读过一篇有关鹦鹉的赋，是唐太宗时，太子右庶子李百药所作。赋中说，林邑国的使者，向太宗贡献了一只五色鹦鹉。这只鹦鹉"精诚辩慧，善于应答"，屡屡对皇上诉说："好冷，好冷！""难忍，难忍！"为此，太宗特意下诏，将它释放回本国。读赋时，李白想，五色鹦鹉屡屡诉说的两句话，恐怕是林邑国人故意教授。可现在，他眼见身边的这些鹦鹉，个个巧舌善言，思维敏捷，真是出人意料！

赵蕤笑了："可别小看这些鸟类。它和我们人类一样，有感情，识得好歹。你善待它，它对你真心实意。要是欺侮它，不用多，只一次，它从此不再与你亲热。"停了停，他又说，"鸟禽类如此，山里的石头、大树、草藤都如此，万事万物皆通人性。只要你善待它们，它们就会加倍报答你的恩德。"

匡山还借居着很多珍禽异兽，它们的故乡大多不在本地。作为朝廷贡品，它们是由周围部族的使者带来大唐的。通常，这些珍贵的动物，只喂养在皇亲国戚、宠臣大将军的豪门深院之中，代表着特殊的身份与地位。

匡山为什么有这么多的珍奇鸟禽，甚至比皇宫中的品种还要齐全？李白不解其中道理。他想，它们与师长的玄妙术数可能有几分关系。对此，赵蕤也从来避而不谈。直到四年后，李白告别匡山，也未探得其中奥秘。

3

李白跟赵蕤学习，与在学堂读书不同。

每天清晨，他与赵蕤一起在林间平地上习武练剑。赵蕤爱使雌雄双剑，李白操练的是水心剑法。第一次习剑，赵蕤拔剑就刺，李白慌忙架住，两人你来我往，只三五个回合，李白就汗如雨滴，招架不住了。

"你学有几招剑术套路，对于剑道还知之甚少。"坐下来休息，赵蕤对李白说，"学剑必须先学其道。通其道，才能精其术。"

"学生习剑没有专门拜过师父，只是跟着父亲大人学了些基本套路，还望师长深入指点。"

"古人重视剑道，《汉书·艺文志》中著录有剑道三十八篇，记载了春秋战国以来，人们进行击刺劈砍较斗的基本技艺及相关理论。可惜，这部著作在隋末唐初年间流落民间，逐渐失传了。我年轻时，师承一位剑家高手，得授予十七篇剑道，记在心中。以后，我们慢慢温习。你把这十七篇剑道学会，也好传与后人。"

赵蕤传授剑道，并非书本知识。他都是以基本剑法为依据，逐篇演示、讲解其中道理。李白本就聪敏好学，半年下来，他的剑术已大有长进。

除了教授剑道，赵蕤每天还以《长短经》为教本，用两三个时辰，给李白讲治平之道、立身之学。

后人将赵蕤的学术归为纵横术。其实，他的《长短经》涉及政治、哲学、历史和军事等各个方面，内容十分丰富。他提出"道无求备"、用其所长的观点，以儒学思想为主，杂采道、法、名、墨、杂、农、纵横等众家之长，形成了自己独特的思想理论。他区分的"王道之政""霸道之政"和"强国之政"，很受当朝重视，皇上曾亲自下诏，召他入朝为官。但他看破红尘，固执隐居匡山，不再入世。这也是他叫赵征君的由来。

每日，师生二人还要纵谈古今盛衰治乱，品评历代杰出人物。管仲，辅佐齐桓公九合诸侯，一匡天下；苏秦，以合纵之策，游说列国，掌六国相印；张良，运筹帷幄，决胜于千里之外；诸葛亮，高卧隆中，三顾始出，为国家，为君主，鞠躬尽瘁，死而后已；还有谢安、司马相如、屈原等一代豪杰志士，都为他们共同敬慕。

"我虽生于太平盛世，却时刻不敢忘记匡世济国之大业。"李白多次向师长陈述自己久藏于心底的宏伟抱负。赵蕤也非常赞赏他的盖世雄心。

一日，赵蕤给李白讲用人之道。

"用人之道，尤以任贤为要，任才为要。国君若量能授官，并有识别德才兼备之人才的慧眼，国家大业即成就六成以上。古人伊尹，兴土木之所以成功，就是因为他擅长利用各类人才。比如，他让强脊的人背土，让眼瞎的人推车，让驼背的人专门涂泥。这样，避人之短，用人之长，充分发挥了每个人的长处。人性从来不能整齐，个人特长有别。向来治理国家，不怕没有能人，只怕不识个人专长，更怕其专长特殊被人妒之而不用。"

"师长说得极是。天地造物，必有其用。记得《淮南子》曾说过，'天下之物，莫凶于奚毒，然而良医橐而藏之，有所用也'。奚毒虽是至凶的毒物，但用于良医之手，可以去重病。学生自小研经读史，练功习武，为的就是日后辅佐皇上，济苍生，安社稷，建大功，立大业。果真能够如此，也不枉为父母之骨肉，天地之精血了。"

"当今圣上励精图治，善用贤人，你正赶上了好时光啊。"赵蕤说，"不过，如今读书做官，有三条路可供选择。一是科举之路。大唐以来，开设科举制度，得中进士，叫作白衣公卿。表面上看，考上进士便有了公卿前程，其实远非如此。从地方小官升至朝廷重臣，路途遥远，且险境丛生，一座独木桥，万人竞相通过，没有非凡手段，一辈子也休想成功。更何况，考进士之艰难，也是一言难尽。'三十老明经，五十少进士。'三十岁考上明经不会有人说你老，五十岁中了进士还算是年轻的。多少人负有倜傥之才、变通之术，都因束缚于科举考场，循规蹈矩，年复一年地进出考牢，最终不了了之。有人说：'太宗皇帝真长策，赚得英雄尽白头。'我年轻时，正是上了这'赚人术'的当，多次赴东都洛阳赶考不中，白白花费了大好时光。这条路，你一定不能再走。二是制举之路。'制举者，天子待非常之才也。'智者谋士，隐居山野，储精蓄锐；奇才巧术者，游说山川，待名扬天下时，皇上自会亲自下诏，召你入宫，委以重任。这条路，也有为师的作为榜样。但它所需时间长，机会也仅有十分之二三。依我看，你不到万不得已，也不必走此之路。三是以布衣身份，干谒朝官，走荐举之路。开元天子广开才路，诏命五品以上官吏皆可直接向朝廷荐举贤才。你读万卷书之后，再行万里之路，一旦得遇识才之人，便可直接进朝，辅佐圣上，参与国家政事，将雄才伟略付诸实际，大展宏图。为师我相信你总有这一天。"

李白将师长的肺腑之言牢记在心。后来，他为此耗尽了毕生心血，终究未能实现赵蕤的预言。

午后，是李白自己读书的时间。书读累了，他常常外出，与大自然、与飞禽鸟兽交朋友。

秋天，赵蕤驯养的一只母狼狗生下一窝四只小狗崽。他选了一只灰毛阔嘴、梅花爪也很肥大的，送给李白做伙伴。李白给这只小狼狗起名郎中杰，意思是，它将成为狼群里一呼百应的勇士豪杰。

郎中杰非常活泼可爱，李白走到哪儿，它就跟到哪儿，简直成了李白的影子。冬季，山上天气寒冷，李白看书，郎中杰趴在他腿上，热乎乎的，像个小火炉。晚上睡觉，李白与它共一床棉被，郎中杰钻进被子脚下，蜷成一团做美梦。李白的脚板挨着它毛茸茸的小身子，真是又暖和又舒服。不过，郎中杰也不十分老实，晚上睡觉，每隔一会儿，它就要起身，上外面遛一圈再回来。一晚上，出出进进好多回。开始，李白不高兴，不让它出去，可他终于拗不过郎中杰的犟脾气，最后也只好随它去了。

郎中杰长大后，李白才知道，它每天晚上出去遛圈，并不全是为着玩耍，它还要去巡视家门，看看有什么异常发生。好多次，山里的黄鼬钻进了白鹇们的安乐窝，幸亏郎中杰及时报信，才救了白鹇的性命。

一次，李白和郎中杰外出散步。郎中杰突然一反常态，强行把李白带到了一棵参天古树下，对着树洞汪汪直叫。李白弯身，探头进洞里，原来，是一个驼鸟窝。大驼鸟不知上哪儿去了，留下一只小驼鸟，黄嘴巴，毛稀少，独自待在窝里睡觉。

天黑很久后，仍不见大驼鸟的影子，小驼鸟在洞里伸长了脖子，饿得叽叽叽地直叫。李白想，先抱它回去喂一晚上，明早再送它回来。

然而，一连几天过去了，大驼鸟始终未返回树洞。

这样，小驼鸟就成了李白和郎中杰的新伙伴。

小驼鸟长得非常快，身躯更是特别高大，头和颈部长的是粉红色的绒绒毛，身上的羽毛则光滑丰满，色泽艳丽，令人看了赞叹不已。

很多年之后，李白五十四岁之时，在秋浦又见到过这种美丽的驼鸟，想着年轻时匡山上的驼鸟朋友，他写下四句五言诗：

> 秋浦锦驼鸟，人间天上稀。
> 山鸡羞渌水，不敢照毛衣。

山鸡就是锦鸡，它时常为自己在水中美丽的倒影而陶醉。古书曾记载："山鸡有美毛，自爱其色，终日映水，目眩则溺水。"如此爱美的锦鸡，见到驼鸟，羞愧得不敢再看自己水中的倩影。可见，这种驼鸟有多么的漂亮。

驼鸟也是周围部族使者献给大唐的贡品。太宗时期，吐火罗人曾贡献了一只大驼鸟，它跑得飞快，鼓着翅膀，一天能行三百多里。太宗死后，吐火罗驼鸟作为陪葬，和太宗一起去了地宫。武则天也很喜欢驼鸟，在她和高宗的陵墓前，至今还栩栩如生地立着一对驼鸟的石像，这是西突厥人的贡品。

赵蕤很看重驼鸟粪，他让李白每天捡集，并将驼鸟粪晒干，碾成粉末，装进坛子里，细心收藏。

驼鸟粪已收了两大坛子，李白终于忍不住问："师长，这鸟粪收着，有什么用处不成？"

"一物降一物，世间没有无用之物。"

"学生想知道，驼鸟粪到底有何用处？"

经李白多次相求，赵蕤才将其中道理说与他听。原来，赵蕤对医学药典也很感兴趣，他从民间收取了许多偏方，发现偏方一般遵守"物物相长"与"物物相克"的原则。驼鸟的胃有一种特殊功能，它吞食铜铁，能化为营养。据此，赵蕤选驼鸟粪入药，助长人的消化能力。若有人误吞了坚硬的东西，如铁丝、石头等物，食入驼鸟粪，立即能在胃中消化。当然，不能将真情告知病人。否则，谁也不会愿意服动物之粪便。这也是赵蕤一直不愿告诉李白的原因所在。

后来，李白还知道，不仅驼鸟粪有药用功能，其他珍稀鸟禽也有相应的药用功能。如，孔雀肉对解药毒、蛊毒有显著疗效。尤其蛊毒为剧毒，一般无药可解，用孔雀血解之，则有特效。

又如，鹰很凶猛，借它的凶悍和动物中恐怖者的特性战胜鬼魅和邪恶的力量，也有奇效。鹰肉主治"野狐邪魅"。将鹰爪烧成灰，用水服下，也可以治疗"狐魅"。鹰粪烧成灰，调入一匙酒中，又是一味解毒良药，它对中邪的人有特效。不过，用粪便治疾病特别要当心，千万不能乱用。若不小心，误吸入鹦鹉粪便的粉尘，人将患上名为"鹦鹉热"的疾病，导致身亡。

时间过得很快，转眼，李白来匡山已经一年有余了。

他学完了十七篇剑道。

诸子百家学说和《长短经》的讲授也初告段落。

赵蕤想，这个年轻人胸怀大志，学问日渐成熟，不能长期住在山中。有机会，还是让他出山走走，独自闯闯才好。

正巧，年底，赵蕤的一位故交贾思文上山来会他。

当年，他俩同科考举，赵蕤落第，贾思文则一举中了进士，得幸留在朝中做了"京官"——在司农寺都水监中任使者，专门掌管河运、渔捕等事宜，官位八品。官职虽小，但在一般人的眼里，他已是极为幸运的了。留在朝中，地理位置离皇上较近，无论如何，比做地方官吏，更有希望迁升。可是，这个贾思文后来命运不佳，勤勤恳恳在朝中做了二十多年小官，根本无人赏识。直到如今，还是个七品使者。这次，他以"京官"身份，由长安来蜀公办，特意到匡山来会赵蕤。

老朋友多年不见，自然亲热。

赵蕤设山宴款待贾兄。桌上尽是珍禽野味，还有山中自酿的陈年老酒，都是久居长安的贾思文不曾吃喝过的。赵蕤让李白也来陪客，三个人开怀痛饮，兴致极佳。席间，古今中外，天南地北，无所不谈。

酒从中午一直喝至傍晚，老酒喝了一坛，李白已经大醉。他歪歪倒倒地伏在桌边睡了过去。

上山后，李白也跟赵蕤学着饮酒。赵蕤酒瘾大，每餐要喝一壶白酒。李白来后，少不了要陪着对饮。一年多下来，李白的学问长了，酒量也日渐增大。但比起眼前的两位老前辈，他的酒量，还只能算是小巫一个。

贾思文也有了三分醉意。他半睁着喝红了的眼睛，盯着李白看了一会儿，说："你这学生，看上去，不是一般人才。在我老辈面前，狂言甚多。你打算将他长期留在山中吗？"

"他的襟怀，想留，也是留不住的。"

"兄弟离长安前，私下听朋友说，"贾思文压低声音，语气很神秘，

"朝廷可能会有大的人事变动。"

贾思文看了看赵蕤，赵蕤没有表情。贾思文端起酒杯，抿上一小口，又说："民间这两年通行劣质恶钱，兄弟是否听说？"

赵蕤点头。

"朝廷屡禁不止。今年，宰相宋璟和苏颋下了决心，定要严禁恶钱。年初，国库拨出钱二万缗（古时成串的铜钱，每串有铜钱一千文，合三百缗），在民间通用，又令地方府县出粜粟十万石，收敛恶钱，收回来的全部销毁改铸，这才稍稍刹住了一些。可是，前几个月，淮江一带恶钱又起。宋大人深恶痛绝，派监察御史萧隐之前去清查，限期彻底销毁。这个萧隐之，从来急躁，做事又简单。他到淮江，命官兵按户头、商家搜取恶钱，搜到的，全部没收，没有偿还，闹得百姓怨声四起。这还不要紧，偏偏宋大人还嫌进展太慢，说是制恶必先制头，让隐之兄严办当地负罪官吏，有不服上告的，全部押送长安交御史台加倍惩治。正好，又遇天旱。这下，可得罪众人啦。官心民心，同时大乱。"贾思文停下来，又抿上一小口酒，润了润喉咙，接着说，"你知道皇上最好看戏吗？"

"有所传闻。"

"宫中设置了左右教坊，专门演习戏曲，还选有数百名乐工、宫女，由皇上亲自教导乐曲舞蹈。长安人把这些人叫作梨园弟子。其中有人是淮江一带官员的亲戚，听说此事，演戏时扮作旱神，引得皇上发问：'汝为何出现？'旱神答：'我是奉宰相的命令出来的。'皇上又问：'他为何让你出来，危害朕的臣民？'于是，旱神大胆回道：'现有三百多人含冤被宰相投入监牢，我旱神不得不出来为他们鸣冤叫屈啊！'"

"圣上相信了？"

"深信不疑！我离开前，朝中已有行动，正派人调查此事。听说，皇上的意思是，宁可允许恶钱再度流行，也不可让怨恨之声充满大路。否则，恶钱虽止，朝政不稳，又有何用？"

"圣上会将清官怎样？"

贾思文更压低了声音说："传闻要查办萧隐之，同时罢免宋、苏二位宰相。"

赵蕤听了，没有说话。

"不过，传闻毕竟来自小道，只可听，千万不可传。"贾思文补充道，

"我在朝为官多年，从来不听不传非官方正式消息。今来会拜兄弟，也是随便说说，解闷而已，兄弟不必当真。"

"哈，哈哈，哈哈哈……"赵蕤大笑，"我一个山中之人，听了等于没听，听不听都与我无关。倒是贾兄，你在朝中做官多年，可比过去谨慎多了。"

"没有变化，没有变化。只是，比起兄弟来，我见老了许多。在朝中做官与隐居深山，不可同日而语呀！"说罢，贾思文也哈哈哈大笑了一场。

送走贾思文，赵蕤掐指暗自推算：宋璟、苏颋，在相位正好三年。第四年头上，无论有罪无罪，天数已定，不能继续宰相职权，两人一准被同时罢免。苏颋去职后，圣上仍然会用他，必遣他来川蜀，任益州（今四川成都）刺史。

赵蕤想，这正是李白走荐举之路的好机会。他打定主意，明年春上，让李白下山面谒苏颋。

苏颋承父位，敕封为许国公，是当朝知名的文章巨擘，文章诗赋与燕国公张说齐名，世称"许燕大手笔"。他的父亲苏瑰，也做过朝廷宰相。年幼时，苏颋就已聪明过人，文章过目不忘，命题作诗，出口成诵。与他同时，还有著名文人李峤的儿子也被称作神童。

有好事者，在皇上面前说，让李峤的儿子与苏颋同到大殿上，由皇上亲自出题，比试高低。

皇上认可。

当时，苏颋年仅七岁，由苏瑰领着来到大殿。皇上令他与李峤之子面对面地当庭对句。

苏颋先出口说："木从绳则正，后从谏则圣。"

李峤之子想了想，对道："斫朝涉之胫，剖贤人之心。"

皇上听后，仅点了点头，并未评出高低。

但在场的人私下评定说："李峤无子，苏瑰有儿。"

睿宗时，苏瑰在许州长社县（今河南许昌市）去世。皇上下诏，命苏颋为工部侍郎。苏颋以服孝为由，再三推辞。睿宗又遣李日知专门去传达他的旨意。李日知从许州返回后向睿宗报告说："臣见苏颋过分悲哀，身形憔悴，因此不愿转达皇上您的旨意。"睿宗为苏颋的孝心感动，取消了自己的任命。玄宗时，苏颋在朝中任大臣，常为皇上草拟诏书，如同上官婉儿在武则天身边一般。睿宗遗诏就出自他的笔下。他写睿宗"三为天子，三以天下让"，成为后代评价睿宗的基本语句。

开元四年（716），姚崇得病，告假在家休养。每逢大臣上朝奏本，玄宗都要先问："卿的想法可是姚相的意思？"如果不是，皇上便令其与姚崇商量，再复奏本。玄宗还亲自出宫，看望姚崇。他见姚崇的居室极其朴素，甚至可以说过于简陋，便当即将四方馆赐予姚崇。姚崇说，四方馆庭院鸟语花香，厅堂华丽雅典，是帝王居所，他为臣的不敢进住。玄宗听说，亲自写下手谕："只恨朕的禁宫之中不便请爱卿居住，特赐予四方馆，爱卿不必谦让，明日立即迁居。"这样，姚崇一家才搬进了四方馆。可惜，姚崇的儿子不争气，与姚崇的亲信一起，仗势多次接受贿赂，事情败露后，本应判为死罪，有姚崇出面营救，儿子才得以免罪，亲信则戴罪流放岭南。姚崇因此请求辞去相职，并荐举广州都督宋璟代他。

宋璟这人，一贯风度凝远。他应召从广州赴长安，一路与特使同行，却不和他说一句话。玄宗听说后，对他的风度嗟叹再三。因此格外器重，授他为黄门监。同时，任苏颋为礼部尚书，同平章事。二人同为宰相。

唐朝，宰相由分管政府要害部门的七位大臣同时担任，其中二人为中心，又以一人为主。宋璟是主要的宰相，苏颋尊重他，两人相处得很好。遇事，苏颋总让宋璟决定，并积极配合处理。

作为朝廷一二把手，宋璟和苏颋与他们的前任，姚崇和卢怀慎，风格迥然不同。

姚崇善于应变，懂适时用人。宋璟则善于尊法执法。他为相后，整顿朝纲，量能授官，查出贪污受贿者，一律严惩，朝中风气很正。姚崇与宋璟治国手段虽然不同，效果却是完全一样，辅佐玄宗，依"贞观故事"，创"开元盛世"，国家赋税劳役宽缓公平，刑罚清明简省，国库充实，百姓富庶。所以，后世都说，唐代的贤明宰相，前称太宗时的房玄龄和杜如晦，后有玄宗手下的姚崇和宋璟。玄宗对他俩，从来以礼相待。每次进见，玄宗都要起身迎接。离开时，玄宗定要送至轩廊。而后来，到李林甫做宰相时，宠幸虽然超过了姚、宋二人，得到的礼遇却很低薄，不得与姚、宋同日而语。

卢怀慎是一个极为廉洁自律的宰相。史书记载，他为官多年，从不经营自家资财产业，得到的俸禄赏赐，总是随手分施给亲戚故友。他的住房破旧不堪，难挡风雨，妻儿常常忍饥挨冻。当宰相，自知不才，凡事都推给姚崇。姚崇有病在家，朝中政事积压如山，卢怀慎不能裁决，惶恐不安，只能跪下向玄宗请罪。当时，人们叫他为"伴食宰相"。

苏颋却不一样。他虽谦让，但不推却为相的责任。宋璟曾说："我先后与苏家父子同在相府任职，苏瑰为人宽宏厚道，确实是国家的栋梁之材。可要说建议决策，苏颋远远超过了他的父亲。"

生活上，苏颋很有些微词留给后人。

相传，苏颋小的时候，有一个相士看过他的面相之后，说："这位公子头角峥嵘，眉相广长，鼻直口朱，气色明曜，面神眼神，如日东升，官可做到一品中书令，寿有八旬。"

事实上，苏颋官只做到二品，享年五十八岁。

重病时，苏颋自知来日不多，想起少年时相士的预测，不知为何不能高寿，要家人请来一有名的巫师，向他提出了心中的疑问。

巫师给他占卜，说："大人原来命中，确实有官一品，寿八旬。但因大人年轻时害过一命，所以折官折寿。"

苏颋听了，大怒道："巫师怎敢血口喷人！我苏某一生正派，哪曾害过人命？"

"我分明看见有一冤女，年十六七岁，颈上系有一根红绳，像是男人用过的腰带。不知大人以往是否见过这样的女子？"

苏颋闭目不语。

巫师又说："如果大人确实见过这位女子，并与她结冤，死前向玉皇大帝请罪，还来得及。玉帝会以大人在世创建的功勋，免大人身后下地狱受酷刑。我劝大人还是早些招认的好，余下的时间已经不多了。"

苏颋这才流着泪，认下自己年轻时欠下的这笔风流债。

那时他刚刚十七岁，看上了父亲身边的女仆兰菊，多次与她在房中通奸。本来，他想收兰菊为小妾。谁知，这兰菊心高气傲，非做正房夫人不可。他不答应，好言劝她，在他这样的官宦人家，婢女不可能做正房夫人，况且，她还一字不识。兰菊不听，大吵大闹，说是不做正房夫人，就要状告朝廷，告他强奸民女，让他永世不得翻身。苏颋的父母也出面劝解，只要兰菊不乱闹，他们许她终身富贵。可是，兰菊执意不肯。出于无奈，他只好哄兰菊说娶她为正房。然后，在两人云雨之后，乘兰菊睡熟，抽出腰带将她勒死。勒死兰菊后，他告知父母，让下人把兰菊的尸体趁着黑夜扔进了江中。他原以为，此事神不知鬼不觉，而自己几十年在朝为官，又清正廉洁，可以悄悄赎罪。他哪里想得到，终究还是逃不过报应。

话刚说完，苏颋就断了气。因为他未留下悔过之言，罪孽未能彻底洗清，从此殃及他的子孙，再也不能发达振兴。

传说虽然不可全信，但也不能半点不信。

俗话说：无风不起浪。若要人不知，除非己莫为。由传说，多少也能知道一点宰相苏颋的复杂人品。

5

开元八年（720）正月初，元旦刚过，唐玄宗果真免去了宋璟和苏颋的宰相职务。宋璟年老体弱，回家休养。苏颋则果真降职为益州大都督府刺史，隔日起程，赴成都上任。

正月二十五日，赵蕤在晨练之后，对李白说："苏颋近日来蜀，我想，你今日下山，到新都（今四川三台）拜谒他，请他向朝廷举荐你。"

李白当然高兴，他兴致勃勃地回房，从褥子底下，拿出自己几年来写的一本诗赋，简单收理了几件换洗衣物，打成小蓝布包袱，系在背上。再佩好水心剑，来到堂屋，和正坐着闭目养神的赵蕤道别。

"学生告别师长，叩谢师长两年的谆谆教诲。"

赵蕤像没听见一样，只管闭目养神。

李白又说："学生就要离开匡山，不知师长还有何教导？"

赵蕤仍不理他。

李白跪下，流下泪来，再说："学生此去，不知何日才能再见师长，请师长再看学生一眼也好。"

赵蕤慢慢地睁开眼睛，看了李白一眼，说："你不必伤心。我算过了，你此去，成功仅有三四成把握。说不定，干谒不成，还要再回匡山。你我有四年缘分，缘分未完，终会再见。今日让你下山，只是念你求功名心切，找一个机会给你，试试命运。成与不成，都不必放在心上。"

李白这才起身，收住泪水，说："学生还有一事请问师长。"

"尽管讲来。"赵蕤说着，又闭合双目，做出养神姿势。

"师长通晓相术，善于相面推算。两年前，学生上山时，就知师长看出学生命运。一直想问，不敢开口。今日与师长道别，还请师长点明一二，学生日后也好遵照行事。"

赵蕤闭着双眼，答道："天机不可泄露，恕我无法奉告。但，历来命运在天，成功失败则在个人。今后之事，你不必多问，只管自己努力就是。"

李白再次拜别师长，走出草屋院门。他牵上来时父亲送与他的白马，走上下山的小路。

郎中杰和锦驼鸟低着头走在前面，为它们的主人引路送行。

山腰间，小路弯向左边，开始朝山下延伸。李白停下脚步，唤住白马，对郎中杰和锦驼鸟说："好了，你们就此止步。下山的路，我自己会走。"

郎中杰和锦驼鸟都站住了。

"汪，汪汪，汪——"郎中杰圆睁着泪眼，对着山下叫了几声，扭过头来，又朝着李白，汪汪汪地叫个不停。它浑厚低沉的叫声在山林里回响着，音质里含着几许凄凉，叫声中含有几许悲怆。

随着郎中杰的叫声，一群小鸟拍着翅膀，扑棱扑棱地从树林里，飞上色似丹青的高空。

锦驼鸟垂着头，一声不响地挨着李白。它用它那长长的脖子，轻轻地蹭着李白的肩头，它的难分难舍之情流露在纯情的目光之中。

"我也舍不得离开你们。"李白摸着锦驼鸟说，"回去吧，替我好好照顾师长，这才是我最好的朋友。"

看着郎中杰和锦驼鸟仍然不肯转身回去，李白又说："师长说，我下山只有一段时间。过些时候，我还要回来的，你们不必难受，回去吧。"

两个好朋友似乎听懂了他的话，不再跟着他下山了，只是静静地站在坡上，目送着李白和白马下山。

直到走出山口，李白侧耳还能听见郎中杰的汪汪叫声。

大白马突然昂起头颅，沙着喉咙，向着天空，长嘶了一声。这一声，整个匡山都能听到。

李白扭转头来，看了一眼郁郁葱葱的匡山，说："再见了，匡山！我虽然离不开你，但，为着功名有望，我李白也不想再回来见你了！"

两列马队前后护着一辆四乘马车在大路上疾驰。

车马过后，尘土飞扬。

路边，一个放鸭老汉，在尘土中抬起头，目送着车马向西南方远去，嘟哝着说："长安又有大官来我们新都了。"

李白已在新都街上的小酒家住了两天。

这天下午，听人说，县府里刚来了一队车马，看样子，来头不小。李白兴奋地想，肯定是苏颋大人的车马到了。他早早吃过晚饭，将几篇诗赋准备好，工工整整地压放在枕下。然后，脱衣上床睡觉。他要养足精神，明天一大早，好去拜见苏颋大人。

晚上，李白做了一个梦。

他的锦驼鸟突然变成了一只巨大无比的大鹏。他刚在大鹏背上坐稳，大鹏就腾空而起，向东海飞去。

空中，风声飕飕，浓云大雾，遮挡了他的视线。

他开始有些害怕，不知道大鹏要带他去哪里。他叫锦驼鸟，它不理他。无奈，他只得抓住大鹏的羽毛，身子紧贴着它宽大的背脊，以防不慎从空中掉下来。如此高空，甩落下去，可不是好玩的。

一会儿，天空放晴，四周彩霞一片。大鹏稳稳地降落在蓬莱仙境。

仙宫金碧辉煌，美丽的仙女们披着轻纱绸带，将他团团围住。一位面若桃花的仙女，拉着他的手，含笑说道："你是我们最尊贵的客人，要什么，我们给你什么。"

仙女的纤纤细手，白生生的，软绵绵的，摸着它，他什么也不想要了。

忽然，握在他手里的温柔小手，变成了一只粗壮、笨重、长满了棕毛的大熊掌，长长的钩爪从里面猛伸出来，用力压进他的皮肉，鲜血如喷泉一般涌出，他疼痛难忍，惨叫一声，"啊——"

"李公子，李公子——"

睁开眼睛，李白看见小酒店的老板娘站在眼前，他的手正被握在她的手中。李白吓得一身冷汗，半天没有说出话来，他转背一个翻身坐起，趁机将手抽了出来。

四十多岁的老板娘并不在意李白的动作，她笑着说："昨日，李公子叮嘱，天一亮就来唤你起床。我在房外唤了多声，总不见动静，这才贸然进房，摇李公子醒来。"

李白好不容易才从梦里彻底清醒过来：今天有大事要办，差点被荒唐梦给耽误了！他谢过老板娘，急忙梳洗穿戴完毕，早饭也没吃，就揣上他的几篇诗赋，奔出了小酒店。

县府的大门已经打开。

李白上前，双手将他的门状（相当于现今的名片）递与门人，说："拜托官人，布衣李白，求见长安来的苏颋大人。"

门人接过门状，上下打量了李白一番，确认是位布衣，才说："苏大人昨日远道而来，今晨晚起了。你有何事？"

"李白有诗文呈上，敬请苏大人指教。"说着，李白从怀中掏出他的诗赋，递给门人。

门人看了一眼，说："你先收着，待我进去禀报大人。"

"有劳官人。"

门人拿着李白的门状进去了。

不一会儿，便听见里面传来拉长的声音："苏大人有请李——白——"

门人也出来了："苏大人请李公子到前堂见面。"

李白情不自禁地整了整头上的方巾，跟在门人后面，走了进去。

苏颋身穿紫色官服，坐在前堂上方，威严地看着李白走了进来，没动身子，只是微微地点了点头，算是先打了招呼。

李白上前，恭恭敬敬地行过大礼，说："布衣李白，拜见大人。"

"请坐。"苏颋说，同时盯了李白一眼，这一眼几乎未动声色，却锐利得能窥破人的内心。

李白没有坐下。他双手拿着自己的诗赋，递到苏颋面前，说："久闻前辈文章盖世，今日，晚生特来求教。"

苏颋接过李白的诗赋，说："你先坐下喝茶，待我细读。"

放在上面的是《明堂赋》和《大猎赋》两篇。苏颋越读，眼睛越亮。读完《大猎赋》，他已笑容浮面了。

苏颋抬起头来，问："李公子何方人士？"

"晚生从匡山来。"

"师承何人？"

"师长赵蕤，字太宾。"

"嗯，东严子的学生，难怪有如此才华。"苏颋点了点头，又问，"今年多大？"

"未满二十。"

"年纪轻轻，有如此功力，已是很不简单了。"

李白听苏颋夸奖，心里得意，站起身来，说："请前辈多多指点。"

"请坐，坐下慢慢谈，"苏颋说，"你读书不少，知晓古人故事，想象力也非常人可比，两篇赋都作得有声有色，很有气势。我尤其喜爱《大猎赋》，洋洋洒洒，下笔千言，辞藻漂亮，与司马相如的《子虚赋》多有相近之处。"

"晚生十分敬佩前人。"

"不过，恕我直言，你的文笔虽已见专车之骨，但风力未成，还须广学博览才好。我看李公子底气很足，成得了大器。将来，你的文章诗赋定能与司马相如齐肩。"

"承蒙前辈教诲，晚生受益匪浅。"李白又一次站起来说，"但是，晚生大志，不在诗文，而在经国济世。想那司马相如为武帝看中，仅仅是写得一手好文章而已。我以为，大丈夫在世，不与管仲相比，也应有鲁仲连的干练和抱负，才不枉为读书之人。"

李白的一段话，令苏颋眼前又是一亮。这个年轻人，确实与众不同。虽然语气有些狂妄，但年轻人无此气魄，又怎能担当重任呢？朝廷现在正需要这样的年轻人。

"难得你学识过人，又胸怀大志，"苏颋说，"待我到成都后，立即向朝廷上表，举荐你为朝廷效力。"

"感谢前辈栽培！"李白高兴极了，想了想，他又说，"不知何时再见前辈为好？"

"你先到成都住下，有了消息，我自会派人去寻你。"

走出县府，李白春风得意。几天来，对匡山师长和朋友的思念，以及等待拜谒苏大人时的焦躁情绪，此刻一扫而光。回到小酒店，他要痛饮一场，然后，起程去成都。

成都，是唐代益州（蜀郡）的首府，也是剑南道大都督府所在地。

战国前期，古蜀国开明王朝，从郫邑"徙治"来这里，仿从前周太王古公亶父，在梁山止岐下，"一年成邑，二年成都"，建起了都城。成都由此得名，一直沿继今日（只是安史之乱，唐玄宗避难逃至这里，有几年叫作南京；后来，明末农民起义领袖张献忠在这里建立大西国，有两年，又称西京）。

坐落在"天府之国"中心地带的成都，周围是一望无涯的平畴沃野。《战国策·秦策》说："西控成都，治野千里。"长江两大支流——岷江、沱江，由左右两边流经成都平原，如同两条飘逸的玉带环绕着城池。正南面，一百六十公里以外，有峨眉山拔地而起，为成都竖起了一道四季常青的自然屏风。这里，夏无酷热，冬少冰雪，气候温和，雨水充足，江山秀丽，物产丰饶，地理位置冲要，历来是兵家必争之地，也是文人学士的向往之都。

论历史悠久，成都仅次于长安。说都城建设，唐代的成都也与长安相仿。当时，长安城内有一百余坊，成都市里也有一百余坊。长安城分东市和西市，成都则有秦武王元年（前310）张仪、张若建成的大城和少城，东是大城，西为少城。城内，大街小巷，店铺作坊，经贸交往十分发达。集市上，堆放着数不清的川蜀特产，排满了从长安、洛阳、金陵、广州、越州等地的各种货物，还有许多从西域过来的胡商小贩从早到晚大声叫卖。讲风流，成都更可与扬州相提并论。历史上，扬州名妓云集，烟花柳巷，风月良宵，令多情才子流连忘返。而成都也是美女如云，街头巷尾，青楼灯火媚眼频传；茶楼酒馆，四处可见才貌双全的歌舞乐伎。由此，古人曾有"扬一益二"的说法，意思是说，天下都城之繁华，扬州第一，成都第二。

肃宗至德二年（757），李白用三十多年的时间，游遍了名城都市，回想起二十岁时见过的成都，仍赞叹不已。在《上皇西巡南京歌》中，他吟咏成都的山川锦绣、风光秀丽和市井繁华，将它与国都长安比较，说天下的繁华美丽，长安不能独有。他写道："九天开出一成都，万户千门入画图。草树云山如锦绣，秦川得及此间无?"还写道，"柳色未饶秦地绿，花光不减上林红。"再写道，"北地虽夸上林苑，南京还有散花楼。"诗中，"上林苑"，指的是汉代长安的宫苑；"散花楼"，则是当时成都著名景观之一。在同一首诗中，李白还描述了成都、扬州两城的关系——万里长江由西向东，头连着成都，尾流经扬州："濯锦清江万里流，云帆龙舸下扬州。"

唐代的成都，还是著名的织锦之乡，因此有"锦城"的美称。锦，是用蚕丝织成的。蜀中人种桑养蚕的历史可上推到神话传说时期。唐代成都生产的织锦，叫作蜀锦，它色彩鲜艳，质地坚韧厚重，图案丰富多彩，有装饰锦、鞋面锦、锦裙、锦带等许多花色品种。传说，岷江流经成都的一段水域，每天有成群结伴的姑娘大嫂到江边漂洗彩锦，洗濯后的彩锦颜色更加艳丽，花纹愈加清晰。因此，人们把这段江水叫"濯锦江"，简称"锦江"。

李白来到成都，正是早春二月。

和李白的心情一样，早春二月的成都也是春意盎然。

骑着白马，李白到处张望，长这么大，他还没进过大都市。好热闹的大街，店铺如林，招牌幌子五颜六色，令人眼花缭乱，目不暇接。好多的行人车马，熙熙攘攘，川流不息。一时间，李白竟不知往哪里去才好。

"这位大哥，是想找店住吗?"

李白低头一看，一个十三四岁的男孩已站在白马旁边。

"你问我吗，小兄弟?"

"你要找店住，对吗?"

李白点点头，说："你知道地方?"

"我家就是开店的，你上我家住好吗?"男孩满怀希望地看着李白，"我领你去。不远，就在前面。"

他见李白没说话，又补充说："我家的店又干净又便宜。我姐姐唱歌、跳舞、弹琴，样样都会。她还很会做菜，吃了她做的菜，客人都不想走了。真的，我不骗你。"

李白笑了："好，我就跟你去看看你姐姐。"

"好嘞! 小弟我给大哥你牵马引路。"男孩高兴得边说边跳，伸手就去拉缰绳。可白马是个烈性子，从不让生人碰它的。男孩的手还没挨到缰绳，它早已翻起上唇，露出牙齿，吐出一口白气，扑哧一声，将男孩子喷得一连向后倒退了好几步。

"哎，客气一点！"李白赶紧拉了拉缰绳，从马上跳下来，"小兄弟，别怕，它专爱逗小孩玩。"

男孩定了定神，又恢复了原样，说："我才不怕它呢。烈性子的马，我见得多了。来我们这儿做生意的胡人都爱住我家的店。每天，他们的马全由我一个人伺候。"说着，他又伸手去拉缰绳。

李白拦住了他："好啦，我牵着马，咱俩一起走。"

男孩一路走，一路指这点那，嘴巴不停地给李白介绍店铺、地名，什么东西好卖，什么东西成都人不喜欢。听李白说是来成都玩的，男孩更兴奋了。他告诉李白，来成都玩，找他带路再方便不过了。他就是成都的活地图，大街小巷，花市古景，没有他不知道的地方。

"对了，现在正在开花市。你见过吗？"

"没见过？住下来，有时间，我带你去看。"

"你还可以上武侯祠、青羊宫去玩玩。青羊宫就在花市旁边。"

"还有宝光寺，在城外，离这儿四十多里地。那佛殿可大了，里面有各种各样的菩萨，可好看了。"

说着话，不觉远，男孩把李白带到了城区外一栋小木楼边。

"妈——妈——我带客来啦！"小男孩朝门里大叫着。

男孩的母亲迎了出来。

她三十五六的年纪，柳弯眉，月牙眼，脸皮开得干干净净，擦了淡淡的香粉胭脂，不像是两个孩子的母亲。

见儿子果真领来了客人，她立刻满脸堆笑，将李白让进了店门："欢迎公子来住店。我是小二他妈，人家都叫我二娘，你也这么叫好了。"

"我这儿，店小，房间也不大。不过，公子放心，吃住都很方便，价钱也便宜，绝不会让公子吃亏。"二娘的嘴，说起话来和她的男孩一样，也是没完没了，"公子住单间，还是住套间？套间只有一套，正好空着。还有大客房，价钱最便宜。我看公子你是住套间的人，价钱也不贵，每晚才五百铜钱。吃一餐饭，算一餐饭的钱，不吃不收钱。牲口钱，我也不收，保证喂得好好的。先交五两银子做押金，走时一起结账，多退少补，你我谁也吃不了亏。"

李白没听她说话，他东张西望，好奇地想看看小二说的那个能歌会舞的姐姐是个什么样。

二娘递上一碗茶，问："公子来成都，是做生意，还是会朋友？"

李白在想，人说，有其父必有其子，女儿家半个娘。这个二娘，相貌长得倒不错，人品却实在不好说。她养的女儿，会像她的哪一半？

二娘见李白并不回话，猜想他不知是嫌她的小店简陋，还是银两不够，打其他主意。于是，她又把刚才的生意经重新说了一遍："公子你住套间最合适，单独在楼上，没人打扰，先交五两银子做押金……"

李白想，今天，这小二的姐姐是看定了。他打断二娘的话，说："一切照你说的办。押金先给你，我住上几天便走。"

二娘高兴地接过李白的银子，仔细称过，将多余的退还给他："我做事，从来一是一，二是二，不占客家半点便宜。住这儿，你尽管放心……"

"我赶了远路，人有些倦了，烦二娘先领我进房休息。"

"那是当然！那是当然！"二娘应着，大声叫儿子，"小二，快些过来，带公子上楼休息。"

木板楼梯，踩在上面，吱吱嘎嘎响个不停。所谓楼上，也仅有两间小木板房。房间不大，外屋摆了两张靠椅、一张茶几，已不太宽敞。里屋一张大床，一张圆桌，两个木头凳子，进门的墙角边放着面盆和毛巾。床上铺设虽然简单，却也干净整洁，看上去还算让人满意。

行了大半天的路，李白确实有些累了。他等小二打来热水，随便擦了把脸，准备上床睡会儿觉。

"公子先歇着，一会儿晚饭好了，我自会给你送来。"小二说。

李白想问他：姐姐上哪儿去了，怎么没见她人？但话没出口，小二已经带上门走了。

一觉醒来，天已经大黑。

小二将饭菜摆放在桌子上，请李白起来用饭。他告诉李白，今晚的饭菜，是他妈妈做的，没他姐姐做的好吃。

"姐姐前天到乡下舅舅家去了，明天就能回来。等她回来，你尝尝她做的菜，包你吃了还想吃。"

这天晚上，李白睡得很安稳。

躺在被子里，他想：苏大人怕是也到成都了。明天，我先去督府送个信，告诉苏大人我的住址，有了消息，也好联系。再到外面去走走，玩他几天，静候佳音……

7

李白一个人在外面转悠了一天，天黑才回小店。

早起，李白出去，小二不知上哪儿去了，没陪他出去玩。到督府，门人说，苏大人正忙于办公，不能会客。信，他替李白转交。离开督府，李白在街上走走看看，出了这个店门，又进下一个店门，他从来没这么痛痛快快地玩过。不知不觉，晌午过了，下午也过了，中饭晚饭，他都在街上吃的。成都小吃，真是名不虚传，花色多，味道浓，再加上一壶白酒，吃得又香又美。

小店今天又来了几个客人，是跑生意的，进门就热闹极了。他们正在堂屋里吃饭，二娘陪着。见李白回来了，她起身说："公子回来啦。吃过没有？没吃过，现给你做去。"

"不用费心，我已在外面吃过了。"李白回话，又与几位客商行过见面礼，说是先去休息，便独自上了楼去。

"小二，李公子回来了！"二娘叫着，"快给他泡茶去！"

李白在楼上等了一会儿，并不曾有茶送来，他也不在乎，从布包中拿出一册书，将桌上的灯捻挑长了点，斜歪在床头读起书来。李白只要进入书中，楼下那高一声低一句的喝酒猜拳声，也就完全听不见了。他读书向来十分专心。

不知不觉，李白渐渐睡了过去。睡梦中，他听到远处不断有袅袅的歌声传来，那嗓音甜美清纯，那曲调婉转含情，如同朵朵娇嫩的睡莲在晨露中舒展腰肢，吐放芯蕊一般，令人神魂牵绕，浮想联翩……

睁开眼睛，李白想是梦中之歌，但歌声分明愈加清晰。他走近窗前，仔细分辨。原来，唱歌之人就在楼下。客商们的酒宴还没散，是一女子在为他们弹唱助兴。李白想，这女子，也许就是小二的姐姐。他想下去看看，又觉得有些不妥。刚才人家请你同桌喝酒吃饭，你不肯就座，这会儿听见女声，就来入席了？客商们还不将他当作下酒的笑料吗？

夜风从窗隙里钻进来，油灯的火苗倾斜到一边，就像李白摇动的心旌。

他耐着性子不下楼去，索性脱了衣服，吹熄油灯，一个人钻进被子里，竖耳聆听这女子的美妙歌声。

楼下，一曲唱罢，又是一曲。客商们不停地大声叫好，女子一曲一曲地弹唱，曲曲动人，曲曲都有新的意境，直到夜深了，歌声才缓缓散去。

李白躺在床上，耳边余韵回旋，久久不得入睡，他盼着雄鸡早早打鸣，好亲眼见见这楼下的女子。

天终于大亮了，李白睡在被子里还没来得及起床，外屋就飘进了一个女声："李公子，热水来了。"

是小二的姐姐！李白想，下意识地拉紧了被子。

小二的姐姐真的端着一面盆热水，出现在门口。她见李白还躺在被子里，又慌忙退了回去："打扰李公子了，热水先放在外屋。有事，你再吩咐就是。"

听见木楼梯的吱嘎声，李白知道她已经下楼去了，但自己的心却开始怦怦乱跳。他赶紧起身，穿戴整齐，用女子送来的热水洗过脸，也来到楼下。

楼下很安静，客商们一大早就做生意去了。小二也不知哪儿去了。李白一个人站在堂屋中间发愣。

"李公子，起来啦？"一个女子从门外进来，见了李白便问道。

"你是——"

"我是小二的姐姐，令狐兰。"

"令狐兰！"

"小二告诉我，楼上住了一位读书的李大哥。我想，准是你了。"

李白看这女子，十六七岁，长得如花似玉。柳叶眉，弯月眼，很像她的母亲。不同的是，她肤色细嫩，白里透红，乖巧的小嘴红得熟樱桃一般，两眼水汪汪的，眸子又明又亮。面对如此动人的美丽，李白不由得脸一红，撇开脸，不敢再看她。但他又清晰地感觉到她系的是粉红色的长裙，上身套一件紧身短衫。短衫托出她丰满的前胸和那杨柳般颀长的身材。他觉得她的那双眼睛也和自己的眼睛一样，是金黄的。他又转过脸，明知故问道："令狐小姐不是去乡下了……"

"公子叫我兰子好了。我们这样的人家，够不上小姐身份。"

"这——怎么讲？"

"我身在店家，每天为客人陪酒献艺，怎能称为小姐。"

"昨晚我听见楼下歌声，是你……"

"正是兰子在为客人助兴。"

"唱得好极了！"

"李公子喜欢，哪天兰子专为你弹唱几曲。"

令狐兰的活泼大方感染了李白，李白说话也随便起来。这时，他看清了她的眼睛。她的眼睛是漆黑的，漆黑得就像温柔的夜色。但他怎么会觉得她的眼睛是金黄的呢？

两人正说着话，二娘来了："李公子下来啦，还没吃早饭吧？兰子，快到后头去给李公子端些早点过来。"

"哎——"令狐兰答应着，去了后屋。

"李公子今日准备上哪儿走走？"

"听小二说，这里正有花市，想去看看。"

"那好啊，我店里今天正好事情不多，就让兰子陪你去玩。一个整天，李公子给两百铜钱的陪同费，可好？"

听说让令狐兰与他同去花市，李白当然高兴："两百铜钱不多，我给你一两银子。"他当下就掏出了一两银子，交给了二娘。

成都花会很有名气。

传说，二月十五是太上老君的生日，也是"花朝"之日，到了这天，百花将会同时开放。因此，从初唐开始，每年二月十五前后半个月，城西青羊宫都有盛大的花会活动。

令狐兰和李白一起来到花市，特别高兴。她从小在成都长大，年年花会她都要来好多次。今年，她是第一次来，又与一位风度翩翩的读书人同行，更有说不出的快乐。

花市上，名花佳卉，争芳斗艳。红如胭脂的山茶花，洁白如玉的白玉兰，艳丽多姿的海棠花，秀媚诱人的迎春花，一盆盆，一束束，姹紫嫣红，繁花似锦，引得令狐兰像一只美丽的花蝴蝶，在花丛中飞来飞去。李白跟随着她，看花，也看兰子的活泼可爱。

走到一个卖花老农的身边，令狐兰停下来。她看着一朵朵蓝色的小花，惊讶它们如宝石一般。

"老伯，这花叫什么？"李白问。

"美丽兜兰。"

"多少钱一朵？"

"你喜欢，一文三朵。"

"我买十二朵。"李白说。

"李公子，你也喜欢这花？"令狐兰说。

"喜欢，你看它花形多美，蓝得多艳，与其他花色相比，它别有风韵。"

老花农将花扎成一束，递给李白，李白没有接，他嘴朝令狐兰努了努，示意让她去接花。

"给我？"

"送给你。"

接过鲜花，令狐兰有些不好意思，长这么大，还没有男子送花给她。她将红红的脸庞埋进蓝色花瓣中，说："多谢李公子。"

李白说："美丽兜兰，与你兰子，正是一对鲜花。"

从花市出来，令狐兰又领李白去坐落在城东北的散花楼。她告诉李白，散花楼又叫锦楼，是隋末蜀王杨秀为他的妃子建的。

散花楼建在小山顶上，共有九层，登上最高的一层，凭栏远望，成都景色尽收眼底。

楼上风大。李白的衣袍被风鼓得像个浑圆的木桶，他想压下去，风与他作对，偏偏压不下。

令狐兰在一旁咯咯咯地笑个不停。

风也吹乱了她的头发，吹散了美丽兜兰的花瓣，几点蓝颜色的花瓣，随风起舞，飘飘浮浮地飞去远方。令狐兰看着，情随风动，不由自主地将剩下的花瓣，一片一片地摘下了，送进风里，点点蓝花从楼顶飘落，真好像有仙女散花。

李白看着飘零的花瓣，心里一动，略一低头，一首五言诗脱口而出：

日照锦城头，朝光散花楼。

金窗夹绣户，珠箔悬银钩。

飞梯绿云中，极目散我忧。

暮雨向三峡，春江绕双流。

今来一登望，如上九天游。

以后，李白每日出去游玩，二娘总打发女儿陪着去，她图的是李白的一两银子。令狐兰与李白越来越熟，两人一起，转街看戏，游山玩水，李白还给她讲了许多她从未听过的历史故事。她也乐意随李白出去。习惯了，只要李白一动身，不管手中有事没事，令狐兰都要紧跟着。

8

这天，李白在楼上读了一天书，晚饭后，他想出去走走，令狐兰也要同去。两人刚走出店门，二娘在后面大声唤道："李公子，又要上哪儿？"

"去江边走走。"

二娘看了一眼女儿，说："天快黑了，让我家兰子陪着去，可要加钱的。"

李白犹豫了一下，看看身边的令狐兰，问二娘："你要多少？"

二娘笑脸相对："再加五十。"

"我现在身边没有，回来再付如何？"

"好说，好说。"

令狐兰知道每次陪李白出去，母亲都要了陪同费。但母亲当着她的面向李白要钱，还要加价，她觉得十分难堪。她低下头说："李公子，你自己去吧。兰子有些不适，不想去了。"

"兰子，"二娘放下脸来，"不许任性！陪李公子一同去。"

令狐兰看也不看她母亲，径自走回店里。

"李公子，我这女儿她……"

"你不要说了。"李白打断了二娘的话。

78

每次付钱，李白都是背着令狐兰给二娘的，他以为令狐兰并不知此事。现在，见二娘当着令狐兰的面问他要钱，还要加价，心里已经不高兴，又见令狐兰满脸委屈回店里去了，更是气不打一处来。他想训斥二娘两句，为人做事，自己不顾脸面，总得给你女儿留点脸面吧！但看见二娘赔笑的粉脸，话到嘴边又收了回去。

江边，他不想去了，雅兴已被破坏，去江边还有什么意思？可返回店中，他更不愿意，看了这二娘，心里就烦。劝劝令狐兰吧，他也不知说什么好。想来想去，李白还是一个人朝江边走去。

夕阳西下的天边翻滚着瓦灰色的云海。江面水流湍急，泥黄的江水带着树枝、乱草和一团团白色的泡沫，向东奔驰。

这些天，上游下了暴雨，河水猛涨，顺流冲下了许多杂物。河边每天都有不少来打捞柴草的妇女和半大的孩子。他们拿着长长的竹耙，赤脚站在岸边，使劲够那些浮在水面上的树枝和乱草。运气好，还可以捞上来一两件有用的家什。

李白漫步江边，逆流而上，心里觉得有些压抑。

在成都已经住了近一个月了。几次去督府问消息，都不得面见苏颋。门人总说，大人忙于办公，不便会私客，让他得空再来。前天，他又去督府，定要求见苏大人。门人进去通报，好一会儿，才出来说，苏大人请他过半个月再来听消息。没办法，只得再等。

每天出去游玩，李白有令狐兰陪着，心情愉快，日子过得很快。他心里已将兰子姑娘认定为既聪明美丽又善解人意的好女子。可回到店中，那个视钱如命的二娘，让人见了实在讨厌，再住下去，他真不愿意。

从匡山下来，他拜谒苏颋，走举荐之路的目的，实现了第一步。第二步，也是最重要的一步还没落实，现在就放弃已经出现在眼前的曙光，绝对不行。李白想，还要坚持一段时间，苏大人肯定会给他答复的。

前面江边的一块坡地上，围站着很多人，像是发生了什么事情。李白朝那边走了过去。

站在人群外面，李白看见有一个人趴在中间。

这是一个溺水而死的年轻女子。她赤着双脚，两手举着，侧脸趴在泥地上。看样子，死前，这个女子曾拼命地在水中呼救。可惜，当终于有人将她救上岸时，她已经停止了呼吸。披散着的湿发半掩着她的面庞。几只大绿豆苍蝇在她微微张开的嘴边发现了什么，贪婪地落下来叮吮几下，又飞起嗡嗡地转一圈，再落回到那苍白无声的嘴唇上。

李白看着，于心不忍，他想替这女子赶走这几个讨厌的苍蝇。他还没动，对面已有人发话了。

"这女人是哪里人氏？"

"有人前来收尸吗？"

"没有的话，我可要派公差来处理她啦！"

说话的人是督府官人打扮。看样子，是有事路过这里，顺便出面处理此事。

有人回话说，这女子是上午被人从江中捞上来的，已经放了大半天，没人认识，大概是从上游漂流下来的。

官人听了，立即吩咐几个汉子，动手抬尸。

人们帮着找来木板、绳子和棍子，趴在地上的女子被翻过来，抬上了板子。正面看，这个女子只有十五六岁，正是豆蔻年华。周围一片叹息之声。

几个官家子弟打扮的阔少公子哥却在一旁嬉笑，对这死去的女子评头品足。其中一人，反绞双手，拉开架势，念念有词道："二八谁家女，漂来倚岸芦。鸟窥眉上翠，鱼弄口旁珠。"这诗，竟逗得另外几个开怀大笑。

李白看着他们，实在忍耐不住，在一旁大声地应接了四句："绿发随波散，红颜逐浪无。何因逢伍相？应是怨秋胡。"

"嗬，好小子，你是何人，敢在老爷面前摆学问？"

几个阔少公子将李白围在了中间。

李白看着他们，却不答话。

"怎么，你还敢瞪本少爷？"一个阔少逼近李白。

"你敢怎样？"李白毫不示弱。

"啊哈，反啦！"阔少要动手打李白，其他几个也冲了上来。

"你们干什么？"官人大喝道，"不帮忙倒算了，还在此闹事！赶快散去，否则，同我一起去衙门里走一遭！"

几个阔少公子这才作罢。他们恶狠狠地给李白丢下一句话："小子，你等着，改日我们再来收拾你！"

回来的路上，李白一直心情不好。走进小店，堂屋里又摆着一桌酒席，令狐兰正坐在桌边陪客商饮酒。他们笑闹着，相互打趣，没有看见李白进来。

一股莫名的怒火突然蹿出，李白恨不得一个箭步冲过去，揪住那个坐在令狐兰身边的客商，照着他的笑脸，狠狠地给他几拳头。

李白忍了忍，没有这么做。他快步走上楼，插上房门，和衣倒在了床上。

她和你有什么关系？

你凭什么要打她家的客商？

李白想，自己没有理由生令狐兰的气，更不该无缘无故地想揍那客商。但是，憋在他胸中的怒火，始终无法平息。

他只希望那桌酒席快快吃完！吃完了，就好了，他就可以细听楼下房间里那暝色四合的声音了。但那酒席却很难吃完，笑闹声也越来越响，就像在向他示威一样。

很晚了，李白才听见轻轻的敲门声。他抬头一口吹熄了油灯，装作已经入睡了。

第二天，李白一上午没下楼，早饭也没吃。早晨，令狐兰来送过一次热水。李白不开门。中午，她又来敲门，连声叫唤李公子，李白仍不理她。直到叫得急了，他才不得不起身，猛地一下打开了房门。

令狐兰走进里屋，对李白笑着说："你不开门，真把我给吓坏了！还以为出了什么事呢。"

"你有事吗？"李白冷冷地问。

令狐兰看出李白不高兴，却故意装作不知道，她一歪头，说："我专门为你做了好吃的，请公子下楼品尝。"

李白往床上一坐，表示不去。

"我的李公子，走吧——"令狐兰走近李白身边，拉着他的袖子，甜甜地说，"这可是兰子专门为你做的。"

顺着令狐兰的劲儿，李白站起身来，跟着她走下了楼。这时，他的气已消了，脸上却仍然不露笑容。

"饭桌上空空如也，吃什么？难道吃空气不成？"李白看着空饭桌想。

令狐兰拽着李白的衣襟，让他坐下："公子稍候片刻，兰子就上菜来。"

不一会儿，令狐兰便从后屋单手托着一个平盘走了出来。

"香糟脆皮鸭、玻璃肚片、凉拌狗地菜，外加美酒一仙壶。"令狐兰一边轻巧地把菜摆放在李白面前，一边响亮地报着菜名。

香糟脆皮鸭色泽金黄，油淋淋地冒着热气；玻璃肚片白嫩白嫩的，片片透明薄脆，几点橙红的枸杞子散放在表层，白中点红，格外勾人食欲；凉拌狗地菜油绿油绿的，如同就着露水刚刚从野外采摘回来一般，看得李白胃口顿开，肚子咕噜直叫起来。

这时，他才想起了自己还没有吃早饭呢！

令狐兰在李白身边坐下，给他和自己各斟上满满一小杯白酒，双手举杯说："李公子，请——"

"兰子姑娘请。"李白也端起酒杯，与令狐兰轻轻碰杯，然后，仰头一饮而尽，又夹了一筷子肚片送入口中，品品味道，又香又脆，确实好吃。

开始，李白还斯斯文文，与令狐兰一起细嚼慢咽。几杯酒下肚，他兴致高涨，又真是饿了，便大口大口地吃了起来。令狐兰看他吃得津津有味，暗暗一笑，故意问道："李公子，兰子做的菜，味道如何？"

"香！可口！美极了！色，香，味，形，样样俱全！"

"还生气吗？"

李白看着脸蛋绯红的令狐兰，拿过酒壶，给她斟满一杯酒，说："我李白正要好好谢谢兰子姑娘，哪有什么气可生？"

"那好，我们再干一杯！"

李白一手提壶，一手举杯，连饮三杯，看着人已经有些醉意。

令狐兰跑到后屋做了一大碗菜心清汤端来。

她趁热给李白舀上一碗，摇着他的肩膀让他喝汤。

"等等，等等，我酒还没喝够呢！"

"李公子，这汤可不同一般。"

"嗯，让我尝尝。"

李白端起汤碗喝下一口，味道清香奇美。再看碗中的汤，果然非同一般。这汤，清亮透明，表面不见星点油花，几点嫩绿的菜心如绽开的花朵，漂浮在蓝花细瓷汤碗中。汤清，色雅，菜形鲜活，难怪这样美味可口。

李白连夸令狐兰手艺高超，却不再喝汤。他拿着酒杯，又连着喝了好几杯。令狐兰在一边劝也劝不住。她说,这汤可解酒。李白说,他还没醉,等醉了再喝她的汤。令狐兰说,你已经醉了。李白不信,又连喝几杯,证实他还能喝酒。

李白真的醉了。

令狐兰叫来小二,姐弟俩一起将李白扶上了楼。刚刚躺下,李白便哇的一声,大口大口地吐了起来。酒菜汤汁喷了他自己满脸满胸,也溅了令狐兰一身。令狐兰并不在意,她让弟弟打来热水,细心地替李白擦洗干净,又帮他解开衣扣,脱下外衣,给他掖好被角,才轻轻地离开。

晚上,令狐兰给李白端来一杯热茶。

李白已经醒了。他靠在床头,接过茶杯,说:"今天醉酒,让你笑话了。"

令狐兰捋着发梢,含笑说道:"怪我不好,不该劝公子多喝。"

李白看着令狐兰,忽然,一股不可思议的情感唰地笼罩了他的全身。他真想将她一把搂进怀里,但他不敢。他闭上眼睛,竭力稳定自己的情绪。

"李公子,你还不舒服吗?"

李白不说话。

令狐兰拿过李白手中的茶杯,吹了吹热气,送到他的嘴边,说:"喝一口热茶,会好受些。"

李白紧闭双眼,喝了两口热茶。

"好些了吗?"令狐兰放下茶杯,伸手摸李白的脖子,"出汗了,就会好的。"

令狐兰的小手停在李白的脖子上,柔软温馨,暖流向下移动,迅速流遍了李白的全身。李白再也忍不住了,他突然拦腰搂住令狐兰,将头紧紧地埋在她的双乳之间,一股淡淡的清香浸润了他的心房。

令狐兰并不惊慌,任李白紧贴着她。她的两只小手插入他的头发中间,来回地轻轻抚摸。

李白的心微微颤动,他不知道,继续下去,令狐兰会让他怎样。

"兰子,兰子,你在楼上干什么啊?"

楼下传来二娘的叫声。

李白赶紧松开了手。

令狐兰笑笑，并不紧张："李公子今晚好好休息，我下去了。明日再见。"她又拍了拍李白的脸，才转身走了。

令狐兰走后，李白浑身颤抖，一个劲儿地胡思乱想。他想着令狐兰临走回头一顾的神情。他敢发誓，她那双漆黑的眼睛里有着各种各样的色彩：强烈的靛蓝像万里晴空，幽深的碧绿像青苔，还有金黄色，那太阳般温暖的金黄色，柔和得像两颗晶莹的珠宝，周围是上翘的长长的睫毛。那睫毛闪着微光，似在黑色中浸过一样。他伸出手去，用指头轻轻掠过那睫毛，然后，一本正经地看着自己的指头。

"你怎么了？"

"我想看看，你是不是用黑粉涂过的。你的眉毛、睫毛和眼睛真黑，黑得发亮。"

令狐兰美丽神秘的身子，一直在他脑子里盘旋，一会儿贴得很近，一会儿又隔得很远，直到他昏昏沉沉地睡了过去。

9

东方刚刚透出亮光，李白就醒了。他想起昨晚的事情，不敢和令狐兰见面，更担心二娘看出他们两人举止有变。"今天，还是一个人出去避避为好。"李白想。于是，他拿了一册书，轻手轻脚地下了楼，打开前门，出了小店。

清晨，空气新鲜，几个深呼吸，李白顿时感到全身上下松快自如。他又信步朝江边走去。

大水退了一些，水流不那么湍急了，江水也不那么浑黄了。一只大老鹰伸直了双翼，在江面上翱翔，小江鸥们都避它远去。

岸边还没有人，四处寂静极了。李白找到块大青石坐了下来。他手里卷着那册书，望着静静流动的江水出神。

令狐兰的情影不断在他眼前晃动，他想着她的小手，回味着她的体香，一种莫名的情感再次占据了他的身心。他不想陷入情感纠葛之中。大业未成，才刚刚起步，还不知命运如何，却生出了许多男女之情，实在出乎他的意料。令狐兰出身店家，他并不在意，他自己不也出身于商家吗？

但他不喜欢她的母亲，那个二娘已近乎让人讨厌。要是让她知道，他爱上了她的女儿，不知她又会生出些什么点子来。李白想，无论如何，他要尽早离开这个地方。今天，他要再去拜谒苏颋，举荐成与不成，都该有个答复了。

"哎嗨，这小子果真又在这里！"

李白回头一看，在江边碰到过的那伙阔少公子已气势汹汹地站在了他身后。他立即噌地站了起来："你们想干什么？"

"干什么？前天没好好教训你，今天要你尝尝老爷们的厉害！"

"大家萍水相逢，斗了斗嘴，小事一桩。互相抬抬手，不必计较。"

"哎嗨，你的嘴挺长，老爷没教训你，你倒敢教训起老爷来了。"

"别跟这臭布衣啰唆，揍他，让他嘴巴再硬！"

"对，揍他，没道理可讲！"

几个阔少公子一拥而上，开始动手。李白的火气也上来了，他不管三七二十一，拉开架势与他们厮打了起来。在匡山跟师长学的几手拳脚，都派上了用场，他迎着冲过来的"老爷"飞起一腿，正中他的下部。"老爷"哎哟一声，双手捂住身下，痛得倒地直滚。后面一个，抓起一块大石头，照着李白的头就要往下砸，被李白侧身一个反手倒背包，也摔倒在地。另一个，趁李白转身，抢起木棍，对着李白腰间，就是一棍子，只听啪啦一声，木棍断成两截，李白一时也弯下了腰，直不起来。另有两人乘势冲了过来，对着李白没头没脑地乱打乱踢。李白咬着牙，又直起腰来继续与他们厮打。

远处有一个放鸭的小孩，看到这边打架了，连忙跑去报了官。

不一会儿，衙门里来了一个官人和四个带绳子棍子的衙役，他们厉声喝住正打得兴起的双方。不容分说，将李白和那几个阔少公子串糖葫芦一般地带去了衙府。

令狐兰早起就往楼上来会李白，谁知已是人去楼空。

"这位公子哥哥，又上哪儿去了？"令狐兰自言自语着，并没有往心里去。她把房子收拾了一遍，又将李白换下的衣服拿去洗了。白天，店里住了不少客人，她忙上忙下的，没再多想李白的事。只当他是一个人去玩了，晚上总会回来的。可是，直到吃过晚饭，天黑了，住店的客人该回来的都回来了，还是不见李白的身影。令狐兰倚在门口观望，外面一片漆黑，什么也看不见。"这么晚了，他还不回来，会不会出什么事啊？"令狐兰担心了。

"死女子，还站在门口望什么？"

"妈，李公子到现在还没回来，我怕他会出事。"令狐兰转身进屋说。

"他出事关你吗事？"二娘跷着二郎腿坐着说，"我听小二说，昨日中午，你趁娘不在，用娘的好吃好喝款待他。他喝醉了，你一直陪着，直到娘回来叫你，你才下来。"

"妈，李公子住我们家的店，没少给你钱，女儿给他做餐饭吃，有什么不可以吗？"

"我看你不是一餐饭的事。我告诉你，娘让你陪他去玩，是想赚他几个钱，可不是要赔个女儿给他，你……"

"妈，你别说了。"令狐兰打断二娘的话，转身走开了。

二娘的话没错，令狐兰知道，她心里已经有了李白。作为店家女，她从十二三岁就开始陪客人，什么样的男人都见过。外出游玩，喝酒调笑，歌舞献艺，她都经历过了。她流过泪，有过痛苦，也有过幸福的感觉，但这些男人都是过眼烟云，人走了，她也就忘记了，从来不往心上去。这个李白却不同。第一眼看见他，她就喜欢他。她喜欢他的温文尔雅，更欣赏他的风流倜傥。他的白袍长衫飘飘洒洒，他的眼神含情脉脉，他的故事娓娓动听，他的醉态也很令人心疼。令狐兰知道，她已经爱上了李白。但她也知道，无论她怎样爱李白，也是不可能和他在一起的。她是店家之女，这个店，就是她的家。这个家，也离不开她。这话，她母亲多次告诉过她。母亲说自己一天天地老了，以后，店子要靠她，弟弟小二也要靠她，靠母亲是靠不住的。即使她能离开这个店，能抛开弟弟和母亲，李白能要她吗？她想，李白不会看得起她的。为此，她一直不让自己去过分地接近李白。可昨晚，李白喝醉了，她也多喝了一点，抑制不住自己的感情，对李白终于有了一点点表示。她回到房里想，为什么不趁他在这儿，尽情地去爱。难道还要等他走后，自己独自流泪不成？到时候流泪也可以，但现在，一定要尽情地去爱，不然，他走后，她肯定会后悔一辈子的。今天，李白一大早就出去了，到现在没回来。是为什么？难道他后悔了他昨晚的举动，真的不辞而别了吗？她和他又没有怎样，他那么认真干吗？他的衣物和白马还在，他不会走的。那么，出了什么事？他在此地举目无亲，会上哪儿去呢？

一晚上，令狐兰翻来覆去睡不着，她一直支着耳朵听，怕李白回来叫门没人开。可是，一直到天亮，李白也没有回来。

令狐兰再也坐不住了，她没告诉二娘，一个人上外面去寻李白。她知道，李白爱去江边，便直往江边去找。

到了江边，并不见人。向放鸭的小孩打听，才知道，昨天上午，有一个读书人和一伙阔少公子在这儿打架，让衙门的官人给带走了。这下，令狐兰真急了，她要赶快回家找人，上衙门将李白保出来。

李白他们被带到衙门，官人审也没审，便下令以聚众斗殴论处，各杖二十。阔少公子们连忙跪拜求饶，并一个一个自报家门。官人听说都是城里有权有势人家的子弟，即打发差人到各家报信，受杖后，让家人将他们保释了回去。李白在城里无亲无故，受杖后，被拖入牢中，待到开庭审了再判。

受过二十杖，又被关进牢，李白心中气不平，但浑身上下筋骨疼痛，站也别想站起来，只能卧在潮湿的稻草地铺上自叹倒霉。到了晚饭时分，一个上了年纪的狱吏递了两个白薯进来，说这就是他的夜饭。李白无奈地看了一眼，身子一动也没动。

老狱吏好意劝他说："这位公子，牢房可不比在家，有白薯吃已经很不错了，将就着吃吧。要不，下半夜肚子饿了，你叫天天不应，喊地地不灵，才会后悔呢。"

李白感激地接过白薯，问他道："老伯，进了这地方，怎样才能出去呢？"

"你在城中可有亲戚？"

李白说没有。

"可有做官的朋友？"

李白想了想，做官的朋友虽没有，但他拜谒过苏大人，也算得是一个朋友吧？

"苏大人认识公子，那就好办了。赶明早，我去帮公子通报一声，求苏大人出面保你，没有出不去的道理。"

事到如今，也只有这一个办法了。李白谢过老狱吏，摸出身上带着的唯一的一两银子，给他作为报答。老狱吏很高兴，保证明早便去报信。

第二天上午，苏大人果然亲自来到衙府。他简单地问了问情况，便让官人将李白放了，并带话给李白，尽快离开成都，不要再在这里惹是生非。

李白本以为狱吏替他报了信，他一可以被放出去，二可以面见苏大人，问明举荐之事。没想到，他根本没见到苏大人的面，还受了大人口谕，让他尽早离开成都。

这等于往他的头顶上泼了一大盆冰水，从头到脚透心凉，比他受杖坐牢更难受十倍百倍千万倍。

一个狱吏打开牢门，叫李白出去。没有回声。他站在牢门边又连叫几声李白，躺在地上的人仍一动不动。于是，狱吏只好走了进去，踢了李白一脚，随即骂道："他妈的，还是软的！老子以为你见阎王爷去了！"

李白还是不动。

"你小子跑到牢里装死来啦！赶快给老子出去！要不，老子让你一辈子都睡在牢里！"狱吏边骂，边将李白踢起来，把他赶出了牢房。

李白跌跌撞撞地走出衙门。外面阳光明媚，他却有走投无路的感觉。他垂着头，一步一步，毫无目的，向前走。

"李公子，李公子——"

李白一出衙门，等在外面的令狐兰就看见了他。她是托了人来保李白的。衙府官人说，李白已经有人保了，让她等着，人马上就放出来。令狐兰叫李白，他没听见，活像一个梦游者继续走着自己的路，直至从她身边走过，也没看她一眼。

令狐兰心里难受。只一天一晚，李白就变得衣襟褴褛，神情萎靡不振，整个人面目全非。他这是要上哪儿去？

"李公子——李公子——"令狐兰上前拽着李白的袖子说，"快跟我回去！"

李白见是令狐兰，不知怎的，突然有些站不住了，他身子歪歪倒倒，看着就要倒下去。令狐兰急了，忙用手支撑着他，并大声喊着，让路人过来帮她。

几个年轻汉子过来，七手八脚将昏过去的李白扶上一辆过路的牛车，并帮着令狐兰把他送回小店，抬上了楼。

令狐兰掏钱谢过牛车和几个年轻汉子，没等他们出门，便准备上楼去照看李白。二娘在一边看着，撇了撇嘴，拦住女儿说："兰子，开店是要赚钱的。赔钱的买卖，我们千万做不得。妈的话，你可听进去了？"

"妈，李公子没少给你钱。现在人家有难，女儿帮他一把，有何不可？"

"这话也是，"二娘说，"妈也没让你不帮他。找人保他出来，你妈不也出了力吗？我只是提醒你，做事要有分寸，不可感情用事。"

令狐兰不再理二娘。她端了一盆热水上楼，替躺在床上的李白脱下弄脏了的带有血痕的外衣，给他洗干净脸，擦干净身子。看一盆黑水，她就知道他这一天一晚遭了多大的罪。令狐兰想，要给他好好补养补养才是。她摸了摸李白的额头，见他仍不想理她，便下楼给李白做吃的去了。

听见令狐兰已经下楼，李白睁开了眼睛。他两眼饱含泪花，悲怨与感激，凄凉与温暖，委屈与自信，失望与充实，各种复杂矛盾的情感，同时在胸中翻滚。李白想着过去的一天，抱恨终生。已见光明的前程，全让那几个蛮不讲理的家伙断送一尽。苏大人不了解真情，就武断地下了结论。他恨自己当时没将水心剑带在身旁，否则，非杀了那几个恶少不可。从此以后，宝剑再没离开过李白，他发誓一生剑不离身，走到哪儿，带到哪儿。

想到令狐兰，李白心里又满是柔情。她替他擦洗身子，纤细的小手不时拨动着他的每一根神经。她炽热的目光在他裸露的身体上快速滑过，令他全身血液沸腾。他极力抑制着自己情感的渲露，怕有辱兰子姑娘，对不起她对他的一片真心。他不知道怎样才能报答令狐兰。娶她为妻？历来婚姻大事，由父母做主，自己在外擅自订下婚姻，会被认为不孝。不与她结下任何关系，自己离开？他又实在舍不得令狐兰，他爱她。这是李白第一次爱女人，他刻骨铭心，一生一世忘不了她。

10

白天余下的时间，令狐兰再没上楼看李白。她做好了饭菜，打发小二给李白送去。令狐兰担心过多地待在楼上，母亲不高兴，会为难李白。她十分小心地做完所有应该做的事情，对住店的客商也格外殷勤。见女儿并没把时间都耗在楼上那位公子身上，二娘有些放心了。天黑后，她交代令狐兰到点再关门，她今晚不在家住。令狐兰见她洗脸擦粉，又换了衣服，知道母亲又要去城南的那个汉子家。自去年春上起，母亲少则三五天，多不过七八天，就要上那儿住一夜，直到第二天下午才回来。她不在，店里的事全由令狐兰照料。

二娘走后，令狐兰让小二早早睡了。她一个人坐在堂屋，等到所有住店的客人都回来后，才关店门上锁。然后，她斟了一小壶酒，碟子里放上几块点心，拿了一个酒杯放在托盘上，端着上楼，去看李白。

吃过饭，睡了一大觉，李白激动的情绪暂时平稳了。他靠着床头，盘算着自己今后该怎样行动。

令狐兰走进来，将托盘放在桌上，又拨了拨灯芯，笑着问道："好些啦，我的公子哥哥？"

"兰子姑娘，谢谢照顾。"

"我将你当自家哥哥看待，说话不用客气。"令狐兰端起酒杯，斟上酒，送到李白的唇边说，"再喝一点，晚上睡得更安稳些。"

李白没张口。他把手悄悄地放了令狐兰的腰上。令狐兰像不知道一样，只管劝李白喝一点酒，"酒是疗伤的好药，我带着你喝，我喝一口，你也要喝一口。"说着，她用小嘴抿了点酒，又将酒杯送到李白的唇边，非让他喝。

李白喝了一小口，说："喝了酒，我怕……"

"别担心，我妈今晚出去了，不会回来。小二他们也早睡了。我们只管喝酒，不会有人来打扰。"令狐兰说着，又往李白唇边送酒。

这回，李白将酒一口饮尽。令狐兰放下酒杯，在他身边坐下。她用手摸着李白脸上的一小道伤痕，心疼地说："你看看，脸都划坏了。"李白顺势将她搂进怀中，令狐兰乖巧地依偎在他胸前，任他贪婪地嗅着她的发香。

李白久久地嗅着，嗅着，嘴唇慢慢地开始移动，不由自主地往下移动，移到她光洁的额头上，移到她弯弯的眉毛上，移到她闭着的眼睛上，移到她丰润的面颊上，移到她如花的嘴唇上，然后，又重新往上返回，移

90

向那闭着的微颤的眼睛，那双他第一次见到她时，温柔得如同夜色的眼睛。

令狐兰久久地任他吻着，柔声地说："你累了，我们早些睡，好吗？"

李白心口怦地一跳，猛地瞪大了眼睛，看着眼前的这个女子，手依旧停放在令狐兰胸前。

"傻看着我干吗，不认识，还是才见面？"令狐兰仍然闭着眼睛，"我今晚很难看吗？"

"不，很漂亮。"

"那你干吗瞪那么大的眼睛，不愿意我陪你？"

"不，愿意。"

"那我们早些睡，好吗？"令狐兰小声地说，"明日，我还要早起呢。"她头靠着李白胸前，替他一粒一粒地解开衣扣。

李白抓住她的手，"兰子，我……"

"别说，什么也别说。"令狐兰起身，将油灯吹熄。

黑暗里的令狐兰如同小鱼一般灵活可爱，她上下游动，不停地亲吻搓揉着李白。李白也情不自禁地抚摸着她全身丰润的肌肤，忘情地吮吸着。他很快就兴奋得不能自制了，呼吸急促，心跳加速，全身的血管好像马上就要爆炸。他喘息着，搂抱着这条欢愉的小鱼，不知把她如何才好。他按着她的引导，慢慢地，慢慢地，就像一匹良马听着骑手的指挥，穿过湿润的草原，进入幽深陌生又倍觉舒适的仙境。突然，他觉得自己猛地一跃，攀上了高峰，又飞流一般倾泻而下，从山峰直落入低谷……

李白很早就醒了，令狐兰抬头看了看天色，说还早，再睡会儿，便又一头钻入他怀里。李白闻着她的发香，摸着她柔软无骨的腰窝，想着她夜间给他的甜美，又情不自禁久久地亲吻了一下她的前额。令狐兰用蒙眬半醒的眼睛看了他一眼，笑了笑，又睡了。

在此之前，李白在书中读到过男女之情，却不知身临其境的体验竟是如此妙不可言。看着怀中的令狐兰，他想，这个娇小柔弱的小女子，倒成了我堂堂男子汉大丈夫的师长。李白笑了笑，摇了摇头，又叹了一口气。令狐兰是店家之女，通晓云雨风月之事，不足为怪。不是与她交欢了一夜，品尝了她的妩媚和甜蜜，李白也许会因她未嫁已不是处女而瞧不起她。但此时此刻，他却倍加爱怜怀中的兰子姑娘。不用她说，他能包容下别人指责她的所有不是，体谅她的所有苦衷。

天一亮，令狐兰就离开了李白。一整天她都没上楼。

饭照样是让小二送的。

李白坐在床上，冥思苦想了一天，他和令狐兰，还有他今后的前程大业。终于，他决定了，为了令狐兰，他不再去匡山。他要马上带令狐兰离开成都，回青莲乡去，正式娶她为妻，在那儿安家立业。然后，看准机会，再走举荐之路。不出一年，顶多两三年，他李白定能报效朝廷，济国救民。到时候，兰子姑娘就再也不用寄人篱下，靠弹唱陪酒为生了，她要做堂堂正正的紫袍三品夫人。但是，他没有机会把自己这些有关前程的重大决定立刻告诉令狐兰。

油灯都点上了，令狐兰还是没来。李白憋不住将小二叫到楼上，问他令狐兰在哪儿。小二说，吃过晚饭，他母亲让姐姐陪两个客商，到外面的馆子里唱堂会去了，今晚不知啥时候回来。说不定，还要唱通宵呢。他姐姐以前经常出去唱，唱一晚，能给好多的钱。

令狐兰是第二天下午回来的。李白在楼上听见二娘叫她，便下楼来找她，可堂屋只有二娘在。

"李公子，伤疼好全啦?"

"谢谢二娘关心。已经好多了。"

"这两天，我们特殊优待你，饭是专门做的，还专门送上楼，开销可是不小。"

"当然由我承担。"

"你在我这儿也住了快两个月啦，带来的银子够用吗?"

"银子不会少给一两。我正准备告知二娘，明日一早，李白便要离开成都。"

"噢，那好，我让兰子算好账，一会儿就上去和你结算。"

直到晚饭后，李白才等来了令狐兰。她一进屋，李白便将她搂进怀中，爱怜地说:"你呀你，你这个小精灵，一夜过后，便跑得无影无踪，寻都寻不见。"

令狐兰抱歉地笑了，脸上带着倦态。

坐下来，令狐兰问:"李大哥，你说明日一早要走?"

"你和我一起走。"

"一起走？"

"正是，我们一起离开成都。回家，回我们的家。"李白激动地给令狐兰描述他们的美好远景，直讲到她做了三品夫人为止，"怎么样，高兴吗？"

令狐兰听着听着，眼睛里也放出希望的光彩，但想了想，又失去了笑容："兰子生来命苦，不能与大哥一起回去。"

"为什么？"李白急了。

"大哥不要多问，反正，兰子不可能离开这个家。"

"二娘那儿有我。她要多少银子，我给她多少就是。"李白又将令狐兰搂进怀里，"你一定要跟我走！我要你！少不得你！"

令狐兰踮起脚，亲吻着李白："我又何尝舍得大哥？可我与大哥不是一路人。我的家离不开我。大哥带了我去，会误了大哥的前程，连累你一辈子的！"

"我宁愿不要前程，也要兰子伴我！"说出这话，李白自己心里都有些吃惊。

此时此刻，怀里的这个女人，对他来说，真是太重要了。

"有大哥这句话，我今生今世都满足了！"令狐兰轻轻地推李白坐下，自己坐在他的腿上，眼睛牢牢地盯着他，说，"你走后，我每天都会为你祷告，求菩萨保佑你的前程，保佑你的一生。你也别忘了我令狐兰！"

"我要……"

"好你个小女子，老娘让你上来结账，你们却在这儿调起情来啦！"

李白的话没说完，二娘出现在门口，她指着他们大骂。

令狐兰并不害怕。她站起身来，说："妈，这全是女儿不好，你可别找李公子的麻烦。"

"我找他的麻烦？哼！"二娘指着李白叫道，"你玩我的女儿，不给银子，我跟你没完！"

李白愤怒极了，他也提高嗓子喊："给你银子，要多少给你多少。我要带她走！"

二娘愣了一下，马上大叫："做梦去吧，带我的女儿走！你上我家挖摇钱树啊！多少银子，也休想带走她！"二娘又指着令狐兰大吼道，"小贱货，还不快给我滚下楼去！"

令狐兰站在李白身边不动。

"你，付了银子，也马上给我滚，我这店不让你住啦!"

李白拉住令狐兰的手，说:"我们马上走!"

"你敢带走我的女儿，老娘告你拐骗民女!"

令狐兰依偎在李白身边，看着二娘，眼泪不断线地往下淌:"妈，女儿不走。你就积点德，让李公子再住一夜。天这么晚了，他能上哪儿去?女儿求你了。"

"你果真不走?"二娘的语气和缓了点。

"兰子，我们……"

令狐兰捂住李白的嘴，抽泣着点了点头。

"那好，你先下去。我和李公子算账，付了银子，再让他住一晚上!"二娘得意了，"明天一早，你一定得走!"

"李大哥，你要多保重。"令狐兰挣脱了被李白死死抓着的手，走出房门，下楼去了。

二娘让李白按着她的账本，付清了银子，也下楼去了。

李白一个人在房子里呆呆地站了很久。他恨不得马上离开这个该死的小店，可想着哭成泪人的令狐兰，他不能甩手就走。忍了又忍，压了又压，他没将二娘怎么样，毕竟令狐兰是她的女儿。不和她来硬的，明晨一大早，找到令狐兰，两人一起悄悄地离开小店，这是上策，李白想。

这一夜，李白和衣躺着，一直没睡觉。鸡叫第三遍时，他起身，收拾上行装，轻手轻脚地下楼来。二娘已经坐在堂屋里，她眼睛瞪着李白，看他想干什么。李白并不睬她，走到后屋去寻令狐兰，令狐兰不在，他又到别处去寻。四处都找遍了，也没找到令狐兰的影子。一大早，她会上哪儿去呢?李白找不到令狐兰，心急如焚。

天已经大亮，二娘开始跟着李白，他上哪儿，她也上哪儿，不停地催他赶快离开她的小店。李白无奈，只好到后院去牵他的白马。

小二在后院。李白问他，可看见了他姐姐。他摇头，说没看见。李白终于没了希望。他让小二带话给令狐兰，他今天走了，以后还要回来的，他要带她走，让她一定等着他。小二还算懂事，他让李白放心，他会将李白的话告诉姐姐。"姐姐也不会忘记你，我知道。"末了，小二又补上一句。

李白骑上他的白马，终于离开了小店，但他的心还留在那里。

白马走走停停，并不知道要往哪里去。不知不觉，它把李白带到了城南的万里桥。

站在万里桥上，李白抬头远望，南面不远的地方，隐约有一处苍翠浓郁、红墙环绕的院落与众不同。看看去，李白想。两腿一夹白马，走下了桥头。

这是一座祠庙。停步祠堂外，只见翠柏香楠，茂林修竹，好似黛绿围屏，掩饰着殿宇庭院。微风吹拂，柏枝竹叶轻轻摇曳，苍黛丛中可见紫柱、碑亭和金光灿灿的匾额、对联。李白下马，走到近处，"武侯祠"三个金色大字映入眼帘。这是诸葛亮和刘备的君臣合庙，李白早就听说，只是还不曾来过。

三十多年以后，著名诗人杜甫流寓成都，也曾来过这里，并留有《蜀相》一诗。他与李白异时同地，有着相同的感受："宰相祠堂何处寻，锦官城外柏森森。映阶碧草自春色，隔叶黄鹂空好音。三顾频烦天下计，两朝开济老臣心。出师未捷身先死，长使英雄泪满襟。"

祠宇以一条中线贯穿了五重院落。进入大门、二门，前面的大殿为刘备殿。刘备的贴金塑像供奉在正中间，东偏殿供的是关羽和他的儿子、部将，西偏殿则供着张飞及其子孙。只见那张飞目瞋如环，面似漆炭，威风凛凛，大丈夫豪杰气概不减当年，让人想起他单骑立于当阳桥头喝退曹操大军的英雄故事。自古君王天下靠英雄，李白怀着崇敬的心情，给张飞上了一炷香。

大殿两边的长廊里，排站着刘备手下的文武官员，东廊的文官以庞统为首，西廊的武官赵云站先，马超、黄忠、蒋琬、费祎等著名将领都在其中。长廊后面连着诸葛亮殿。手执羽扇、头戴纶巾、仪态肃然清正的诸葛亮供奉在神龛之上，左右两侧是他的儿孙诸葛瞻和诸葛尚的塑像。诸葛亮为国鞠躬尽瘁，他的儿孙也为蜀汉尽忠而死，殿前有"三世忠贞"的金粉联文。

李白早就景仰诸葛亮，此时见到他栩栩如生的塑像，更是肃然起敬。他从道士那儿买了一份香烛，点燃，恭恭敬敬地供放在神龛前的香案上。

跪拜在蒲团之上，李白合目静思，匡山拜师，梓州干谒苏颋，成都与令狐兰结缘，以及师长父母的厚望，自己的理想前程，近日来所发生的一切，一幕一幕地出现在眼前。他心里默默祷告："诸葛宰相在上，弟子李白，久仰高风亮节，素有为国建功立业之心。前日由匡山辞别师长，试走举荐之路。不想，出师不利，未成大志。又有令狐兰女子，为李白倾心相爱，亦不得如愿。弟子今日应何去何从，极盼宰相神灵指点。"祷告完毕，李白仍跪在蒲团上不动，他眼睁睁地盯着诸葛亮塑像，真想得到他的一点启迪。

诸葛亮宁静地看着他，看了好久，终于开口，对他说道："你年轻有为，来日方长。眼前的挫折，只是人生序曲。若如此小风小浪都经受不起，今后怎能承担重任？"

"宰相教导，弟子铭记在心。"从蒲团上站起来，李白觉得郁结在胸中的怨悔之气被驱散了一半，心境似乎明朗了许多。

一个道士过来，对李白说："这位施主，我看你心中有事，何不抽签，问问前程？"

李白欣然答应，接过道士手中的签筒，使劲摇了几摇，一支签由众签中直立出来。李白取签，换过签票，一看，上排写着"上上大吉"四个大字，下面有诗解释，曰："阳春初暖桃花水，香满绿去东风里。莺啼画檐燕归来，清夜灯前花报喜。"

道士在一旁，连连道喜："施主命中花香鸟语，东风助兴，姻缘美满，前程无量。好命，好命！"

李白听了，也喜在心上，刚才的不快，此时又去了一半。道士言，祠里有个不成文的规矩，凡中了上上签的施主，都可到客堂里小坐，喝一碗祠里特有的茶水。于是，李白跟着道士来到客堂。

客堂设在诸葛亮殿旁边一个幽静的小院里，雅致的厅堂里陈设了许多古玩珍品，李白进来，第一眼就看见了悬挂在高墙上的诸葛亮前、后出师表。道士告诉他，这两篇《出师表》出自张旭的手笔。

张旭是当时著名的书法大师，以狂草得名。后来，人们将张旭的草书、李白的诗歌和裴旻的剑舞并称为唐代"三绝"。此时，李白尚未成名，而张旭的草书早已名扬四海。

李白早就听说，张旭的草书超凡入圣，今天在武侯祠不期而遇，书写的又是诸葛亮的《出师表》，他兴趣盎然，一字一句，细细读来："臣本布衣，躬耕于南阳，苟全性命于乱世，不求闻达于诸侯。先帝不以臣卑鄙，猥自枉屈，三顾臣于草庐之中，咨臣以当世之事。由是感激，遂许先帝以驱驰。后值倾覆，受任于败军之际，奉命于危难之间。尔来二十有一年矣！先帝知臣谨慎，故临崩寄臣以大事也。受命以来，夙夜忧叹，恐托付不效，以伤先帝之明。故五月渡泸，深入不毛。今南方已定，兵甲已足。当奖率三军，北定中原。庶竭驽钝，攘除奸凶，兴复汉室，还于旧都……"李白读着读着，又一次为诸葛亮的忠肝义胆、深谋远虑和一片忧国忧民之心所感动，心上的阴霾一扫而光。李白想，自己初次干谒失败便心灰意懒，陷入儿女私情不可自拔，差点丧失胸中大志，确实有愧于父母师长，前人教诲，做人万万不可如此。李白立下誓言，今生今世要与日月争光，为帝王师友，不达目的，永不罢休。至于儿女之情，大业成就之日，再与令狐兰同拜天地，也为时不晚。

走出武侯祠，李白心中一片光明。他已打定主意，南下渝州（今重庆地区），拜谒李邕。

第 三 章

1

　　渝州刺史李邕是著名的才子和书法家，又是当朝一怪。他的父亲李善是文坛一怪。

　　李善的怪，怪在他一生爱读书，喜注释，学识渊博，却不善治文。由他注释的《昭明文选》，是当时读书人的必修读本，曾有"文选烂，秀才半"的说法在民间流传。可见，李善的学识确实不浅。文人学士"读书万卷"，自然"下笔千言"。后世又有俗话："熟读唐诗三百首，不会作诗也能吟。"而李善书读万卷，却始终文路不通，他的文章，人们当面不恭维，背后更不敢恭维。有人还笑称他为"书簏"，即是一个装书的竹箱子。

　　儿子李邕超出了父亲，他读书治文都是一流人才，还极善书法。李邕的行楷写碑，取法于王羲之父子，又大有创新，笔力沉雄，自成面目。学书法，他反对一味模仿，有名言传与后人："学我者死，似我者俗。"

　　李邕之所以怪，怪在他的为人处世。他一生重义爱士，广交天下朋友，有美名却又性情豪奢，做人做事偏爱极端，不善细行。由此，他的官场道路总是磕磕碰碰，时起时落，多次被贬，又多次重新起用，最终被朝廷杖杀（这是后话）。史书记载，尚书左丞卢藏用曾对李邕说过："你好比干将和莫邪（两者都是宝剑），别人很难与你比试锋芒。但宝剑虽利，总要防止缺损、折断才好啊！"李邕不以为然。

　　武则天时，李邕做过左拾遗。中宗时，他又任殿中侍御史。韦后看重李邕才华横溢，将自己的亲妹妹崇国夫人许配给他。不想，在韦后被诛之时，李邕匆匆忙忙赶回府邸，亲手杀妻，将先天晚上还与他共枕的红颜血淋淋的头颅，献给了李隆基。这行为，与窦怀贞杀老妻如出一辙。但同样的行为，往往不可做同样的评价。以李邕与窦怀贞的品格分析，两人的动机可能有所不同。窦怀贞杀韦后的奶娘，因为他从来就厌恶这老娘，屈从权势、名利才认她为妻。杀了她，既保住了自己的性命，又解了他的心头之怨。李邕杀妻，并非恶妻，也不完全出于个人私利（说他根本不为私利考虑，理由不够充分），他更多的是为了朝廷大业，彻底清除韦氏余党，才大义灭亲，这与他偏激得怪异的性格相符。李邕以后的行动也充分证实，他对朝廷忠贞不渝。

睿宗即位后不久，韦后余党妄图拥立中宗的儿子李重福在洛阳称帝。行动的当晚，被在洛阳任留台侍御史的李邕得知，他急驰入屯营，鼓动官兵说："有人密谋造反，我们为朝廷立功，博取富贵的机会到了！弟兄们，千万不可放过了这个难得的大好时机！"营兵同声应命，与李邕一同冲出营地，追杀李重福。李重福几面受敌，策马逃跑，落入漕渠中溺死。李邕为朝廷立了大功，但他并未因此更受皇上的重用。

开元六年（718）冬十一月，宰相宋璟为李邕任职一事特意给玄宗奏本，他说："李邕有才略文词，但他性多异端，好是非改变。若是留在朝中重用，必然生事，届时追悔莫及；若是长期弃他不用，浪费了才华能力，又实在可惜。故恳请圣上下诏，将括州员外司马李邕改任为渝州刺史。"于是，李邕便到渝州走马上任了。

李白在匡山时，听师长说过李邕其人。他想，像李邕这样才能极高，又善奖掖青年的前辈，绝不会将他李白弃之门外。他李白也再不会为了区区小事与人大动肝火而丧失良机了。

一到渝州山城，李白先去刺史衙门求见李邕。

县尉宇文少府出面接待了他。他将李白请入侧堂，令小吏泡茶，然后，坐在李白对面，客气地问他有何公办。

"布衣李白，拜谒刺史李邕大人并非公办，是为求教而来。"

宇文少府听说是私人拜访，又问："李公子与刺史大人相识？"

"并不相识。"李白说，"只是听师长说过，李邕大人才高行直，广交天下朋友，今日特意来渝州当面求教。"

"如此，真有些对不起李公子了。"宇文少府带着歉意说，"近日刺史大人吩咐，除正常公办外，一律不见客，请李公子多多谅解。"

"这……"李白为见不到李邕而感到失望。

"李公子若不介意，有事可托付给我。只要能办到的，宇文愿意帮助。"

"也好。"李白从怀中掏出他的诗作，交给宇文少府，"请少府指正。有机遇时，劳请少府转呈李邕大人。"

"李公子放心，我一定转送大人。"宇文少府将李白的诗作小心地放在茶几上，站起来送李白，"没事的话，过个八九天，李公子再来问一次，到时，刺史大人也许有时间会见。"

告别宇文少府，李白只好先找客舍住下，耐心地等待时机。他没心思外出游玩，隔一两天，便去衙门走一趟，问问李邕是否能接见。每次去都由宇文少府接待他。这个少府并不因李白频繁来访厌烦他，反而越来越客气。他告诉李白，以他个人见解，李白的诗赋写得极好。他认为，李白是个有才之士，李邕见了，也一定喜欢。只是，大人正忙于他的大作《修孔子庙堂碑》，一时没有时间会见客人，请李白再多等几日。半个多月后，李邕完成大作，在后花园里会见了李白。

李邕不像苏颋那样威严正统，他没穿官服，着了件便袍，坐在花园的石桌旁，读着宇文少府刚给他的一本手抄诗赋。知道李白进来，他亦无一个招呼。

李白见他正在专心读他呈上的诗赋，站在一边，不去打扰。这次，李白将他作的诗放在上面，《明堂赋》和《大猎赋》两篇则附在后边。原想是诗歌短小，易读，拜谒时放在前面更好一些。可他正好错了，李邕擅长的是碑版文字，辞赋也算内行，对诗歌却不感兴趣。

读完几首诗，李邕放下它，看着李白说："这些诗，是你作的?"

"正是。"

"字体倒是工整秀丽。"

"晚生特意来渝州，拜请李大人指教。"

李邕捋了捋胡子，把手放在下巴上说："作诗我不在行，谈不上什么指教。但论资历，我是你当然的前辈。看年龄，你不过二十，比我小了一半有余，不客气地讲几句看法，也是可以的。"

"晚生在渝州等了半个多月，正是为求大人的指点。"

"那好，我也用不着客套。你坐下。"李邕等李白在石桌对面坐下，点着他的诗赋说，"做学问讲求功底扎实，最忌心浮笔花。你看你，尽写些《初月》《对雨》《雨后望月》《晓晴》《寻雍尊师隐居》之类的小诗，怎么能登大雅之堂？凭这几句小诗，你就出来干谒前辈，想走举荐之路，一步登天？年轻人，听我的劝告，回去好好学几年，老老实实地考科举。不要白日做梦，世间没有便宜可捡……"

李邕后面还说了些什么，李白没听见。走出后花园时，他早被气得面红耳赤。这个李邕，太小看人！太盛气凌人！年轻怎么，年轻就不可有抱负？年长又如何，难道年长就可信口开河，随意指责别人不成？这些到嘴边的话，李白忍了回去，他向李邕要回自己的诗赋，转身离开，道别的话都没有一句。

宇文少府见李白红着脸走出来，知道会见并不愉快。他安慰李白。李白并不想多说，只说了句，多谢他的引见，便匆匆走出了衙门。

回到客舍，李白一屁股坐在椅子上。想着李邕不以为然的神情，回味着他指责自己的腔调，李白越想越气。他恨自己当时没和李邕辩论几句，不该不讲话，应该让他李邕知道，李白不是一般名利小人。李白想，再给李邕送首诗去，也让他见识见识我李白的真面目。

李白站起身来，迅速磨好一砚浓墨，拿出毛笔，润丰笔尖，憋足一口气落了下去。

《上李邕》摆在了李邕的案前，他看了一遍，又读一遍：

> 大鹏一日同风起，扶摇直上九万里。
> 假令风歇时下来，犹能簸却沧溟水。
> 世人见我恒殊调，闻余大言皆冷笑。
> 宣父犹能畏后生，丈夫未可轻年少。

刚才见过的那个年轻后生，这会儿变成了庄子笔下的大鹏，活生生地站在李邕面前，对他说，别小看我李白，有朝一日，时来运转，我便会乘风万里，直上云霄。若是风停了，我大鹏从万里云天落下来，强有力的翅膀还能扇起海浪波涛，那壮观的阵势，也够你李邕好好看看了。李白一生

101

得志与否，都会有不同凡响的成就。世人看我如此与众不同，听我时常狂言大语，都会报以冷笑，但我李白无所顾忌。我还要笑你们的无知和小气量呢！宣父孔子都说"后生可畏"，难道你李邕大人还敢看轻我们年少之人吗？

一个胸襟宏伟、气度不凡、性格傲岸的李白让李邕赞不绝口。他后悔刚才自己只看了李白几篇诗作，就下了结论。对李白讲的话，虽然出自好意，但态度过于偏激。

李邕抬起手，拍了拍自己的脑袋："你呀你，几十年官场风雨，还磨不掉极端的毛病，又少了一个不可多得的朋友。"

李邕叫来宇文少府，向他打听李白的住处，他要请李白再来一趟。

"回刺史大人，下官并不知李白下榻何处，只听他说已在城内一客舍中住有多日，见过大人就要回去。"

李邕寻思着，李白也是个极有性子的人，说不定已经准备打道回府了。他交代宇文少府赶快去找李白。若李白不肯再来会，只好请他转交给李白一些银子，作为他千里之遥来渝州的盘缠，也算李邕交了个朋友。

宇文少府找到客舍，老板告诉他，李白刚刚离去。他快马加鞭，好不容易才在城外的不远处望见了正向西行的李白。

"李公子慢走——"

听见叫声，李白回头，见是宇文少府追了上来。

李白勒住缰绳，跳下马来，站在道路中间等他。

"李公子，"宇文少府也跳下马，人未站稳便急着说，"刺史大人请你再到府上面谈。"

李白摇头答道："我对李大人说的话全都写在《上李邕》一诗中，送与他了。"

"大人正是看了李公子的诗，才派下官特来请李公子回去的。"

"难得李大人一片心意，也劳累少府为我奔波。但我人已出城，不准备再吃回头草了。"

果然与李邕猜想的一样，李白执意不肯再返回城中。宇文少府只得拿出李邕交给的银子，将李邕的意思转述给李白，并强调："李大人说，'不打不成交'，他与李公子初次会面，多有得罪造次，还望李公子不必计较。这以后，他与李公子就是朋友了。"

102

李白见李邕对他的态度转变很大，还不顾身份、年纪差距，提出与他交朋友，心里已很是感动。到底是大人大量，我李白送去一首没有高低的狂诗，他也受了。这样的朋友，可交。李白想。

"银子请少府退还李大人。"李白说，"并请少府转告李大人，晚生承蒙大人看得起，极愿与大人交朋友。我们来日方长，后会有期。"

李白不肯收李邕的银子，就让他这么走，宇文少府有些过意不去。他从身后解下一个桃竹书筒，递与李白，说："李公子，这桃竹书筒是我们渝州的特产，只是我已用过几日。李公子不介意的话，留下做个纪念。"

李白接过桃竹书筒，见这书筒小巧精致，旅途装书再好不过了。他郑重地谢过宇文少府，并赠诗一首，作为纪念：

> 桃竹书筒绮绣文，良工巧妙称绝群。
> 灵心圆映三江月，彩质叠成五色云。
> 中藏宝诀峨眉去，千里提携长忆君。

日后，李白一人远游，这个桃竹书筒一直跟着他，走遍了千山万水。

拜谒苏颋没有结果，干谒李邕也没成功，李白心情自然不畅。下一步怎么走？师长已有话在先，拜谒不成，再回匡山。但李白觉得此时回匡山，实在脸上无光。

两次失败，李白都有说法。

苏颋不该将他与那伙恶少混为一谈，若他忍一忍不与他们冲突，或苏颋肯再见他，清楚了前因后果，举荐之事不会无望。事实上，当时苏颋已经写好举荐书，准备向朝廷举荐李白。一旦呈上，成功的把握极大。李白离开成都半年后，苏颋即受诏回长安。回去，他便向玄宗举荐张说任宰相。玄宗采纳了他的建议，重新起用了姚崇时被贬的张说。

李邕这里，如若他不坚持意气用事，返回渝州再会李邕，举荐之事也能如愿。可惜，李白心里明白，却拗不过自己桀骜的个性。

再说，李白心里也放不下令狐兰。从成都出来，李白不回匡山，来渝州干谒李邕，为的是成就事业，好尽快与令狐兰重新团圆。现在，举荐之事又一次落空，回匡山去，至少两年别想再见令狐兰。

因此，从渝州出来，李白没有原路返回，他向西去了峨眉山。

峨眉山，峰峦秀丽，山脉迤逦不断，如同茂密浓郁的长眉。古书又说，它"两山相对，望之如蛾眉，故名"。自古，"峨眉天下秀"，高插入云端；奇峰挺拔，绝壁万仞，白云缥缈；瀑布垂挂如练，清泉流水淙淙，参天古木之中大大小小的寺院古庙，烟雾缭绕，香客络绎不绝。

李白上山，在白水寺住下。

白水寺背靠双龙岭，面对钵盂山，海拔一千三百多米，始建于东晋时期，到唐代已有二百多年的历史了。

寺中的长老广浚和尚，六十多岁，熟读佛经，善诗，又善琴棋。他与李白一见如故，很谈得来。李白爱听广浚长老布道。每天，他都和小和尚们坐在一起，听长老讲经诵典，领悟佛门道理。夜晚，广浚又邀李白到殿旁不远的白水池，弹琴和诗。月光之下，琴声瑟瑟，树影悠悠，人心物性相融相通，白水池中的青蛙也不由得和着琴声歌唱。直到现在，白水池的青蛙还鸣叫如琴，声韵悠扬。所以，人们把它们叫作"弹琴蛙"。

更多的时候，广浚让一个小和尚领着李白，游历峨眉胜景。

他们爬到海拔二千二百多米的高坡上，寻找洗象池。相传，普贤菩萨骑象升天时，曾用这里的池水洗象。洗象池掩饰在一片冷杉林中，皓月临空的夜晚，月光泻入冷杉林中，泛滥开来，寒光碧玉，清凉如水，幽静淡雅。为了看这月色，李白和小和尚在洗象池露宿了两个晚上，不忍离去。

峨眉山的主峰金顶，也是李白难忘的地方。

金顶高出海拔三千一百多米。站在峰顶，云雾起自脚下，星辰出入身旁。小和尚领着李白，凌晨望日出，白日看云海，夜晚观萤光飞舞的"圣灯"。下午，他们还沐浴"佛光"。小和尚让李白站在摄身岩的前面，黄、红、紫等数道光环立即将他的身影映照其中。李白走动，多彩光环也跟着移动，举手动足，人影互不相失，如同在仙境一般。

不知不觉，李白在峨眉山住了大半年。冬天到了，一场大雪让峨眉披上了银装。看着这雪的世界，李白想起了令狐兰，想起了匡山和师长。

从春到冬，李白在外面差不多一年的时间，经过在峨眉山的静心养性，焦躁的心态恢复了平静。他想，父母送他上匡山拜师，盼他大志有成。而他初试锋芒不利，便不愿再回匡山，实在内心有愧。峨眉虽好，却不是自己久留之地。

李白谢绝了广浚长老的再三挽留，携其所赠陈子昂诗稿，离开峨眉，返回匡山。

路经难忘的成都，他抑制住内心对令狐兰的想念，不走入城之道，扬鞭策马，一路风尘，很快将成都甩在了脑后。

李白好像看到令狐兰站在她家的小店门口，为他默默地祈祷，让他放心，她无论何时都候着他的佳音……

匡山，李白又回到了匡山。去时满山翠绿，归来一片银白：

> 未洗染尘缨，归来芳草平。
> 一条藤径绿，万点雪峰晴。
> 地冷叶先尽，谷寒云不行。
> ……

再见朋友，郎中杰的尾巴都快摇断了，锦驼鸟却不见身影。李白走后不久，锦驼鸟不声不响地失踪了，谁也不知道锦驼鸟去了哪里。

赵蕤没多说什么，只将他已备好的一沓书卷递给李白，让他住进山顶的大明寺中，静心研读，读完，再来见他。

从此，大明寺里又多了一个刻苦读书勤奋练剑的年轻人。他"洗砚修良策，敲松拟素贞"，超凡的气度和仙人般的风骨，让献身佛门的小和尚们羡慕不已。

李白重返匡山读书，一读就是两年。两年里，他又交了一个好朋友。他就是李白的终生挚友——元丹丘。当时，元丹丘也在匡山，他是与大明寺遥遥相望的戴天观中的年轻道士。

这天，李白晨练之后，没像往常一样进屋读书。他带着郎中杰去对面山峰拜访久负盛名的戴天观老道长。

不想，老道长出远门未归。李白正要返回，在道观外的古树下，遇见了一位身穿白色道袍的年轻道士。

李白看着他，他也看着李白，目光对接的一瞬间，两人心中同时闪烁

105

出火花："对面这个年轻人，怎么如此眼熟？难道在何处见过不成？"

两人同时在心里否认："我从未见过他。"

既然未曾谋面，又如此面熟，非结识不可！李白走上前，年轻道士也走上前，两人相互拱手："兄长，幸会。"

"布衣李白。"

"贫道丹丘，姓元，名林宗。"

两人相见，立即亲如兄弟。两人有很多相近之处。李白一双虎眼炯炯有神，元丹丘的眉宇之间也虎虎而有生气。李白神清气爽，元丹丘年纪不大，行动举止已透出道骨清风。他身着道袍，左侧佩有一把三尺清风剑，和李白佩在身上的水心剑正好配成一双。两人同等身材，都算不上高大魁梧，却可说是潇洒出尘。不同的只是，一个是道家子弟，另一个为布衣身份。

"丹丘今年二十有六，万岁登封元年出生。"

"李白小兄长五岁。"

元丹丘兴奋得拉着李白在古树下互拜，结为异姓兄弟。李白也十分高兴，他看看四周，只可惜寻不来美酒为他们兄弟结缘助兴。

郎中杰跑近元丹丘身边，在他脚前脚后，嗅来嗅去，回到李白身边再闻了闻气味，欢快得不停地在两人之间摇头摆尾。

元丹丘告诉李白，他是北魏后裔，家住中原。从小羡慕道家，十岁上跟着一个老道人上山学道。后来，师长仙逝，他便下山，云游四方，寻访不同的道教门派，结识了不少的道家仙人。前年，他游访到长安，在玉真道观中住了半年多时间。听说蜀中道风盛行，便与玉真一起结伴同行，来蜀地求道。来到匡山戴天观，老道长答应他在此地学道，却无论如何不肯留女道士在身边。因此，玉真独自往西面的青城山去了。

"兄长说的玉真，可是皇妹玉真公主？"

"正是，"元丹丘说，"她现在青城山的天师洞学道，我们分手差不多一年时间了。道长允许我在这观中学道两年，时间已去了一半。"

"再过三个月，我来匡山求学，前后满四年了。师长说，我与他仅有四年缘分，学成后，我便下山。"

"这么说，我们兄弟一起在山上的时间并不多了。余下的日子，我们还要多聚聚才好。"

李白与元丹丘相见恨晚，坐在古树下，一直谈到太阳西下。

以后，他们交往甚密。三个月里，不是李白上戴天观来会元丹丘，就是元丹丘借宿李白之处，两人在一起有说不完的话题。虽然，元丹丘一心求道，李白胸怀大志，要报国报民，但两人的情趣志向还是十分的相近。李白心里一直仰慕道家仙境，元丹丘步入道门，心中也不忘朝中政事。元丹丘给李白讲他仙游的经历，讲在长安的所见所闻，让李白大开眼界。

李白下山的前一天晚上，元丹丘与他睡在一个被窝里，一直聊到天明。他们相约，人分开，心不分离。李白先下山，出蜀，往江南一带寻求举荐机会。元丹丘修满两年后，也会同玉真公主一道，去江南拜访名师。

下山的日子到了，李白遵赵蕤的嘱咐，一早就拾捡好简单的行装，离开大明寺，去拜别师长。

和前次一样，赵蕤坐在堂屋闭目养神，并不理他。李白恳请师长再点拨他一次。赵蕤闭着眼睛，从衣袖中抽出一张折好的粗糙无比的黄草纸，递给李白说："本不想给你。你一定要讨，拿去也好。只怕你并不会以此为戒。"

李白接过，刚想打开来看。赵蕤睁开眼睛，对他挥挥手说："不必急着看它，快快下山。"

李白只得跪拜师父后，转身离去。

这天一早，李白从大明寺出来就没见郎中杰的影子，它一反常态，没跟在主人的身边，直到下山，李白都没找见它。

李白一人牵着白马往山下走去，与前次告别匡山相比，心里更有一种说不出的感觉。若要他继续留在匡山，他不情愿。他早想下山再试前程。日子到了，师长没有任何留恋之意，催他快快下山。连每日与他形影不离的郎中杰也不辞而别，并不送他。李白心里惆怅万分。

回头再望匡山，峰峦起伏，碧绿如初，青藤缠绕着参天古树，从树枝干上垂挂下一缕一缕的根须，如同一把一把的胡须，在微风中拂动。李白想着往日，暮色降临的时候，他带着郎中杰在山间小路上散步，不时遇见一两个打柴人，担着大捆大捆的柴草，急急忙忙地赶路回家。此时，寺里的和尚们已用过了斋饭，正在后院的失鹤池中刷洗他们的钵盂。看着天边渐渐暗淡的晚霞，听着大树上猿猴像小孩啼哭般的叫唤，李白觉得和忙碌一生的柴夫们相比，自己真好像生活在世外桃源一样。

匡山的日日夜夜，令人难忘。

李白拿出笔墨纸张，垫着马背，一挥而就，写下了一首《别匡山》：

> 晓峰如画参差碧，藤影摇风拂槛垂。
> 野径来多将犬伴，人间归晚带樵随。
> 看云客倚啼猿树，洗钵僧临失鹤池。
> 莫怪无心恋清境，已将书剑许明时。

李白拔出宝剑，削好一支木镖，飞手将写着诗句的白纸，钉挂在足有几围粗的古杉树身上。

路上，李白想起师长给他的留言，他从桃竹书筒里拿出，打开一看，黄草纸上正正方方，写着一个碗口大的字：傲。雄健有力的笔锋，碰触粗糙的黄草纸，墨迹之间留下了道道缺痕，很有些美中不足。这个字，是李白命中大忌。匡山四年，赵蕤曾多次提醒。怎奈，李白生来傲骨，赵蕤想替他扭转也是枉然。赵蕤本想不再提它，但师生一场，还是忍不住要赠李白一字，想劝他以此为戒。

李白将师长的留言，重新折好，小心地放回桃竹书筒中。他何尝不想记住赵蕤的金玉良言？然而，他也无法驾驭他自己的命运。

山头，两只鹰，乘着气流，一动不动，在空中翱翔着。

3

儿子突然出现在门口，李氏高兴得好一阵话都说不出来了。她拉着儿子的手，进了家，让他站在自己面前，上下左右，前前后后，细细打量了半天，才声音发颤地连连说："长大了，变样了！我的儿子长成大人啦！看看，和你父亲当年一个样子！不，比你父亲还强！"

李白将母亲扶坐在靠椅上，看着母亲，母亲的额头上又添了不少皱纹，他心里不由生出一阵歉意。一去近五年，未在双亲面前敬奉孝心不讲，自己走后，没给家里一点音信，父母的牵挂可想而知。

"母亲，父亲还去外面跑商？"

"嗯，他不跑商，还能干啥？我们这一家子，全都指望着他进钱啊！"李氏拍拍儿子的手说，"你远道回来，坐着休息一会儿，我到后头让他们多做两个菜，给你接风。"

"母亲，儿子回家，又不是外人，何必客气。"

"估计着，你父亲今天也能回家，我们正好庆贺一下。"

李氏去了后院。李白一个人，这间房里看看，那个院子走走。院里院外和五年前差不多，没有大的变化。只是房瓦栋梁比先前旧了许多，屋檐下搬来了几家燕雀，枯草树枝挂在窝边。

晚边时，李客果然回来了。他一进门就看见了迎出来的儿子。

"父亲！"

"太白回来了！啊，我说呢，今天走一路，喜鹊跟着叫了一路，进门真有喜事等着我。"李客风尘仆仆，顾不得拍打一下，拉过李白，拍了拍他结实的胳膊，又正了正儿子头上的布巾，"不错，像我们李家的后代！"

"公子回来了。"

"看看，长得都认不得啦。"

安顺子、老五楞仍跟着李客跑商。新跟着的，还有已经长得五大三粗的安顺子的儿子小顺子。他们也走过来和李白打招呼。

"别总站在院子里，有话，进屋再说。"李氏让丈夫、儿子进家，又对安顺子他们说，"快卸下东西，洗洗，都进来，今晚大家一起吃饭。"

回家，日子过得很快，转眼，一年有余了。

这段时间，李白本想跟着父亲上外面跑跑马队。父母坚决不让。李白说，并非想跟父亲学做生意，而是想尽尽自己做儿子的一份孝心。李客说，儿子的心意，他领了，但跑商的事，他们李家只能到他为止，儿子断不可经商。没办法，李白只好作罢。

蜀内的主要郡县，李白差不多都走遍了，他干谒了许多五品以上的官员，仍没有举荐的希望。他和父亲商量，还是出蜀，到江南等地去寻找机会。李客也很赞成。他让李白等他这次跑商回来再走。

听说儿子又要离家，李氏很难受。二十多年了，丈夫外出跑商，她总是盼星星望月亮一样，盼着丈夫早早归来。这一回，她知道，丈夫回来后，儿子就要离家，而且要走得很远很远，不知什么时候才能再回家来。

她突然不想丈夫回来得太早，她想着让儿子在家再多住些日子。

李客真的没按时回来。

开始一两天，李氏心里暗暗喜欢。可过了五天，又过了五天，二十多天过去了，李客还是没回来。李氏有些坐立不安了。她不断地责怪自己，不该在心里悄悄想着，不让丈夫快点回来。她请来巫师，在院子里做了两天两夜的法事，祈祷神灵保佑李客平安无事。

巫师走了，李客还是没回来。

李氏心里着急，让留下院子里的香案，不要撤了。自己每天上香，烧纸钱，祈求李家避开一切祸端。

李白也不放心父亲。他想起了小的时候，父亲带着他们全家和马队，从西域来到青莲乡时的情景。夜间行路，白日睡觉，说话都不敢有一点声响。大人小小声的耳语，高度警觉的神情，包藏着多少神秘和恐怖。这么多年了，李白一直想弄清楚，这是为了什么。

晚上，李白陪着母亲坐在院子里，香案上插着数支点燃的香烛，星星点点的香火与满天繁星遥遥相望。李氏叹着气，不说话。

"母亲，儿子有句话，不知当问不当问？"

李氏看着儿子，等着他问。

"儿子想知道，我们家为什么要迁来这偏僻的山乡？父亲好像一直在躲避着谁。"

"……"

"母亲，儿子已经长大成人。有什么话，不可对孩儿说呢？"

"唉，"李氏又叹了一口气，说，"你父亲这回出去，多日不见回家，我心里真是担心。不是我不愿告诉你，这许多年，我一直担惊受怕地过日子，我不想让你也过我们这样的生活。"

李氏终于给儿子讲了他们逃来青莲乡的原因。

二十一年前，岁末，西北风席卷着大雪在窗外不停地呼啸。家里做好了一桌丰盛的年夜饭，等着外出跑商的李客回来。可饭菜凉了热，热了又凉。直到深夜，李客还没回来。

那年，李白刚四岁，看他困得实在熬不住了，李氏让奶娘带他先去睡了，自己一人坐在油灯下等着丈夫回来。

子夜时分，守岁的人放完了鞭炮，外面只剩下一阵比一阵大的西北风的号叫声。李氏觉得很冷，加了件棉袍，用被子盖着双膝，坐在床边，继续等丈夫回来。

不知什么时候，她迷迷糊糊地靠着床头睡着了。突然，她觉着一阵寒气逼来，睁眼一看，李客站在面前。他身上血迹斑斑，满头满身披着雪花，胡子上还挂着一根根冰凌。

"你——怎么啦!"李氏跳下床来，抓住李客。她以为丈夫受了伤。

"嘘——"李客摇手，让她不要声张。他面带微笑，拉着她，来到外面院子里。

安顺子和老五楞正在一箱一箱地忙着往下卸货物，看样子那东西挺重的，他俩抬着，十分费劲。

"你要财不要命啊，这样的天，拉这么重的货……"

"嘘——"李客又一次制止了她。他带着她，走到一个箱子面前，解开绳子，打开箱盖。

"我的天哪!"李氏禁不住又叫出了声。箱子里装着满满的白花花的银子。"这，这是哪儿来的?"

"别声张，"李客有些得意地小声说，"等我慢慢地告诉你。"

李客让安顺子和老五楞把箱子一个一个全都抬进后院的地窖里，又和他俩一起用草将地窖门封住，盖上厚厚的一层雪，再用铲子压得紧紧的，这才放心，进家换衣服吃饭。换下的衣服他让妻子马上全部烧掉，不许留任何痕迹。

烧了衣服回来，李氏听丈夫正在对安顺子和老五楞说："你们的那份，先存放在我这儿，等以后风头过了，再拿去。我保证，不会亏了你们。"

"老爷放心，我们全当什么也没看见，不会走漏半点风声。"安顺子低声说。

老五楞也瓮声瓮气地说："老爷，今天没有你，我们怕命都没了。银子要不要都行，跟着老爷，什么都会有。"

他们吃过饭，天已经大亮。

这一天，李氏没时间和丈夫单独说话。先是李客一个人躺在床上蒙头大睡。他好像几天几夜没睡过觉，一直睡到点灯的时候。晚上，奶娘又带着李白和他们玩了好一会儿，李氏催了几回，奶娘才带着李白去睡了。

人都走了，李氏坐在丈夫身边，问："昨晚那些东西，到底是怎么

111

回事?"

"我抢来的。"

"别瞎说。"

"真的。是我从强盗手里抢来的。"

原来,碎叶城外不远的山里有一伙强盗,专门打劫商家马队。官府抓了好几年,也没抓尽。这伙人作案都在傍晚时分,碰上谁抢谁,抢就抢个干净,人货不留,常来常往的客商都赶在傍晚前通过山谷。

这天,下着大雪,李客他们路上误了时间,来到山口时,天已经快黑了。怕遇上强盗,李客让安顺子和老五楞带着马队,跟在后面,与他保持一定的距离。他自己一人,在前面探路。

想不到,真遇上了强盗。

这伙人刚抢了三支马队。他们把贵重物品集中在箱子里,剩下不要的东西,乱七八糟地丢了一地,几具客商打扮的血尸被移到小路边上。大队人马已经押着第一批财物回山去了,留下五个人做看守,等着大队人马返回来,再运一趟。

天很冷,五个人披着裹着刚抢来的衣服和被子,围在火堆旁取暖。李客想,不趁早解决了他们,待他们大队人马返回,自己和马队都没有活路。

他轻手轻脚地摸近火堆,突然蹿出,拔剑对着五个人没头没脑地乱砍一通。两个人应声倒下,一个逃了几步,见另两个弟兄已拿着树棍在与李客拼死搏斗,便又转头回来帮忙。李客被三个人围住,并不手软。他手握长剑,进退盘旋,转折拧抱,挡住左右攻击,回身劈剑,先结果了那个胆小的。再使出钻剑右落,将另一个的大肠挑了出来。剩下的那个见势不妙,掉头逃走。李客箭步追上,顺风扫叶,将他的头一剑砍落下地。一团血柱喷了出来,足足有二尺来高,溅在李客身上脸上,到处都是。李客连杀五人,累得有些透不过气来。但看见眼前一箱箱的财宝,心下一亮,劲头倍增。他等安顺子、老五楞带着马队上来,三个人一起,卸下原先的货物,装上强盗抢来的箱子,顾不得雪大路滑,打马赶路,迅速离开了山谷。

快进城时,李客担心,他们运回来的箱子会引起夜晚出来放鞭炮的人的注意,专门在城外的一个小树林里待了好几个钟头。直到后半夜,才悄

112

悄进城。

自从这些箱子进家，李氏就没过过安生日子。她每天提心吊胆地打听消息，注意动静。听说，山里的强盗被官府招安，说是还有人比他们更厉害，抢走过他们抢来的许多银子。官府正在加紧追查。

李客早存着心眼，他利用每次外出跑商的机会，将银子一次一次地运去了内地。不久，有人给李客报信说，官府怀疑上他了，可能要抓他补案子。于是，他们举家逃出了碎叶城。

"只要不被官府抓住，案子就能躲过。"李氏说，"可谁能保证，一辈子都躲得过去？看样子，我们只能长期住在这里了。你父亲每次出去，我的心都七上八下的，就怕碰上意外。往常，他都按时回来。这次出去都快两个月了，还没回家，一点音信也没有。"

"母亲放心，父亲不会有事。"李白听了父亲的游侠故事，心里佩服极了，他为自己有一个敢作敢为的父亲而感到骄傲。

李白一生也常做游侠之事。开元十九年（731），他三十一岁，第一次进长安，又做了一次游侠。事后，他在《侠客行》一诗中，改名换姓，记述了父亲的故事：

> 赵客缦胡缨，吴钩霜雪明。
> 银鞍照白马，飒沓如流星。
> 十步杀一人，千里不留行。
> 事了拂衣去，深藏身与名。
> ……

古人看了李白笔下的侠客，认为"事了拂衣去，深藏身与名"，算不得侠客行为，真正的侠客应是："侠客不怕死，怕死事不成，不肯藏姓名。"但是，自身性命难保的侠客，怎能四处"任侠"？不能以保住性命论怕死与不怕死，也不能以隐姓埋名否定李客深藏不露的侠肝义胆。儿子李白，从来以游侠父亲为骄傲。

几天后，安顺子和老五楞带着马队先回了家。他们告诉夫人，出去后不久，老爷就带着小顺子和货款往三峡方向去了。老爷交代，让他俩办好货后，先回青莲乡。事情办完，他们也自会回去。李氏这才放心了一些。

113

又过了一个多月，李客才返回家中。这趟出去，他出三峡，去洛阳，下扬州，奔金陵，走了三四个地方。

李白离家之前，父亲将银子送到他手中，让他带着，路上方便。其他话，李客没有多说，只叮嘱了一句："出门在外，不要向外人提起父母，尤其事业有成之后，更不能说。"

李白懂得父亲的意思，他是担心，儿子成名后，暴露了他的隐居地点，引发旧案。

"父亲大人放心，儿子出去，决不辜负二老的养育之恩。成不了大业，不返家园。"

听了儿子这话，李氏的眼泪断了线似的往下掉，她拉起衣襟，擦着泪说："母亲盼的是白儿早早归家，就是无有大业，也……"

"好啦，好啦，今日儿子出门大吉，夫人不要伤心。"李客打断了妻子的话，示意李白快走。

李白走出院门，向跟着送出来的父亲母亲拜了三拜："儿子不在身边，父母多多保重。"

骑到马上，李白听见母亲已失声痛哭，他的两腮阵阵发酸，泪水也差一点涌了出来。他低着头，又惜别父母："父亲母亲请回，儿子这就走了。"李客也已两眼含泪，他强忍着，伸手在马屁股上拍了一巴掌，白马放开蹄子，向前跑去。

走到山口，李白勒住缰绳，又回头望了一眼还站在原处的父母的身影。环视身旁的青山绿水，他默想："再见了，青莲乡，我们很快就会再见的！"

1

出三峡前，李白先到成都，他想带令狐兰一同出蜀。

李白离开成都的那天早晨，令狐兰有意躲了出去。回来后，李白已走，令狐兰在他住过的房间里整整坐了一天。以后几个月，客人们见不到她的笑脸。二娘天天骂她，骂她不要脸，说她的魂让小白脸给勾走了。令狐兰只当没听见。不久，二娘嫁给了她的汉子。她让令狐兰独自经营小店，收入她提四成，剩下的归令狐兰和小二姐弟俩。令狐兰不能不笑了，她要养自己，养弟弟，还要养母亲。

日子过得好似流水一般。

转眼，两年多过去了，李白又重新来到了小店门前。

小店外观一点没变，李白想："我也没变，布衣走，还是布衣来。不知令狐兰如今怎样。"他牵着白马，在门口停了一会儿，听见小店里传出令狐兰甜甜的笑声，心里一阵激动。李白迅速拴好白马，从马鞍上解下布包，三步两步走进了店门。

"兰子，我……"

李白进门就叫令狐兰，他抑制不住自己的兴奋，想马上看到他的兰子。但他一看到令狐兰，却张着嘴，哑了喉，不动了。

令狐兰正坐在一个大胡子的腿上。她手拿着酒杯，自己抿上一口，送到大胡子的嘴边，让他也喝。那情景，和当年她对李白一模一样。两年多来，李白总也忘不了令狐兰同他共饮一杯酒时那令人销魂的神态。没想到，今天刚一进门就看见了。只是，她不是坐在他李白的腿上。

令狐兰偎依在另一个男人的怀里。李白的血液直往头上冲，胸口堵了一大口气，出也出不来。

令狐兰看见李白，下意识地从大胡子怀里挣脱出来，酒洒在大胡子的胸前，她没注意。她也站着，不动。

大胡子不知出了什么事，看看愣着的令狐兰，又看看刚进门的布衣，哈哈哈地大笑道："来，来，来，我的小老板娘，喝我们的酒。一个布衣，没啥了不起的。他走了，我出双倍的钱。"大胡子边说，边将令狐兰往怀里搂。

令狐兰在大胡子的笑声中醒过劲儿来，她笑着安抚拉她入怀的大胡子说："请等等，我叫小二安排他。"

"小二——小二——"令狐兰朝后屋大叫着，李白听她的声音变得很像当年的二娘，"李公子来啦，快来接他上楼!"

唤出小二，令狐兰又走到李白身边，接过他手中的布包，交到小二手里："李公子，委屈你了。请先到楼上休息，我稍后就来。"

李白痛苦地盯着令狐兰，恨不能转身就走。他痛恨她这张献媚的面孔! 这张小客店的面孔! 这张故意装出来以适应这轻浮生活的面孔! 可他又想，自己专门来接令狐兰出蜀，怎么可以就这么走了呢？任他的性子，他要冲上去，照着那个大胡子的下巴颏，狠狠给他两拳，看他还喝不喝酒！

小二拉了拉仍站在门口不动的李白，热情地说："李大哥，好久不见！快跟我上楼去吧。"

李白机械地跟着小二上了楼。

房间陈设已经和以前大不一样了。门窗家具漆了油漆，光亮光亮的，像新的一样。粉红色的帐子前挂了一条五彩织锦帐帘，"鸳鸯戏水图"栩栩如生。崭新的棉被平铺在床上，蜀锦被面织的是"百子闹春图"。整间房子，春意浓浓，满是挑逗和骚动。

小二端茶倒水，屋里屋外忙个不停，他一会儿让李白洗脸，一会儿又问李白吃没吃饭，殷勤周到得了不得。李白只管自己坐着，并不理睬小二那一套。他的心还留在楼下，耳朵还在注意听着下面的动静。

李白只听见大胡子高一声低一声，吆喝着喝酒，却没再听见令狐兰的笑声。他冷冷地笑着，自言自语地说："你也笑不出来了？"说完，李白又自己跟自己生气，伸手重重地打了自己一个耳光。

过了差不多一个时辰，令狐兰上楼来了。李白见她进来，并不理她。令狐兰走近他身边，李白闻到一股酒菜气，扭过头去。

"李大哥，"令狐兰摇着李白的肩头，柔情地说，"别怪我，好吗？"

李白看着令狐兰，她的黑眼睛一闪一闪的，和以前一样活泼动人，白嫩嫩的脸蛋泛起两块好看的红晕，樱桃小嘴微微噘起，让人生出许多怜惜。

"李大哥，兰子也是没办法，才……"

"别说了，"李白拉过令狐兰的小手，"我来，就是要带你离开这里。跟我走，马上跟我走，我们一起出蜀。"

"你要出蜀？"

"嗯，你和我一起去。"

令狐兰想想，不直接回答李白："我母亲出嫁走了。这个小店现在是我和小二两个人的。你在这儿多住几天，好吗？"

"你先告诉我，跟不跟我一起走。"

"一定要现在说？"

李白坚决地点了点头。

"大哥，我……"令狐兰含着泪花，说不出话来。

"我知道，你要靠这个店养小二！"李白又有些气了，"我有钱，我养得起你们姐弟俩！"

令狐兰转过脸去，表情凄绝，眼泪不住地往下流。

"兰子，"李白将令狐兰拉进怀里，擦掉她脸上的泪水，"跟我走吧，我是专程来接你的。"

"你还是舍不得这个小店？"李白又说，"将来我成就了事业，做了朝廷命官，你还要这小店干什么！"

"大哥，我不能走。"令狐兰好不容易说出了这句话。

李白睁大眼睛看着她："你说你不跟我走？"

令狐兰不敢看着李白，她藏在他怀里说："要走，两年前，我就会跟你走。但是，我不能。我会拖累你的！"

李白一气之下，将令狐兰推出怀中："拖累我？说得好听！"

"大哥……"

不等令狐兰申辩，李白抓起放在桌上的布包，抬腿就往楼下走。他边走边说："算我李白错看了人。你不跟我走，我马上就走！"

令狐兰追出店门。

李白已经上了白马，他看着哭得泪人一样的令狐兰，缓了口气，又让令狐兰跟他一起走。

令狐兰真想跳上他的白马，搂着他的腰，和他一起去天涯海角。她往前走了几步。李白躬下腰，从马上伸出手来接她。突然，令狐兰像忘记了什么，又转身跑回了小店。

店门关上了，里面传来令狐兰哭泣的声音："李大哥，你一个人走吧，兰子永远不会忘记你……"

白马高高地扬起前蹄，发出声嘶力竭的嘶鸣，甩头奔跑着离开了小店。

李白差点从马背上掉了下来。他抓紧马鬃，紧贴马背，一任他的白马发了疯似的向前狂奔。

快马一路南行，李白来到嘉州（今四川乐山）清溪驿。

他租了一条小木船，艄公答应连夜起程，送李白出三峡。

白马傲然立在船头。

艄公咽了口唾沫，放开喉咙，喊了一嗓子："开——船——喽——"他用力地撑了几篙，木船嗖地游入江心，划开波浪，顺流直下。

"仗剑去国，辞亲远游"，李白坐在小木船上，向西遥望巍巍峨眉群山的身影，一轮弯月挂在山的肩头。他想着峨眉山的月夜，想着匡山的师长和朋友，想着父母，还想着他的令狐兰，一首《峨眉山月歌》浮现环绕在他的心头：

　　　峨眉山月半轮秋，影入平羌江水流。
　　　夜发清溪向三峡，思君不见下渝州。

这一年，是开元十三年（725），李白二十五岁。此后三十七年，直到唐代宗宝应元年（762），李白去世，他再没回过川蜀，再没回过青莲乡，再没见过生他养他、时时刻刻为他牵肠挂肚的父亲母亲。

这一年，唐玄宗也有一个重大举动——举行盛唐以来最为壮观的典礼——封禅泰山。

5

封禅是古代帝王承受天命，而又不负天命，向天地汇报自己功德的一种行为。

远古时代，部落首领每次重大军事行动的前后，都要祭奠天地，这是最早的封禅形式。秦始皇统一中国，首开封禅于泰山的先例。以后，又有汉武帝和东汉光武帝，先后登泰山，告慰上天，他们治理的国家是"太平盛世"。

唐太宗李世民开创大唐，形成"贞观之治"，久有封禅泰山的心愿，但谏臣魏征以为，封禅时机未到，太宗没能如愿。唐高宗以"永徽之治"的名义，去泰山封禅，替父王还了愿，为自己立了碑，这与武则天的竭力怂恿不无关系。

唐玄宗即位已有十余年了。十余年来，大唐国泰民安，稻米满仓，六畜兴盛。洛阳米一斗十钱，山东一带斗米仅五钱，"开元之治"的盛世局面已经形成。此时，是否去泰山封禅，又成为朝廷重臣关注的焦点。

宰相张说力主封禅泰山。史书记载，张说和他的同僚，七天内四次奏本，反复劝说唐玄宗一定要去泰山封禅，以告慰天地，扬大唐国威，安黎民百姓。

第一次，在张说的提议下，文武百官一起奏本，请封东岳。

奏本曰："皇帝陛下握符提象，出震乘图，英威迈于百王，至德加于四海，东岳封禅，时机已到。臣等幸运，伴驾于昌盛之时，盼亲眼目睹圣上封峦之大庆。"玄宗看过奏本，心里喜欢，但谦称不许。他手诏曰："朕承奉丕业，十有余年，德未加于百姓，化未覃于四海"，封禅之事，暂且不议。

只过了三天，张说又率部分朝官，呈上奏章，恳请封禅。

奏本高唱颂歌，曰："陛下即位十余年，政绩显赫，功德无量，有大舜之孝敬，文王之慈惠，夏禹之恭俭，帝尧之文思，成汤之深仁，轩皇之至理，历代君王不能同日而语。有此功德，告慰天地百姓，势在必行。臣等仰考神心，旁采众望，封峦展礼，时不可仰。"看过奏本，玄宗心下得意，但还有几分清醒，仍不动封禅之心，手诏曰："十余年功德，有赖群公辅佐，岂可自以为是，展封祀之礼？"

张说等连受二道手诏，不改初衷，再次上朝请愿，面奏皇上："今四海和平，百蛮率职，莫不含道德之甘实，咀仁义之馨香。圣上谦敏过人，更应封禅才是。"

玄宗高坐在金銮宝殿之上，命跪拜在地的臣子平身，和颜相对曰："朕未能使四海艾安，此礼未定也；未能使百蛮效职，此功未成也；焉可以扬景化，告成功？"还是不许封禅之事。

事隔一天，张说等在早朝上，第四次固请皇上准奏封禅。

这天早朝，张说不议其他，专奏封禅。他率先跪于大殿之上，领着群臣上言曰："陛下功格上天，泽流厚载，三王之盛，莫能比崇。登封告成，理中幽赞。"奏毕，又有十余名宫人，奉上数以百计的献赋颂词，都是当时有名的儒生墨客为皇上所作。大殿之上，奏起赞歌一片。玄宗终于"不得已而从之"。

玄宗在《允行封禅诏》中宣布："可以开元十三年十一月十日，式遵

119

故实，有事泰山。所司与公卿诸儒，详择典礼，预为备具。"并指定张说负责刊撰封禅仪注。

张说得奉上命，立即组织一班文人，在东都洛阳的丽正书院加班加点，草拟封禅仪注。那情景，真如撰写重要的历史文献一般。

经过张说以及右散骑常侍徐坚、太常少卿韦绦、秘书少监康子元、国子博士侯行果等人，与众多礼官的反复商讨修改，四个月后，初稿完成，呈上由玄宗亲自审阅。

玄宗十分高兴，召宰臣、礼官和学士众人到集仙殿欢宴，再议封禅仪注。酒酣之时，玄宗说："神仙是凭空捏造的，朕不相信。贤人是济世治民的才俊。朕今日与各位共同宴饮，这个集仙殿从此改名为集贤殿。"丽正书院也改名为集贤书院，命张说主持书院事务，著名文人徐坚做他的副手。书院官五品以上的为学士，六品以下的为直学士。众人一起，群策群力，再逐字逐句斟酌推敲，前前后后，整整十个月，封禅仪注终于定稿。

封禅仪注，就是为皇上封禅制定一套礼制。以张说为首研制的这套"乾封之礼"，有许多革新和创意，与前朝多有不同。

皇上封禅泰山，邀请四夷君长及使臣前来"从封"，历史上不曾有过。张说将它列为正式礼仪，写入了仪注。本来，是为防止皇上东去封禅，"突厥乘间入寇"而设的权宜之计，由兵部侍郎裴光庭提出建议。但实施后发现，它不仅是安抚四夷的友善之举，还好好炫耀了一次大唐的国威。封禅前七个月，这项事宜就开始奏行，应邀来参加从封的，有突厥、契丹、奚、昆仑、靺鞨以及大食、日本、高丽、新罗、百济、日南等周边国家和民族的高级使者，好几十人。

唐高宗封禅，以高宗之母长孙皇后配皇地祇，皇后武则天为亚献，越国太妃为终献。封禅时，妇人占尽风头。《尚书·牧誓》云："牝鸡无晨；牝鸡之晨，惟家之索。"意思是说，母鸡不能代替公鸡打鸣。若母鸡早上打鸣，这个家的气运就完了。历代，妇人是王室大祸，张说坚决"革正斯礼"。仪注规定，玄宗首献，邠王守礼亚献，宁王宪终献，而以睿宗配皇地祇。正式封禅过程，没有妇人参与，也是玄宗封禅的一大特色。

开元十三年（725）十月，玄宗御驾从东都洛阳出发，朝中百官、皇亲国戚、四夷酋长在后从行，各种物质车队，连绵几百里不断线，中间还夹着数万匹牧马，按不同的毛色组成一列一列整齐的方队，远远看去，犹如五彩缤纷的锦绣，在中原大地上形成一大奇景。

浩浩荡荡的封禅队伍，东行二十五天，于十一月，抵达泰山脚下。

大队人马宿营于泰山，占地数十里。皇宫左右龙武军、羽林军组成礼仪卫士，列队百余里地，泰山上下行道之间，三步一岗，五步一哨，处处设防。

玄宗外出巡视一番后，下旨说：灵山清静，不宜过分喧哗，明晨封禅，所有随从官员留在谷口，朕骑马与宰相、诸王及祠祭等不可少的礼官上山即可。

晚上，忽然风起雨落，初冬寒气彻骨。

张说着了急，命随行道士赶快想办法，万万不可因为风雨，影响封禅大事。

道士们在山谷中的一块平地上，筑起临时法台，周围点燃篝火，对天行法，通报诸路神仙，圣上明晨封禅，祈请帮助。说来也怪，不出两个时辰，果然息风收雨，山气也逐渐转暖。

第二天清晨，南风微拂，丝竹轻摇，空气清爽宜人，犹如初春气象重返泰山。

玄宗与诸王、随从数人登上山顶，遥看山野，一夜之间，万木返绿，青翠欲滴，还有一簇一簇绚丽的山花点缀其间。山上山下笼罩着不可思议的神奇色彩。

封台前坛上，玄宗率众人开始祭拜昊天上帝。玄宗首献，邠王亚献，宁王终献。献毕，玄宗接过礼官呈上的玉匮，准备藏于祭坛的石室之中。按惯例，两个玉匮，一个盛放玉册，另一个盛放玉牒，其中文字秘不可宣。

玄宗手执玉匮，突然向身边的礼部侍郎贺知章问道："前代玉牒的文章，为何不可公开？"

贺知章躬首答曰："密求神仙，所以不欲外人看见。"

"朕今日之行，全是为苍生祈福，没有机密可言。"说着，玄宗将玉牒交与贺知章，"出示百僚，让所有臣民知道朕的本意。"

贺知章遵命，郑重地揭开玉牒宝盖，舒展文章，大声宣读道："有唐嗣天子臣某，敢昭告于昊天上帝。天启李氏，运兴土德……中宗绍复，继体不定。上帝眷佑，锡臣忠武。底绥内难，推戴圣父。恭承大宝，十有三年。敬若天意，四海晏然。封祀岱岳，谢成于天。子孙百禄，苍生受福。"

与此同时，东南方的燎坛点燃了圣火。柴草堆积如山，火势直冲云霄。

山下的群臣仰望山顶，高呼万岁，呼声惊天动地。

玄宗陶醉了。他面对近臣，情不自禁地说："今日封祀初建，云雨万物和顺，这都是众卿全力辅弼之功劳。从今往后，君臣相保，勉副天心，长如今日，不敢矜怠。"

张说连忙率众人跪拜于地下，说："昨夜上天听说陛下封禅，则息风收雨，今日又是天清日暖。祭祀时，有祥风送天乐，瑞云引燎焰，如此神灵盛事，前古未闻。陛下终日以国事为重，长福百姓。这真是天下之大幸啊!"

声势宏大的玄宗封禅泰山活动，前后九天，才告结束。

这是自古以来最为隆重的典礼，玄宗高兴之余，大赦天下，封泰山神为天齐王。

第二年，玄宗又亲自手书《纪泰山铭并序》，命人刻于泰山之顶的石壁之上："有唐氏文武之曾孙隆基，诞锡新命，缵戎旧业，永保天禄，子孙其承之。"

然而，宰相张说却没有因为封禅成功而得福。相反，从泰山返回长安后，他反倒失宠于皇上，官运一落千丈，几乎祸及性命。

张说其人，有才有智，又好行贿赂，处世为人，常常自以为是，不将同僚下人放在眼里。封禅泰山的前前后后，他风光得了不得，鞍前马后为皇上效力，同时，也乘机加封了自己的一大批故吏、亲戚。他的女婿原是一个九品小官，跟着他上泰山走了一趟，骤升为五品命官。还有许多亲信也加官晋爵，占据了朝中不少要职。私下里，朝中早就议论纷纷，不满张说的所作所为。只是看他红极一时，敢怒而不敢直言罢了。

从泰山回来四个月后，中书主事张观和左卫长史范尧臣，偷偷地请了术士，在家占卜凶吉。

当时，朝廷命官没有人不知道，私度僧人占卜就是犯罪。它触犯了玄宗正式即位后宣布的第一条法令："朝中百官之家禁止与僧、尼、道士往来。"有违者，当以严罚。因为，李隆基本人除韦后集团，铲太平公主余党，政变成功，曾借用过术士、僧人的伎俩。太平公主也曾利用术士、僧

122

人占卜天象，差点说服睿宗，废了他李隆基的太子地位。对此，玄宗耿耿于怀，正式掌权后，时刻提防再有人借神仙之术颠覆他的政权。

张观、范尧臣仗着他俩是宰相张说的亲信，没将这条法令放在眼里，请术士在各自家中摆了道场，为他们的家人占卜前程后事。要是一般情况，朝中同僚睁一只眼闭一只眼，也就混过去了，并不会有麻烦。可他们哪里知道，御史中丞宇文融、李林甫和御史大夫崔隐甫，正恨不能找出点事来加害张说。听说这事，立即联名上奏，弹劾张说。他们说，张说夜引术士进府占卜看天象，有图谋不轨之行为。还指使其亲信张观、范尧臣两人招摇过市，付给术士钱千万，亲自护送出城。

玄宗看过这个奏本，顿时龙颜大怒。早些日子，已有人上过折子，指责张说，"借泰山之力"擅自提拔亲戚故吏，有结党营私之嫌疑。当时他为谨慎起见，并未追究张说的责任。想不到，现在他又公开做违反朝廷法规之事，有无谋反之心不说，蔑视皇上是肯定的。

当下，玄宗下旨，将张说抓捕归案，派羽林军围抄了宰相府宅。

张说做梦也没想到，皇上会依小人之言，相信他张说有意谋反。直到亲自进了大牢，受了重刑，被打得皮开肉绽，才不得不自认命该如此。其实，玄宗也并不十分相信宇文融、李林甫他们的话。他之所以重办张说，自然有他自己的道理。

受苏颋的保举，张说再度为相已三年有余，算起来，他在前朝后朝，三次为相，朝中的势力一直不小。泰山封禅后，更是一人之下，万人之上，在朝廷上摆出老臣说一不二的架势。周围同僚多有怨言，宰相之间的矛盾也越来越深。为解决矛盾，平衡君权与相权之间的关系，玄宗认为，必须从张说入手。这次，正好借故，撤掉张说的宰相之职。

张说到底有罪无罪，玄宗下旨，交刑部审理后再作定论。可朝中，想治张说于死罪的人，大有人在。张说心里也很明白，失宠下狱，再想活着出去，恐怕很难。

幸亏张说有一个哥哥，左庶子张光诣，听说弟弟受冤下了大牢，拼死求见皇上。

张光诣在大殿之上，拔出宝剑，生生割下自己的耳朵，为张说喊冤叫屈。玄宗为他的行为所动，又下一旨，审理张说之案，不得有误，谁要是冤枉了无辜之人，定要治他以重罪。

最终查明，张说本人没有私度术士占星的事情，也不知道亲信的犯罪行为。私度术士入室，确实是张观和范尧臣暗中所为。但因张观、范尧臣是张说一手提拔起来的官吏，张说必须对此负责。

真相大白后，玄宗派他的亲随、宦官高力士去大牢里探视张说。看到下大狱仅六天的宰相，蓬头垢面，坐在半围破草席上，捧着家人送来的瓦罐，贪婪地吞食残汤，高力士不由得一个劲儿地摇头叹息。

高力士向玄宗禀报了他亲眼所见的情况，并委婉地进言说："往日张说一直忠于皇上，于国又有大功（李隆基政变成功，张说起了重要作用），如今这副模样，实在让人痛惜。"

九天后，张说获释。玄宗罢免了他的宰相，但文史职务不变，朝廷每遇大事，玄宗仍常派宫中使臣去向他咨询。张观和范尧臣则被处死，家人全部流放于岭南。这是开元十四年（726）夏四月发生的事情。

又过了一年，开元十五年（727）秋七月，许文宪公苏颋因罪折寿，在他的老家许州去世。

6

李白乘艄公的小木船，顺流直下，经渝州、涪州，过夔州（四川奉节）、白帝城、巫山，告别了巴蜀山川，进入山南道（今湖北境内）辖区。

船在湍急的江水中疾行，转过黄牛山，出了西陵峡，著名的三峡风光已经过去。

长江前方，又有两座高峻的山峰扑面而来。

"公子，前面就是荆门喽。"艄公手扶舵柄，坐在船尾对李白说。这一路，他是李白难得的导游，大江两岸的风景名胜，没有艄公不知道的故事。

李白钻出舱篷，立于船头，观望江岸。

两座大山南北对峙，滔滔长江挤在中间，簇拥着他们的小木船向东。

"北面的叫虎牙山。南面就是荆门山。"

艄公紧紧地把住舵柄，竭力保持船的平稳，继续热情地给李白介绍。

虎牙山，山势陡峭，石壁自上而下悬垂在江水激流之中。荆门山，上合下开，如同一座特意建筑的天门，直插云霄。

木船驶过荆门。

从蜀地迤逦而来的群山，一下子全都被甩在了身后，千里空阔的楚天骤然展现在李白的眼前。长江再不受山峡的束缚，在广袤的原野上平铺开来，悠悠地流向苍茫的远方。小木船也不再疾飞，平稳地随着江水漂流，像一个在草地上散步的公子。巴山蜀水，楚中天地，两地反差之大，不身临其境，是绝对无法想象的。

李白当时吟出妙句："山随平野尽，江入大荒流。"

杜甫以后也有佳作："星垂平野阔，月涌大江流。"

不识字的艄公则用最古朴的方式来抒发他的心境。他双手合围，放在嘴边，拉直了嗓子，喊出一串长长的不断线的号子。这号子，喊在巴蜀，群山响应，阵阵回波，不绝于耳；喊在楚天，舒展开阔，余波振荡，远送千里。

号子送走夕阳，迎来秋月，将小木船引进了荆州首府江陵。

船靠岸，已是掌灯时分。艄公下船买回些酒菜，和李白一起吃了，两人各自早早睡下。睡到半夜，李白被一阵急促的喘息声惊醒。

白马病了。它全身发热，口吐白泡，半合着双眼，倒在船头。李白披着衣服蹲到它身旁。白马动了动身子，想立起来，但已是心有余而力不足，无法再起立。它强张开眼皮，有气无力地看着李白，目光中满是悲哀和无奈。

白马老了。它和李白一起去匡山时，齿龄不过二十，正是马的青壮年时期。马的生活期通常不过三十年，出蜀前，李客想给儿子换一匹新的良种马。但李白舍不得他的朋友，还是带着白马出来了。

江面上，风大浪急，夜晚睡在船头，不时有浪花拍打在白马的身上，李白常起来，借艄公的蓑衣给它盖好。可白马毕竟老了，再经不起旅途的辛苦，好不容易坚持到江陵，它再也站不起来了。

艄公是水上人，不懂得摆弄牲口。但他说，牲口和人没啥两样，受了寒，喝些热辣子汤，发发汗，兴许能好。李白也没了主意，只好按艄公的办法，两人一起将一大碗红辣子汤，趁热一口一口地给白马灌了下去。

喝下辣子汤，白马全身上下大汗淋漓，喘息声不见好转，肺部又新添了咕噜咕噜咕噜噜的气泡声，眼皮更是无力地耷拉下去。

125

本来说好，天亮后，艄公就返回清溪。李白则在江陵小住几日，再换船东行。现在看白马病了，艄公觉得丢下他们不管，过意不去。他安慰李白说："公子，你还在船上住几日，等马好了，我再返回也不迟。"

"多谢老哥。"李白说。他心里已经有了主意，要带白马上岸，"老哥家中有老有小，同我外出已有好几个月，再耽误，恐怕家人会担心。"

"哎，公子不要见外。我们船上人，一年难有几日在家，误这两天，算哪码子事？"

"也好，就请老哥再等半天。我上岸去，找人来抬白马，顺便看看有没有郎中可以给它诊治。"

"公子快去，"艄公是个爽快汉子，说话办事很是干脆，"白马有我照看，你放心好啦。"

江边距离江陵城还有十来里地，李白紧赶慢赶到了城中，寻访了几家草药店，都没人愿意到江边给马看病，哪怕出高价钱。郎中是怕给牲口医病，掉了自己的身价。李白没了办法，只好雇了几个汉子，一同回江边抬马下船。

返回江边，已过晌午。艄公见李白没请来郎中，知道白马必死无疑，坚持让李白再在船上住几日。但李白主意已定，艄公只好作罢。

送走艄公，李白让汉子们将白马抬放在离岸边不远的一个高坡上，然后，付了钱，打发他们回去，独自坐着陪伴白马。

黄昏时刻，白马难受得在地上不停地抽搐，喘息得越来越急，口唇翻着，掺杂着血丝的泡沫大口大口地直往外吐。它好几次有气无力地半张开眼睛，哀求着看李白。李白懂得它的意思，它是请求自己，帮它快点结束这受罪的时间。

李白舍不得。他用手抚摸着他的白马，将它的白色鬃毛一根根梳理平整。

白马狠抽了一下，肌肉不住地颤抖，随即发出痛苦的呻吟。它又睁大眼睛，哀求着看了李白一眼。李白的心被它震动了。

紧咬牙关，李白拔出水心剑，闭上眼睛，朝白马的脖颈猛刺过去。

刚刚梳理好的鬃毛被剑锋挑乱，一道血口在白马颈部裂开，浓浓的，几乎是乌色的血浆慢慢地流了出来，淌在泥土地上，凝固不动了。

一汪泪水积在白马睁开的已经完全无光的眼眶里。

李白难过得放声大哭起来。长这么大，他从来没这样哭过。

"兄弟，不要难过。"一个低沉的声音在李白身后说，"生死有命，六畜轮回，人都逃不过命运，何况马呢?"这是一个身材瘦小、脸色蜡黄的男青年，他看见了李白帮助白马结束生命的全过程，心里也在为白马的命运难受。

李白没和他说话，泪水还在不停地往下流。

男青年掏出自己的手巾，沾去白马的泪水，擦掉它颈上凝住的血浆，抚了一把它的鬃毛盖住伤口，然后说："把它埋了吧。"

李白和他一起挖了一个土坑，将白马搬放到里面，培上鲜土，拍紧，又折来一枝长满绿叶的树枝，盖在上面。

世间少了一头善解人意的牲口，岸边高坡上多了一个简陋的坟堆。这本来是件平平常常的小事，不值得一提。可提到它，李白和男青年，还有很多很多的人，仍会觉得一阵忧伤。

这天晚上，男青年陪着李白在高坡上露宿，第二天才一起进了江陵。两人找了一家酒店坐下，要了两碟小菜、一壶老酒，边喝边聊。

李白这才知道，男青年名叫吴指南，也是蜀中人士，上长安考科举未中，不想回家，独自在外游历。他从二十岁第一次去长安赴考，以后每两年考一次，次次不中。今年已年满三十，不知还要考多少次。

"指南兄为何不换一条路走?"

"换路? 除了科举之路，我这样的人，还能走哪条路?"他咳嗽了两声，又说，"非出类拔萃之人，谁举荐你! 就是出类拔萃，你还必须朝中有人，才可考虑举荐之事。再说隐居，没有身份地位和相当影响，在深山里住一辈子，也不会有人来请你出去做官。"

"科举残害众生。人说，'四十不算老，五十还年轻'，难道指南兄也想考到五十岁不成?"

吴指南痛苦地摇了摇头，问："你没考过?"

"科举? 我想都不想。凭才干，李白要做国家栋梁，不与一般人物同流。"李白说着，将他的诗赋取出，递给吴指南看。

吴指南边看边赞，不由得敬佩至极："太白兄所作诗赋，气魄文采皆为上上乘。这些年，我走南游北，结交了不少名人，但有如此才华的诗赋，实不多见。"

"指南兄过奖了。学作诗赋，我才刚刚起步。"李白谦虚地说，脸上却忍不住露出些许得意之色。

吴指南自愧不如，端起酒杯，喝下一大口。不想，引发了咳嗽，好一阵不能止住。李白大惊失色，赶紧过去给他拍背。吴指南涨红着脸，又狠咳了几声，吐出一口浓痰，这才觉得好一些。他不好意思地说："老毛病，总断不了根，没有什么了不起的。"

李白问他，为何不彻底医治。

"我连年赶考，哪里顾得上。唉，这病，也只能怪自己无能。"说着，吴指南一个劲儿地摇头，一个劲儿地叹气。

李白想安慰他，一时又不知从何说起。两人沉默了一会儿，各自喝酒吃菜。

"太白兄独自出蜀，是准备……"

"到洛阳、金陵等地干谒朝臣。"

"近日皇上在洛阳，准备东去泰山封禅。你可听说？"

李白刚刚出蜀，自然没有听说这事。

"封禅是朝廷大事，其他事宜都要推迟办理。"吴指南说，"我正准备南下洞庭，游览屈原故地。太白兄若有兴趣，我们结伴同游。干谒之事，回头再办，也不为迟。你看如何？"

李白一直敬仰屈原，又有伴同行，当然高兴。当下，两人商定，先在江陵游玩几日，再一起去洞庭。

这时，两个卖唱的歌女怀抱琵琶走进了酒店。

吴指南见了，叫她们过来，他对李白说："江陵歌女名气不小，太白兄先点一曲。"

李白还在想着白马，心情尚未恢复，又看这两个歌女，大的有二十七八岁，长相平平，看样子已是几个孩子的母亲了。小的还算秀气，大眼睛挺有神气，但年纪太小，最多不过十一二岁，想她们也唱不出什么好曲子，坚持不肯点。

"那，只好我点了。"

吴指南接过大的那个歌女手里的歌牌，上面密密麻麻，写了好几十个曲名，绝大多数他不曾听过，一时也不知点哪曲好，便说："这样吧，你们随意唱，选最好的唱。"

年纪大的歌女微微地欠了欠身，送过一个媚眼，说："我先给两位公子唱一支《西洲曲》，曲子唱的是郎妹相思之情。"

"唱吧，唱吧。"

小歌女找了张凳子，坐正姿势，一阵悠扬的琵琶起调，年纪大的歌女开口唱道：

> 忆梅下西洲，折梅寄江北。
>
> 单衫杏子红，双鬓鸦雏色。
>
> 西洲在何处，两桨桥头渡。
>
> 日暮伯劳飞，风吹乌臼树。
>
> 树下即门前，门中露翠钿。
>
> 开门郎不至，出门采红莲。
>
> 采莲南塘秋，莲花过人头。
>
> 低头弄莲子，莲子青如水。
>
> 置莲怀袖中，莲心彻底红。
>
> 忆郎郎不至，仰首望飞鸿。
>
> 鸿飞满西洲，望郎上青楼。
>
> 楼高望不见，尽日栏干头。
>
> 栏干十二曲，垂手明如玉。
>
> 卷帘天自高，海水摇空绿。
>
> 海水梦悠悠，君愁我亦愁。
>
> 南风知我意，吹梦到西洲。

"好，妙，动听，动听！"歌声一落，吴指南便拍着桌子，连声叫好。

歌女唱得确实不赖。她的歌声让李白想起了他的令狐兰。令狐兰唱得比她好。

可惜，现在她不知在为谁演唱。

"令狐兰，不再是我的兰子了！"李白心痛地想。

"太白兄没听出味道？"吴指南见李白似有心事，问道。

"不错，是很不错。民间动人的曲子真是不少。"

"来，你也来一曲。"吴指南点着小歌女说。

129

"小女子唱得不如大姐，公子要听，还是听大姐的好。"小歌女说话全是童音，但语气表情已相当老练。

"哦，小小年纪，很会做人嘛！"吴指南瞟了一眼年纪大的歌女，又对小的说："来，过来。她的歌我要听，你弹的曲，我也要赏。"

小歌女乖巧地走到吴指南身边欠身说："多谢公子看得起。"

李白也从袋子里掏出银子，大的小的，一人赏了二两。

两个歌女感激不尽，反复谢过他们，才高高兴兴地走了。平日，她俩唱一天，也得不到这么多钱。

歌女走后，吴指南还很兴奋，对李白大谈他的处世之道。他说，他活半辈子了，功名事业都没有希望，再没有几回及时行乐，这辈子活得还有什么意思？他想过了，余下的时间，他功名还要考，玩也要痛痛快快地玩。

"太白兄，家里可有妻室？"

"还不曾娶亲。"

"从未娶过？"

"未娶过。"

吴指南又有些吃惊，像李白这个年纪，家庭富足，哪有没娶过妻室的？确实非比寻常之人。

"那太好啦，无牵无挂。我可不行，家里已有一妻一妾，出来时间长了，妻妾在家活活守寡，心里过意不去。回去守着两个婆子，看她们争风吃醋，更不愿意。比来比去，还是在外面玩的好。"

李白笑了："无妻羡慕有妻的，有妻羡慕无妻的。我看，出门在外，有妻无妻都一样。"

"说的是，太白兄说的是，嘀嘀嘀……"

"哈哈哈……"李白受了吴指南的感染，也跟着大笑起来。

7

江陵，是荆州的州治，又是历史名城。春秋战国时期，楚国将国都设在这里，从此，江陵成为中南重镇。唐代，西去巴蜀，东下维扬，北上洛阳燕京，南往湘黔广州，都要从江陵经过。山南道的大都督府也曾设在这里，城中自然商旅众多，市井繁华，与成都差不了多少。

吴指南和李白住进了一家大客店，贵是贵了些，但饮食起居十分方便。对于吴指南，李白很感激。吴指南心地善良，富有同情心，出于对李白的敬佩，两人在一起，他处处以李白为重心，时常关心照顾。李白心想，吴指南功名不顺，身体又有病，近日脸色越发黑黄，咳的次数也增多了，还是要劝他多休息，注意身体才好。

在江陵住了近半个月，该玩的地方都玩过了。吴指南说，起程去洞庭。李白说，在江陵玩的这些日子，两人都挺累，不如各自在客店好好休息几天，再去洞庭。吴指南也愿意。

两人在客房里读书习文，果真几天没出大门。

吴指南玩起来会玩，读书习文同样内行，文章诗赋作得也相当漂亮。

李白看了，只叹世道于人不公。

这一天，吴指南出去了大半天，进门就说："太白兄，我听到一个好消息。司马承祯到江陵来啦。"

"是天台山的司马承祯？"

"正是。他去南岳衡山，路过此地，已经住了两天了。"吴指南倒了一杯水，喝了几大口，又说，"听说，每天有上百人求教。"

李白曾听元丹丘说过，司马承祯，自号白云子，是当今道教大师，不仅在道家有很高的威望，朝廷内外也享有盛名。他是玉真公主的出道师父，元丹丘准备在戴天观修道完毕，再随玉真公主去天台山求教于他。李白和元丹丘相约，到时，他也去天台山。没想到，在江陵就遇到了承祯道长。这是一个好机会，绝不能错过。

"我们也去。"李白说着，起身就要往外走。

吴指南拦住了他："今日天色已晚，去了那里，恐怕也不得拜见。我看，还是明日一早再去。"

司马承祯暂时歇息在城外的白云观。

李白和吴指南一早赶到时，观门内外已经云集了地方小官、布衣学者、善男信女几十人在等候晋见。

一名小道士让新来的人签到排号，等着由他一个一个地引进。李白和吴指南拿到的是第四十七号和四十八号。

吴指南问小道士："上午能等到吗？"

"能。每次进去一人，每人最多五分钟。现在已经轮到十九号了。"小道士说，"你们先在外面准备，要求长生之术、黄白之术，或是其他，想好了进去就说，时间保证够用。"

日头升高两竿时，小道士叫到四十七号，李白谦让吴指南先行。吴指南也不推让，正了正头上的方巾，咳了两声，清清嗓子，然后，很庄重地走了进去。

五分钟后，吴指南走了出来，他没说话，只微微地摆了摆头，示意李白，他不满意自己的表现。

司马承祯已有七十九岁高龄。几年前，他就不再频繁见客。来到江陵，求教的人太多，为给白云观道长面子，司马承祯破例，来者不拒。连续接见了几天，各种人士走马灯似的出出进进，求教的目的各不相同，出的题目也五花八门，别说是高龄道长，就是神仙下凡，也难以招架。

这一上午，又已见了好几十人，司马承祯自觉体力精神都有些不支，李白进观时，他正在闭目运气，调动体内精力。

"布衣李白，拜见道长。"

"请坐。"司马承祯说。

两个字刚出口，司马承祯便暗自称怪，所有的人进来，都是站着与他对话。这李白进来，他并未睁眼视之，却请他坐下谈话。而厅堂中，除了司马承祯自己坐的一把椅子，再没有多余的，司马承祯也是知道的。"请坐"二字随口而出，并非偶然。司马承祯不由得打起精神，用心眼打量，这李白是个怎样的人物。

站在对面的李白，眉宇间缭绕仙气，袖袍里藏有清风，神情举止皆不落凡俗。

"好一个青年布衣！"司马承祯暗暗叫好，但表面不露半点声色。他朝李白欠了欠身子，高声唤来小道，搬出椅子，再次请李白坐下谈话。

"李白，你为何而来？"待李白坐好，司马承祯问道。

李白犹豫了一下，说："道长连日辛苦，李白不敢多占道长精力。"

进门，李白就见司马承祯白发银须，年事已高，背靠着座椅，似乎十分疲惫。他想，老道长与众多求见者对话，实在劳神费力，自己求教不可超出规定的时间。谁想，司马承祯反复请他坐下谈话。等小道士搬来椅子放好，五分钟已被耽误得差不多了。李白只能将想说的话留下不说。

"不必顾虑，"司马承祯看出了李白的想法，"你与我谈话，可不受时间限制。有话，只管说来。"

"多谢道长。"李白谢过司马承祯，情不自禁地以"弟子"自称道，"弟子来只为求教'无为'二字。"

"'无为'乃老庄之精义，亦是道之根本。得到了道之根本，便能顺应事物，无所不能。依本道解释，'无为'即是顺其自然。"

"道长是说，世间万事万物，纵使变化万千，皆逃不出自然法规之网。凡事不强行为之，顺其自然，才是正道。"

司马承祯点头称是。

"依此之理，文章诗赋当如行云流水，自然豪放，不事人为雕琢之技，弟子以为此乃至理名言也。"李白说着，将他的诗赋呈送司马承祯看。

司马承祯边读边点头认可，读到《登峨眉山》，他竟出口念道：

> 蜀国多仙山，峨眉邈难匹。
> 周流试登览，绝怪安可悉？
> 青冥倚天开，彩错疑画出。
> 泠然紫霞赏，果得锦囊术。
> 云间吟琼箫，石上弄宝瑟。
> 平生有微尚，欢笑自此毕。
> 烟容如在颜，尘累忽相失。
> 倘逢骑羊子，携手凌白日。

司马承祯赞赏道："此诗似以仙气呵成，可算得是'无为'之作，亦算得是自然之精品。"

"弟子将'无为'用于文理得心应手，但不知无为治国，其理何在？"

"治国亦是如此。人主之术，处无为之事。无意统治天下的人，才可以受托于天下。"

"弟子理解为，治家理国不能以个人意志为上，而应合天意，顺民心，民之所好好之，民之所恶恶之。如此行事，才能使国泰民安。"

"你言谈不忘苍生社稷，想必是有志于国家政治？"

"弟子崇尚道教，但以为，悟道不仅在于个人修身养性，更要以匡世济民为主要。所以，出游干谒，以图辅佐国君，治理天下。"

司马承祯没有表示他是否赞同李白的观点。但他心里已经看明，在内，李白仙风道骨，有感应天地自然之灵气，是一个出世之人；而在外，他雄心勃勃，图大名大利，非入世不可。内外相拒，总有不幸。尽管如此，李白还是一个不可多得的人物，世间诸多道路，他终将有一门成就，令后人慕之。这便是他司马承祯对李白另眼相看的原因所在。

"道路凭个人志向选择，他人不可强之。不过，我道家之门常为世人所开。日后，你若真心崇道，可去天台山见我。"

"多谢道长。"

司马承祯亲自起身，将李白送至厅堂门口。

此时，正午已过。

在外焦急等待的人们，终于看见李白飘飘洒洒地从观中走了出来。众人不顾一切地将他团团围住，七嘴八舌问个不停。

有人问，老道长是否授予他仙丹秘方，并恳请李白开恩，转授与大家，也好一起延年益寿。李白见这些人不去求见司马承祯，而是跑过来围着他，问这问那，很是可笑。听说让他转授秘方，更忍不住哈哈大笑起来。他偶然不顾其他地笑道："我未到垂暮之年，讨来仙丹秘方，还是要送还给神仙才好！哈，哈，哈哈哈……"

众多善男信女看着李白的狂态，不解其中意思。有人私下猜疑，定是他刚才反复求大师授符，未能如愿，出来只能以愤懑失望的反常表现，求得心理安慰。

吴指南也被他弄得莫名其妙。超过五分钟，李白没出来，他想，李白到底不同于一般人，在大师面前有特殊待遇。因此，有等在外面的布衣问他时，他将李白好吹了一通，吹得这些人只望李白快些出来，再仔细看看，他是个怎样的奇人。有人甚至忘记自己是来朝见大师的，只等着看看李白。现在，看李白狂笑不止，他也弄不清楚这到底是怎么一回事。

李白笑罢，见吴指南在身边低头不语，忽然觉得有些不妥，拱手对围着他的众人说："各位，抱歉，多有得罪……"

众人让出一条道，李白和吴指南一起离开了白云观。

回到客店，李白将他与司马承祯会面谈话的全部经过，详详细细地讲给吴指南听，把个吴指南听得一愣一愣，羡慕得嗟叹不已。

讲得高兴，李白不禁飘飘然，有腾云驾雾的感觉。他好像看见，《神异经》中的稀有鸟飞到他面前。他变成了鲲鹏，司马承祯就是稀有鸟。这鸟巨大无比，两翼张开，一左一右，将东王公和西王母覆盖在下面，两翼一扇，飞出一万九千里。鲲鹏与稀有鸟正好相当，它翼若垂天之云，扇动一下，也是几千里！

李白拿出纸笔，吴指南帮他研好墨汁，李白提笔，写下《大鹏遇稀有鸟赋》。

看了看，又觉不妥，画掉，重写了一个标题——《大鹏赋》。

李白一行一行不停地往下写，吴指南一句一句读着神话故事。这故事，他想都不敢想，豪迈得惊天动地：

北冥天池中的大鹏，随着大海的春流，迎着初升的朝阳，飞起在空中。它一鼓动翅膀，五岳为之震荡，百川为之崩奔。它在广阔的宇宙中翱翔，时而飞在九天之上，时而潜入九渊之下。只见它，足系虹霓，目光照耀日月，喷出的气化为云彩，落下的羽毛，犹如千里飞雪。它一会儿飞向北荒，一会儿又转向南极。烛龙为它照明，霹雳给它开路。三山五岳在它眼里，不过是一些小小的土疙瘩，五湖四海变成了一个个小小的酒杯。

钓一条大鱼可让全国人吃一年的任公子，见了大鹏，不敢垂饵。射落过九个太阳的后羿，见了大鹏，不敢弯弓。他们放下手中的钓竿和弓箭，望空惊叹。还有开天辟地的盘古，日神羲和，见了大鹏，也都惊得目瞪口呆。海神、水伯、巨鳌、长鲸等神仙和特大型动物，见了大鹏，更是吓得纷纷逃避，连看都不敢看上一眼。

稀有鸟来了，只有它认识大鹏，它让大鹏随它一起，跨越地之脉络，周旋于天网之上。两只巨鸟，欣然相随，腾空飞起……

李白为道家大师司马承祯另眼相看，他所作的《大鹏赋》被人争相传阅。一时间，李白在江陵城里小有名气，很多不得志的布衣文人，找到客店来，与他交结朋友。

酒宴饭局，天天都有。李白和吴指南推也推不脱。

这天，又有三个穷相布衣，特意上门，请李白和吴指南出去聚会，喝两杯便宜水酒，也算是交个朋友。推辞不掉，李白带足了银两，和他们一同去了。

进到一家门面颇为讲究的酒家，李白坐下，先说："今天，我有言在先。由我李白请客，酒菜包点，所有费用都由我出。"

"蓝布衣"连连摇手道："不可，绝对不可！我们请大哥，当然由我们……"

"不由我做东，我马上走人。"李白坚持。

"大哥做东可以，但钱还是我们三个人付，""白布衣"笑着反对，"我们把大哥请出来喝酒，倒让大哥出钱，未免太不像话了，你说是不是，嘿嘿嘿……"

"我一连几日白喝大家的，出一次钱，也是应该的。"李白说。

"大哥不要小看我们几个，""灰布衣"说，"我们虽穷，请大哥喝一次酒的钱，还出得起。"

看着双方争执不下，吴指南出来圆场，他咳了几声，说："大家谁也别争。我看这样，今天我们尽兴地喝，谁坚持到最后不醉，这酒钱就归谁出。"

"好，指南兄说得好。"李白认为他的酒量大，第一个表示赞同。

三个穷相布衣也十分乐意。

酒菜上来，大家开怀痛饮。头两轮酒，三个布衣轮流给李白敬酒，不停地赞许他的过人天赋，吴指南在一旁画龙点睛，介绍他所了解的李白，把个李白得意得连连干杯。大杯大杯的酒，仰头，一口倒进肚子，并不去品酒的味道。

喝到第五轮头上，"灰布衣"眼睛开始模糊了。他提起酒壶，给李白斟满一杯，又给自己也斟上，酒满得溢了出来，他也不知道，还一个劲儿地往里倒。

"看看，看看，"吴指南说，"老兄，你已经醉啦，酒满出来了都没看见。"

"谁说我醉了？你才醉了呢！""灰布衣"说着，又举起酒杯，"李大哥，来，我们再干一杯。"他和李白重重地碰杯，一口喝干酒，两人同时将杯底露出，从左到右在空中划了一圈，杯底空空如也。

坐下来，"灰布衣"说："李大哥，不是我夸口，像你这么有才华的大哥早几年，我在长安，也结识了一个。"

"你又要搬'亲戚'吓我们了?""蓝布衣"不想听他这位弟兄已经说过很多回的故事,赶紧举着酒杯站起来,"李大哥,不听他说,我们喝酒。"李白二话不说,痛痛快快地和他干了一杯。

"白布衣"提议,大家一起再干一杯,开始进入第六轮。一壶酒倒干净了,又喊着让酒保快上酒来。

笑声、碰杯声和叫好声,把个酒家搅得热热闹闹,好像有几十桌人在开宴会。

而其实,这天晚上,酒家只有他们一桌五个客人。

喝过这轮酒,李白没忘记那位和他同样有才华的人,他转头问"灰布衣":"你长安那位大哥,姓甚名谁?"

"灰布衣"摇晃着脑袋想说,但说不出来。他的舌头硬着,不听指挥,将"他"念成"贴",艰难地说:"贴,贴,贴希(是)……贴贴贴……"

"停,停,停止你的'贴希'!我、我……我替你说!""蓝布衣"也有了些醉意,他在他兄弟的衣袋里左摸右摸,摸出一本诗集,嘿嘿嘿地笑着翻看了两页,再递给李白,结结巴巴地说:"这、这……这是他……他大哥的诗集。"

李白接过封皮已经磨破了的诗集,上面写着"辋川集——王维诗稿"。翻开第一页,有一首小诗,《九月九日忆山东兄弟》——十七岁作于长安:

> 独在异乡为异客,每逢佳节倍思亲。
> 遥知兄弟登高处,遍插茱萸少一人。

四句诗,虚实结合,主中有客,客中有主,洋溢着王维对兄弟的真情实感,确实是一首难得的佳作。

李白正想继续往下读,"白布衣"将手压在上面,说:"李大哥,诗集送与你,他有好多本,你带回去慢慢欣赏。来,我们干杯,酒还没喝到家,绝对不能停!"

四个人任"灰布衣"醉倒在一边,又尽兴痛饮。直到三个穷相布衣全都醉得不省人事,吴指南喝得一脸灰白,不停地咳嗽,大口大口地往外吐酒菜为止。

李白也觉得头重脚轻,走路说话都不像是自己在动作了。但他挺住不醉，付了银子，让酒保找人将他四个弟兄送到客店，自己高一脚低一脚地跟在后头，边走，嘴里边念叨："王——维——有才华——有才华——王——维——"

8

王维，字摩诘，太原祁县（今山西祁县）人，其生卒年月，有说，生于武后圣历二年，卒于肃宗乾元二年，按此说法，他比李白大两岁，早去世三年。还有说，他生于武后长安元年，卒于肃宗上元二年，若这种说法正确，他则与李白同年出生，比李白早一年去世。

在后人眼里，王维的诗歌虽不能与李白齐肩，但他是唐代山水诗和爱情诗的杰出代表，也是中国历史上的著名诗人。他创作的山水、爱情诗歌，有许多脍炙人口的绝句，始终为后人传诵，如："大漠孤烟直，长河落日圆。""草枯鹰眼疾，雪尽马蹄轻。"还有："红豆生南国，春来发几枝。劝君多采撷，此物最相思！"王维不仅善文章诗歌，还精通绘画音律，琵琶演奏得尤其出色。

后人评价说，作为画家，在画坛历史上，王维可与李思训（北宗之祖）比肩。这超过了王维在诗歌史中的地位，博有"文章冠世，画绝千古"的美誉。关于王维的画，有一个神奇的故事流传于世——

王维为岐王画一块大石头，他信笔涂抹，采天然之气于笔间。大石头画在纸上，却如同立于山间一样自然逼真。岐王视之为至宝，将它挂在庭院内，常常独自坐在大石前欣赏，每次都有身临山中之体验，悠悠然，饶有余趣。

一日，大风暴雨忽然降下，雷电中，岐王府的屋宇被损。岐王命下人赶紧去收画石。可是，庭院里，只剩下挂画的空轴还悬在亭柱上，它被风吹着，不停地敲打着柱亭，发出噼噼啪啪的声响，画石已经随风远去。

直到唐宪宗时，高丽使者远道来朝见皇上，他让随行抬着一块巨石，奉献于殿前，说：某年某月某日，大风雨中，神嵩山上飞来一奇石，下有王维字印，君王知道是中国之宝物，不敢私留于宫中。今特意命我将宝石运回，物归原主。宪宗当场命人取出王维藏画，比较鉴别。巨石纹路与王维手迹完全吻合，没有毫发差谬。

至此，皇上知道王维画的神妙，他遣人去海内外索寻，找到王维亲笔画一百二十六幅，深藏于宫中，并在藏画屋的周围洒上鸡血、狗血，以镇邪压怪，防止画中景色人物再次飞去。

可惜，到元代以后，王维的画还是绝迹了。现今我们看到的为数不多的王维画，只是后人的模拟之作，并非真品。

王维通晓音律，善弹琵琶，也有故事传与后人。

故事说，王维与朋友们一起去洛阳城招国坊庾敬修家赏画，看见墙壁上画有一幅《按乐图》。王维望着这幅画，笑了起来。朋友们不知道他为何而笑，问他，他说，这图中所画奏乐的场面，正好奏到《霓裳羽衣曲》的第三叠的第一拍。大家都感到惊奇。有好事者，召集乐工当场表演。果然，奏到《霓裳羽衣曲》的第三叠第一拍，乐工的手在乐器上的方位和动作姿态，与壁画上完全相符。朋友们都十分佩服王维对音乐的精通和娴熟。

多才多艺的王维，出身于官宦人家，其高祖父、曾祖父、祖父、父亲，一直做朝廷命官。祖孙四代，三人同职，先后做的都是司马：高祖是赵州司马，曾祖做扬州司马，父亲任过汾州司马。只有祖父的官职比司马还小，当了个协律郎。

当时，司马是州郡的副职，并没有实权。凡是耄昏软弱不能任事、朝廷又不忍弃之的人，或有才之人，用吧，怕他才华横溢，干扰朝政；不用吧，又觉可惜，便给安排个司马的位子，储放在这里，以备急用。许多人在这个地位不高的闲职上做官，愁闷至死。王维的父亲早丧，与这司马一职，不无关系。王维的母亲是虔诚的佛教徒，其丈夫去世后，更是"褐衣蔬食，持戒安禅，乐往山林，志求寂静"。佛经中有一位有名的居士大师，叫维摩诘。王维的名和字合在一起，正是这位大师的名字。由此可见，这个家庭的佛教气氛有多么的浓厚。

父亲去世不久，少年王维便和他的弟弟离开家乡，到外寻求职位。十五岁，他只身来到长安，作有《过秦始皇墓》一诗：

> 古墓成苍岭，幽宫象紫台。
> 星辰七曜隔，河汉九泉开。

有海人宁渡，无春雁不回。

更闻松韵切，疑是大夫哀。

十八岁，才华艳发的王维，在洛阳，成为诸王家宴的座上宾。

当时，皇亲国戚承袭前代遗风，顺玄宗要让皇兄皇弟尽情享乐而不问政治的意愿，官府宅邸中都延揽着一批文人、乐工、画师、书法家，以陪主人诗酒宴游。王维正好迎合了这一需要，不断往来于长安、洛阳两都。古书上说，对于王维的到来，"凡诸王驸马豪右贵势之门，无不拂席迎之"。特别是玄宗的几个兄弟，宁王、薛王和岐王，更把他当作师友。

岐王李范好学工书，精通音律，并且雅爱文章之士，"士无贵贱，皆尽礼接待"。开元间举国闻名的乐师李龟年，后来进长安的青年诗人杜甫，都曾是岐王邸宅中的常客。王维更成了岐王的好友。岐王府家宴，或出游宴，或去其他王府欢宴，都少不了王维。

一次，宁王李宪家宴，岐王带王维同去。宴中，宁王将他几十个宠姬唤出，一个个献艺，展露容貌。其中有一女子，长得十分漂亮，如冷美人一般，没有欢颜，却异常艳丽夺目。男宾客们不由得悄悄议论，品味她的独到姿容。

宁王很得意，告诉宾客，这女子是他一年前花高价钱买的。原先，她丈夫是个卖饼人，住在宁王府左侧。宁王从她家路过，看中了她的长相，便让人将她强行买回。进了宁王府，她事事顺从，只是不笑，也不讲话。与其他女子全然不同，倒很有些趣味。

有王公喊道："将她卖饼的丈夫叫来，看她还认不认他。"

没多久，卖饼人被带了进来。女子不敢近前，只能与她丈夫相互对视，默默流泪。当时，感动了在座的十几个文士。宁王又出一个新点子，让文士们以此为媒，每人赋诗一首，比试比试。王维接过笔墨，当即以《息夫人》为题，写下四句五言诗一首：

莫以今时宠，能忘旧日恩。

看花满眼泪，不共楚王言。

息夫人是春秋时期息侯的夫人，楚文王灭息，将她占有。后来，她为楚文王生了两个孩子，仍是闷闷不乐，从来不说话。王维仅用二十个字，借古喻今。诗句作好，宁王左右的文士都不敢再作了。

十九岁那年，王维准备参加科举考试。可听人说，有一个叫张笑文的人，常出入公主府邸。公主已经亲自给京兆主试官写去了词牒，命京兆主试今年以张笑文为解头（进士考试中的第一名，或叫状元）。

王维应试，想的就是解头。现在，科举未开，解头已归其主，应试还有什么意思呢？

王维不甘心，去岐王府，恳请岐王帮忙。

岐王说："公主在朝中讲话很有威望，硬争不过。要得解头，必须让公主转为帮你说话才好。"想了想，岐王想出一计。他让王维回去，准备十篇最得意的诗作，抄录成册；作一曲最动听的琵琶乐曲，五天后再来见他。

第五日，王维按时来到岐王府。

岐王说："该我准备的事，我都一一做好了。你准备得怎样？"

王维恭敬地答道："一切都遵王命准备就绪。"

岐王唤出女婢，将他预备好的锦绣衣袍取来，让王维穿上。王维本就长得文雅秀俊，穿上这鲜丽多彩的衣袍，被衬托得愈加英俊洒脱。岐王前后看过，点头满意。然后，带着王维和府上的乐师舞女，一起到公主府邸赴宴。

刚一进门，公主迎出。

岐王拱手道："公主今日高兴，我特意带来乐师舞女，为你助兴。"

"王兄想得周到。"公主含笑应酬。

岐王转身令乐师舞女进来。妙龄洁白、风姿光彩的王维，行于美貌女子之中，尤为引人注目。公主指着他，问岐王："他是何人？"

岐王答曰："知音者。"

"席前让他先奏一曲。"

王维遵照公主旨意，稳坐在席前，怀抱琵琶，稍稍运了运神，用他极富乐感的指尖，熟练地奏出一支新曲。这新曲满堂宾客无人知晓，但随着乐曲的起伏跌宕，或喜、或忧、或悲、或怨，宾客无不随之动容。

曲终，公主走到王维面前，问："此曲何名？"

王维起身答道："我给它起名为《郁轮袍》。"

141

"出自你手?"

岐王插话说:"这个王维,不仅精通音律,所作文章诗词,也无人能与他相比。"

公主甚为惊奇,又问王维:"你作的诗词文章可带在身边?"

"请公主指教。"王维赶紧抽出准备在怀中的诗册,呈献给公主。

公主看过王维的诗册,在宾客面前大赞王维才华出众,并立即命人给王维更衣,转为嘉宾入席,坐在公主的右侧。

席间,王维风流蕴藉,谈吐既高雅又诙谐,博得所有宾客的钦佩与瞩目。公主更是十分地赏识他。岐王看准时机,对公主说:"如若令京兆府今年以王维为解头,那才是国中的精华呢!"

"你为何不让他去应试?"公主反问。

岐王在公主耳边小声答道:"王维志向远大,不得解头,不去应试。可听说,今年的解头,公主已选中张笑文了。"

公主听岐王这么说,大笑道:"那不都是些儿戏? 我也是受人之托,并未见过张笑文是什么模样。"笑罢,她扭头过去,对王维说,"你若诚心应考解头,本公主自会助你一臂之力。"

王维感恩不尽,起身反复拜谢公主。

公主果真招来主试官,让宫婢传出她的词牒,改今年解头为王维。

科举开考,王维应试,一举登科。他十九岁应试时作的诗,至今尚存。这里且摘录《赋得清如玉壶冰》如下:

玉壶何用好,偏许素冰居。

未共销丹日,还同照绮疏。

抱明中不隐,含净外疑虚。

气似庭霜积,光言砌月余。

晓凌飞鹊镜,宵映聚萤书。

若向夫君比,清心尚不如。

二十岁考中进士的王维,被命为朝中太乐丞,居太常寺属下,是太乐令的副手,主要负责音乐、舞蹈等方面的教习与排练事务。至此,王维步入仕途。与此同时,李白正在新都拜谒苏颋。

李白读完手中的王维诗稿，轻轻地将它合上。诗作的确不同一般，李白想，可要成大器，恐怕也难。通过诗，李白认识了王维，但他一生从未与王维有过交往，哪怕有交往的机会，他们也相互放任它，让机会从他们身边溜了过去。

9

吴指南自上回大醉之后，旧病复发，一个多月卧床不起。为此，李白一直陪他住在江陵。

这日早起，李白过来，将吴指南客房的窗户打开。"今日天气多好！"扶起吴指南，给他背上垫了床被子，让他靠着舒服，"感觉好一些吗？"

时值深秋，外面秋高气爽。金色的阳光穿过窗户，斜照在床头，两只小麻雀飞落在窗沿上，伸头探脑的，朝着房里叽叽喳喳地叫个不停。吴指南羡慕地看着它们，说："我不能总躺在这客店里。"

"太白兄，"吴指南想了一会儿，又说，"我们明日起程，去游洞庭。"

"你身体没有恢复，怎能急着出游？我看，还是养几日再说。"

"我这病，只怕没有恢复的……"说着，吴指南又咳了起来。一声接着一声，连续剧烈地咳嗽，好像要帮他将一些堵在胸口的石头使劲地咳出来。他的脸被憋成了猪肝色。

李白赶紧扶住他，不停地替他捶着背。李白心里着急，不自觉劲用得过大些，反倒让吴指南咳得愈加厉害了。这下，李白真不知怎么办了，他急得在屋内走来走去，来来回回地转着圈子，嘴里不住地念叨着："这可如何是好？这可如何是好？"

"没关系，"吴指南缓过一口气，用手使劲地支着床沿，有气无力地说，"咳过这阵子，就没关系啦。"

可是，他话还未落音，头上又骤然冒出了许许多多的冷汗珠子。

李白连忙走过去，用手巾替他擦干净。

吴指南握住他的手，动情地说："太白兄，这些日子，多亏了你的照应。不是为了我，你也早该去了洛阳了。我，太对不起你了。"

"兄弟之间，不分你我。"李白看见吴指南眼中满含着泪花，又说，"你要将我当外人，那——我也只好扔下你，独自一个人去了。"

吴指南笑了，他瘦小黑黄的脸上，现出一丝丝明朗："有太白兄做伴，我去世之前，非去洞庭不可。"

李白找来江陵的著名郎中，给吴指南瞧过病，抓回几服中药，让店家精心熬制，每天按时照顾吴指南喝下。

吴指南的病渐渐有了一些起色。他在床上躺不住了，非要马上去洞庭。李白没办法，只得租好一条小木船，又雇了一乘轿子，让人将吴指南抬上船。两人一起去洞庭游玩。

开船前，李白利用船老大回去收捡东西的时间，走到岸边的高坡上，又看了一眼白马的坟堆。坟堆上，他们折来的绿枝叶，早已枯萎成干树枝。泥土里，钻出几点顽强的嫩绿色的草芽芽，神气十足，向着太阳。秋天，它们的生命才刚刚开始。冬天，它们能挺得过去吗？李白想，但愿白马能转世，再来好好地活一次。

船，一帆风顺，一路南下洞庭。

开始几日，吴指南气色还好，他与李白有说有笑，每遇一处景点，必要下船，仔细游过，回到船上，还互赠诗句，以作留念。

快到洞庭时，吴指南又病了。他半夜开始发烧，连日昏迷不醒，舌子、口唇烧起了大水泡，咳嗽也越来越厉害。

船老大虽然有些同情，但他担心，同睡在一个舱里，自己也会染上重病。再说，船家人向来认为，外人死在船上，极不吉利。犹豫了几天，他终于下定决心，不再继续租船给他们。

船老大拉李白到船头，悄悄地对他说："这位吴公子已病入膏肓，无可救药，人情也无法挽留。我看，公子还要早做打算才好。"

"这里离洞庭还有多远？"

"不远啦，前面就到洞庭边上了。"船老大顿了顿，又说，"我家中还有事等我，公子是否就在前面上岸？"

李白本想好言劝说船老大再送他们一程，他会加倍付给船钱。但才说了几句好话，便看出，船老大的主意已在心中生根，没有任何可商量的余地。李白一下子气得七窍生烟，恨不能将船老大提起来，丢进水里去喂王八。忍了又忍，李白才没让自己立即爆发。

"马上停船，我们这就上岸！"李白对着船老大大声喊道，他心里暗骂，"你个没良心的东西，我们不稀罕与你同船！"

船老大无事一样，平静地对李白说："公子不必着急，到前面岸口再下，也不迟。"

李白不理他，进了船舱，提上行装，背起昏昏迷迷的吴指南就往外走。见船还没有靠岸的意思，他又将吴指南放在船头，手握水心剑，冲着站在船尾的船老大大声喝道："再不靠岸，我的剑出鞘，可认不得人！"

船停在了岸边。

李白背着吴指南，跳上岸，找了一块平整的干地，将吴指南轻轻放下。回头，见船老大还在船头站着，等着付钱给他。李白心头又是一气。他掏出几块银子，看也不看，朝船老大甩去。

船老大跳下船，将地上的银子拾了，用牙齿咬了咬，这才放心地收下了。他抬起头，对李白大声地说："公子多保重，原谅我人粗，不会说话。"见李白不理他，又说，"公子休要怪我，我也是无能为力，家里还有七八张嘴巴等着我回去。"然后，怏怏地走了。

停了一会儿，李白再回头看船老大时，他的船已经离开岸边，逆流上行了。

躺在地上的吴指南喃喃着说，想喝一口水。

李白四下望去，这里是一片荒郊野岭，附近没有人家。吴指南已病得厉害，喝江水，病情可能更会加重。李白去江边，浸湿手巾，回来给吴指南润了润嘴唇。他让吴指南再坚持一下，就带他去找水。

在船上，李白被船老大气昏了头，只想赶快离开那条船。李白想，走到哪儿，还找不到一条小船吗？但上得岸来，才意识到，在这样荒无人烟的地方，找条船有多么困难。找不到也要找！李白横了心，他背着吴指南离开江边，朝着前方的丘岭走去。

正是中午，一上午没见影子的太阳，这时突然钻了出来。虽然已经时值深秋，正午的阳光依然猛烈。猛烈的阳光直射下来，火辣辣的，烤得李白口干舌燥，更何况发着高烧的吴指南呢！

上坡下岭，走了几里地，仍然没有寻见人家。不能再走了。李白停在丘岭边上的一棵小树下，安顿吴指南躺好了，告诉他一个人躺一下，自己去找水，马上回来。

吴指南似乎睡了过去，闭着眼睛，不住地喘着粗气，已经烧坏了的嘴唇又裂开了血口。看了一眼吴指南，再看看寂静无声的四周，李白想，这里说不定会有野兽出没。但转念，他又想，吴指南现在需要的就是水，要赶紧去把水找来。

一连又翻过了两个山岭，李白仍不见一户人家。连山野间常见的打柴人、放牛人，也见不到一个。李白真急糊涂了。眼前的这片山岭上，稀拉拉只长了几棵小树，草皮都盖不住黄土地。这种地方哪里会有打柴人和放牛人呢？即使有那么一个两个打算扒点柴草的，正午时分，会出来吗？

站在山岭上，李白放眼四处张望，发现侧前方山岭下，有一间非常低矮的草房，他立即快步朝那儿奔去。

小草房的门开着，李白进去，问了一声："有人吗？"

无人回答。

环看四壁，一贫如洗，墙角门边结了许多蜘蛛网。看来已经无人居住。李白垂头长叹一声，正欲转身，忽又听见墙根的草堆里有了动静。一个小孩的圆脑袋慢慢地从草堆下伸了出来，看着他，不吱声。

"你这儿有水吗？"李白问。

小孩警惕地看着他，依然不吱声，也不动。

"我路过这儿，想找口水喝，有吗？"

小孩断定，眼前这个大人并非坏人，这才尖着嗓音说："水有，没有喝水的杯子。"

"不用杯子，什么东西都行，只要能装水。"

"没有装水的东西。我们都是用手捧水喝。"

弄了好半天，李白才明白。小孩的父母一早就上很远的有钱人家扛活去了。他们带走了家里唯一的一口锅和两只破碗，给小孩留下一团冷饭，是用粽叶包着的。小孩中午已经将它吃完了。他的父母要等到太阳下山后，才会带回米来，给他烧饭吃。平时，他口渴了，就上前面岭下的小溪里捧口水喝。

小孩带李白来到小溪旁，教他怎样用手捧水喝。捧着一捧洁净透明的溪水，李白的整个脸都埋了进去，清凉清凉的溪水立刻驱走了他全身的燥热。他想着，快点给吴指南带些回去。这会儿，他还不知怎样了。

还是小孩聪明，他从溪边的草丛里拖出一根挺粗的竹竿。李白拔出剑，剁下两节，再戳穿竹节，放进小溪中洗干净，盛了满满的两竹筒溪水，带回去给吴指南喝。

走前，李白告诉小孩，过一会儿自己和一个朋友还要上他家来，晚上，他们可能要在他家过一夜，等明天再走。要是他们来晚了，请先转告他的父母，他们会付给他家住宿的钱。

小孩高兴地答应了。他家没住过客人，有客人来，还会给钱，他当然高兴。

李白快步往回走，一路走，一路觉得有一大块躲不开的阴影遮盖在他的头顶上。尽管太阳火辣辣的，他还是一个劲儿地从心底往外冒寒气，和来时的感觉完全两样。

是不是吴指南……

李白越发加快了脚步。

吴指南刚刚断气。

他的头侧歪着，嘴角流出一线血水，身子直挺向上，两腿绷直，两只手紧紧地抠住干硬的土地，用力支起背部，与泥土之间形成了一个小小的很难发现的弯弧。死前，他极度痛苦，他不愿意，不愿意让自己的身体渐渐地向下沉，沉入那无生命的冰冷冰冷的黄土地，他拼命地拼命地向上挣扎，生命终于还是没有抗争得了强大的自然。吴指南的身子向上挺着，十根手指却深深地插入了身下干硬的土地。

李白手里的两节竹筒啪地同时掉在了地上。溪水全洒了。几颗水珠从地上溅起，溅到了吴指南瘦小的白得发青的脸上。这张脸已经没有了先前所有的喜怒哀乐，这具身躯已成了没有灵魂的空壳，就像人去后留下的空楼。

李白欲哭无泪。

李白走过去，将吴指南的身体扶正，又从他的布包中取出一块白色的方巾。方巾折得很整齐。吴指南平时不用它，去见司马承祯时，他拿出来用过一次。他告诉李白，这是他的娘子特意为他做的。他存着，不到重要场合不用。李白慢慢地展开方巾，将它工工整整地盖在吴指南的脸上，然后，呆呆地坐在旁边。

太阳不见了。天色由明到暗，快要黑了。李白仍然坐着，坐着不动。

李白觉得吴指南的灵魂就待在自己身边，却被一堵看不见且无法逾越

147

的高墙隔离着，这堵墙总是阻止死者与活人的世界发生联系。

一对小山鼠从小树后面的地洞里钻出来。它们来到他们旁边，闻了闻吴指南，又瞪着圆溜溜的灵气十足的眼睛，看着李白。良久，李白没发现它们。

"吱，吱，吱，吱……"两只小山鼠叫着，放肆地跳上吴指南的身体，在上面追逐玩耍。

从很远很远的地方回过神来的李白，突然看见这两只山鼠在吴指南身上跳来跳去，顿时大吃一惊。这两只山鼠跳进他还未定神的瞳孔里，恍惚成了两只饿虎正在啃着吴指南。

李白从地上一跃而起，伸手就要拔剑。

小山鼠停住不动了。它们并不害怕，四只雪亮雪亮的眼睛和李白对视着，好像在说："别紧张，我们只是在他身上玩一玩。人都死了，没啥了不起的。"然后，一起转身，如同情侣散步一般，悠悠闲闲地走开了。

李白握着剑柄，没有动作。他已经完全清醒了，用剑去刺小山鼠，多么的不明智。

空旷的穹隆上挂着一轮昏黄的月亮。

月光下，李白用手挖，用剑戳，用小树枝挑，又用手挖，他一点点，一点点地挖着土坑。手指挖出了血，他继续挖。指甲盖裂了，鲜血流了出来，痛得钻心，他还是不停地挖。土坑渐渐地大了，深了，看看，可以躺下一个人了。

李白想起了两个多月前，他与吴指南第一次见面时的情景。吴指南和他说话，他没理。吴指南主动帮他挖坑，埋葬白马。那里的土质没这么硬，也够扎实的，吴指南不知用什么方法，挖得很快。当时吴指南在他眼里，是那么瘦小，那么无力，可就是挖得比他快。现在，他一个人为吴指南挖坑，坑挖得很慢，很艰难，艰难得一寸一寸一寸地深入。

李白突然又想起，在江陵时，曾听人说，为了迎接皇上的封禅大典，泰山脚下一个县的县令，甚至备好了十几口上等棺材。有人问，为什么要准备棺材？县令神秘地说："成千上万的人马随行，什么事都有可能发生。说不定，路上死上十个八个，事先没准备，哪里去找上等棺材？找不到棺材，乌纱帽不也就保不住了吗？"

棺材，现在有口棺材该有多好！不需要上等的，薄板材的也行！可惜，这荒山野岭之中，木头片都找不到呀！

李白不想将吴指南埋进土里，埋进去，他们再不能见面。但不埋，他又能怎么办呢？还是吴指南说得对，人把握不了命运，自己不能把握，别人更不能替他把握！

吴指南走了，走得很快，没等到李白回来！

"在另一个世界，功名一定与你有缘！我相信！"和吴指南道别时，李白说。他望着那轮西去的不圆不扁的月亮。

李白一个人去了洞庭，他是去替吴指南还愿。随后，他又一个人顺长江东去，在金陵（今南京）、扬州等地游历。

一年后，他回到吴指南的坟前。

土坟上，没有长出新草，哪怕是一棵孱弱无力的小草。生命没从这里重新开始。

李白注意到，坟堆被雨水冲刷，留下了一道一道细小的沟壑。坟脚下，还有几个野兽挖刨过的不深的小坑，兽爪的印迹清晰可见。不行，不能让朋友再睡在这里，任风雨和野兽随意打扰他，李白想。

李白去了很远很远的小镇上，买了一个最大号的、十分精致的蓝花陶瓷坛子。

请了一个帮工，李白和他一起将吴指南的土坟挖开。

吴指南已面貌全非。衣袍烂成了布条、布块，周围簇拥着成群结队的巨大的黑蚂蚁，正在抢运它们的食物。尸体已经腐烂，一股恶臭扑面而来。帮工本能地向后倒退了好几步，站在那儿，他还能闻到南风送过来的腐臭。看见李白一动没动，他不好意思再往后退了。

李白自顾自地蹲下去，伸手捡出朋友的白骨，白骨上还挂有不少腐肉。

李白将白骨捡作一堆，然后，脱下衣袍，把它包好，提在手上。

"公子，你这是——"

一直站在旁边的帮工愣愣地看着李白的动作，想问，又不敢问。

"到江边洗干净，才好装入坛子。"李白说，朝前走了几步，又回过头来，问帮工，"你还帮我吗？"

帮工咬了咬牙关，壮了壮胆，说："帮。我随你一起去江边。"

吴指南的遗骨被重新安葬。

李白出钱，请人给吴指南修了一座像模像样的坟墓。墓前，立着一块高大的石碑。石碑上刻着他写的几句诗："生者为过客，死者为归人，天地一逆旅，同悲万古尘。"

远远看去，这石碑就像一个人，一个不管风吹雨打、永远站立着的巨人。

第 四 章

1

　　暮秋，李白只身来到地处长江下游的金陵。

　　金陵山水非同一般。它的山，多为奇山。自东向西，耸立着栖霞山、乌龙山、老虎山、狮子山、象山、清凉山；从北到南，斜卧有青龙山、黄龙山、祖堂山、牛首山；还有紫金山、富贵山、九华山和鸡鸣山挺拔于城区。它的水，多姿多彩。万里长江之滔滔碧水在城内横穿而过，奔流不息，继续东行；源远流长的秦淮河，流到金陵，在城郊一分为二，犹如两条缎带，装束着古城：外秦淮环抱城池，内秦淮蜿蜒十余里流经街区，沿岸繁华似锦，素有"十里秦淮"之美誉，古往今来的文人骚客无不为之吟诗作赋。淮清桥旁的桃叶渡口，至今还传唱着大书法家王献之与他的爱妾桃叶姑娘的风情往事；朱雀桥边，乌衣巷内，依稀还能听见豪门贵族与衩粉裙履的欢歌笑语；散落在城中的玄武湖、燕雀湖、莫愁湖，湖水迤逦，清亮透明，像天嵌的明镜一般，日夜映照江山，分外娇娆。

　　金陵也是历史古都，素以"王气"兴旺而著称。

　　相传，春秋时期，吴王夫差在金陵（今南京城西）建起冶铸作坊，冶炼铜铁制造兵器，称作"冶城"。公元前472年，越王勾践灭吴，曾派范蠡在金陵（今南京城南的长干桥畔），筑起一座较大的土城，作为攻打楚国的根据地，叫作"越城"。这是金陵最早的城垣。"越城"南依聚宝山，北凭淮水，形势颇为险要。公元前333年，楚威王熊商灭越，在清凉山

151

（又名石头山）建起了一座山城。楚威王立于山顶，环望四方险要城池，感叹不已。有方士上前告诫他，此地王气极盛，日后还会有人在此称王。楚威王便命人在狮子山北的江边埋下大量的金子，以期用"金陵"压住"王气"。当时所建的山城，被叫作金陵邑。金陵之所以叫作金陵，正是来源于此。

秦始皇三十六年（前211），嬴政东巡，归途路经金陵，身边的方士对他说："五百年后，金陵有都邑之气。"始皇帝不想有人在此称王，马上派人凿方山，断长垄，引秦淮之水由城中曲回流过，导入长江，他想用流动之水，泄掉埋藏在金陵地下的"王气"。同时，秦始皇将金陵更名为秣陵。

东汉末年秋，曹操统一北方后，亲率八十万大军自江陵沿长江而下，直逼夏口（今汉江下游），打算一举统一全国。当时驻军在荆州一带的刘备见形势危急，忙派诸葛亮到江东联系孙权，共商抗曹大计。诸葛亮途经秣陵，被这里的壮丽山川、险要地形所吸引。他见石头山岩石陡峭，地形险固，势若猛虎，雄踞江边；紫金山山峦巍峨，似龙盘曲，气势磅礴，不胜感叹道："钟山龙蟠，石头虎踞，真乃帝王之宅也！"来到京口（今江苏镇江），诸葛亮和孙权谈起地理形势，力劝孙权迁都于秣陵。后来，刘备路过秣陵，对此处的地形山貌，也发出了同样的赞叹。赤壁大战之后，孙权果然依诸葛亮的建议，于公元211年将他的政治中心迁到了秣陵。他将秣陵改称为建业，取建功立业之意。第二年，清凉山的巨石之上，筑起了一座石头城。金陵"石城"的别名由此而来。

公元前后两个211年，秦始皇大泄金陵"王气"，而"王气"终又重新建业。历史事件前呼后应，给人以天数茫茫、循规蹈矩的宿命之感。此后，吴、东晋、宋、齐、梁、陈六代五朝三百多年，均建都金陵。这一时期它先后叫作建业、建康，是历史上最为繁荣兴盛期。

唐代，金陵不再有一百多年前六朝时期的风光，它只是江南道润州属下的一个小县城，名叫江宁。但城内，历史遗迹尚存，街容市貌依旧繁华，出于习惯，人们还把它叫作金陵。

金陵的前朝故事，李白了如指掌。

出蜀东行，干谒朝臣，寻求功名的李白，不去东都洛阳（此时，唐玄宗正在洛阳），直接拜谒皇上身边的重臣，却来到金陵，恐怕与金陵的"王气"不无关系。

住在金陵，李白做的第一件事，是寻访谢安遗迹。

金陵五台山，山峦不算高，景色美不胜收。它东临鼓楼岗，西连清凉山，南侧与冶城山形断脉连。山顶留有谢安墩，据说是当年谢安登高眺望、休息过的地方。李白登上山顶，极目远望，金陵方圆十几里尽收眼底，已经过去的历史演进，也好像同时再现在他的眼前。一位白发老人化作和煦的山风，从他耳旁徐徐吹过，絮絮叨叨地给他讲述亲眼所见的谢安故事。这些故事，李白早已熟知，可身临其境，再听一遍，更觉真切。

谢安（320—385），字安石，东晋时期著名的政治家。四十岁时才出仕，辅佐幼主孝武帝，并以其特具的非凡才干，使国家形势由危转安。

孝武帝宁康元年（373）春二月，大司马桓温突然来朝。

当时，桓温拥兵自重，根本不把朝中君臣放在眼里。满朝文武疑虑重重，纷纷猜测桓温来朝，不是要废幼主，便是要诛杀吏部尚书谢安和侍中王坦之。朝里朝外人心惶惶，王坦之更是十分害怕。唯有谢安神态自若，说："晋国的存与亡，就在此一举。"于是，他领旨，与王坦之一起到新亭（今南京东南处）去迎接大司马桓温。

桓温全副武装，进城便命属下将士封锁要道，看守宫廷，在戒备森严的杀气之中，一一接见朝中大臣。朝中稍有地位的官员，都怕万一疏忽得罪，一个个战战兢兢，捏着冷汗，遥拜桓温。王坦之吓得面如土色，手中的玉笏都拿倒了，被桓温及其下属耻笑。唯有谢安从容步入，没有一点畏缩的形迹。桓温见他态度非同一般，反倒加敬于他，连忙站起身来延坐。

谢安坐在桓温对面，目光亮得如同火炬，向四方迅疾扫射一周，然后平声道："我听说诸侯若是贤明，四面八方自然都是保护他的屏障。大司马是一代明公，何必要在屏障后头安置这么多的甲士？"

桓温一笑道："我也是恐有猝变，不得已而为之呀！"说着，环顾左右，麾退了甲兵。

听谢安竟敢与桓温如此信口开河，王坦之木鸡般呆立一旁，只觉得冷汗像一条青蛇顺着脊梁骨上爬过，幸好桓温没有怪罪，其魂魄才慢慢收归原位。

桓温此次突然前来，本想找点事情挑衅，却被谢安有礼有节，不卑不亢，一一挡架，无从下手，只得作罢。

平日，王坦之与谢安在朝中齐名，可是通过这次表现，两人的优劣十分明显。谢安的威望由此大增。

后来，谢安又举亲不避嫌，力荐自己的侄儿谢玄出任大将军，镇守广陵，抵御秦军。中书令郗超感叹地说："谢安光明正大，所以才能不顾众人反对，举荐自己的亲人。谢玄的才能绝不会辜负谢安。"很多人对此不以为然，他们都认为，委重任于谢玄是出自私心。但事实证明，谢玄果然有勇有谋，他在广陵招募骁勇，组织"北府军"，有力地抗击了秦军，让敌人十分畏惧。

孝武帝太元八年（383）秋八月，前秦集结了百万人马，从长安出发，进攻东晋。

听到消息，东晋震惊。

朝廷下诏，任命谢石（谢安的弟弟）为征讨大都督，谢玄为前锋都督，与谢琰（谢安的儿子）、桓伊、胡琳等人一起率领八万人马前往淝水抗敌。

谢玄、谢石心中无底，向谢安讨教御敌的办法，谢安却不急于回答，他说了一句："我已另有打算。"便邀他们去山里的别墅游玩，亲朋好友聚会一堂，如同无事一般。平日，谢安下棋常败在谢石的手下，但这天，谢石心中惶惶不安，几盘棋都输给了谢安。谢石推乱棋盘，不肯再下。谢安笑着瞧了他一眼，领着其他人又去登山游玩，直玩到深夜才返回。

京口（今江苏镇江）刺史桓冲（桓温的弟弟，此时桓温已死），见大敌当前，谢安如此表现，不无痛心地说："安石有宰相的度量，但不精通军事，现在大敌当前，还只顾谈笑游玩，派一些没有经验的年轻人去抵抗秦军，且军队少而弱。国家前途已经明了，我们这些人，就要成为秦军的俘虏啦！"

淝水之战，秦军大败。夜间，败退中的秦军，听见风声鹤唳，皆以为是晋兵追来，相互践踏，兵士十之八九死。淝水岸边尸体漫山遍野，阻塞了河流。

谢石、谢玄驰书告捷。司徒谢安正在与客人下围棋，接到捷书，他草草一阅，随手搁置在案上，弈棋如故。

客人见信使急急而入，气喘如牛，料想必有大事，又见谢安不露半点声色，按捺不住，终于问道："不知信使来报，前方有何大事？"

谢安慢条斯理地答曰："小儿辈已经破贼了！"

客人一听，大喜，忙起身道贺。

谢安脸上仍无喜色，只邀客人将棋下完，表现出喜怒无形，度量绝大。

弈毕，谢安送走客人，独自返回，才情不自禁，趾高气扬，将内心喜色流露出来。他急急忙忙奔入内室，想再细读一遍捷报，脚被门槛绊了一下，屐齿折断于门槛之上，也没有一丝半点察觉。

历史上，人们对谢安善做假象、表里不一的政治表演，各有评说。赞誉他的人，夸他镇定自若；诋毁他的人，讽他轻弛；也有人说，当时东晋积弱已久，想以八万士卒，敌秦百万之众，看上去，确实是以卵击石的局面。谢安并非全无心肝，也知道军情重大，成败难料。只因无万全之策，不能不将其心担在自家胸中。与其张皇自扰，动军心，扰朝政，不如佯装镇静，稳定众人，这是谢安心中的苦衷，不能说与外人知道。幸亏上天有眼，让秦人将草木同视为东晋军队，谢石、谢玄得以一战而胜，奏功于淝水。天不亡东晋，难怪谢安高兴得连折断屐齿都不知了。

政治家就要会演戏，比常人多几副面具是他的高招。想当初，诸葛亮一人大唱空城计，退去司马懿千军万马，天助也。此次，谢安出兵八万，退敌百万，除借天力外，还要靠他的"镇定"之神情，安抚民心，鼓舞士气。

谢安虽然善做假象，也不是绝无坦白之时，真神面前不烧假香，只是要看对象罢了。

一次，秦军重又兵临城下，谢安与书法家王羲之一起站在五台山上，他不议军政要事，反而悠悠然自我遐想，说出他超越俗世，隐居于山野的想法。

王羲之对他的这种遐想很有看法，劝他说："古时，大禹为治水，终日在土地上劳作，手脚的皮磨成了厚茧，没有任何怨言。周文王为治理国家，每天很晚才吃饭，一生忙得没有一刻闲暇的时间。现在，城郊外到处是敌人的军队，你身为宰相，该想想自己此时此刻的责任，怎么可以有出世之遐想。安石兄，千万不可因虚无缥缈的高谈阔论而荒废了政务，也千万不可因沉浮于做书面文章，而妨碍了治理国家这更为重要的大事啊！"

谢安听了这劝告，先不作声，良久，反问王羲之道："商鞅治国，日理万机，有谁能比？秦国用他，不也只两代便灭亡了吗？难道，秦国灭亡也是清谈带来的祸害吗?"

王羲之哑然。

后来,孝文帝长大亲政,谢安果真辞去官职,卸下各式面具。从此不再忙于政务,周旋人事,做了整天清谈的山野之人。他被封为建昌公,六十五岁离开人世。

谢安一生,先成就大事业,再归隐山野,李白十分敬仰。他以为,谢安的为官之道和生活经历,正是他李白的理想之路。

从五台山回来,李白天天忙于干谒。

每日,他都天明即起,仔细梳洗收拾完毕,然后吃上几口早点,将诗集装进桃竹书筒,外出拜谒一个个官员。他走东串西,不辞辛苦,不到夕阳完全西下,是不会返回客店的。

一个月内,金陵城里的大小衙门,凡是能打听得到的五品以上官员的官府,包括退休员外的府邸,都让李白走遍了。可是,肯出面来见他的,寥寥无几。

衙门难进,庭院森森,金陵城里,苏颋和李邕那样的官员实在太少。开始,李白还以为穿着旧了,衙役门人不正眼瞧他。他特意换了新布巾,做了两身圆领长袍,将自己装扮得仪表堂堂。然而,他万万想不到,就这样拜到官府门前,受到的仍是同样的待遇:拒之门外。偶尔运气好,进了门去,也是三言两语对付着,将他打发走了事。对他递上的诗赋集子也大都懒得多看一眼。

这天,日头刚刚过了正午,李白已经求拜过三家。求拜的结果全是一样,他都没能进了大门。这可是他打听到的最后可以拜谒的三家。

最后那家还算客气,让门人丢出话来说:"我们老爷让转告你,如今,皇上正在泰山封禅。开元之治大功告成,你还出来四处干谒,与时局完全背道而驰,不碰钉子才是怪事。老爷说,识时务者为俊杰,劝公子还是打道回府。实在想官做,也要走科举正道才是。"

李白独立于长江岸边,望着如山起伏的波涛,想他在蜀中立志干谒、求取功名的美好想法,竟与金陵遇到的现实,一个天上,一个地下。"十谒朱门九不开",甚至有人当他是上门乞讨的文丐,对他真是好一番羞辱。

刚才那门人丢出的话语,也许还真有些道理。试想,现今天下太平,皇上治国,垂衣拱手,我李白一个小小布衣,还大谈什么治国之道?江海中既无大鱼可钓，善钓大鱼的任公子，自然无计可施了。李白想，自己处在这个时候，恐怕真要学学任公子，收竿罢钓才算是明智：

金陵望汉江

汉江回万里，派作九龙盘。
横溃豁中国，崔嵬飞迅湍。
六帝沦亡后，三吴不足观。
我君混区宇，垂拱众流安。
今日任公子，沧浪罢钓竿。

李白干谒的满腔热情，随滚滚长江，东流而去。

2

丧气的李白拖着桃竹书筒，走进一家酒店。

"掌柜的——拿酒来！"

芬芳的酒香扑鼻而来，李白顿时精神大增。

柜台前的二掌柜连忙上前，他拽下肩膀头上的毛巾，拿在手里，朝着李白点头哈腰："公子赏脸，请里面坐。"

"这里安静，光线也好，公子请坐。"

二掌柜引着李白坐到一张靠窗户的酒桌旁。酒桌本来不脏，他还怕李白嫌弃，抓在手中的毛巾不停地在桌面上来回地擦抹。一张油漆桌面被擦得锃亮如镜面。

官家大门紧闭，横鼻子冷眼睛，见李白防贼一般。酒家大门敞开，宾至如归，服务殷勤周到。

难怪李白最喜欢酒家！

"先拿酒来。"总算找到了扬眉吐气的场地，李白的神情举止和说话的口气都与求谒之时有别。当然，这一小小差别，官家若在，看不出来，酒家二掌柜的更察觉不到。来人要喝酒，这是二掌柜最看重的。

"请问公子喜欢喝哪种酒？"

哪种酒？李白喝酒以来，还没有什么讲究。他想了想，问："你们有什么酒？"

"回公子，本酒家专卖名酒和有特色的酒。"二掌柜指着门口说，"进门时，公子没见门前酒帘上的'名特'二字？在我们这儿，你想喝什么名酒，就有什么名酒；想喝什么特色酒，便有什么特色酒上桌。"

"报与我听听，都有些什么？"

"秦淮春，金陵名酒；五木酒，苏州名酒；玉屑酒，有'饮一升醉三年始醒'的美名；龙膏酒，色黑如纯漆，饮下令人神清气爽；黄酒，古时就有，至今，少说也有千年；夏鸡鸣酒，头日封坛，二日鸡鸣时熟；还有玉浮梁，是未熟之酒，常饮它，命中大富大贵，高官贵人都爱喝它……"

"好，给我来五升玉浮梁。"

"五升？"

"五升，怎么，少了不成？"

"公子，这是烈酒，十分的厉害，五升为半斗，喝下去——"二掌柜有意顿了顿，才说，"不怕得罪公子，只怕你醉倒在酒家，走不出去。"

李白笑道："走着出去也好，躺着出去也好，我绝不找你的麻烦，你只管卖酒就是。"

"好嘞，"二掌柜将毛巾往肩头一搭，拉长了声音，朝里面大声吆喝，"玉浮梁——五封——"

原来，这玉浮梁大多是一升一封，现酿现卖。酒酿到高峰期，酵母正旺便启动封头，揭开来饮。其酒味，不似老酒那么醇香厚重。但不同的人，不同情绪的时候，喝这酒，味道大不相同。

跑堂的将托盘高举过头，迈着碎步，由后堂来到李白面前。五个暗灰色的扁肚子小泥坛摆上了桌，还配有五小碟下酒菜。

二掌柜在一旁解释道："我们店的规矩，卖酒不收酒菜钱。五小碟菜送与公子下酒。要是公子不喜欢，也可以自己点菜。不过，自点的菜，要收些成本。"

李白看上桌的小菜，全是豆腐品类。

二掌柜又解释说："公子不要小瞧这几碟小菜。其中大有讲究。这'豆腐'谐音为'斗福'，是斋家美食。我们店，以世俗酒与佛家食相统一，出世入世皆在其中。"

指着一碟豆皮丝，二掌柜继续渲染："它叫'开洋干丝'，用特制的大白豆腐干做成。要求大白干，厚不到一寸，两寸见方，嫩而不破，干而不老，先用刀片成四十二片，薄如纸；再切成丝，细如发丝，能穿针引线。公子尝尝，那味道非同一般。这'酿豆腐'叫作'玛瑙白玉'，它……"

二掌柜点着菜碟还想往下说，被李白抬手止住："我先喝酒。菜的味道，我自会慢慢品尝。"

封头启开，浓烈辛辣的酒气直冲喉咙。

李白端起二掌柜为他斟满的酒杯，呷了一口。酒，火辣辣地苦涩，但细细品尝，舌尖上的苦涩还含有一丝丝清甜，和他此时此刻的情绪完全相同：干谒四处碰壁，自尊从酒家找了回来，多少有了一点点满足。

"公子慢慢喝，有事尽管吩咐，我随唤随到。"二掌柜说着，上身一躬，退离了桌边。

李白大口大口地喝酒，很少，甚至根本不吃碟子里的菜。他想用酒的苦涩来冲洗心头的愁闷。很快，三封酒喝了个干净。

余下的，李白放慢速度，一口酒一筷子菜，仔细品味。"斗福"系列果然如二掌柜说的那样，很有它的特色。李白兴致大增，吃一口小菜，喝两小口酒，再沉思一会儿，悠闲地消磨着时光。

时间多得很，离开这酒店，李白能上哪儿去？金陵无亲无友，只能以酒为伴。

说也奇怪，这玉浮梁喝得急时，头脑越喝越明白，李白清清楚楚地知道，他正一个人坐在酒家喝酒。慢慢地喝，却越喝越糊涂，眼前现出一个接一个的幻象，李白跟着它们转悠，觉得身处糊涂的幻象之中，很有些味道，便将这玉浮梁和小碟子中的"斗福"，悠悠地往肚子里送。

幻象中，李白看见一匹熟识的骏马，正是汉文帝的九匹骏马之一，名叫紫燕，竖直着鬃毛，从他身边疾驰而过。李白身不由己，飞跃上马，随之云游天下，广交侠士……

幻象中，李白又见春秋时最善用剑的处女，从他身边飘忽而过，她是应越王之召，前往都城，李白情不自禁与她并肩而行。途中，一老翁拦路，要与处女比试剑法。李白正当少年，当仁不让，挺身而出，保护处女。他与老翁交剑，老翁不敌，化作白猿遁去了……

幻象中，李白听见吴王阖闾诏令国人制作金钩，"能为善钩者，赏之百金"。他仿佛眼见当年历史：一钩师欲贪重金，亲手杀死自己的两个儿子，以血衅金，锻造成二钩，敬献给吴王。二钩置放在众多献上的钩子之中，并无丝毫特色。吴王以此为由，不给钩师赏金。钩师绝望，面对二钩大呼其二子的名字："吴鸿、扈稽，归来兮!"声绝于口，二钩同时飞起，直扎入钩师胸膛。李白只当这弯如半月的吴钩扎在了那些无心无肺的官员的前胸，心下真是无比畅快……

　　幻象中，李白又与汉代大侠剧孟结交为友，同饮烈酒，同在都市中漫步，遇有不顺眼之人，便拔剑刺之……

　　幻象中，李白还看见燕太子丹，他送刺客荆轲入秦。荆轲边走边唱："风萧萧兮易水寒，壮士一去兮不复还。"李白紧随其后，荆轲欲行刺时，天上彗星袭月，地上钟鼓齐鸣，荆轲的副手秦舞阳，惊吓得面如死灰一般，李白恨不得将他推去一旁，自己冲上去，助荆轲刺死秦王……

　　幻象深深地映入李白的脑海，六年后，他写《结客少年场行》诗一首，回忆在金陵酒家做过的白日梦。诗中意境虽有升华，但与此时幻象仍大体相合，诗道：

紫燕黄金瞳，啾啾摇绿骢。
平明相驰逐，结客洛门东。
少年学剑术，凌轹白猿公。
珠袍曳锦带，匕首插吴鸿。
由来万夫勇，挟此生雄风。
托交从剧孟，买醉入新丰。
笑尽一杯酒，杀人都市中。
羞道易水寒，从令日贯虹。
燕丹事不立，虚没秦帝宫。
舞阳死灰人，安可与成功?

　　跑堂的已经给李白上过四次"斗福"系列了，每次的分量都比前次的多，李白还嫌不够，一个劲儿地说："碟子太小，再上些来，我没吃够。"

　　他的肚子变得和无底洞一般，没完没了地往里倒酒装菜，只是填不

160

满。二掌柜有些担心，过来和李白搭话。李白有问必答，明明白白，一点不醉。他这才给跑堂的使眼色，一切照办。

下午时分，店堂里突然拥进来许多贡生，三人一伙，四人一堆，将酒店的席面都坐满了，吵吵嚷嚷地要酒点菜。

李白并不理会，自顾自地继续喝他的酒。

"兄弟，我们几个和你同桌坐一会儿，不介意吧？"

李白抬起已经喝红了的眼睛，看了看站在身边说话的人。包着头巾，也是个布衣，李白想。他摇了摇头，不愿别人打扰他做白日梦。

"其他地方都坐满了，兄弟帮帮忙。"那人又客气地说，"我们熬了三天半，实在想喝口酒。"

"一人喝酒有甚意思？大家一起凑兴，酒才喝得起来。"另一个人说。

李白再次抬起喝红的眼睛，看了看桌边的三个布衣，想想这话有理，交几个朋友也不错："好哇，由我请客，你们和我一起喝。"李白说着，大声唤二掌柜的过来，"拿酒来，玉浮粱，两斗！"

"那我们就不客气啦。"三个布衣坐下。

加上李白，四个人正好各占一方。大家热热闹闹地喝了起来。喝过两轮，李白和他们认识了。

先和李白说话的是钱公子，善于外交，结交朋友是一把好手。另外两个，高个王公子，喝酒内行，说话有些幽默。胖子姓薛，可他们称他为福公子，也许，取其胖子富贵的意思。

三个人本是江南东道越州（今浙江绍兴）人士，参加当地科举考试，几次未中。此次分别通过关系，来淮南道所属的金陵，参加贡院秋试。三天半的贡试，今天下午总算全部结束了。他们和其他贡生一样，拥进酒家，想要好好轻松轻松。

"这次考不中，"福公子嘴里嚼着一大口菜，发誓说，"我薛某今生今世再不进考场。"

"为什么？"钱公子喝了一口酒，不屑地看了看他，说，"老兄，不要看重结果。你我生下来是干什么的，知道吗？不知道？告诉你，考试，我们是专为考试而生的。不考试，还能做什么？天天喝酒不成？"

"喝酒怎么？总比蹲在小号舍里舒服十倍百倍。每年三天半，不损失五斤肉，我出不了号舍。"

"五斤肉，别人怕没这么多，平均每人掉三斤半吧。"王公子认真地说，"金陵贡院有一万零六百四十四间号舍，算算看，每年，他们吃下我们贡生多少肉?"

李白和钱公子哈哈大笑起来，两人痛快地一碰杯，酒杯里的酒被一饮而尽。

"李公子也来参加贡试?"福公子问，"听口音，不是本地人士。"

李白红着眼睛将头摇个不停，他已经有些醉了，想说话，舌头厚重，说不出来。

感觉这三个人都想知道他来做什么，李白从桃竹书筒里掏出自己的诗赋集子，指指他们，摆了摆手，又指指自己，说了两个字："干——谒——"

三个人同时明白了，李白也是来求功名的。与他们不同的是，他不考贡院秋试，专门拜谒官府。时下，这种读书人也有不少。但他与他们一样，暂时没得结果。

大家同病相怜，更加亲密了许多。

钱公子接了李白的手抄集子，翻开看了看，高声朗读起来。

第一篇《大鹏赋》便把福公子和王公子镇住了。这篇辞赋在江陵曾有过轰动效应，来金陵干谒，李白将它放在卷首，期待着有同样反响。可惜，二十多天来，没有官员肯认真读它。钱公子读《大鹏赋》，浑身上下长了很多劲。他调动情感又读了两首诗，都是李白出蜀途中所作：

宿巫山下

昨夜巫山下，猿声梦里长。

桃花飞绿水，三月下瞿塘。

雨色风吹去，南行拂楚王。

高丘怀宋玉，访古一沾裳。

荆门浮舟望蜀江

春水月峡来，浮舟望安极?

正是桃花流，依然锦江色。

江色绿且明，茫茫与天平。

逶迤巴山尽，摇曳楚云行。
雪照聚沙雁，花飞出谷莺。
芳洲却已转，碧树森森迎。
流目浦烟夕，扬帆海月生。
江陵识遥火，应到渚宫城。

　　相邻酒桌的贡生们被诗句吸引，静了下来，不再说话，竖着耳朵细细品味。钱公子见周围增加了不少听众，停下来，喝了一口酒，润了润喉咙，蕴足了味，声情并茂地又吟诵了一首《江夏行》。

　　这是李白自创的乐府新辞，作于鄂州的州治江夏县（今湖北武昌），诗咏商人之妇的思夫情、离别苦，字字句句令人肠断：

忆昔娇小姿，春心亦自持。
为言嫁夫婿，得免长相思。
谁知嫁商贾，令人却愁苦。
自从为夫妻，何曾在乡土？
去年下扬州，相送黄鹤楼。
眼看帆去远，心逐江水流。
只言期一载，谁谓历三秋。
使妾肠欲断，恨君情悠悠。
东家西舍同时发，北去南来不逾月。
未知行李游何方，作个音书能断绝？
适来往南浦，欲问西江船。
正见当垆女，红妆二八年。
一种为人妻，独自多悲凄。
对镜便垂泪，逢人只欲啼。
不如轻薄儿，旦暮长追随。
悔作商人妇，青春长别离。
如今正好同欢乐，君去容华谁得知？

　　极富情感的诗句逐渐压平了嘈杂的人声，喧闹的酒家渐渐地安静下来，喝酒的贡生们停止了交谈，注意力全被李白的乐府诗所吸引，许多人半张着嘴巴，听得如痴如醉。

《江夏行》咏完，周围好一阵鸦雀无声。感叹、忧伤、羡慕、自卑，还有嫉妒和不平，各种心绪同时弥漫在酒家少有的寂静之中。

不知是谁突然啪的一声，拍得桌子一声山响，同时大叫道："好啊，好诗！情真意切，真乃高人之作！"

钱公子还站着，他兴奋得举起手中的诗集，对众贡生说："李公子！李白！李白就是他！他就是李白！"

贡生们伸长了脖子朝他这边张望，都想看看这李白什么模样。

李白虽醉，心里明白，他顺应众人心理，歪倒着站起身来，双手抱拳，不停地向四周拱手致意。

福公子也不放过这个极好的表现机会，他赶着和李白一同站起身来，一只手扶着李白，一只手在空中比画着，代替李白说话：

"各位，各位，我们兄弟今天高兴，多喝了两杯，请见谅，请多多见谅。"

"结识各位，我们兄弟非常荣幸。以后来日方长，大家再找时间聚会，共同吟诗作赋，商讨学问。"

"各位兄弟，继续饮酒，请继续饮酒。"

钱公子、李白和福公子坐回原位，酒家重新热闹起来。不断有人走过来，和李白他们碰杯，结交朋友。还有不少人喝过酒，又向李白讨他的诗集，说是要带回去慢慢欣赏。

李白把桃竹书筒放在桌面上，钱公子替他取出另外的三本，这是李白早抄好，预备呈给官员们看的，现在分送给了喜欢他的诗的贡生们。诗集只有三本，后来的人想要没有要到，一个个惋惜不已。

高潮过后，一直没吭气也没什么太多表现的王公子开始说话了。他拍了拍李白的肩头，道："兄弟，你的诗赋好比好酒一杯，醇香可口，赏心悦目啊！"

李白醉着和他拱了拱手，又叹了口气，意思是说："蒙兄弟看得起。可惜，官员们不解其中之妙。可惜，太可惜！"

"我也说可惜，不过，与兄弟之意稍有不同。我可惜的是，兄弟诗集太少，供不应求。"王公子说，"我们绍兴有投醪河的故事，李公子没听说吧?"

福公子听他又要讲"投醪河的故事",皱起眉头说:"你这故事,我听过好几十遍了!不听,不听!"

钱公子反对:"多听几遍何妨?喝着美酒,讲美酒故事,合情合理。我爱听。李公子也想听。对不对,李公子?"

李白拍巴掌,又指指自己的耳朵,表示:"欢迎!我洗耳恭听。"

王公子得意地看着胖子。福公子扭过头去,假装没看见。王公子笑了笑,说:"福公子,剩饭炒三遍,狗都不闻。我的故事可不一样,它是常讲常新,每讲一次,我都赋予它最新含义。"

"要讲就快讲,废话少说。"福公子无可奈何。

王公子不紧不慢地开了场。

"话说春秋时期,绍兴有酿酒大师,名叫王会,是我们王氏祠堂高祖。他酿的酒,远近闻名,人人爱喝。人们都以喝过他酿造的美酒为荣耀。

"时值列国争强,吴国大败越国,越王勾践被俘囚禁三年,受尽凌辱。好不容易返回越国,勾践立志雪耻。当时,他有两个心愿,一是打败吴国;二是凯旋之时,喝上王会酿制的美酒,与将士共庆胜利。勾践卧薪尝胆,整整二十三年,复仇时机成熟,他决定亲自带队出征,讨伐吴国。

"没想到,出师之日,王会领着两个伙计抬着一坛陈年老酒,突然出现在整装待发的队列之前。他庄重地走到勾践马前,行过君臣之礼,说:大王,此酒乃我王家祖先所造,埋在地下至今已有三百年历史,是我王会酒家的酒之老祖。听说大王今日要出征讨吴,王会特将它起出,献与大王,以壮我军之行色。祝我主出师大捷,早日凯旋!

"越王听言,大喜。亲自下马,同王会一起揭开陈年老酒的封盖。顿时,美酒香飘四野,千军万马为之陶醉。越王想让阵前所有将士都饮一口这难得的美酒。可是,陈年老酒仅有一坛,哪怕出征将士每人只分一滴,也不够分。

"怎么办?大家正没了主意,一位军中谋士出来献策说:大王,近旁有小河一条,何不将这坛老酒倒入小河之中,令将士们痛饮一番。越王十分赞同,命人将老酒抬至小河边,徐徐倒入。清凉的河水变成一河美酒,出征将士们沿河迎流痛饮,神清气爽,精气倍增,士气高涨。

"喝了王会的酒,越国军队勇猛无比,直把吴军杀得丢盔弃甲,一举

165

攻克了吴国京都姑苏城。回国后，越王重赏王会，并赐小河名为投醪河。直到现在，投醪河水还飘散着我们王家陈年老酒的香气。"

王公子故事讲完，话锋一转，对李白说："李公子，我讲这投醪河的故事，用心良苦，不知兄弟是否明白其中意思?"

不等李白点头，他又说："李公子作诗，正如王会酿酒，美哉，妙哉，何不就势多多地赠送与贡生，让他们带去各地，扬名天下呢?"

醉中李白听得连连点头称是。

钱公子和福公子也说是好主意一个，既可扬名，又可助李白干谒一臂之力，真是一举两得。他们自告奋勇，愿帮李白多多誊抄。

一时间，李白的诗集广散金陵。金陵的翰墨场中都知道，有一个川蜀才子叫李白，文思敏捷，才华出众，正在金陵。秀才贡生们都愿意与他结交。李白感激钱、王、薛三位公子，邀他们陪他在金陵玩一段时间再走。三人都是富家子弟，回去也没有什么事情可做，自然痛快地答应下来。

3

古城金陵多游玩之地，酒家、青楼、画舫，寻欢作乐，玩不胜玩。

玩乐中，钱公子结识了一个年轻美貌的女子，名叫吴姬。只一个晚上，两人便如胶似漆，分不开了。钱公子走到哪儿，吴姬跟到哪儿。后来，吴姬成了李白他们游玩金陵的最好向导，每天出去玩游，怎么个玩法，全听她调度。

吴姬说，金陵最好的去处，莫过于乘画舫夜游内秦淮。李白他们便随着吴姬去夜游秦淮。

来到东水关，太阳还没西下，河边停泊着许多大大小小的画舫，早就在等着游客了。

秦淮画舫素有"盛天下"之美誉，适应各种游客，有大、中、小三种，情调各不相同。大画舫由一大一小的母子二船组成。大船装饰华丽，船头搭着篷廊，篷廊四周悬挂着红、黄、蓝、紫、绿各色彩灯，入夜点明，五光十色，与河水相映成辉，光彩夺目。篷廊下放有躺椅、方桌、小凳、茶几等家什，游客可以在篷下对弈、观景或是聊天。船的中舱是宴席场所，放置有大圆宫桌，雕花窗栏上还要摆放各种盆景、鲜花，舱顶吊挂着一大四小五盏宫灯。深夜，游客们在篷廊下玩累后，进入中舱，开一桌河中宴席，菜随点随做，由候在小船上的名厨亲手烹饪，秦淮风味十足，通常在岸上很难尝到这特有的风味。酒足饭饱，游客还可到后船睡卧休息，这里有四面屏风床。床体较一般的床大，四面设有屏风，三周留着活屏，方便出入。将屏风和帐幔放下，床内就是一个封闭的空间，非常讲究、舒适，是睡眠休息的好地方。

中画舫是大画舫的微缩。它的装饰结构与大画舫基本相仿，只是船体小了一些，不带有子船，开宴时，游客可从游荡于河上的船家酒店买酒点菜。这种船适合五六人租用。小画舫则顶多容下四人，没有中舱后舱，游客只能在船头坐观风景，或是聊天、开牌桌。

"我们五人，租条中等画舫，各位公子是否愿意？"吴姬问。

"由你领着游玩，当然随你决定。"钱公子说。

吴姬含笑站在岸柳下，掏出粉色的绢帕沾了沾嘴角，亲昵地朝停泊在河边的画舫招呼道："张伯伯——有游客——你快些过来——"

"哎——来喽——"随着一声答应，一条雕镂精美、装扮一新的中等画舫朝他们划了过来。

钱公子站在吴姬身边，小声问道："你是他的熟客？"

吴姬微微地歪头一笑，娇艳十足。

"钱兄休要担心。"王公子替吴姬说话，"张伯伯乃一老伯而已，哪有风流潇洒的钱大哥功夫到家。"

钱公子笑着推了王公子一掌："你的嘴干净些好吧！"

"钱兄，真乃君子也。"王公子还是要说，"做事不言语，还羞于旁人多言。君子，君子也！"

李白、福公子与王公子一起哈哈大笑，钱公子和他的吴姬忍不住，也跟着笑了起来。

说笑间，画舫来到近旁，五人一起上了船。福公子问租一夜船要索多少钱，船夫客气着，不肯说。

福公子说："按规矩，租船必须先讲好价钱，省得事后麻烦。我们先小人，后君子，你还是报个价来。"

船夫仍笑着不肯作答，他看着吴姬，想要她替他回答。吴姬看看她的张伯伯，又看了看福公子，有些尴尬。

李白开口说："价钱多少没问题，全算我的。快开船吧，玩得痛快就好。"

从六朝起，繁华的内秦淮河两岸，就被称为"六朝烟月之区，金粉荟萃之所"。画舫在河中行，水上两岸人家，悬桩托架，雕梁画栋，南北对应。每当夜幕降临，岸边的歌楼舞榭，灯火通明，一阵阵酒香飘来河上。水中，穿梭的画舫船头，歌女乐工，尽情弹唱，游客们笑语不断。

李白他们坐在画舫之中，边观两岸夜景，边相互打趣谈笑。吴姬不时给他们讲一些岸上的地名典故，为游览添加了许多色彩。

这夜，正逢农历十一月十五日，夜空晴朗。画舫游至文德桥下时，华月当空。吴姬望着明月，高兴地说："公子们运气真好，看这月亮，又大又圆，我们正好上桥观月。"

福公子躺在靠椅上，懒得起身，说："桥上观月与船中望月有什么不同？这月亮能变成两个不成？"

吴姬笑了："福公子说得真对。在这文德桥上，月亮就可变为两个。"

大家听说，都上桥去看，只有福公子不信，仍躺在那里不动。

站在桥上，往天上看，一轮明月纹丝不动。吴姬让大家往水中瞧。水中的月亮与天上的月亮果然不同。它被文德桥一分为二，桥东一半，桥西另有一半。奇丽的景观引人入胜，又让人百思不得其解。

听到大家都在赞叹，福公子在靠椅上躺不住了，也上桥来凑热闹，看看这月亮是怎么个变法。不想，他只顾抬头望月，一脚踩空，人没上了桥，却掉进了河里。

福公子在河水中一阵胡乱扑腾，急得李白他们几个一个劲儿地在桥上摩拳跺脚，不知怎样下手才好。吴姬也吓得大呼："救命！"船夫则不慌不忙地伸篙将福公子救了上来。

福公子从头到脚地往下流水，胖水鸡一般站在船头，冻得上牙直敲下牙。时候已是冬天，寒冷程度可想而知。吴姬找来干毛巾，手忙脚乱地替他擦干。船夫说，还是先到后舱床上，用被子包着暖和暖和。他船上备有家常便装，一会儿可借给公子穿。

福公子在被子里暖过来后，只好穿上了船夫的衣裳，看着他的怪模怪样，一场惊吓又变成了闹剧，笑得大家前俯后仰。

168

李白想不到，福公子的这段趣闻，被后人加在了他的名下。后人的传说是这样的：

当年，李白游历至金陵，在农历十一月十五日的夜晚，与几位朋友在文德桥边的一家酒肆饮酒赋诗。李白爱酒如爱月，爱月如爱酒，几人觥筹交错之后，见明月初照，银辉满河，便到文德桥上漫步。友人说："今晚月亮真美，水中之月诗意更浓！"醉意朦胧的李白听说，张开双臂，纵身跳入秦淮河中，要去拥抱那诗意浓浓的水中之月。可是，月儿与李白逗趣，一分两半，一半躲在桥东，一半藏在桥西，让李白左顾右盼，不知先要哪个才好。从此，"文德分月"成为秦淮著名景观。现在，秦淮河边，还有了一道名菜，就叫"文德分月"，纪念李白与月儿的游戏。

一条不大的游船从李白他们的画舫旁划过，船上只挂了一盏昏暗的河灯，一名浓妆艳抹的女子坐在船头兜揽生意，其他的都躲在黑黑的没有灯光的小船亭内。吴姬和福公子调笑，要找一个过来给他暖和身子。

福公子摆出架子，说："不要笑我衣着不整，薛某气派不减。小妓，本人从来不爱，要就要大的、有名的。"

游船快过去时，那边突然传来了声音："吴姬——吴姬——吴小妹——"

吴姬赶紧跑到船尾，手扶雕栏，探出头去向那边张望："哪个？哪个在唤我？"

"傻小妹，姐姐我的声音都听不出来？"游船上的声音说，"我看你是玩迷了心眼了。"

"凤姐姐吗？"

"不是我，还有鬼唤你不成？"游船上传来嘻嘻哈哈的一片笑声，船也停了下来。

"张伯伯，停一下，请停一下船。"吴姬唤停了画舫，又对钱公子说，"钱大哥，对面船上有我一位姐姐，多日不见，我过去看看就来，好吗？"

"快去快回。"钱公子说，"我们等着。"

吴姬高兴地谢过李白他们，从船尾跨到对面的船上。

那边顿时热闹开了，娇声细语，问候打探声和一阵阵嬉笑声传了过来，反衬出李白他们船上的冷清。几个青年男子等在画舫中，忽然觉得淡如流水，无聊极了。钱公子建议，让吴姬将她的姐姐们叫过来，大家一起热闹热闹。李白和王公子都赞同。

福公子反对，他说："游船上灯光不明，只怕是些见不得人的老女人。叫过来容易，打发走就难了。以前，我上过同样的当。我们一会儿上岸去，夫子庙那边美女多如牛毛。"

"不怕。"王公子说。

大家一起哈哈大笑，钱公子让船夫把船往后退，与游船并排靠上后，朝那边大声说："喂，吴姬，让你的姐姐们过来说话。"

那边静了一下，又听吴姬和她们小声喊喊喳喳地说了些什么，而后，吴姬先过来了："姐姐问让她们过来几个人。"

钱公子想都不想，说："先都过来，让我们几个公子挑挑，选上的留下过夜，没选上的也给安慰钱。"

"吴姬代姐姐们谢谢公子大哥！"吴姬行过谢礼，就去招呼姐妹们过来。

姐妹们全过来了，七八个高矮胖瘦不等的女人，站在画舫船头，等着公子们挑选。王公子将胖子推在前面："让我们福公子先挑，福公子眼神最好。"

福公子挺着肚子上了船头。他第一眼就看到一个年纪大的女人。她自觉地站在几个年轻姐妹的后面，本来是想躲着，拿点赏钱就可以了。没想到，福公子偏偏盯上了她。

"你们来看看，都来看看，"福公子想证明自己的观点正确，扭过头去对李白他们说，"我说的话没错，一点没错！看看，老成啥样子？脸上的皱纹和水波一般！"

船头的女人们并不生气，反而咻咻地笑出声来，一个女人说："公子，你可说了外行话。都说'姜是老的辣'，我们这位姐姐是最有功夫的一个。"

王公子过来，问："此话当真？"

她们齐声回答："当真。"

"那就留下，好好侍候我们的福公子。"

"我不要！我可不要！"福公子边说边往后退，"你要留下，留着侍候你自己好啦！"

"老兄不必担心，享受归你，出钱归我。"王公子笑着说，"难道不要

170

钱的，你还不要？"

钱公子也在一旁帮腔。

话音未落，船头船尾一片笑声。

福公子被逼得骑虎难下，后悔自己年轻的不看，偏看到后面的老女人。他想重挑，又怕大家笑他。又一想，反正不要钱，一个晚上，没啥了不起。说不定真和她们说的一样身怀绝技，我薛某不就赚了吗？福公子没再表示反对。

李白让这个女人出来，站在明亮的花灯下，仔细瞧过。她不是什么老女人，不过三十五六的年纪。和一群二十左右的女子站在一起，相比之下，她显得老了，但姿容依然丰润。脸上，除眼角隐隐现出细细的鱼尾纹外，并不像福公子说的那样，有水波一般的皱纹。

"你情愿留下吗？"李白问她。

"去留全凭公子挑选。"停了停，她又补上一句，"若是留下，十分感激公子恩德。"

声音圆润平滑，李白听着，像是刚才唤过吴姬的那个。

吴姬站在一旁点破道："李公子，她就是叫我的凤姐姐，夫君早逝，一人带着两个孩子……"

"小妹，"凤姐姐打断了吴姬的话，朝李白他们笑笑，"我是自愿出来寻找欢乐的，公子若真的让留下，一定好好侍候公子。"

李白回头看了看福公子，见他仍然面带难色，便说："那好，我选的就是你。"

吴姬高兴得拉住李白的手："李公子，你真是好人。我这个凤姐姐保证不会让你失望，她……"

"要谢，不能谢我。你一要谢福公子，是他先看到你凤姐姐的；二要谢王公子，没有他，我也不会下决心……"

众人又欢快地笑了起来。

钱公子给福、王二公子选了两个娉婷女子，他俩看过，都很满意。王公子说，他要玩就要玩得彻底，自己又选下一个，让两个女人陪他。余下的，由钱公子出面赏过安慰钱，打发回船去了。

公子们由姑娘们陪着，游秦淮河至后半夜，在最热闹的夫子庙附近上岸，吃过夜宵，看过歌舞，又逛了一圈夜市，天蒙蒙亮时，才有了倦意。

吴姬找了一家青楼旅馆，里面设有鸳鸯客房，专供游客住宿。他们一人开了一个房间，带着姑娘们进去睡觉。

李白和凤姐姐一起进了房间，一时不知如何是好。难道就这样让她坐着？李白一时左右为难，也只好与她干坐着，问这问那，答这答那。好在话说得还算投机，两人如此有问有答，竟然一直说到了天亮。看着晨光，李白的哈欠一个跟着一个出来，人已困得难坚持了。

凤姐姐笑了笑，站起身："李公子累了，我先去外面买些早点，吃过再休息。"

李白答应着，等凤姐姐一出门，便径自和衣倒在床上，眼睛一闭，睡着了。

一觉醒来，李白发现自己被拥在凤姐姐怀中，柔软温和。凤姐姐见他醒来了，继而又搂着他的胳膊将他朝怀里搂了搂。李白想起了他的初恋令狐兰，每次和令狐兰在一起，他总是忘记了时间的流逝。可惜，现在天各一方，不知令狐兰在干什么，说不定……

"睡得好吗？"

凤姐姐的话打断了李白的思路，他点了点头，滑润的乳房随着他的头上下移动，他又想起了母亲，想起小时候的他常常喜欢这样依偎在母亲怀里，一次又一次聚精会神地听着母亲心脏的跳动。

"还想睡？"凤姐姐问。李白贴在她胸口听，轻音带着回声，很有意趣。"刚才钱公子来过，他说他们各自先走了，让你好好睡觉，隔日再找你会面。"

第二天早起，李白和凤姐姐一起去她家看看。

凤姐姐住在长干里，这是秦淮河南岸的一条里巷。自东吴建都建业起，长干里就是城中的吏民杂居区，巷子里门户挨着门户，人口相当稠密。凤姐姐在这条巷子里，有一个门洞，三间木屋，是她丈夫家里的祖业。

进屋，一双儿女扑向他们的母亲。大的是女儿，只有七八岁，小儿子才五六岁。他们围着母亲高兴地蹦跳，只问母亲带回来什么好吃的东西。

凤姐姐从衣袋里拿出用手帕包着的两个面饼，塞进女儿手里，哄着她带弟弟去外面玩耍。小女孩抬头看了看李白，懂事地拉着弟弟的手走了。

"这是我的两个小的，还有一个大女儿，去年春上已经出嫁了。"凤姐姐边让李白坐下，边说，"我平日很少在家，他俩都让邻家的姐妹帮着看护。我挣来钱，也分给姐妹一些。"

李白看这木屋，房子虽然旧了，里面却收拾得干干净净，进来就知主妇是个能干的女人。

"喝点自家酿制的米酒，"凤姐姐用一个粗瓷饭碗，给李白倒了满满一碗稠得像米汤一样的甜酒，"没什么酒味，当甜茶喝。"

李白端起来喝下一口，酒劲不小。

凤姐姐让李白坐一会儿，她去烧热水，让李白在她家好好地洗个热水澡。李白很愿意。自从离开家后，他洗澡一直随便，泡热水澡，更是想也没想过的事情。他跟着凤姐姐来到后屋。凤姐姐烧火，他坐在她身边，听她唠家常。这种家庭氛围，对于在外东游西荡的李白，颇有点吸引力。

邻居家的姐妹听凤姐姐的小女儿说她母亲在家，便过来，说是要借晒干菜的竹簸箕，看见凤姐姐身边有男客，又赶忙低下头，从凤姐姐手中接过竹簸箕，转身就走了。

等她走出门，凤姐姐告诉李白，这也是一个苦命女子，嫁的男人是和她从小一起长大的远房表哥，小两口感情很好。可没过上三年安稳的夫妻生活，丈夫外出做了生意。开始还半年一年回来住两天，渐渐地几年不见人影。这不，她丈夫又有五六个年头没回来过了。

"她命苦，没生下个孩子，整天守着空床。唉，一年到头，不生病还好，生了病，倒口热水的人都没有。我劝她和我一起出去，她还要为她那不回家的丈夫守着。一年到头守着空被窝，那日子，真难熬。你说，她的命有多苦！"

李白也为那守活寡的女子遗憾。刚才她进来又仓促离去，他没看清她的脸面，看身材，不过二十出头的年纪吧。

说话间，凤姐姐烧热了一大盆水。

这大盆不同一般。它是一个围高二尺半、直径差不多一人长的大木盆，嵌在凹进地里的平底的泥灶中间。烧火时，柴火从四周烧热泥灶，让盛满水的木盆也跟着热起来。其结构有点像嵌在北方炕上的木盆。虽然，北方的热炕上从来没嵌过什么木盆。泥灶上坐着木盆，恐怕是南方的发明创造。冬天，泡在热气腾腾的大木盆里，一定是特别的暖和，特别的舒适。

想想吧，想想身体浸泡在热乎乎的水里面的状态吧。皮肤泛红，血脉畅通，毛孔全部大张，吐出多日沉积在体内的废弃物。四肢放松，如腾云驾雾在仙境一般。李白还未脱光衣服跨进木盆，心就已经陶醉了。

凤姐姐催他趁水热，脱了衣服快进去，又看他总站在盆边神游，便走来帮他脱。她的手脚十分利索，三下五除二那么一拂，就将李白送入了温暖如春的大木盆。

房子里雾气腾腾，又白又热，蒙蒙一片，对面看不见任何东西。凤姐姐也脱掉了自己的衣服，下到热水里。她用她那有力的双手，开始为李白的身体按摩。从前胸到背后，又从颈部到脚跟，李白身上的每块肌肉，每个穴位，每根神经，都被她由点及面地按到。李白泡在热水里，浑身上下松软得就像散了架，犹如鱼儿一样舒适。

乐府古题《杨叛儿》浮现在李白的脑海中。

古时有童谣这样唱道："杨婆儿，共戏来所欢！"唱歌的小儿牙齿露风，"杨婆儿，杨婆儿"，渐渐错唱成"杨叛儿"。《杨叛儿》最初流行于南朝齐梁时期的建康，专唱男女私情之欢洽，李白最喜欢的一首是："暂出白门前，杨柳可藏乌。欢作沉水香，侬作博山炉。"白门就是金陵的西门，那里仍有一大片杨柳林子，是男女幽会的最佳去处。这"博山炉"是汉代博山出产的名贵香炉，"沉水香"是用沉香制作、质地至坚、能沉入水的香木，常被古人当作上等熏香料。李白想着，情不自禁，也自吟了一首《杨叛儿》：

> 君歌杨叛儿，妾劝新丰酒。
> 何许最关人？乌啼白门柳。
> 乌啼隐杨花，君醉留妾家。
> 博山炉中沉香火，双烟一气凌紫霞。

洗完澡，李白觉得很是疲倦。

凤姐姐给他铺好了床，照看他睡下。

迷糊中，李白看着在屋里忙这忙那的凤姐姐，又想起了令狐兰和自己的母亲。不，凤姐姐不是令狐兰，令狐兰和她不一样。凤姐姐也不是母亲，母亲和凤姐姐也不一样。凤姐姐就是凤姐姐，她是一个很好的妇人。

可惜，命运不平。家里有凤姐姐这样的女人，心情想必会轻松得多。对这样的女人，你不必顾忌，你尽可向她诉说心事，不管她理解不理解，心里总会好受些。虽然有的事，她并不能理解，但她知道你心里难过，自会真心诚意地同情你。这样的女人最好的地方，就是你即使向她诉说心里最为隐秘的苦恼，你也不会觉得脸红。李白这么想着，想着，渐渐进入了安逸的梦乡。

离开凤姐姐家里时，李白领她去钱庄，支取出不少的银两给她。有这些银两，凤姐姐养两个孩子也足够了。开始，凤姐姐执意不肯多收。她说，她要靠自己的能力养家，收下这些银子，一年可以不愁吃穿，第二年、第三年呢，她还有很多年要活，总得靠自己才行。后来，她见李白出于真心，才感激不尽地收下了。

凤姐姐送李白出长干里，她一直站在巷口不动，直到李白的身影远去，才叹了一口气，自言自语地说："李公子是个少有的好人。"

在长干里住了几日，李白通过凤姐姐，更加深入地了解了市民社会中女子的不幸，触及了她们丰富的情感世界。李白记述她们的生活，让她们的情感得到升华，借用"妾"的口吻，在他的《长干行》中，写下了一曲述说爱情的天籁情诗。这首诗，深受人们的喜爱，不久，便被金陵歌女广泛传唱，且经久不衰，流传于后世，直到今日，仍被称作描写纯真爱情的千古绝唱：

> 妾发初覆额，折花门前剧。
> 郎骑竹马来，绕床弄青梅。
> 同居长干里，两小无嫌猜。

面带悲伤的绾发少妇，倚靠在门边，看着巷中玩耍欢快的童男童女，想起自己和夫君小时候的情景：那时，我额上留着一排齐整的刘海，常在门前采花折柳，玩过家家的游戏。你这个冤家，就爱在我玩得高兴的时候，用竹竿当马，蹦跳着过来捣蛋。你的竹马尾巴，扫乱了我刚刚摆好的花瓣，我生气，过去追你，让你赔我摆好的花瓣。你骑着竹竿，围着井床使劲儿地绕着圈跑，还拿着几枝青梅，嬉笑着逗我不停地追赶。我追不上，急得跺脚，眼泪都快流了出来。每次都得这样，你才肯停下来，喂我

175

吃一颗甜甜酸酸的青梅果子。

李白这"青梅竹马，两小无猜"的诗境，将男女幼童之间天真无邪的情意，表现得淋漓尽致。从此，人们形容幼年朋友长大之后结为夫妻，便非用这八个字不可了。

> 十四为君妇，羞颜未尝开。
> 低头向暗壁，千唤不一回。

十四岁那年，媒妁之言，父母合议，花轿把我从隔壁，抬进了你家的新房。你母亲牵住你的手，将玩得一身大汗的你带进新房。她含笑，指着盖着头盖坐在新床边上的我，告诉你说："小妹今后就是你的小娘子了!"你淘气地用竹竿一下挑开了我的盖头，拍着手，大声叫着说："漂亮，我的小娘子今天好漂亮!"母亲将我们两个反锁在新房内，你说我脸上的红粉脂好看，伸脸过来，想往自己脸上沾一些。我羞得赶紧掉转脸去，低着头，面对墙壁，任你千唤万求，就是不理你。你越拿青梅果子哄我，我就越是不理你。"谁让你还和小时候一样待我？没听母亲说吗？从今天起，我不再是邻家小妹，我是……"羞红了脸的我，不敢想"小娘子"三个字。这"小娘子"到底是怎么回事，当时我也不知道。只知道，遽然间，我已从一个小姑娘变成了你的小妇人。将要为你生儿育女的人，当然不可以再像以前那样，随随便便地就脸靠着脸地玩。

> 十五始展眉，愿同尘与灰。
> 常存抱柱信，岂上望夫台？

一年三百六十五日，我们日夜相守，才明白小夫小妻，原来是先苦后甜。开始的痛疼一过，全部的爱情甜蜜一起填满心头。两人同时眉眼舒展，每日里恩恩爱爱，不愿离开一步。你站在床上对我发誓："今生今世，我与娘子同出同进，在世结连理，离尘化为蝶，没有力量能把我们分开。我就是《庄子》中的尾生，在桥下与娘子约会，大水来了，抱着桥柱子，也要等到娘子。宁被大水淹死，决不一个人先离开家园。"我相信，我就是你的全部感情，别人家的妇人，日日要登上"望夫台"，眺望远去的夫君回归。我的夫君，永远在我身边相伴。

　　十六君远行，瞿塘滟滪堆。
　　五月不可触，猿声天上哀。

　　谁想到，十六岁那年，你还是走上了从商的道路，独自远行千里，带去了我的整个身心。听回来的人说，你去了三峡，要过滟滪堆，我的心就和你一起在大江的风浪中悬浮。从小唱熟了的民谣，又时时萦绕在我的耳边："滟滪大如马，瞿塘不可下……滟滪大如袱，瞿塘不可触"，"巴东三峡巫峡长，猿鸣三声泪沾裳"。原先唱民谣，想着瞿塘峡口上的巨石庞大可观，三峡激流险滩威武壮观，现在，它们一下变成了令人心惊肉跳的怪石恶浪，我一闭上眼睛，就能看见你与它们奋力搏斗的情景：滟滪堆向你扑去，半空中猿声哀鸣阵阵。我的心啊，被紧紧地揪成了一团。从早到晚，我都在为你默默地祈祷，祈祷上天给你战胜一切的力量和勇气。

　　门前迟行迹，一一生绿苔。
　　苔深不能扫，落叶秋风早。
　　八月蝴蝶来，双飞西园草。
　　感此伤妾心，坐愁红颜老。

　　打从年轻的丈夫出门，少妇就没扫过门前的土路。她要留下亲人的足迹，每天好来门口看它。足迹头朝前方，一步一步地离她远去。什么时候，它才能掉转头来，重新走进他们的温馨小家？

　　远去的一个一个的足迹渐渐地填满了绿色的青苔，青苔长在泥土上，也长在少妇青春荡漾的苦痛的心上。秋天重回大地，绿色的苔迹上，又让无情的秋风秋雨，扫进了一层层枯黄了的落叶。少妇日日夜夜苦等，等不回年轻力壮的夫君。

　　你说过，我们来世化作蝴蝶，也要双双并肩齐飞。昨日里，我在门前，看见了两对八月的蝴蝶。它们双双飞舞，相亲相恋，在西园秋草中寻觅过冬的家园。可我们有家，却两地分离，不得相聚。离别苦，相思情，时时刻刻都在将你妻妾的红颜催老！怕只怕等你归家，妾也像秋天的蝴蝶

177

一般，变得又老又黄，让你想认，却不敢相认。

> 早晚下三巴，预将书报家。
> 相迎不道远，直至长风沙。

夫君，你何日从三巴起程回家，一定要提前给我捎封信来！

靠在门边的少妇好像看见信使已经动身，连装在信使袋子里的信件，她都看得真真切切。信很厚，每页都写得密密麻麻，报来的只是一个消息：夫君起程回家，即日就到长风沙。长风沙，离金陵还有七百里路程。可在少妇心里，七百里路，已经近在眼前。她欣喜若狂地梳洗打扮，恨不得就荡起飞舟，迎去长风沙，与她的夫君相见了。

"李兄，再找不见你，我们就要报案官府啦！"

钱公子他们等在客店前厅，见李白进来，便大声招呼道。

他们已经多次来约李白，都不见他回来。为此，三人还专程又去了一趟夫子庙的青楼旅馆，打听李白和凤姐姐的下落。人家说，他们住了一天两晚就走了。正好，这两天吴姬说她家有事，没与钱公子在一起，凤姐姐的下落无处打听，三个人只好天天来李白住过的客店打探消息。刚才，他们见李白仍未回来，真的是在商量报不报官。他们怀疑，凤姐姐谋财害命，将李白……正讲着，李白安然无恙地出现在门口。

"我说老兄，你迷着那老女人什么了？"福公子不无遗憾地问，"几天不露面，难道那女人真有好本事不成？"

李白开怀大笑。不用回话，福公子已经觉得自己吃了大亏。他这种人，小肚鸡肠，常常算计过多，想占便宜，结果反倒吃亏不少。

4

不知不觉，已是开元十四年（726）的春天。

金陵贡院秋试开榜。钱公子他们一行三人，等到开榜的第七天上午，才鼓足了勇气去看科第题名榜。高悬在大墙之上的名榜，被风吹得有些破了，前几天拥挤着看榜的人潮已经退去。名榜前，只有三两个入学堂不久的小男孩，仰着头挑他们认识的字，断断续续地读着不连贯的名字。

钱、王、福三公子来到榜前，心中急切，又不好意思久留，不约而同，二话不说，拿出平日练就的快速阅读本领，分头在数十排几百名贡士的名字中，寻找自己最熟悉的名字。

钱公子和福公子找到最后，发现自己榜上无名。虽然早已料到，却不敢太相信自己的眼睛，回过头去，再找一遍。一连找了三遍，结果都与第一遍相同。两人傻了眼，看着王公子。

王公子读得慢些，也仔细些，快要失望的时候，他终于在最后一排的倒数第六的位置上，读到了自己的大名。王公子心头一喜，还怕是眼花错读了相近的名字，或是出现同名同姓的情况。再一个字一个字地认准，榜上大名，确实与他王某的姓名一字不差，又见后面落有"江南东道越州"几个字，才彻底地放了心。王公子想高兴，却没高兴出来。人说，乐极生悲。此时，王公子心头有这种感觉。再加上他知道，他的两个同伴肯定榜上无名，看他两人垂头耷耳的样子，心里也很为他们难过。

钱公子先想开了。他一拱手对王公子说："王兄榜上有名，可喜可贺。"又对福公子说，"三人有一人高中，总比都不中的好。我们事先有约，中与不中，看过榜都要痛饮一番。李公子还在店中等着，我们回去，到酒家相聚。"

王公子和福公子先去酒家等着。钱公子到店里叫上李白，又拐了个弯，特意将吴姬找来陪酒。

五个人在酒家的里间雅座坐下，等好酒好菜上来，吴姬为公子们斟满酒杯，钱公子举杯，先站起来说："今日看榜，王公子高中，我与福公子暂未成愿，要再鼓风帆。李公子隔日将往扬州，我们很快就要分手。来，大家先干一杯：一为庆贺，二为鼓劲，三为分别。"

大家站起响应，将酒杯碰得叮当直响，每个人都连干三杯。

吴姬见公子们各怀心事，席间气氛并不舒畅，有意让大家高兴，她扭着腰肢，端上酒壶，绕着桌子转了一圈，给每人又斟满酒杯，说："各位公子大哥，我与你们在金陵萍水相逢，玩得高兴。今后公子们做了大官，不要忘了我吴姬才好。我提议，今日由我压筹，大家痛痛快快地行几圈酒

179

令，喝他个一醉方休。"

"好，我同意！"钱公子马上响应。

李白将酒保唤来，让他快拿酒筹上来。酒保应着，转身出去，拿了一个装有素筹的竹摇筒进来。

吴姬接过，说："由我摇竹筒，走到哪位面前，哪位便掣一支高出的筹。筹上要求什么，都要照样去做。事先说好，不准有人反悔不做。"说着，吴姬先走到福公子面前，伸出粉白的小手，在他的胖脸上轻轻捏了一下，问，"福公子，你可同意？"

"吴姬姑娘摇筒，我薛某当然想痛快地多抽几个来回，只怕，只怕我们的钱公子不答应啊！"福公子的情绪马上被捏了出来，他边说边笑，眯着眼睛，与吴姬调情。

"你只管多抽，我没意见。"钱公子很大度。

"一个吴姬，让他独占了，我们还要不要乐？还是机会均等的好。你说是不是，李公子？"王公子有意再激胖子。

"抽吧，让福公子先抽。"李白说。

吴姬抿嘴笑着，轻摇竹筒，一根竹筹从筒中伸了出来。福公子随手抽出，亮在吴姬面前，让她读。筹上写着两排小字——

上排为：把并头花蕊搓。

下排为：交头语者饮。行花花令。

福公子喜欢得了不得，将吴姬当作他的并头花蕊，大胖手在她身上搓了一圈，然后说："钱公子，这交头语者，不是别人，就是你了。"

"对，喝酒，钱公子喝一杯。"王公子凑兴喊着。

钱公子真的过来，与吴姬交头接耳，亲亲热热地说了些悄悄话，再端起酒杯，想要喝酒。

李白拦住道："钱公子的悄悄话，也要公开才好。"

钱公子不肯。王公子便逼迫吴姬讲来。吴姬也不听话，总是不肯说出原话。大家笑闹了好一阵，才让钱公子喝了他的酒。

行花花令要求每人吟诗两句，每句含有一个"花"字。吟不成诗者，或其中没有"花"字者，则罚酒一杯。按从左至右的次序，王公子坐在钱公子右首，钱公子才喝过酒，照理应由王公子开始行文字酒令，可王公子因为独自榜上有名，想表现得谦虚一些才好，他非让钱公子领头先吟。

钱公子推不过，想了想，道："梨花淡白柳深青，柳絮飞时花满城。"两句诗，每句有一个"花"字，符合花花令要求，又是金陵春日的写实，大家都说好。

王公子的酒令早在胸中，他说："细看金凤小花丛，费尽花司染作工。"没破酒令要求，但细品之，有些小花独秀的暗示。

福公子心想，你高中得意，我落榜者也不羡慕。他坐在王公子右首，不等大家请，主动吟来："一陂春水绕花身，花影妖娆各占春。"

大家还未来得及恭维，王公子先赞道："好一个'花影妖娆各占春'，令行得好，意境更佳。"

轮到李白，他看了一眼手持竹摇筒的吴姬，笑曰："风吹柳花满店香，吴姬压酒唤客尝。"

"罚酒，李公子罚酒。"钱公子说，"你两句诗中，仅一个'花'字。"

李白声辩道："这可是钱公子你的错误，我将吴姬姑娘比作鲜花一朵，难道不对吗？"

"对，吴姬姑娘是与鲜花一般。"福公子应和着说，"钱公子天天守着，视而不见，该罚他的酒。"

钱公子反驳道："人与鲜花总有不同。诗句中没有'花'字，便破了酒令。罚酒，吴姬给李公子斟满。"

王公子也站在钱公子一边。

吴姬走到李白身边，用身子碰李白："李公子，这杯罚酒，你非喝不可。"她端过李白的酒杯，替他满斟了一杯。吴姬是酒家歌女出身，斟酒很有讲究。酒斟得满，眼看着在杯边拱起一个小小的弯弧，却一滴未洒落在外。

满满的一杯酒摆在李白的面前。李白不再多说，低头先吸进上面一层，再端起酒杯，将剩下的一饮而尽。

罚了酒的，再次起头。李白喝过酒，想了想，吟道："众女妒蛾眉，双花竞春芳。"

"又只有一个'花'字，再罚，李公子再次罚酒。"钱公子为自己反应迅速而兴奋。

王公子说："李兄，你该不会说'双花'即有两个'花'字吧？"

李白大笑，反问道："双花非二花，难道还是一花不成？"

"按李公子的道理，那诗中'众女'，且不成了众花？依此，不是李公子罚酒，反倒要我们大家罚酒了！"王公子说得摇头晃脑，自觉分析得极有深度，很有贡士派式。

"李公子不遵守令规，就是该罚，"吴姬也娇气地说，"罚两杯！"

"好好好，听酒令官的命令，你说罚几杯，我就喝他几杯。"李白边笑边将吴姬斟上的酒，痛痛快快地喝了个干净。

"不行，不行，"见李白不停地喝酒，福公子好像恍然大悟，说，"依我看，李兄是有意饮酒，专破酒令。"

福公子总算聪明了一回，他的话，正中李白要害。李白仰头哈哈哈地大笑起来。大家随之也放声大笑，席间气氛好不热烈。

酒宴后，钱、王、薛三公子与李白分手，回越州去了。李白也准备离开金陵，去大都督府所在地——扬州走一趟。金陵子弟听说，连日不断有酒宴为李白饯行。李白将"风吹柳花满店香，吴姬压酒唤客尝"两句诗续完，以《金陵酒肆留别》为题，记下了当时的情景。后面四句写道："金陵子弟来相送，欲行不行各尽觞。请君试问东流水，别意与之谁短长？"

告别金陵，李白丝毫没有离别之愁。

他夜出金陵北门，在征虏亭乘船起程，一路观大江两岸风光，有诗二首成行：

夜下征虏亭

船下广陵去，月明征虏亭。

山花如绣颊，江火似流萤。

估客行

海客乘天风，将船远行役。

譬如云中鸟，一去无踪迹。

二十六岁的李白摆脱了金陵干谒失败的心灵痛苦，如云中飞鸟，高飞远走去寻找理想归所。

5

扬州，位于金陵下游，是大运河与长江的交汇点。

相传，大禹分天下为九州，淮海东南一带因为"州界多水，水扬波"，所以称为扬州。

春秋初期，扬州为邗国。至公元前 319 年，楚怀王将扬州古城并入楚国，取其地"广被丘陵"之意，将其改名为广陵，一直沿用到汉朝。

扬州丰饶于西汉，富贵则在隋唐时期。

隋炀帝杨广夺位后，偏爱扬州，治所江都（今扬州市）。他命人在前朝旧宫的殿基上建起了崭新的宫苑——著名的"扬州十宫"。

为方便游玩，隋炀帝征发百姓一百多万人，开通了一条从洛阳西苑到淮水南岸山阳（今江苏淮安）的"通济渠"，又征发百姓十多万人，疏通山阳到江都的邗沟。

在位十四年，隋炀帝三次从洛阳乘龙舟南下游幸江都。每次都由上百条大船，组成浩浩荡荡的船队，首尾相接，足有两百多里水路。隋炀帝与他的萧后分乘两条大龙舟，有四层楼房之高，船上宫殿设有上百间宫室，供帝后嫔妃一路享乐。

隋炀帝荒淫残暴，激怒了各地百姓。

大业十二年（616），隋朝关中、北方大多被起义军占领。

隋炀帝带着后妃、诸王和文武百官迁都于江都。当时，隋朝统治危在旦夕，隋炀帝自知末日即将来临，索性整日里醉生梦死。他命人又在江都建造了一座迷楼。这迷楼上下金碧辉煌，轩窗掩映，幽房曲室，千门万户。选来数千名美女居于楼中，朝夕供隋炀帝寻欢作乐。

唐太祖李渊起兵攻下西京后，江淮一带的农民起义军也占领了江都四周，江都城眼见着朝夕难保。隋炀帝因恐惧而失眠，每每临睡，总要宫女摇荡御榻，或歌吹齐奏，才能入睡。

大业十四年（618）三月的一个夜晚，统率卫军的虎贲将军司马德戡和屯卫将军宇文化及发动兵变，带领数万人，举着火把矛戟冲入宫城玄武门，杀死值宿的屯卫大将军独孤盛。

隋炀帝听到宫门内外一片喧闹，想起白日一觉醒来，只见西方残阳入土，暮色苍茫，知道大事不妙，便急急忙忙换了衣服逃到西阁。起义将士追来，平日备受淫君欺侮的宫女指认出杨广。裴虔通举刀欲逼他出宫，宇文化及不许。他命人用练巾将隋炀帝就地绞死。隋王朝也随着骄淫不可一世的隋炀帝一起，成为历史。

后来，宇文化及率众北上，江都的留守陈棱将隋炀帝葬于扬州的雷塘。其简陋的坟墓，常年孤寂冷落，荒草萋萋。后人咏叹："君王忍把平陈业，只博雷塘数亩田。"

隋炀帝虽然遗臭万年，扬州却因有了这段历史，又大增其色。

唐朝，扬州设有大都督府，后又设淮南节度使，是"雄富冠天下"的"一方都会"。城里，市井繁华，商贾如织，大街小巷，青楼聚集，酒肆林立。每当夕阳西下，便有绛纱灯数万盏，辉耀罗列于街头巷尾，更有"高楼红袖客纷纷"。九里三十步大街中，珠翠填咽，邈若仙境一般。"天下明月三分，扬州得其二分"，名不虚传。

考察唐代历史，一位美国人曾说："扬州不仅是一座遍布庭园台榭的花园城，而且是一座地地道道的东方威尼斯城，这里水道纵横、帆樯林立，船只的数量大大超过了车马的数量。扬州还是一座月色溶溶、灯火通明的城市，一座歌舞升平、美女云集的城市。虽然殷实繁华的四川成都素来以优雅和轻浮著称，但是在当时流行的'扬一益二'这句格言中，还是将成都的地位放在了扬州之下。"

李白来扬州，开始也积极从事干谒。可连拜数家官府之后，他发现，自己在重蹈金陵覆辙。没有"伯乐"住在城中，"千里马"寸步难行。好在，李白持有父亲给的银票，在扬州不愁吃用，更可以继续金陵的花天酒地，尽情享受人间快乐。

在金陵，李白自然也少不了歌舞艺妓的陪伴。空口无凭，有《白纻辞三首》可以为证：

184

一

扬清歌，发皓齿，
北方佳人东邻子。
且吟《白纻》停《绿水》，
长袖拂面为君起。
寒云夜卷霜海空，
胡风吹天飘塞鸿，
玉颜满堂乐未终。

二

馆娃日落歌吹深，
月寒江清夜沉沉。
美人一笑千黄金，
垂罗舞縠扬哀音。
郢中《白雪》且莫吟，
《子夜》吴歌动君心。
动君心，冀君赏，
愿作天池双鸳鸯，
一朝飞去青云上。

三

吴刀剪彩缝舞衣，
明妆丽服夺春晖。
扬眉转袖若雪飞，
倾城独立世所稀。
《激楚》《结风》醉忘归，
高堂月落烛已微，
玉钗挂缨君莫违。

来扬州，美女如云，令李白感叹不已。有《越女词五首》为凭：

185

一

长干吴儿女，眉目艳星月。

屐上足如霜，不著鸦头袜。

这鸦头袜，是唐朝特有的袜子。穿在脚上，大拇指与其他四指分开，本来就很雅观。而那时的时髦女儿，还要标新立异，干脆脱去鸦头布袜，将一双葱白的脚丫子整个地露在外面，不怕年轻的公子哥们不盯住不放。

二

吴儿多白皙，好为荡舟剧。

卖眼掷春心，折花调行客。

这个吴儿，是李白见到的又一个歌舞艺妓。她在湖中荡舟，以花为媒，专门挑逗过往游客上船，与她共演鸳鸯好戏。

三

耶溪采莲女，见客棹歌回。

笑入荷花去，佯羞不出来。

瘦西湖上，荷花盛开，公子哥们乘轻舟荡漾于红花绿叶之中，歌妓舞妓的小舟频频与之相对而行，送来绿水春波。可公子哥们玩厌了艺妓，他们的目光送给了船家采莲女。

采莲女在船头采莲，荷花少女两相映，纯真质朴另有一番情韵。轻佻的公子哥掏出一大块银子，往采莲女船上掷去。白银不偏不倚，正好落在船头采莲女的脚边。她抬头娇羞地看一眼对面船上的风流公子，嫣然一笑，起身，将船撑入荷花丛中。青年公子只当采莲女调情于他，让船家久久徘徊于荷花丛外，翘首等待采莲女重新露脸。他哪里知道，采莲女的小船早已从另一头远去。情意绵绵，空肠易断，年轻公子丢了银子不算，还在众人面前失了面子。他摇头叹气，只道："今日运气不佳!"瘦西湖上笑声一片，都说是："荷花娇欲语，愁杀荡舟人。"

186

风流公子运气不佳，船家郎儿却是好运：

四

东阳素足女，会稽素舸郎。

相看月未堕，白地断肝肠。

五

镜湖水如月，耶溪女如雪。

新妆荡新波，光景两奇绝。

　　李白游瘦西湖，登青楼妓馆；到东城与人一起斗鸡，去西郊参与走马游猎；还去坐落在扬州城西北郊蜀冈上的大明寺，拜访佛教大师鉴真和尚。

　　当时，鉴真和尚三十七八，不到四十的年纪。他十四岁上随父出家于扬州大云寺，游学于长安、洛阳等地，得名僧传授，专门研究佛教律学，在文学、艺术、医学、建筑等方面也有深湛的学养。李白来大明寺，本想就前程去向，求教于鉴真大师。不想，小和尚告诉李白，师父早几日应白马寺住持之邀，去了洛阳，近日还不会返回。李白只得作为一般香客，在寺中参观游览一番。

　　大明寺内有西灵塔，建于隋文帝仁寿年间。

　　据《太平广记》记载："扬州西灵塔，中国之尤峻峙者。"李白登上塔顶，只见："宝塔凌苍苍，登攀览四方。顶高元气合，标出海云长。"佛家将世间万象分为"欲界天、色界天、无色界天"三天，站在塔上，李白觉得，三天与画梁相接，遥望四方前程，路断于视线边缘。李白心想扬帆出海，而天地之大，却无从起航。他想，佛家说，如来佛祖眉间的白色毫毛，洁白光润，犹如白玉一般，可以放大光明，照十方界。此时，他亟待如来佛祖用玉毫给他指引迷途——"玉毫如可见，于此照迷方。"正当李白这般想着，白日梦着，忽闻塔下有痛哭之声。他从塔顶的窗栏之中，伸颈探头往塔下看去，只见一个人，蜷缩着身子，可怜地蹲在塔基边上。从上往下望，这个蜷缩着的人，就像塔基边上的一只小小的灰蚂蚁。但他的哭声很大，简直可说是惊天动地，摇撼得整个西灵塔都在微微地颤动。

李白下塔来到他的身边，哭声依旧。

看样子，他也是一个读书人。只是圆领布衫已破旧不堪，后脖颈与手没捂住的露在外面的侧脸上结了厚厚一层污垢，厚得似久旱无雨的稻田，破绽着一道道曲折的裂痕。听声音，其年纪，与他李白也不相上下。

"这位兄弟，为何如此伤心？"

痛哭声突然变成了断断续续的抽泣，隔了一会儿，抽泣也突然终止。蜷缩者慢慢地抬起头来，看李白。他脸的那个中间部位已被泪水冲洗干净，皮肤挺白，与肮脏的脸侧反差极大。

"兄弟，为何独自在此痛哭？"李白又问。

"说与你听，你能帮我吗？"他犹疑了一下，问李白。

"说说看。"

"我，我要钱用。"

"要钱？"李白松了一口气，别的他可能帮不了，这钱，他却可以帮。

"你要多少？"

蜷缩者不相信自己的耳朵，从地上站起来，盯着李白的嘴，是想让他再问一遍。

"兄弟，你要多少钱？"

"我不是要饭的。"那人说，"我是一时糊涂，才落得如此地步。你借我钱，我会想法子还给你的。"

"这我知道。"李白很体谅他。他极需李白的钱，自尊心又受不了李白的钱将对他所产生的伤害，他不想旁人瞧不起自己。"你需要多少，尽管说来，只当是我李白先借与你的。日后，你再归还与我就是。"

"我要，我要……"他不敢看李白，也不敢往下说。

"说吧，你要多少？"

一不做，二不休，他说出了他索要的数目："我要五百两白银。"

路遇之人，不知底细，不问清缘由，谁会随随便便将五百两白银"借"给别人？但，李白会。李白想都没想，就答应给他五百两银子。

李客要是知道了，难免顿足大骂："逆子，为父一世辛苦，攒下银两为你求功名所用。你求不到功名，将钱花在青楼妓女、酒水黄汤之中不

188

算，还要将白花花的银子，随随便便抛给路人，真正是一个逆子！"

李氏听说，也会心疼得落下泪来："孩儿，救人之急不是不可。只是，五百两银子，你借与他，也该问问明白他要这许多银两何用，何时才能还你。你一人在外，用钱的地方很多，怎么不为自己的后路想想？"

李白什么都没想，他对那人说："我身上并无这么多的银两。你随我一同去客店拿。"

那人只当是如来佛祖为他送来了财神，救他死里逃生，兴奋得了不得，跟上李白就走。

见痛哭之人跟着一位阔公子走了，大明寺的和尚也很高兴。

这个人在大明寺白吃白住了好些日子。来时，已是穷极潦倒。到大明寺，只说讨口饭吃便可。但住了几日后，债主纷纷寻来，逼他偿还赌债，没有钱还，就将他打得半死。和尚们这才知道，他原本就是一个穷秀才，去年秋季，借钱来扬州参加贡试，榜上无名，没脸返回家乡。一个秀才，在扬州能干什么？他进了赌场，想从赌场中赚来钱，再回家还债。不想，债积得越来越多，人被逼得走投无路，才到大明寺来躲避。因为他，大明寺天天有债主来吵闹。佛门圣地，从来不可大声喧哗。再者，出家人一世清贫，靠施主养活，哪有银两资助别人。出于无奈，前几天，寺院将他赶了出去。他在外面转悠了一圈，又回到寺院，蹲在西灵塔下放声大哭。和尚们还真怕闹出人命。这下可好，有人将他带了去。佛门总算又恢复了清静。

李白原以为，在扬州他还有银票可以兑换，回到客店清点，才发现，扬州的银票他已经兑换完了。身边有些银子，已凑不齐五百两。将桃竹书筒倒过来找，里面也只剩下一张父亲存入洛阳钱庄的银票，上面写有白银六百五十两。

李白问那人是否非要五百两不可，那人点头，小小声说："没有五百两，救不了我燃眉之急。"

看看他的可怜样，李白将最后的这张银票给了他："我再给你些零碎银子，作为路途盘缠。拿着这银票，你自己去兑换银两吧。"

那人接过银票，又喜又怕。喜的是他绝路逢生，离开扬州，可以躲过债主，又得一大笔银两回家；怕的是，他"借"五百两，这位公子不但毫不犹豫地答应下来，真给他时，还加上一百五十两，而且没有任何条件，借条都不用写下一张。天底下哪里有这么好的事情？只怕是其中有误，更怕是其中有诈！他战栗着，手拿银票，低声下气地问道："这钱票，全借与我？"

"你拿去还债。"

"感谢大哥救命之恩。"那人双腿往地上一跪，没等李白回过神来，又急急地站起，转身，飞跑出了李白的客房。

李白站到窗口去望他，大街上，已经没有了他的身影。李白这才无可奈何地笑了笑。他并不在乎他的六百五十两银子，只是为这个穷得发疯的读书人感到遗憾：有钱和没钱，这个人前后的精神判若两人。想他随自己一起来的路上，路都走不动，只说是肚中饥饿，走起路来直喘粗气。李白让他一起去酒家吃过饭，再来取钱，他只是摇头不肯。这会儿，拿到银票，他腿脚异常利落，一溜烟跑得人影都不见了。

钱的力量不可估量。

李白一生喜与豪侠结交，同情怀才不遇之人，而重义却必须轻财。正如他五十五岁时，在《赠友人》诗中所说的那样："人生贵相知，何必金与钱。"

在扬州，李白花钱如流水，出手大方得令人惊讶。成群结队的落魄公子像苍蝇嗅到了香食一般，成天地围转在他身边，和他交友，以他为食。

一个小歌妓，年仅十三四岁，人长得没甚姿色，歌也唱得难听，挨饿受穷被人嘲弄是家常便饭。偶然遇上了李白，她像瘦弱的小野猫找到了一位好主人，终于得到了人间温暖。李白将小歌妓收留在身边，尽量满足她从未满足过的虚荣心。他给她买新衣服、新头饰，将她妆扮得漂漂亮亮。他为她专门举行酒宴，让她唱歌，请朋友为她捧场。小歌妓不知深浅，听说历史上曾有美妓在亭台楼榭上散金扬名，很想尝试尝试其中味道，李白也二话不说，给了她许多银两。

小歌妓真的将银两换成一串一串的铜钱，选在街头最热闹的时刻，精心扮作"美妓"模样，斜靠在李白租住的客店的窗栏前，往街上抛撒铜钱。

铜钱一把一把地从张扬的小手上抛出去，落在街上，滚向四面八方，引得小孩、乞丐和许多的贫苦市民在地上爬着，追逐着抢钱。更有许多人围着观看，对散钱的"美妓"评头论足，喝倒彩的、吹口哨的、怪声怪气的叫声充斥街头。小歌妓得意忘形，一面用劲地往人头上抛撒铜钱，一面对世人嬉笑着卖弄风骚，还硬让李白也过去为她增色。

李白当然不会喜欢小歌妓这种过分卖弄的行为，但想着她出身可怜，身价低廉，在此之前，从来没有人正眼瞧过她，好不容易有了一回表现的机会，过分一些，实不为怪，也就任她胡闹，直到她闹累为止。

小歌妓散"金"扬名，风流才子李白也在扬州出了大名。不过，很快，李白就为此付出了他当时料想不到的代价。

6

扬州一年，李白将父亲给他备下的银两花得干干净净。这些钱一共有多少？三年后，开元十八年（730），李白在安陆《上安州裴长史书》中回忆说："曩昔东游淮扬，不逾一年，散金三十余万，有落魄公子，悉皆济之。"可他哪里想到，落魄公子们都只是他的食客朋友，钱花完了，他们变作猢狲，纷纷离去，不再有人围着他转悠。爱好虚荣的小歌妓也不辞而别，重新做了小野猫。

李白陷入困境，客店的房钱拖欠着无法偿还。所见之人，大多对他冷若冰霜。

生活从高峰直接跌入最低谷，往日风流倜傥的李公子，差点流落街头。

从来祸不单行。一场大病又接踵而来。

几天没吃东西的李白，躺在店主给他调换的又小又黑的偏房里，百感交集，思绪万千，不知不觉时光流逝，白昼过去，黑夜来临。如水的月光，自苍穹无声地倾泻下来，斜穿过高高的小木窗栏，静悄悄地洒落在李白的床前，黑黝黝的小屋里顿时有了一片光明。

床前明月光，疑是地上霜。
举头望明月，低头思故乡。

一句一句，揪心地吟毕这首《静夜思》，李白的思绪也飞回蜀中，飞回那山坳中的青莲乡。他仿佛又看到故乡的山风拂过披着月光的树冠，那一树树绿叶倏忽一闪，宛如点点跳动的火星。树林在地面上投下了夹着无数光斑的阴影，显得那么神秘莫测，就像阎罗殿里张开了许许多多贪婪的嘴巴。他抬起头来，想数一数闪亮在天空上的繁星，可是怎么也数不清。星空好似一张蛛网挂满了细细密密的露珠，这些小光点一闪一灭，一灭一闪，节奏分明，好似生死轮回一般。唯一的声响就是山风一掠而过，树林的飒飒声，和一只投宿的无名山鸟从某个地方发出的模糊的抱怨声。而唯一的气味，也就是那矮树丛里散发出的杂七杂八的香味。

离别父母已两年有余，自己在外都干了些什么？父母呢，他们又正在做什么？

李白又仿佛看见父亲沉思着走在马队的前面，看见母亲慈爱地百看不厌地注视着他，他也久久地看着母亲。他真想像儿时那样扑进母亲的怀抱，既无忧又无虑，更没有什么痛苦烦恼。他真想再像少年时代，每天早晨和父亲一起到山上打拳练剑，练累了，父子俩坐到大树下大口地呼吸新鲜空气。家乡的空气，清新甜美，吸进去，心胸畅快极了。李白情不自禁地深深地往里吸了一口，只觉得一股陈年的霉臭充满了自己的整个胸膛。小屋里已很久没住人了，也根本不是住人的地方。两行苦涩的泪水冷冰冰地涌了出来，李白的心里好悔好疼，好疼好悔，面对老父老母的眼睛，他只有惭愧，无言以对。

他又不由得想起了匡山，想起了匡山的那些朋友，想起了师长赵蕤。很多话，对父母不能讲，在师长面前却不能不说——

尊敬的师长，几年来，学生作远行客，如浮云漂流在外。

大唐王朝业绩辉煌，大功告成，而学生的功业迟迟无法起步。光阴似箭，浮云无落脚之地。学生四处干谒，屡屡碰壁。金陵迷失了我的本性，扬州消磨了我的雄心。学生济苍生安社稷的宏愿何时才能实现？难道生逢盛世之人，真的只能坐享其成，没有他事可为？病中的我，想到师长的教导，想到今后的前程，只觉得衰疾缠身，一时无法挣脱。我是藏在匣子里的古琴，可以弹奏出雄浑有力的乐章，却无人肯来触摸。我是一把锋利无比的宝剑，高悬于空壁之上，几乎被人遗忘。

学生身在他乡，时时不敢忘怀故乡。就像春秋时的楚国乐师钟仪，被俘于晋国，仍不忘奏楚国曲乐。更如越国人庄舄，在楚国做官，卧病于床，弥留中不忘用乡音表述他对故土的一片真情。我巴望着早入国门，为朝廷效力，国门却在遥远的天外。我渴望着故土重归，再见父母师长，回乡之路又被远山隔断。

回想当初，我在师长面前立下誓言，我在诸葛亮神台前暗自期许，我对父母有过承诺，对令狐兰有过保证……我不能如此落魄还乡！

尊敬的师长，学生在外，寄书飞鸿，没有佳音告慰，实在内心有愧。

李白撑着病体，借着月光，将心中想说的话，凝成诗句，用秀丽小楷录于白纸之上，准备病好后，寄给他远在匡山的师长赵蕤。

淮南卧病书怀寄蜀中赵征君蕤

吴会一浮云，飘如远行客。

功业莫从就，岁光屡奔迫。

良图俄弃捐，衰疾乃绵剧。

古琴藏虚匣，长剑挂空壁。

楚怀奏钟仪，越吟比庄舄。

国门遥天外，乡路远山隔。

朝忆相如台，夜梦子云宅。

旅情初结缉，秋气方寂历。

风入松下清，露出草间白。

故人不可见，幽梦谁与适？

寄书西飞鸿，赠尔慰离析。

床前的月光逐渐移至墙角边，缩上小木窗台，又退回到窗外。李白知道，外面的明月渐渐西去。

月亮走了，小屋重新陷入一片漆黑。天亮后，店主要来结账。这是他给李白的最后期限。李白不知道，自己能去哪里栖身。

索性听天由命。李白闭上眼睛睡觉，不再想其他。

第二天上午，李白背上他的干瘪的小布包和那只装着诗赋集子的桃竹书筒，拖着软弱无力的双腿，正要离开客店时，一个官人出现在面前。

"李公子，要上哪儿去？"

"你是……"

"李公子不记得啦？"官人见李白好像真的不认识他，又说，"你初来扬州，到江都县衙求谒长史，是我替李公子通报的。公子没见到长史，还送给我一本诗集，记得吗？"

李白想起来了，这位官人是江都县衙少府，姓孟。那日，他还好意要留自己吃过午饭再走。当时，李白干谒不成，火气窝在胸中，不肯留下，只抽了一本诗集给他，想让这个孟少府看看，他李白并非酒囊饭袋。想不到，他还记着他李白！

"听朋友说，李公子近日有病，我是特意来看你的。"孟少府扶住体力不支的李白说，"不知李公子这是要上哪儿去？"

李白本想照直说他自己也不知能去哪里，但碍着面子，不愿在一个不熟悉的官人面前讲出自己的困境。

孟少府从李白苍白的脸上读出了他的窘迫，又见客店主人站在他们身后，冷冷地笑着，知道在自己来之前，李白和店主刚刚发生过不愉快。而且，一定是因为李白贫病交加，付不起房钱，店主乘人之危，要赶他出门。

"李公子正在病中，哪里都不能去！"孟少府像是对李白说，又是对店主说，"快快给李公子开一间上等客房，扶他进去休息。"

见店主仍站在那儿不动，孟少府补充道："房钱不用担心，李公子在这儿的一切开支，找我孟少府要。"

"有少府担保，一切都好说。不过，少府是否能给小店留下个凭据？"店主说话表面客气，骨子里很硬：没有钱，任你什么人，都休想住店！

"用不着凭据。"孟少府更硬，"任你开价，上等客房，包一个月，多少钱？我立即就付！"说着，他从腰间掏出一袋银两，提在手中，晃给店主看。

见到钱袋，店主立即满脸堆笑，点头哈腰："小的没有这意思，不敢

194

先收少府的钱。小的只是担心……"

"废话少说，"孟少府皱着眉头，喝住店主，"赶快算账，开上等客房。"

"好，好说，好说。"店主一边应着，一边招呼账房算账，又让下人拿钥匙，打开楼上李白原来租住的那间客房，扶李白进去躺下。

"账算清了？"孟少府问亲自上楼来还他钱袋的店主。

"清了，清了。"

"李公子住在这里，你要给我好好侍候着。"孟少府交代说，"要是有什么不周，休怪我孟少府长着眼睛不认人！"

"明白，小的明白。"

店主唯唯诺诺地退出去后，躺在床上的李白想开口感谢孟少府，被孟少府止住："李公子躺着别动，我去请个郎中，来给你瞧病。"

整个一上午，孟少府请郎中来看病，使人去给李白抓药，又出钱专门雇了一个妇人，每天来为李白熬药，兼着照料病中李白的起居。

临走，孟少府将钱袋中剩下的一些银两，塞在李白的手中，关切地说："李公子只管好好养病，其他事情都不必操心。有我孟少府在，你不会再有麻烦。"

以前，李白毫不吝啬，将大把大把的钱随便施舍给落魄公子，落魄公子们对他感恩不尽，李白从不放在心上。现在，轮到李白自己接受别人的施舍。银两握在他手里，烫着他酸甜苦辣俱全的不知是何种滋味的心。他哽咽着，一句话也说不出来。看着孟少府走出客房，好一会儿，李白终于号啕大哭起来，哭得像个初识事理又受了天大委屈的小男孩。

你说这个孟少府为何对李白这么好？

这一来孟少府读过李白的诗，从心里叹服他的才华，早有心与他结交。二来孟少府有个特殊"使命"要完成，见过李白和他的诗歌后，自然将李白与这个特殊"使命"连在了一起。可不久，县衙有一临时公务派给孟少府，他外出一去大半年时间，不在扬州。回来后，他便立即托朋友打听李白的下落，知李白还在扬州。又听说，李白在扬州将钱花光，近日病在客店，处境十分困难，孟少府便专程来帮他一把。李白在病中，孟少府什么也不对他说，只是隔三两天来看他一次，帮他解决些实际困难。看看李白身体一天比一天好起来，精神状态也恢复了原样，孟少府才在闲聊中，打探李白的家事，并关心他今后的去向。

"不瞒少府说，我真不知今后何去何从。"一讲到今后，李白刚刚放松了的心情，一下又惆怅万分，"四处干谒毫无结果，求取功名不成，我哪有脸面回去见家乡父老？不回去，我又能去哪里？没有钱，寸步难行。这次，若非少府慷慨相助，只怕李白已经病死在外了。唉，少府，你说我下一步该怎么走才好？"

李白长吁短叹，不知今后如何是好，反问孟少府他该怎么办，这正中孟少府的下怀。孟少府安慰李白说："李公子才华横溢，成就功名只是迟早之事，不必过分伤神。"

停了停，孟少府又说："要问眼下李公子该怎么办，我倒有一个主意，说出来供李公子参考。若不称心，也不必介意，我们再找其他出路。"说到这儿，孟少府止住不说了。

李白正等着听他的主意，他却打住不说了，不免有些急切："少府只管说来，你对我如此热心，帮着拿个主意，难道还要猜疑少府不成？"

孟少府并不直接说出他的主意，他问李白："我们淮南一带有女婿入赘的习俗，李公子可曾听说？"

在金陵时，李白就知道，淮南一带的婚俗与蜀中略有不同，婚嫁是女进男家，还是男入女家，与社会地位相关。一般说来，有一定身份地位的大户人家，婚配不但讲究门当户对，还多以女方为主，招婿入赘。李白的朋友，钱、王、薛三位公子家里都很富有，但除了薛胖子将娘子娶回家外，钱、王二人都是越州世袭家族的上门女婿。李白十分敏感，听孟少府问他"入赘"之事，已经猜到十之八九，他反问孟少府道："少府的意思，是让我去做上门女婿？"

"李公子真是聪明过人，我的主意就是这个。"孟少府见李白已经猜出其意，只好照直说来，"不过，这并非乘人之危，也非权宜之计。我的这想法，不是出自偶然，其中定有缘分牵引。"

孟少府告诉李白，他家与安州（今湖北安陆）的许圉师家是世交。许圉师在唐高宗时做过宰相，他的祖父曾与许圉师同朝为官。许圉师的儿子在唐中宗时当过朝中的员外郎，他的父亲与其共事多年。许圉师前些年过世，许员外也辞官回归故里，带着妻妾和独生女儿在安州定居。

许家这姑娘才貌双全，性格温顺贤淑，许员外视为掌上明珠，择婿条件苛刻。不想，却耽误了女儿的婚期。姑娘已经二十五六，还待字闺中。去年，许员外托他帮着物色人选，所有条件都好商量，只一条不变，招郎上门。

他读过李白的诗后，首先想到的就是许员外之托。李白与许家姑娘，可以说是天设的一双，地配的一对：年龄相当，一个二十七八，另一个二十五六；品貌合适，一个才华出众，另一个名门闺秀，花容月貌。两人成婚，许员外家招有乘龙快婿，给许家添色；李白成就了人生大事，又可借许家的名望地位，再图功名，于李白也是一举两得的好事。

"只是担心李公子非本地人士，不接受入赘女家的习俗，怕委屈了李公子，我才迟迟不敢开口。"孟少府说，"其实，各地习俗仅是习惯而已，习惯成自然，男人女家，好处不少，时下很是盛行。特别是像许家这样的门第，多少人想求还不可得呢。"

孟少府说的一点不假。

研究中国历史，史学家们认为，唐代是中国古代最为开放的时代，唐代妇女也因此给人们留下了深刻的印象。

自唐高祖李渊起兵打天下开始，唐代妇女在政治上的作用一直极为突出。如，唐高祖的女儿平阳公主，在陕西户县起兵，亲自率领军队策应其父造反，为唐朝开国建有奇功，她率领的军队号称"娘子军"。死后，朝廷用武将的羽葆鼓吹，为她送葬。唐高宗永徽三年（652），睦州女子陈硕真揭竿而起，自称"文佳皇帝"，虽遭镇压而失败，但毕竟是中国历史上第一个称帝的女农民起义军首领。武则天称帝是众所周知的事情，还有史书上记载的，太平公主、韦后的政治野心，以及上官婉儿在朝中的故事，后来，还有宋若荀、宋若莘等五姐妹被称为"女学士"，都可见唐代妇女在政治上有相当的地位。

在社会生活中，唐代妇女也没有南宋以后那么多清规戒律的束缚。唐初妇女，衣着打扮已相当随便，有的妇女还自由恋爱，自择夫君。朝中，公主可以一嫁、再嫁、三嫁，有的公主改嫁是由于驸马死亡或政治变故，也有不少纯粹是出于"感情不合"的离异。民间，男子投到女家成婚，是以女人具有较为独立的经济地位为前提条件的。人们将男子"入赘"女家，改称为"亲迎入室"，似乎这样更体面一些。新成婚的女子与夫家亲戚通信，所用称呼，"相识曰书，不相识曰疏"，而妇人们往往称夫家人"疏"。这是因为，女家将男子"亲迎入室"后，"累积寒暑，不向夫家"，妇人与夫家亲戚自然生疏。据考证，唐代以女子为户主，即女子拥有家庭财产，作为一家之主的家庭不在少数。由此，史学家说，唐代是中国古代史上少有的妇女的幸运时代。

李白听了孟少府的话，好半天没吱声。他并不以男子"入赘"女家为耻，但真让他也去做人家的上门女婿，心里总不情愿。特别是在他走投无路之时，说是"非权宜之计"，也免不了有此嫌疑。这对李白的自尊是沉重的一击。更何况，他与许家姑娘素不相识，只有媒妁之言，没有父母之命，怎好结为夫妻？

李白自信，以他独有的经济之才，他终将成为国家之柱梁，官至宰相不成问题。

但此时，他还只是一个游侠气息十足的浮浪布衣。相门之后，名家闺秀，他能消受得起吗？李白心里一直装着令狐兰，他觉得，令狐兰才是他要娶的女人。

可再一想，他李白此时不走这条路，还有什么路可走呢？

孟少府见李白不说话，又说："安州都督马公与我父亲也是同僚，他是一个爱才之人。我就知道，他向朝廷举荐过两个有一技之长的能人。李公子若是做了许家的女婿，请马大人举荐，恐怕不成问题。"

"少府的好意，我心领了。只是……"

"李公子不必多虑。"孟少府继续劝他，"人生在世，保持刚性，凭自己的才能本事打天下当然重要。但有时也要学些水性，柔中带刚。路遇阻挡，迂回曲折包剿，看似受了委屈，其实不然。再说，娶到许家这么好的姑娘，实乃人生一大幸，绝不会让李公子受屈。李公子若不信，可先去问过我族兄孟浩然。"

"孟浩然是少府的族兄？"

"我同他是祖叔伯兄弟。"

李白虽不认识孟浩然，但久闻其大名，知其是儒学亚圣孟轲的后裔。

在川蜀时，他就读到过孟浩然的山水诗歌集子，很是爱慕，早想与之结交。

"孟浩然他现在何处？"

"隐居在襄州（今湖北襄阳）鹿门山，离安州不远。"

李白同意先去襄州会孟浩然。他与孟少府商定，到了襄州之后，再定去安州之事。

孟少府当然高兴，他知道，只要李白去了襄州，就不怕李白不去安州。因为，孟浩然与许员外关系极好，常去许家做客。许家姑娘的婚事，他不会不帮忙。再者，李白不可能长期住在襄州，从襄州出来，他不返回川蜀，就只能去安州落户。除此之外，身无分文的李白，别无选择。

孟少府送给李白一些银两，做路上的盘缠。

李白离开扬州，起程去了襄州。

第 五 章

1

孟浩然长李白十二岁，生于唐武则天时期的永昌元年（689），其时已经三十八岁，诗名也早已传遍天下。

据传，孟浩然幼年时，师从满腹经纶的塾师王迥，作出了不少传世诗文。譬如这首五言《春晓》，当今少儿，大多能够顺口背出：

> 春眠不觉晓，处处闻啼鸟。
> 夜来风雨声，花落知多少。

十来岁时，孟浩然提前参加乡试，与成年的童生们坐在同一个考场。有故事说，当时的襄阳县令为选拔聪颖的童生，亲自出题，面试众童生。他看到孟浩然年龄最小，格外留心。

考试开始，县令指着一个绘有太极图的茶杯，出句道："杯中含太极。"

孟浩然听了，眨着眼睛，摸了摸早晨出门时母亲给他揣在怀里的两个芝麻饼，脱口对道："腹内孕乾坤。"

县令听了，十分惊喜，又问："何谓乾坤？"

"天地谓之乾坤。正如《易经》所说：'大哉乾元，乃统天'，'至哉坤元，万物资生，乃顺天'。"孟浩然答着，从怀中掏出两个芝麻饼，指着，比画着给县令看，"这一块好比天，这一块如同地。如今我把两个一同吃下去，不就是天地在胸，腹孕乾坤了吗？"

孟浩然的话，说得县令不停地点头称是。众人见孟浩然果真将"天地"吃进了肚子，开怀大笑，都夸这小稚童才智过人。

成年后，孟浩然猜谜定姻缘，也是一个有趣的故事。

青年孟浩然行于檀溪湖边，遇一眉清目秀的小姑娘正在哭泣，他上前探问："姑娘，有何伤心事？"

小姑娘见是一青年布衣，便抽抽噎噎地说："刚才，刚才一个算卦的先生，羞辱我，说我今生……"

"今生怎样？"

"他说我……"小姑娘突然脸一红，羞涩得难以开口了。

"不要怕，说出来，我为你出气。"

小姑娘鼓足勇气说："他说我是'风流女，湖边站，杨柳身子桃花面，算命打卦她没子，儿子生时娘不见'。"

孟浩然将这几句话想了想，不禁大笑："算命先生说得好！说得好！"

小姑娘很是生气："原来你们都是一样，变着法欺负我。"

"算命先生说的乃是一个谜语。"孟浩然见小姑娘真的生气，好不容易收住了笑，说，"他用谜语，赞美姑娘你的美丽。难道姑娘猜不出来吗？"

小姑娘是大户人家的独生女，父亲也是个读书人，她从小耳濡目染，自然颇通文墨。经孟浩然这一稍微点化，又见湖中盛开的荷花，心里明白了，算命先生是将她比作荷花仙子呢。她耳根颈子都羞红了，看了一眼孟浩然，不好意思地匆匆离去。

几年后，小姑娘到了待嫁年龄，出落得如花似玉，远近闻名。老先生为了给女儿找一个有学问的女婿，设谜招婿，在大门口贴出了诗文：

> 家有女裙钗，年方十六春。
> 心灵手又巧，下笔善诗文。
> 设下射虎局，选取乘龙人。
> 看你多才士，寒门来问津。

一连数日，姑娘家门前车水马龙，应试者气宇轩昂地接踵而至，却又全都败兴离去。没有人能连过三关，彻底破谜。有人劝孟浩然去试他一试。出于好奇，孟浩然决定前往。

老先生打量了一下进来的人，见这有才子之名的孟浩然，模样与众人相比，并无独到之处。他开门见山说："桌上摆的是四种谜具：一枚银针，一根红线，四颗明珠，两方羊脂白玉，代表了一则哑谜。请做出动作，打两句成语。"

孟浩然走近桌旁，打量桌上的几样东西，从容不迫地左手拿银针，右手将红线从针眼穿过，又拿了四颗珠子，将它们穿成一串，并把分开放着的两方羊脂玉拼拢在一起。

老先生望着孟浩然胸有成竹的动作，谜底"穿针引线，珠联璧合"被他表现得清清楚楚，心里满意。他请孟浩然落座，拿出一幅画，说："第二道哑谜设在画中。画中隐着一个字，仍请用动作破谜底。"

孟浩然仔细看画。画上画着三只栩栩如生的老虎，一大两小。想了想，孟浩然向老先生丢去一个眼色，并伸开双手，做了个戏人唱戏时常做的动作。

老先生不禁暗自称赞，孟浩然果然名不虚传。

原来，这则哑谜用十二生肖中"寅"对虎。画中的三只老虎隐着一个"演"字。前些天来破谜的人，大多败在这张画前，孟浩然破来却一点不费气力。老先生怎么能不高兴？他连忙唤女儿出来，让她与孟公子相见。

哪知女儿不肯出来，她让贴身丫鬟拿出一张帖，转告父亲说，请孟公子再破她出的四字谜，小姐的答复就在其中。

打开帖子，上面写着四句话：

东境较为佳，女未肯成家，
半口吃一口，音息心牵挂。

老先生也是第一次见女儿出这道谜。前几天，有两个人破过他的第二关，女儿设的第三关，也是字谜，却没有这道谜难。那三道谜，老先生猜得出来，而两个应试者未能猜出。

面对这新字谜，老先生凝眉细思，一时竟也想不出这四字谜底来。

孟浩然看了，心里高兴：小姐给的字谜，第一句，"东"字的下半部是"小"字；第二句，"女未"二字合为一个"妹"字；第三句，"半口"隐"门"，门里加"一口"，就是"同"字；第四句，"音"与"心"上下组合，是"意"字。连起来，四个字表达了一个意思：小妹同意。

孟浩然心领神会，他起身向老先生行大礼："老丈人在上，请受小婿一拜！"

这时，老先生也回过神来，他知道，女儿完全赞同这桩婚事。当下，老先生吩咐设家宴，款待孟浩然。

酒酣兴浓，孟浩然提出，见小姐一面。

老先生请出女儿。

小姐与孟浩然见面，孟浩然大吃一惊：这小姐正是几年前，在湖边遇到的那个美若荷花仙子的小姑娘。小姐当然早已知道孟浩然就是她碰见过的那个青年布衣：没有人能连过她与老父亲出的三道谜关，除非是那个在湖边见过的青年布衣。小姐确信自己的判断。

孟浩然借着酒劲，提出要早日迎娶娘子。

老先生喝得高兴，想再考考这个没过门的女婿。他拿过一个酒盅，斟满酒，夹了一粒珍珠放入，说："你想迎娶我女儿，成亲的日期即在此中。"

孟浩然细看这放入珍珠的酒盅，酒溢出了不少，珍珠与盅顶酒面相平。他试着又拿了一粒珍珠，放入另一个斟满了酒的酒盅里，酒又溢出，约有三分之二。他看着，试着，试了一次，又一次，嘴里还反复念叨："珍珠落下，酒出，酒出者，三越出二，三越……出二……哎呀，有啦！"

孟浩然一拍脑门，猛然醒悟，他谢过老丈人后，说："小婿现在就回去准备，三月（越）初（出）二定来迎亲！"

孟浩然猜谜娶亲的逸事，一直为后人传颂。读到它，很容易让人想起后来北宋时的大文学家苏轼的丑小妹。苏小妹新婚之夜，也是用诗歌、联语戏考新郎官秦少游。不同的是，秦少游才学比苏家小妹略低一筹，非苏轼暗中助一臂之力，进不得红烛高照的佳人洞房。而孟浩然猜谜却如破竹，势不可挡，轻而易举地娶到了貌若天仙的小娘子。

李白来到襄阳，径自往鹿门山去会孟浩然。

鹿门山，林木苍郁，幽静清雅。汉末，著名的隐士庞德公因拒绝征辟，携家隐居于鹿门山中。自此，这里成为历代高士的隐逸圣地。

听孟少府说，孟浩然久居于鹿门山中。可这鹿门山，峰峦起伏，沟壑阴森，在万山丛中，要找到孟浩然的居所，并非轻而易举之事。李白从上午一直找过中午，翻山越岭，没能寻见这高人的隐居之处。问山中的砍柴之人，也大都一问三不知。他们和李白一样，只听说有个孟公隐居在山中，却不知他住在何处。

还好，就在李白快要完全失望的时候，碰到了一位年轻樵夫，他对孟浩然的行踪似乎略有所知。年轻樵夫告诉李白，对面山上有鹿门山寺，听说，孟公常去寺院与住持方丈论经说法。他让李白到寺院去问，准能找见孟公在山中的居所。

李白谢过樵夫，往鹿门山寺去打听。

寺院的和尚果然对孟浩然十分熟悉，但问到他的居所，却又支支吾吾，不做直接回答。李白问得紧了，才有一个年纪大些的和尚对他说："往山南侧走，见到一大片橘园，孟公的居所便在其中。你自去寻他好了。"说着，他嘴角浮出笑意，好像有什么秘密隐在话语后面。

"多谢师父指点。"李白不去多想，只管去橘园找孟浩然。

山南侧确有一大片橘园。

从山上往下看，这片橘园，少说也占有十多亩山地。

初冬之际，果树大多度过结果期，进入"冬眠"。唯独这油绿油绿的橘树，自夏初开出一朵朵素雅的小白花，到冬季才让一颗颗青绿色的果子，转为金黄色的绚丽硕果。

漫山遍野，油绿中点缀着金黄，景色煞是迷人。

李白想，难怪屈原在《橘颂》中赞叹："后皇嘉树，橘徕服兮……绿叶素荣，纷其可喜兮。曾枝剡棘，圆果抟兮。青黄杂糅，文章烂兮……纷缊宜修，婞而不丑兮……"大意是：橘树是天地所生的好树，来到南方适应当地水土……它有绿色的叶片雪白的花朵，长得那么茂盛令人欢喜。它的枝条层叠棘刺锐利，圆圆的果实饱满又丰腴。青的黄的果实相映成趣，橘子色泽非常鲜润绚丽……橘树香气浓郁修饰得体，生得婀娜多姿美好无比！

橘园中，有一茅屋，门前植有三棵大樟，修长挺拔，像是三个来访的客人，因长得太高，走不进屋内，只好站在门口，遭日晒雨淋。

李白断定，这便是孟浩然的隐居场所。

他来到茅屋前，对着紧闭的两扇木门，大声问道："孟公孟浩然可在家？"

茅屋内没有回音。

李白又说："请孟公出迎远道来客。蜀人李白专程来访。"

还是没有人搭理。

李白索性推门而入。

一个小书童背对着大门，睡卧在长茶几上，有人进来也不睁眼。

李白上前，边说边伸出手，想摇醒小书童："小童醒来，睡觉不可如此深沉，有人进来也不知道。"

话说完，李白的手刚碰到小书童的肩膀，小书童便从长木茶几上一蹦而起，睁大眼睛看着李白，眼神中不带丝毫睡意。

"我是李白，专程远道来拜访孟公孟浩然，他可在家？"

小书童摇了摇头，见李白不明白他的意思，又指着自己的耳朵，发出"啊——啊——啊——"的嘶哑的声音。

李白这才知道，小书童是个聋哑儿。他放开喉咙，想喊得大些，小书童也许能听得见。

小书童根本听不见一点声音，但他从李白的口形中，知道李白是来找他家主人孟浩然的。他想告诉李白，他家主人平时不住在这里，隔些日子，才会来这里住上一宿。小书童比比画画，做出了许多形象动作，自认为已经充分表达了他要说的意思。可李白一句也没理解，还在不停地大喊大叫，想让小书童听见他的声音。

小书童头摇得拨浪鼓一般，拉着李白的衣袖，往设在草堂左侧的书房里去。他拿出一张白纸，用毛笔在上面写道："我家主人今日不会来此。他住在家中。"

李白写道："家在哪里？"

"与老太爷一起，住在襄阳城南郊外，岘山附近的涧南园。"

"何时来此？"

小书童一个劲儿地摇头，告诉李白，他也说不准。

在这茅屋中等，怕是等不到了。李白只好按照小书童画出的线路图，到襄阳城郊去找孟浩然。

岘山与鹿门山隔汉江相望。这段汉江水称作沔水，东岸是鹿门山，西岸就是岘山。

李白从鹿门山下来，走到沔水边的渔梁渡口，已是黄昏时分。

江面，从对岸撑过来一条渡船，坐着站着十几个人。渡船还在江心，李白看见，站立的人中，有一个身穿圆领长夹袍的中年男子，气度与众不同。他想，莫非此人就是孟浩然？

渡船靠岸，人们乱作一团，下的下船，上的上船，没有秩序。李白站在一边，等大家上下完后，再上船。那个气度不一般的中年男子，也落在所有下船人的后面。他下船时，正好碰上李白准备上船。

"孟公，孟浩然！"李白劈面称呼他道。

"正是。"孟浩然看着李白，不知他是何人，"你是——"

"蜀人李白。"

"李白？"孟浩然稍稍一愣，又高兴地说，"川蜀李白，早闻其名，不期今日在此会面！"

"李白专程来访孟公。"

"果真？孟浩然失迎，失迎了！"

"那位公子，你还上船不上？"两人正在嘘寒问暖，渡船老大不耐烦地问。

"不上，不上！"孟浩然代替李白答道，"李白兄弟与我一同上鹿门山去。"

渡船满载着乘客，撑离了岸边。

李白告诉孟浩然，他刚从鹿门山来，准备去涧南园拜访他。

"我听人说，孟公隐居于鹿门山中，可小书童说，孟公平日并不在此居住，这是为何？"

孟浩然大笑，他本想慢慢解释给李白听，但见李白好像急于弄清其中缘由，不讲清楚，就会站在岸边不走似的，便从衣袖中掏出一本诗集，翻到一面，递与李白，让他边走边看。

李白接过诗集，此页抄录着孟浩然所作《夜归鹿门歌》：

山寺鸣钟昼已昏，渔梁渡头争渡喧。
人随沙岸向江村，余亦乘舟归鹿门。

这前四句，再现了李白在渡口的所见所闻：傍晚时分，听着山寺传来的黄昏报时的钟响，渔梁渡头喧闹非常，人们争先恐后地抢着上下渡船，急急忙忙地往家赶。悠然的钟声与繁杂的人声相对应，显衬出山寺的僻静与世俗的热闹。孟浩然站立船头，露出恬然自得、洒脱出世的神情：世人皆回家，我自离家去鹿门。

接下来四句：

鹿门月照开烟树，忽到庞公栖隐处。
岩扉松径长寂寥，唯有幽人自来去。

往日，孟浩然登上鹿门山，朦胧的月光照着树影，寂静的山路将他带到先贤庞德公隐居的处所。在这里，与尘世隔绝，以山林为伴，过着独来独往的生活，才能真正领悟到"遁世无闷"的妙趣和真谛。

"可惜，"孟浩然见李白读完了他的诗，进一步解释说，"我孟浩然至今只能做出隐居的姿态，在鹿门山辟一住处，隔几日上山一次。想要完全脱离尘世政事，实乃不易。我总想，似我等如此聪明智慧之人，不为国分忧，难道要让那些无能鼠辈占尽风流不成？入世哪怕只有一搏，也不枉为一生。"

"孟兄所言极是。待功成名就后，再隐归山野不迟。"李白与孟浩然边走边谈，很谈得来，不知不觉便以兄相称了。

在鹿门山，李白一住就是半个月。

每天，孟浩然与李白喝酒闲聊。他们谈诗歌，聊人生，更多的时间在议论朝中政事。

孟浩然告诉李白，前年他在东都洛阳住了近一年，与王维等人相识，结为诗友。

朋友们劝他不要放弃仕途，他想着也有道理。因此，返回家乡做应试准备。他打算明年，自己四十岁时，赴京城长安参加科举考试。

"太白兄弟年轻有为，何不留下来，与我一起备考。到时，我们两人同去京城不好吗？"

"孟兄有所不知，"李白说，"我从来立志，不走科举之路。现在虽然干谒不成，又身无分文，但志不能移。"

"下一步，太白兄弟已有打算？"

李白迟疑了一下，说出孟少府给他出的主意。他问孟浩然，安州他是否去得。

孟浩然沉吟了一会儿，说："时下从事干谒，耗费巨资，以致破产的人，比比皆是，太白兄弟不必气馁。以兄弟现在的情形看，去安州入赘许家，倒也算得是上策。"

"我不想让世人以为，李白入赘许家是为找寻一处安身之地，或是想借许家名望，寻找政治出路。李白要凭本事，闯开天下。"

"当今朝廷虽然广开才路，但若是毫无凭借，也往往不得入其门。我去洛阳一趟，对此更是深有体会。王维才华怎样？不在我孟浩然之下，他入官场，不借岐王之力，断然进不去。我以为，太白兄弟聪慧过人，文章诗赋均在人之上。但像现在这样，萍踪浪迹，东撞西碰，非上策也。"

李白没讲话。

孟浩然又说："我与安州许员外也是朋友。许家是安州望族，自许员外的祖父许绍，再上推两代，一族五代人都做过朝廷重臣。许绍幼时与唐高祖李渊同学，隋末时封为安陆郡公。绍郡公曾为唐朝建国，立过汗马功劳，受到高祖亲自制书褒美，死后封荆州都督。许员外之父，绍郡公之次子许圉师，极有器干。唐高宗李治时，许圉师举进士，历任给事中、黄门侍郎、同中书门下三品，官至宰相。死后，被朝廷特许陪葬于恭陵。许员外为人宽厚，从京城回乡后，在乡间普及善事，很受乡邻好评。他家藏书之富，天下少有。兄弟若是见了，保你爱不释手。你到许家，一来有了安身之处，二来可以再事深造，三来也可借许家名声方便日后干谒，这不是坏事，本是自然。一举三得，我看没什么不可。"

"许家姑娘，孟兄可曾见过？"

"见过几面。人长得标致，心灵手巧，精通绘画绣花女红之事，还写得一手好字，有大家闺秀风采。只是，人有些偏瘦，体质似乎过弱。"孟浩然照实说，"那次，许员外邀我去安州围猎，我带了娘子同往。许家姑娘陪我娘子，围猎还没结束，便说身体不适，先回家了。为此，我娘子心下总是过意不去，多次让我打发人去安州问候。听说，许家姑娘回家病了十来天才好。"

"身轻如燕，质弱如柳，乃相门女之美誉。"李白笑道，"听孟兄所言，许家姑娘倒很让人怜惜。不过……"

"兄弟既然认可许姑娘，就不要犹豫。"孟浩然看出李白有些心动，便劝他说，"其实，我说的一举三得之类的话，都在次要。有位称心如意的娘子为伴，才是人生大事。实不相瞒，许员外也托我为他选婿，我曾掂量过许多文人志士，都觉得与许家姑娘不配。孟老弟相中了太白兄弟，一双慧眼识真人。我亦觉得太白兄弟与许姑娘十分般配，兄弟若不好意思自己去安州成亲，我孟浩然陪你同去。"

李白终于下定决心，去安州入赘许家。

前面说过，这时的李白，不去安州已无路可走。更何况，品貌出众的相门之花等着他去采摘，他李白为何不去？所有顾虑都被抛到脑后，李白向来敢作敢为。此时，他认为，娶到许家姑娘，也是他人生的一次成功。至少，是社会权势对他李白过人才华的一次认可。

*

孟浩然陪李白一起，到了安州首府安陆。

许家住在安陆城郊。府邸不如想象中那么豪华气派，一色青砖灰瓦院落，古朴素雅，像是地方士绅的宅邸。

家丁进去通报，许员外兴致勃勃地亲自出迎："贵客远道而来，幸事，幸事。孟公也有些日子不见啦。请，请到堂厅就座。"

孟浩然将李白介绍给许员外："这是我兄弟，李白，川蜀人士。"

"许大人——"李白拱手，行过见面礼。

孟少府已经有信来，许员外知道，李白近日会来府上。他打量李白，与孟少府书信中所说没什么两样：人长得俊秀健美，长袍布巾，腰间佩有一把宝剑，大红剑穗垂挂在腿侧，格外夺目，文质彬彬之中透出英武豪气。许员外见了，心里很是满意。

"这几天，树上喜鹊整日叫个不停，我就知道，会有喜事临门。家里上下早有准备，二位来得及时，来得好。"许员外说笑着，引李白和孟浩然进厅堂里坐下，自己坐在左上首，又吩咐丫鬟，将他备下的上等茶叶，沏泡好端来。

李白看这厅堂布置得很讲究。上首摆着两张雕花围椅，许员外坐了一张。这雕花围椅，体大背高，坐板和靠背用深色紫檀木制成。扶手和靠背两边的搭脑，朝上翘着，雕有四朵仰头盛开的莲花。四条椅子腿，更是匠心独运，雕成精细的撞钟形状，一个一个的撞钟上下叠落为柱体，支撑着椅子。椅子的四足，则是四只倒扣在地面的撞铃，美观别致，又使椅子落地稳定。雕花围椅前面，放了一张雕花长桌，四周刻有龙凤福寿复杂的花纹。桌脚不高，刚好与座椅高矮平行，方便饮茶和食用点心。如此精工巧意的家什，李白在别处从未见过。

李白和孟浩然坐在两侧，身后各有一幅宽面的立地屏风。屏风木质骨架，中间绷着白色锦缎，绘有山水花鸟。屏风尽头，各有一草藤编织的瓶式花几，上面摆了两大盆正在开放的晚菊。屏风前面，两侧隔着茶几，各有四张围椅，也是深色紫檀木制成。椅腿和扶手没有雕花，却显得厚实圆浑。椅子的坐板、靠背中间，嵌有大块的红白相间，看上去很像自然山水图案的汉白玉。冬季恐坐着寒冷，每张椅子上都放了一块织锦坐垫。李白翻看自己坐着的这块织锦垫，不像外面卖的，织的花色图案独有风韵。

许员外见李白仔细观看坐垫，笑着对他说："这是我女儿做的功课。她母亲早逝，从小便自立。女红手工不说在安州，在安陆是数一数二的。

这些年，很多大户人家婚嫁，事先都要来求她帮着缝制女儿嫁衣。"

"我这位兄弟，也是男儿英杰，"孟浩然抓住机会，有意将李白进一步介绍给许员外，"他学贯古今，诗赋文章乘兴而成，清丽洒脱，气势非凡，在文人学士中已大有名声。"

"孟兄过奖。"李白向来自视很高，但与丈人初次见面，孟浩然如此夸赞于他，总觉得有些不好意思。

"我也听说了，"许员外说，"你在金陵、扬州等地走了一圈，所作乐府诗歌被人广为传唱。诗赋集子也是读书人的热门话题。让读书人承认，难得啊！"

"晚辈倒以为，让读书人承认不难，最难的是以自身本事，让官府认可。"李白说。

"啾！"许员外听李白说出这么一句极有性格的话，看着他，眼睛一亮，"这就是我们官宦人家与你读书人的区别吗？"

"哈哈哈……"

孟浩然、李白和许员外一起哈哈大笑起来。

家里来了不同寻常的客人，早有丫鬟通报给了小姐。老父没唤，许姑娘不便出去。她知道孟公带来的这个年轻人，与自己有关。

前些天，老父曾拿了孟少府的信给她看，和她商量婚姻大事。依信中介绍，许姑娘提不出异议，但总是关系到自家一辈子的终身大事，许姑娘没有马上表态，只说是，等人来了，由老父亲自考察，老父认可，女儿没有意见。

现在，人已到了府上，老父正在和他们谈话，许姑娘心里有些着急，很想看看孟公带来的这个李白究竟是什么模样。她叫来倒茶的丫鬟仔细问过。小丫鬟将这个白面读书郎进门后的一举一动学说给小姐。许姑娘听说李白对她缝制的坐垫很感兴趣，不觉脸上一热，止住小丫鬟的话，不让她再往下说。

带着贴身丫鬟兰草，许姑娘来到与厅堂相隔一壁的书房，想悄悄地听听老父与他们谈些什么。刚走进书房，就听到厅堂里传来一阵大笑。老父的声音不用说，孟公的声音，许姑娘也能分出来。那个洪亮豪爽的男中音，肯定是李白。许姑娘想着，脸又不自然地羞成了大红。

"未见到郎君，小姐脸蛋已羞成红苹果一般。若是与厅堂里的英俊郎君面对面地站下，小姐还不变成大红枣子？"兰草哧哧笑着，逗她的小姐。

许姑娘朝她摆了摆手，示意不要出声。兰草反倒越笑越厉害，看看止不住兰草的笑，许姑娘只好急忙转身，离开了书房，回去坐在自己的房中。

厅堂里，许员外与孟浩然、李白谈得很融洽。他当时就表示，欢迎李白入赘许家。孟浩然代李白谢过许员外，并让李白给丈人行晚辈大礼。

李白规规矩矩地站到许员外面前，一连鞠了三个九十度的大躬，称："岳父大人在上，请受小婿一拜。"

孟浩然说，他这小婿第一次拜见丈人，必须行磕头大礼。

李白听了又撩起衣袍，准备重新行礼，许员外连忙起身拦住："免啦，免啦！都是自家人，不必拘泥于礼节。今后，我们天天生活在一起，大家随便些才好。"

"好啊，结婚大典还未举行，乘龙快婿已经进门，成了一家人，"孟浩然打趣地说，"我孟浩然在这里可是唯一的外人了。"

"结婚大典，三日内便可举行。我们是'万事俱备，只欠东风'。"许员外说着，又问李白，"三日内完婚，你意下如何？"

李白虽未见许姑娘，但他相信孟兄的眼力，又见许员外的确是一位平易近人、极好相处的长者，完婚当然没有意见，他痛快地说："一切全由岳父大人做主。"

"好，我们就在这儿定下来，三日内完婚。孟公也留下，待小女与李公子完婚后，我派专人送你回去。"

"兄弟成婚，员外不请，我也要留下，哪有走的道理？"孟浩然说完，三人又大笑起来。

厅堂里气氛热烈。

兰草在书房和小姐的闺房之间来回穿梭，及时将外边的全部信息传递给她的小姐。许姑娘听了，只顾脸红，一句话没有。她不用见李白，听了他朗朗的笑声，便将女儿心归属于他了。

两天来，许府上下喜庆繁忙，院里院外张灯结彩。

本来，许员外要唤出女儿与李白相见。但孟浩然说，按规矩，成婚前三天，新人不能见面。否则，冲破了面相，不吉利。李白说，一切照章办事，他没意见，只怕许姑娘那边，对他李白放心不下。

许员外专门去问女儿，婚前要不要见李白一面。女儿摇头，又点头，羞着不说话。许员外看出，女儿对婚事很满意，她摇头不算，点头才算。女儿称心，许员外更加高兴。老头子觉得自己一下年轻了许多，从早到晚乐呵呵的，嘴都笑得合不拢。

第二天下午，婚前准备基本就绪。

许员外要亲自领着李白和孟浩然去新房验收。照地方风俗，新郎官或是其他男子，不能提前进入新房。否则，将来于女方不利。可许员外喜昏了头脑，忘记了这些，他非让李白和孟浩然去看看，还有什么地方不妥，好及时调整。

年过花甲的老人，既当爹又当娘，很不容易。孟浩然不好意思扫许员外的兴，与李白一起进了新房。

新房双喜临门。走进房门，一幅绘有《游春图》的立地屏风，将婚床整个遮在了后面。许员外指着屏风说："这《游春图》是隋朝画家展子虔所作，许家已收藏了四代。以后，就由你们保管了。"

李白看这《游春图》，庭院人家依山而居，门前小桥流水，很像他家青莲乡的山山水水，不觉有一缕思乡之情浮上心头。

孟浩然说："这画画得传神之至，涓水潺潺，水波粼粼，似能听见清脆的流水之声，不愧是名家之作。"

"你仔细看看，画中流水贴了云母碎片，是由后人点缀的。夜晚，烛光映照，云母闪烁，更似有小溪从身边流过。"许员外说，"所以，人们又将这屏风叫作云母屏风。"

婚床挂着芙蓉翠帐，帐沿围有锦帘。唐代，芙蓉翠帐是以荷花为图饰的深绿色的帐子。婚床围在粉红色的荷花与碧绿的湖水之中，很有鸳鸯戏水人间仙境的底蕴。

婚床对面，屋子的另一角放了一张梳妆台，铜镜、香粉脂盒、珠翠首饰等各种女人用品，一应俱全。梳妆台前还放着一张月牙凳，半圆形的凳面，凳腿雕花，凳缘四周坠着彩穗。可以想象出小姐晨起，坐在月牙凳上，面对铜镜梳妆时的华贵与庄重。

梳妆台旁边，是两个叠放在一起的三彩衣柜。许员外说，一个是为小夫妻俩准备的，另一个待有了孩子后，专门装孩子的衣物用品。

孟浩然开玩笑说："许员外恨不能年内就抱上孙子，太白兄弟可要努力。"

李白笑道："冬至已过，再有一个多月就要过大年了。"

新房的中间，还有一张圆桌，珍贵的果盆食器里盛满了各色果干和橘子、梨等新鲜水果；玉石酒器旁边有名贵的西域国红葡萄酒，酒瓶还没打开，却让人闻到了它那芬馨浓郁的酒香；一对连心红烛放在圆桌中央，烛座是紫玉制成，很是精美。

新房在三进院内。院子里，除去小夫妻的卧房、许姑娘的绣房和一间起居室外，许员外还特意为李白准备了一间书房。

这间书房，没用当时兴起的高脚家什，而是清一色的复古样式。新编织的地席飘散着清新的芦草气息。曲足书案的周围铺有胡人地毡，方便席地坐下读书习文。沿墙角一线花格书架，低矮扎实，放着不少经书典籍。花窗下，摆了一张矮腿琴台，琴台跟前有一块椭圆形的织锦棉坐垫，花色图案与李白在厅堂里看见的差不多，一看便知，是许姑娘亲手缝制的。门边还有一个横卧着的剑架，上面已有三把不同的宝剑，留下一个空位，许员外说，专门等李白的佩剑入架。

"我一直以为，席地而坐最能平心静气地读书作文。"许员外说，"小女也随我的习惯，书房里没有桌椅板凳之类的悬腿之物。"

孟浩然说："如此最好。西域舶来的高大家什，看虽好看，却不适合我们汉人历代的生活习性，作为摆设倒也不错，可我从来不主张以舶来物为主。"

李白生于西域，家里的许多生活习惯与胡人相似，很少席地而坐。不过，李白的随意性很大，他说："垂足，盘腿，只是下身姿态。读书写字靠的是头脑与手上功夫。我随遇而安，只要有书房，便十分称心如意。"

婚事准备得无可挑剔。许员外和李白都很满意，孟浩然更啧啧赞叹，他说，他孟浩然结婚已算得上排场讲究，可还是不敢与许员外收女婿相提并论。

唐代婚俗，入夜举行婚礼。

第三天黄昏时分，许府热闹起来。

门前鞭炮齐鸣，院内音乐不断。安州李长史、安陆都督府马都督和其他有身份的官员、头面人物先后作为嘉宾，来到许府。李白和许员外一起，站在头道院门外，迎候贵宾。许员外不厌其烦地向来宾介绍他的女婿，贺喜声不绝于耳。

夜幕降临，厅堂上首，两对红烛高照。侧旁，对称着十盏花灯点燃，室内明亮如白昼。

孟浩然以傧相身份，宣布婚礼开始。

爆竹婚乐声中，新郎李白大婚盛装打扮，立于傧相身边。一对童子牵着红纱飘带，将新娘引出。

只见新娘身穿交领宽袖锦绣凤鸟上衣，外披透明的薄纱小花披风，当胸系一花结垂落于膝前；下着石榴红长裙，裙腰系在腋下乳峰处，裙身肥大而颀长，使本来有些偏瘦的新娘显得丰满雍容了。

孟浩然后来有诗句："坐时衣带萦纤草，行即裙裾扫落梅。"正是对这种长裙的描绘。

新娘的云发高耸，梳成回鹘髻，正中戴了一朵美丽的绢制牡丹花，发髻左侧别着花梳，右侧插了一支银制簪步摇。簪步摇随新娘轻盈的脚步，一步三摇，令众宾客的目光随之闪动。新娘长得秀丽端庄，细长眉黛，眉心一点额黄，两颊粉红，更让众人叫绝。

李白目不转睛地看着他的新娘。新娘徐徐步近，他越看越觉得称心如意。

站在新郎对面，新娘鼓足勇气，抬起羞垂着的眼帘，往李白这边看了一眼。眼光羞涩含情，李白接住，知道新娘心中对他的认可。

许员外先走到女儿身旁，向女儿授父戒。他整了整女儿本来就很整齐的衣裙，说："女儿成婚，从今往后切记：为人之妇，当以妇道为本。"

"女儿记下。"

他又从怀中取出一枚精美绝伦的花钗，拿在手中，看了一会儿，说："这花钗是为父的娶你娘时，你娘从娘家带来的陪嫁。今日女儿成婚，送与你做永久纪念，这也是你娘的心意。"

"谢父亲大人，女儿永远不忘父母养育之恩。"新娘彬彬有礼地给父亲行过屈膝礼。许员外将花钗插在女儿的云发上。

然后，许员外来到李白面前，他讲了些祝福新郎幸福的喜庆之言，又亲手将一块洁白无瑕的玉坠佩在女婿的腰间。玉坠上精工雕琢着双鸳衔绶图，意为：夫妻同心协力，共图宏名伟业。

等许员外在上首坐稳，新郎新娘先拜祖宗牌位，再拜父亲大人，又行夫妻对拜大礼。

三拜完毕，一对童子捧着两只盛着喜酒的葫芦瓢，分别送到新郎新娘跟前。两只葫芦瓢以四尺余长的五色彩带相连，表示新人同牢结褵，从今后要在一口锅中食饭。新郎新娘接过酒瓢，喝下一大口，众宾客高声喝彩。两个小童替新人交杯，请新郎新娘相互喝完瓢中余下的酒。

李白举瓢向周围宾客致谢，仰头，一饮而尽。新娘在众人的催促下，含笑抬袖掩面，也将瓢中的酒喝得一干二净。

两个小童接过葫芦瓢，啪的一声将其合在一起，用相连的五色彩带缠绕，一只小巧玲珑的葫芦捧在两双稚气的小手之上，"五谷丰登，合家欢乐"的意境全在其中。这也是所以要用瓢替代杯盏饮酒的用意。

欢闹声中，傧相孟浩然宣布："新郎新娘——入洞房——"

婚礼进入高潮。依风俗，有身份的宾客，由许员外陪着，留在厅堂先入婚宴。年轻的嘉宾则簇拥着新人，一起进洞房，看新郎新娘的房中礼节。

洞房内，红烛高照，芙蓉帐虚掩。围在众人之中的新郎新娘，同坐于床沿，傧相立在帐前，咏《去花诗》，新郎侧身，将新娘头上的花钗卸下，示意为娘子卸妆。傧相又咏《脱衣诗》，新郎起身，解开新娘胸前披纱的花结，将新娘的披纱脱下，示意为娘子宽衣。傧相再咏《合发诗》，新郎新娘共同起身，男左女右行合髻之仪，从此成为结发夫妻。

傧相每咏完一首诗，围观宾客便喧闹好一阵，情绪十分振奋。

新娘被羞得两颊绯红，以手掩面，不敢抬头。豪爽的李白此时也温文尔雅，格外小心地行每项礼仪，既不让宾客失望，又给他的新娘子留有情面。

无意间，李白从眼前众多欢颜的后面，见到一张冷笑的面孔，他在洞房门边站着。先前，许员外给李白介绍过，他是许员外兄长的独生儿子，也是许圉师唯一的孙子——许大郎。

许大郎父亲已经去世，他继承家业，娶妻生儿，住在安陆城中。平日，许大郎依仗门第高贵，家中富有，在乡里称霸。许员外多次教育，无有效果。相反，这个亲侄子时刻巴望着叔父早死，族妹出嫁，他好一人独占两房财产。

许员外并没和李白讲这些。但李白从许大郎的冷笑之中，看出了不友善。他暗想，入赘许家，对这位许大郎不能不防。

婚宴通宵达旦，直至次日清晨，宾客们才余兴未尽地先后道别离去。接下来二日，许府又连设酒席，宴请左右乡邻。

三朝过后，婚事方告结束。许府上下，改称许小姐为许夫人，称李白为相公，许员外则被称为老太爷。

孟浩然说，他的使命业已完成，该打道回府了。

许员外想留孟浩然再住些日子，孟浩然不肯。许员外要派人相送，也被孟浩然客气地谢绝了。李白和许员外送走孟浩然，连日热闹非凡的许府渐渐恢复了往日的宁静。

婚后，李白发现，他的娘子不但貌美才高，还是一位贤淑豁达的好妻子，遇事总能以夫君为让。新婚夫妻生活，如鱼得水，自不用说。

让人费解的是，有关这段新婚生活，大诗人李白没留下任何诗句章赋。据说，李白诗歌得以流传，首功应归于许夫人。早期，李白作有大量诗歌，本人却未刻意收集，常常是随作随丢。为干谒之用，李白仅存留了十几首诗赋。成婚后，许夫人是有心人，将李白平日所作诗赋，一一收存。依此，若李白在新婚时作有诗文，许夫人不会不留。但翻看李白全集，开元十五年（727），以及随后的几年间，李白对自己的这段婚姻生活没有任何文字，实在令人费解，又实在令人遗憾！

新婚之际，李白一定想起过他的二老高堂。

夜深人静，红烛烟散，纤柔的娘子与夫君温存过后，幸福地进入了睡梦。娘子那富于节奏的轻微细小的呼吸声，使新房显得格外的宁静和安谧。如波似水的清淡月光穿过花窗，映照在荷花帐前，将李白又带回了青莲乡。

李白觉得，他躺在家里的床上，新房不在安陆，而是在青莲乡。父母能为他们唯一的儿子操办婚事，看见他们贤惠的儿媳入门，该有多么高兴！可惜……李白轻叹一声，心里又默吟着他的那首《静夜思》……

也许，新婚之际，李白还想起了他的令狐兰。妩媚的令狐兰一直是他心中的小娘子，而此时，睡在他身边的娘子不是令狐兰。娘子秀美文弱的神情与令狐兰娇艳中带有野性的媚丽完全不同，两个倾心于李白的女人，都令李白疼爱。

想着令狐兰，李白觉得有负于她：他曾信誓旦旦地对她说过，今生今世定要娶她为妻！

看着安睡在身边的娘子，李白更觉得有负于她：娘子将她的全部托付于他，他怎么可以想着另一个女子？两相矛盾，李白辗转于婚床，久久不得入睡……

他又将《静夜思》录在纸上。他根本就没有注意到，他这次录下的是"山月"，而前次录下的是"明月"。虽然这两者都是月。

5

许夫人盼夫君早日入朝为官，她的老父还望女婿乘许氏门第，继续光宗耀祖。

父女二人齐心协力，一个在家将夫君起居照料得服服帖帖，好让他全无后顾之忧，一心一意温习文章书卷；一个常带着女婿，在州上和郡里的官府人家走动，给李白创造被举荐的良机。

李白本有才华。不久，安州人都知道，许员外家新招的女婿，是个不可小瞧的人物，日后定会一鸣惊人。马都督与李白喝过几回酒，十分欣赏他的酒量、文才和政治抱负，当面允诺，有机会，一定向朝廷举荐他。

见李白入赘许家便不同凡响，许大郎心中越发愤愤不平：李白算老几？不是我许家正宗，休想借许氏门第往上爬！他派人去金陵、扬州，打听李白来安陆前的踪迹。派出去的人回来说，李白在金陵进过赌场、青楼，在扬州收养过一个小歌妓，时刻将她带在身边。他们在扬州找到了这小歌妓，小歌妓说，李白穷极潦倒，走投无路，才离开了扬州。

收集到这些情况，许大郎如获至宝，他请李长史来家做客，又多次给李长史送去名贵礼品，常常在有意无意之间，将李白的过去添枝加叶地说给李长史听。

假话多次重复，连说假话的人自己也会将它当成真话。许大郎总在李长史耳边吹风，不怕李长史不对李白有看法。何况，对李白桀骜不驯的秉性，李长史本来就有些看不惯。不巧，李白又直接"冲撞"了李长史。

正月十五，几个李白在江陵结交的朋友，路过安州，听说李白在安陆成家，特意到许府拜访。李白在家中热情地款待他们。过后，朋友又在安陆城中回请李白。

大家聚在一起，清谈浩歌，联句赌酒，好不痛快。李白很久没过这种豪放的日子了，高兴得沉入酒中，大饮特饮，不觉从天亮喝到天黑，又从天黑喝到天亮，直到人快醉如烂泥，才恋恋不舍地与朋友分手，走出酒店，上马回家。

外面，晚间下过小雪，雪花融入冰凌，街道遍地泥泞。

李白懵懵懂懂地伏在马上，任坐骑高一脚低一脚地在泥浆中踢踏，慢慢地朝城外的家中行进。

走到正街，迎面碰上李长史的车马出巡。

照规矩，李长史在安州代表朝廷权威，平头百姓遇见长史车马，必须早早回避让道。可李白已醉，记不起规矩，一任坐骑往前走。

"大胆狂徒，还不将马勒住！"

听见一声大吼，李白抬起重似千斤的头颅，眯眼看去，安州府主簿魏洽立于马前。他曾与李白喝过酒干过杯，李白还记着他："噢，魏官人，这是上哪儿公干？"

许员外不在，魏官人不认他们之间的交情。他冲着骑在马上醉得歪歪倒倒的李白，又大喝一声："李大人在此，酒徒快快回避！"

"不敢，不敢，"李白错以为魏洽称他为李大人，反倒谦虚地说，"李大人我不敢让他人让道。"

魏洽被李白的醉话说得愣住，心想："这狂人胆敢自称李大人不成？"他简直不敢相信自己的耳朵。

李长史坐在车轿中听得清清楚楚。他气不打一处来，命令手下拖李白下马。

手下一拥而上，将李白拉下马来，丢在烂泥地上。

李白以为魏洽与他闹着好玩，坐在地上哈哈大笑，道："官人，李白今日喝酒无力，你们人多，我敌不过，改日我们一对一地较量一番才好。"

也不知李白是明白，还是有意装糊涂，反正坐在泥地上，不肯起来，嘴里还不三不四地讲些疯话，挡住车马过去不得。

天气寒冷，李长史又冷又气，命令魏洽，不必多说，将李白两手反捆住，拖到路边。又指示说，到许府报信，请许员外亲自来州府见他。

李长史的车马走了。

李白被反捆着双手，丢在路边。他也不管泥水冰冷、污浊，在地上睡起大觉来，直到许府知道，派人将他救回府上。

许夫人见夫君出去一天一夜，变成醉人泥人回来，心里又急又疼，生怕他因此落下毛病。她让兰草打水，准备衣物，又亲自动手，给李白洗换干净，让他睡在暖和的床上。还让下人烧好一碗热乎乎的姜汤，端到床前，扶起大醉不醒的李白，轻声细气地劝他喝下。

所有事情刚刚忙完，许员外返回府中。他外面披风都没脱，就径直往三进院来寻李白。

许夫人听说老父回来了，迎至二进院的门边，正遇上脸色不好的父亲。

"外面天气寒冷，父亲大人外出奔波劳累。"

许夫人知道，父亲一大早被李长史派人叫去州府，多半与李白醉酒有关，她不忍让父亲代她夫君受气，关切地问候老父。

许员外看见女儿，定了定神，脸色缓和了一些，问："李白可回来了？"

"刚才回来。"许夫人聪明地说，"他人喝醉了，在外惹事。若是连累了父亲大人，女儿替他请罪。"说完，便给父亲行了一个大礼。

"唉，说来也不能怪他。"许员外听女儿这么一说，心中的不高兴全部化解，反过来，站在李白的角度一想，李白醉酒，今天的事哪能怪罪？

坐下来，许员外将李白挡住李长史车马的事，说给女儿听。

许夫人听了，说："父亲休怪女儿说话向着自家夫君。这李大人也真是，大人无大量，与酒醉之人一般见识。自己过去便也行了，还要将人家捆了丢在路边。大冷的冬天，他坐在车中都受不住，怎就不想想被他丢在泥地上的人受不受得住？事情做得未免太不仁不义，哪里像官家所为？"

"话虽说得有理，可人家毕竟是在任的长史，老父我见了也要恭敬三分。"许员外说，"待李白醒后，你要好好相劝。往后喝酒，在家里尽他高兴，爱怎么喝就怎么喝。出外，可要处处留意。否则，于他的前程不利啊。"

"女儿记住了。"

其实，李长史叫了许员外去，并非仅仅斥责李白今天的所作所为。他将从许大郎那儿听来的有关李白的事实加造谣，变成他的话，又添加了不少枝叶，转述给许员外听，让许员外明白，他招的上门女婿不是好货色，想气许员外一个半死。

许员外初听，吃惊不小。回来后，见到女儿，心平气和地想想，又觉得是有人故意挑拨。他知道李白性子傲慢，醉酒后，无疑冲撞得罪了李大人；也知道李白有些浮浪习气，孟少府在信中提到过。近一个多月的朝夕相处，许员外看到了李白的不足之处。但他认为，对年轻人不可求全责备。金无足赤，何况李白是极有个性的人。才华出众，往往相伴有明显的个性缺陷，不可要求一个人十全十美。

"只是，"许员外想，"李白今日得罪了李长史，从安州举荐之事，很可能没了希望。管他呢，安州不举荐，只要有真才实学，不怕无人举荐。"许员外又想，"这挑拨之人是谁？为何要加害我许家？"他一时想不出什么缘由。

果然，不但李长史，就是马都督，也不再提举荐李白之事。

许大郎初战得胜，很是得意，一段时间，对李白友善了许多。

李白听从娘子的劝说，不想辜负许员外对他的好心，从此很少出门，更不去城中喝酒了。

他每天在家闭门读书，日子倒也过得飞快。

6

春分过后，李白接到孟浩然的来信，问新婚生活可好，并告知，他近日将去京城赴科举考试，不知李白是否有时间，出来与他一聚。若新娘子同意的话，他请李白同去江夏游玩。

李白拿了孟浩然的信给娘子看。

许夫人看后，忍俊不禁道："夫君在家，并非在安陆坐牢，外出与朋友相聚，有何不可？何况，还是我们的媒人孟大哥相邀。"

李白高兴，问："你真让我去江夏？"

许夫人真诚地点了点头。

"那我明日便起程。"李白压抑不住外出的兴奋，恨不能马上就出发。

"为何如此着急？"许夫人见李白急着出去，心里有些难过，她尽量掩饰，不让李白看出来，"总要收拾一下，准备好了再走。"

"我一人出去，没什么可收拾的。只要带够钱，上哪儿都饿不着，冻不死。"

许夫人是明白大礼的女人，宁愿委屈自己，也不愿让夫君委屈。看李白人还没走，只说到出去，便已经神采飞扬，她无可奈何地笑了笑，心里想：要顺他的心愿，只能随他去了。

晚上，许夫人从衣箱里取出一包银两，这是她婚前攒下的私房钱，走到李白身边，说："这些钱，夫君带上，外出好用。"

李白看看娘子，又看看她手上的银两，不肯收："娘子留着。刚才岳父大人已经给足了我路上盘缠，怎么可以再要娘子的钱。"

"有这些钱在身边，就同我伴在夫君身边一般，夫君可以放心地好好游玩。"

"娘子所言差矣！银两怎能与我娘子相比？"李白急了，从凳子上跳起，狠狠跺了一脚，说，"我李白哪是将娘子当摇钱树的小人！"

“这……”

许夫人本没有半点这个意思。是李白自来许家后，就多着这份心，他总怕别人说他是为了钱，才入赘许家。对此，许夫人一直十分小心，不让李白强化他的这份多心。可刚才一句话，说得不注意。好话，让李白听成了孬话。

许夫人并不怪李白，只在心里自责，禁不住掉下泪来。

李白见了，又觉得自己有些过分。他平了平气，走到娘子面前，接过她手中的钱布包，放在桌上，说：“娘子好意我心领了，可我李白决不能将娘子与钱相比，果真如此，我——一个堂堂正正的男人，脸往哪里放？”

看看许夫人的眼泪一串串往下掉得更快，李白将她揽进怀里，用手替她擦泪，发誓说：“今生今世，我一定要混出个样子来，报答娘子对我的一片真情！”

没想到，听了他的誓言，娘子哭得更烈，她抽噎啜泣，泪湿了李白好大一片衣襟。这可是结婚之后，从未有过的事情。

娘子一直很能忍让。有时，李白觉得，她大度得像个男人，自己倒像是小娘子一般。可现在，娘子越哭越厉害，哭得李白心如乱麻。李白开始自责，怪自己不该错怪了娘子，又说，他要娘子的钱就是，只要娘子不再哭了，让他干什么，他就干什么，让他去……

许夫人伸手捂住了李白的嘴，不许他再往下说。

李白的嘴包在娘子手中，还在哝哝地说：“不让我说容易，你别再哭了，我就不说了。”

许夫人渐渐收住眼泪，满是泪痕的脸上浮出一丝羞涩，说：“我……我哭与夫君的话没有关系。是因为，因为明天夫君要离家外出，我……我想着心里……才借由头哭了一场，哭过，心里好受多了。”

明晨要早起出门，李白让娘子与他早些上床睡觉。

上了床，李白躺下半天了，许夫人还坐在被子里，不往下睡，像是有事在心。

李白问了几次，她红了红脸，总没说出口。

“娘子今日不同往常，一定有事，”李白边说边从棉被里坐起来，“娘子不睡，我陪你坐到天明。”

许夫人见李白真的光着身子坐了起来，忙将他往被子里按："快进去，看着了凉！"

不料，用劲过大，扭了一下腰，肚子一阵剧疼，许夫人哎哟一声，捂住小肚子，一时直不起身来。

李白急了，摇着娘子问怎么回事。见娘子不答话，顾不得自己没穿衣服，就要下床，去叫兰草进来。

许夫人腾出一只手，抓住李白的胳膊。手虽没力，李白明白了她的意思，娘子不叫他声张，让他快快进被子躺好。

好不容易等娘子缓过劲来，睡在被子里的李白才问："娘子，你今日到底是怎么了？"

"夫君，"许夫人刚一启口，脸又一阵大红，犹豫了一下，终于出口说，"夫君，我们不久要为人父母了。"

"为人父母？"一向反应迅速的李白，好像迟钝了许多，"为人父母！我有孩子啦？"他爬起身来，要看娘子的肚子。

"轻着些，"许夫人拦了拦重手重脚的李白，"刚才我没注意，伤了他一下，他让我好疼了一阵。"

李白很兴奋，他掀开娘子的内衫，看她的小肚子。许夫人本来不胖，孩子才三个月左右，肚子外表看不出变化。李白又将耳朵贴上去，趴在上面听里面的动静，听了半天，并未听见什么异样的声音。

重新躺进被子，李白一只手放在娘子的肚子上，问："他是什么时候有的？"

"问你，"许夫人红着脸，笑着说，"问你自己。难道，这也要问我？"

李白真是迟钝了，想了想，才大笑起来。

这一夜，小夫妻很高兴，两人说话说到很晚都没有睡意。

临睡着前，李白告诉他的娘子，他外出要不了多长时间，很快就会回来。许夫人靠着夫君的肩膀，幸福溢满全身。

李白与孟浩然在江夏游玩了差不多一个月，才准备分手。孟浩然先下扬州，然后取道洛阳，再去长安京城。李白则返回安陆。

分手这天，李白送孟浩然至蛇山之巅的黄鹤楼。唐代的黄鹤楼，结构巍峨，飞檐画栋，濒临长江，俯拍云烟，有许多动人的民间传说故事。文人骚客都爱来此聚会，很多诗人在这里留下了美妙的诗篇。

李白与孟浩然来黄鹤楼玩过几回，分手之际，两人再登黄鹤楼。他们想不到，这次，在黄鹤楼仅半个时辰，却让后人代代相传。

黄鹤楼上，有与李白同时的诗人崔颢所作的《黄鹤楼》。历代诗人众口一词，誉其为咏题黄鹤楼诗作之绝笔。崔颢比李白小三四岁，命运也较李白平坦，开元年间便中了进士，到天宝年间，官为尚书司勋员外郎。不过，若论他的诗作，也只这一首能盖过李白。

李白每登一次黄鹤楼，就要高声朗诵一遍崔颢题在楼柱上的诗句：

　　　昔人已乘黄鹤去，此地空余黄鹤楼。
　　　黄鹤一去不复返，白云千载空悠悠。
　　　……

首次见到此诗，孟浩然想和他一首，但想来想去，心中没有更好的句子与之媲美。他让李白吟上几句，与未谋面的崔家老弟比试比试。

李白本来登楼就欲赋诗，可读过崔颢这诗，想了想，搁下手中之笔，说："眼前有景道不得，崔颢题诗在上头。"后人在李白搁笔的地方，专门建有"搁笔亭"，纪念诗仙首次没有诗句可作。

再来几次，李白、孟浩然都未能成诗。李白好胜之人，哪会真心服输？这是他与孟浩然告别之时，又来黄鹤楼的下意识的选择。

喝过几杯水酒，船家已在岸边等候。孟浩然无心再想诗作，他与李白简单道别，只说了一句："太白兄弟，我们后会有期。"便匆匆下山，上船去了。

李白站在黄鹤楼上，远望友人乘船自江中远去，一首七绝油然而生：

　　　故人西辞黄鹤楼，烟花三月下扬州。
　　　孤帆远影碧空尽，唯见长江天际流。

这首《黄鹤楼送孟浩然之广陵》诗，被后代人称颂为"写景与抒情妙合无垠"的大作。懂得中国文学的，恐怕没有不知此诗的人。

李白还嫌不够，后来，他一生多次以黄鹤楼为诗，数量多达十几首，遣词用句同样相当美妙。如，李白五十九岁时，流放夜郎，途经江夏，作《与史郎中钦听黄鹤楼上吹笛》一诗：

> 一为迁客去长沙，西望长安不见家。
> 黄鹤楼中吹玉笛，江城五月落梅花。

二十八个字，将流放路上悲切寂寞的情景，将流放人身为囚徒不敢忘了国家的赤子情怀，表达得缠绵悱恻。李白年老体病，身处逆境，诗语却仍在堂上，不入阶下。

他的一句"黄鹤楼中吹玉笛，江城五月落梅花"，引得许多学究、诗论者梦话疯话连篇，甚至为其"梅花落与不落"争论不休。

回头再说"孤帆远影碧空尽，唯见长江天际流"。李白写景写到至高境地，眼前展现的空间辽阔无比，心中的惆怅随之腾升。与娘子说好，外出几日，便早早返家。家里有未出世的小宝宝和贤妻在盼望着他。可他李白乃大鹏之鸟，又期盼着能展翅飞腾于海阔天空之中！孟浩然已随白帆消失于天际，他此去要做一番大事，李白怎能不由衷地羡慕！

"烟花三月下扬州"，其"烟花"二字，有长江两岸暮春时节的绮丽风光，有李白看见的友人前程的花团锦簇，然其中是否还有李白想起的扬州城内的烟花柳巷呢？孟浩然成就大事业之前，先去扬州风流一遭，曾经飘逸扬州、风流倜傥的李白，何尝不想旧梦重温？

可李白已入赘许门，在安陆留有家室。

7

秋日，孟浩然走走停停，一路游山玩水，来到京城长安。稍事安顿，便前去拜会朋友王维。

226

此时，王维官居左拾遗，府第坐落在长安朱雀大街的繁华地段。孟浩然山人打扮，风尘披在肩头，登门求见。

门人见惯了高朋贵客，不将孟浩然放在眼里，拦他在大门外说："我家大人正在陪朝廷命官，来客一律不见。"

孟浩然知道门人以貌取人，笑了笑并不介意，说："请禀告你的主人王维，襄阳鹿门山人特来拜访。"

门人仔细打量孟浩然，外表土里土气，神情中却蕴含高雅，听口气与主人非一般关系，马上换了一副笑脸，说："你等着，小的就去通报。"

没多久，王维出迎大门口，后面有一位年纪不小的紫服官员也随之迎出门外。王维见来人果然是孟浩然，笑呵呵地上前拉住他的手，说："孟兄，一路辛苦!"转身他又对那官员说，"你们未见过面吧？来，来，来，我来介绍：这就是鹿门山人——孟浩然。"

孟浩然朝那官员一拱手，说："孟浩然有礼了。"

那官员哈哈大笑，道："浩然老弟，我是张子寿，张九龄!"

"原来是九龄老兄，是你几次修书，催我进京赶考。"孟浩然也笑了，"今日幸会，幸会。"

张九龄（678—740），韶州曲江（今广东韶关）人。年轻时，科举中进士，留在长安做官。这年已有五十岁，在吏部任四品左补阙。史书中记载，开元年间，朝中考试选拔人才与应举者，常由他和另一位官员共同评定等第，因而又被称为平允。

"大家都是兄弟，不必客套，"王维说，"请到客轩一叙。"

三人同进客轩。坐下后，王维说："刚才九龄兄还在说去信催孟兄进京的事，我们正准备打听你的行程，商量到城外备酒为你接风，想不到，你已经自己找上门来啦。"

"我来长安，不上老弟府上报到，还会上哪儿去?"

"我看，就借你府的宝地，给浩然老弟接风洗尘。"张九龄也是一个爱酒之人，时时找出喝酒的由头，好大喝一场。

"那是当然。"王维应着，立即吩咐下人，马上置家宴，款待远道来客。

几杯热酒下肚，话题又转到孟浩然来京参加举试之事。

孟浩然道："我久居山野之人，徒有虚名，科举之事还望两位兄弟关照!"

"孟兄天下高才，"王维说，"取功名如拾草芥，哪有小弟出力的机会。要帮忙，也是九龄老兄的分内之事。有九龄兄的引荐，还怕不高中吗?"

"我倒不想借九龄老兄官职之便利，谋取名位。"孟浩然说，"只是觉得，我彷徨山野，已到不惑之年，若能在兄弟的提携下，辅佐朝廷开新风，为世人做些有益之事，平生心愿足矣。"

孟浩然说"谋取名位"之话，若出自他人之口，王维必疑心是影射于他。但王维与孟浩然是知心朋友，知道他不会故意揭自己的伤疤，也就并不在意。

张九龄见王维与孟浩然十分的随便，也不以平允身份出现，他对孟浩然说："浩然老弟在山野面壁二十余载，来京城取个一般功名屈煞人也。我看，你应从一举夺魁处着眼。"

孟浩然笑着，摇了摇头，道："老矣，后生可畏啊!"

"我拜读过你的大作，知道浩然老弟'冲天羡鸿鹄'，盼望'谁能为扬雄，一荐甘泉赋'，这才修书劝你出山入仕。没听科场上说，'三十老明经，五十少进士'?照这说法，你可是正当年。若以不惑之年夺魁，前途仍不可限量。"

"我想孟兄初来长安求功名，世人不知，应找个机会，给他扬扬名，为他金榜夺魁铺路才好。"

"说的是。"张九龄想了想，又说，"中秋节快到了，我们办个诗会，一来大家聚会，欢度佳节;二来让浩然老弟在京城公开露一面，两全其美，你们看怎样?"

孟浩然客气地说："我一个山人，不必如此兴师动众，还是免了的好。"

"这个主意好，"王维同意，"九龄老兄官大，面子大，你来出面筹办。具体事宜，有我承担。"

"好，我们一言为定。到时，将京城稍有名气的文人诗友都请来聚会。"

中秋节的夜晚，满月高照。

京城的诗赋高手云集到长安著名酒家聚仙阁。

看看人已到得差不多了，张九龄举起酒杯，高声对大家说："时值中秋佳节，我们请各位名贤聚会。今日以诗会友，不排品位座次，也不以年龄分先后，我们干过这杯酒后，以'秋'为题，即兴抒怀。"

说完，他将酒杯高举，穿梭于席间，与众人频频碰杯。

一巡酒喝过，张九龄宣布："诗会正式开始。"

近两年，张九龄在朝中官势很旺，是皇上看得上的人。明了官场之道的人都知道，宰相的位置将非他莫属。应张九龄之邀参加诗会，本身就象征着一种身份。再看周围来宾，不是当朝官位显赫的著名文人，就是已在京城崭露头角的青年才子。处在这样的氛围之中，每个人都十分郑重，生怕稍有疏忽，给自己留下后患。同时，每个人又都想借机好好地表现表现才能，为自己创造官场运气。出于这种心理，张九龄宣布诗会正式开始之后，一时半会儿竟没人出头作诗。

聚仙阁好一阵安静。

王维环望四周，见众人都在顾盼，嘴边露出一丝笑意，站起身来，道："为给中秋诗会壮声色，我将前些天写的《山居秋暝》配了曲子，先弹唱一首，作引玉之砖石。"

"好，请王维兄弟先来。"张九龄满意王维的配合。众人也跟着叫好。

王维精通音律在朝中有名。他将坐凳向外移了移，与席桌隔开点距离，撩起衣袍坐下，用袍襟盖好跷着的腿，再接过随从送上的琵琶，试了试音，运足了神，抬手低头，一支清丽的乐曲婉转飘出。他微微启唇唱道：

> 空山新雨后，天气晚来秋。
> 明月松间照，清泉石上流。
> 竹喧归浣女，莲动下渔舟。
> 随意春芳歇，王孙自可留。

一曲自弹自唱，别开生面，诗会气氛欢悦起来。张九龄推波助澜，走至王维身边，说："王维兄弟作诗常有曲相配，我的诗往往只能独吟。借他的势，我吟一首《感遇》。"说完，不待大家迎合，便自顾自地吟来：

> 兰叶春葳蕤，桂华秋皎洁。
> 欣欣此生意，自尔为佳节。
> 谁知林栖者，闻风坐相悦。
> 草木有本心，何求美人折。

张九龄的诗，让文人才子们都坐不住了。他们一个接一个亮出自己的拿手好戏，优雅乐声绕梁旋柱，佳句巧对不绝于耳。

头一年新登进士第，现任秘书省校书郎的王昌龄不甘示弱，抖了抖精神，起身说："诸位，王昌龄也来献丑。"

王昌龄，字少伯，京兆长安人士。开元十六年（728）时，三十七八岁年纪。他擅长七言绝句，前人往往将他与李白并称："七言绝句，王少伯与太白争胜毫厘，俱是神品。"但王昌龄做官并不顺畅，几次遭贬谪，后来到龙标（今湖南黔阳）当了个县尉。安史之乱，以世乱为名，辞官回乡。不想，行至亳州，被刺史闾丘晓所杀。这是后话。

这天诗会上，王昌龄吟的是《同从弟南斋玩月忆山阴崔少府》一首：

> 高卧南斋时，开帷月初吐。
> 清辉澹水木，演漾在窗户。
> 苒苒几盈虚，澄澄变今古。
> 美人清江畔，是夜越吟苦。
> 千里共如何，微风吹兰杜。

王昌龄吟完，进京城来赶考的布衣李颀接过，说："昌龄兄诗作尚好，只是秋月色不浓。这'帷月初吐'，不知是几时的明月？"

"深秋，去年我在南斋时，正是深秋时节。"王昌龄人较老实，没听出李颀是在讥他以旧作充新，缺少诗人天赋。

其实，前面吟旧作的人不少，张九龄、王维等人吟的都不是即席之作。有反应过来的人，对李颀这聪明话不服，说："未来进士才华横溢，即兴吟诗，大家欣赏。"

李颀年纪业已三十八九，科举仍未及第，说话的人将他唤作未来进士，显然是笑他功名未成，又讽他盛气凌人。

"各位兄弟，多有得罪。"李颀并不在乎，他拱手面对众人，说，"昌龄兄咏深秋，我便为暮秋咏一首《琴歌》，以求雅正。"

> 主人有酒欢今夕，请奏鸣琴广陵客。
> 月照城头乌半飞，霜凄万木风入衣。
> 铜炉华烛烛增辉，初弹渌水后楚妃。
> 一声已动物皆静，四座无言星欲稀。
> 清淮奉使千余里，敢告云山从此始。

历史上，李颀是著名的边塞诗人。他作的诗风格豪放，七言歌行尤具特色。《琴歌》中"月照城头乌半飞，霜凄万树风入衣"，将暮秋夜景刻画得入木三分，不能不说是佳句。

此时，李颀旁若无人，自认一首《琴歌》吟来，四座无言相对。科举暂未及第并不要紧，一旦及第，谁还能比？"清淮奉使千余里，敢告云山从此始"。其实，李颀进士及第还要受七年的折磨。但他不可一世的气势，真的镇住了很多人，也得罪了很多人。

大家窃窃私语，议论纷纷，不再有人出来吟诗。

张九龄不想诗会就此打住，朝孟浩然使眼色，让他出来露露风头，同时也杀杀李颀的傲气。孟浩然看到张九龄的眼色，人却没动。张九龄便说："大家诗兴才起，不要止住，请继续喝酒咏秋。"

有人说："未来进士已咏到暮秋了，下面还有什么秋可咏啊？"

"襄阳鹿门山高手，孟公孟浩然定有妙语。"王维走到孟浩然身边，向众人推荐说，"请孟兄为诗会再添诗兴。"

所有的目光哗的一下全投向孟浩然。

孟浩然平日也有傲气，但在文人同党面前，却是格外谦逊。诗会开始，他一直坐在靠墙边的席桌旁，兴致勃勃地听着众人的大作。王维将众人目光转到他身上。他笑着站起来，拱手道："山野布衣初步京华盛会，不胜荣幸。今晚群英荟萃，孟浩然不敢班门弄斧。"

几句话，获得大家的赞赏：同是应考之人，孟浩然与李颀截然不同！从来真人不露相，这孟浩然一定非同寻常！

有人存心想让李颀难堪，非让孟浩然咏诗不可。张九龄、王维也极力怂恿，孟浩然听出他们的话中之音：专门为你扬名，才举办诗会，你一定要拿出点功夫给大家看看，也不负我们用心良苦。

孟浩然推辞不过，看了看周围，又看了看窗外，两句诗脱口而出："微云淡河汉，疏雨滴梧桐。"

大家还想往下听，却久等不见下文。

有人问："完啦？"

"完啦。"孟浩然说。

"两句诗，从何而起？"

"我见窗外这棵高大的梧桐树，以苍穹为衬底，幽深近远。微云飘浮，圆月行走，月光银波闪动于梧桐枝叶缝隙之间，恰如秋雨点点落枝头，甚是好看。因而有了这两个句子，就算是咏秋吧。"

王维将这诗句在心中默念了两遍，喝彩道："佳句，佳句！情深意浓，出自肺腑。"

张九龄也说："这诗句清新无比，看似信手拈来，却是恰到好处，非功底扎实吟不出如此诗句！"

众人也都品出味来，顿时对孟浩然敬佩不已，也有人不失时机地向他请教作诗诀窍。

孟浩然笑了笑，说："万千字词任其用，诗之精灵在四周。"

又博得众人一阵喝彩。

王昌龄看着坐在一旁不再出声的李颀，善意地朝他挤了挤眼睛。李颀面有羞色，不自然地朝他笑了笑，算是向他道歉。李颀将自己的诗与孟浩然的两句相比，比出了雕章琢句与意境自呈、浑然而就的差距，自知不如，已经为他刚才的自鸣得意后悔了。

中秋诗会开得十分成功，孟浩然的大名由文人墨客们传开，长安京城内无人不知，无人不晓。很多人都认为，今年科举榜首非他莫属。

这天，王维又在府邸设宴，邀孟浩然来喝酒论诗。两人正谈得兴起，宫中太监突然来府，传报："皇上驾到！"

闲暇，唐玄宗喜欢微服上宫外走走，王维这里，是他常走的一个地方。

听说皇上驾到，王维第一反应是：来得正好。可以借此机会，将孟浩然直接推举给皇上。但按朝中规矩，平民百姓见到皇上必须回避。王维想让孟浩然先躲躲，待时机成熟，再唤他出来。

别看孟浩然平日超然自得，不将权贵放在眼中，猛听皇上驾到，心中也慌乱不堪。毕竟是当今天子，草民不可一见。他正不知如何是好，听王维说，让他先躲藏一下，马上应承。

往哪里躲呢？

王维和孟浩然都犯了难。门外已站有太监，要出去，也出不去了。

书房只有一间，没有后屋。两人四处张望，不知一间书房内何处可以藏身。

外面传报，皇上已经进府门。

王维该要出迎，可孟浩然的藏身之处还没着落。两人更急得热锅上的蚂蚁一般。

孟浩然急中生智，钻入木榻下，让王维拉开屏风挡住。

这木榻放在书房的右侧，是王维平日看书休息，或是与人对弈的地方，它底部空旷，四周无遮挡。孟浩然爬进底下。王维移过屏风将木榻与书房隔开，从外面看不到木榻，这才转身，急忙出迎皇上。

刚出书房门，皇上已驾到。

"王爱卿，慌慌忙忙的，要上哪里去？"玄宗一身便服，悠闲地边走边欣赏王维的庭院，见王维快步从书房中走出，神色与平日不同，便问："朕来你这儿，不是时候？"

"陛下恕臣未远迎之罪！"王维躬身九十度，向皇上请罪。

"哎，朕到爱卿处散心玩耍，不是来治罪的。"玄宗笑道。

王维神态稍有平静，他请皇上到书房休息。

其实，王维没请，玄宗自己已经进了书房。他每次来，都要在王维的书房里坐一会儿，听王维弹琵琶，看王维新近的书画，或与王维摆开棋盘

233

对弈。

玄宗在椅子上坐下，环顾书房四周，说："你的书房摆设有些变化。"

"陛下观察仔细。"王维心里吃惊，书房其他物品都没变动，就是刚才他将屏风移了位置，皇上进门便发现了，真是神力。

"非朕观察仔细，"玄宗笑了笑，说，"朕看王爱卿今日有事藏在心中。"

孟浩然躲在木榻下，听到皇上说话，心跳得扑通扑通的，击鼓一般。

王维见时机已到，正想开口说话，却让兴致极好的皇上打断了："你还站着干什么？拿琵琶出来，弹曲新作让朕听听。"

"臣下近日正好有一曲新作，待陛下指教。"王维说着，拿过琵琶开始反弹。

王维的反弹琵琶曲，如空谷鸟啼应弦而出。玄宗酷爱乐曲，听得高兴，顺手拿过茶几上的翠玉如意，按拍节在茶几上击点伴奏。茶几中间嵌有玉板一块，玉碰玉音色清脆，和着悠扬的琵琶曲调，真有"大珠小珠落玉盘"的效果。

玄宗正沉醉其中，忽听琵琶曲调连乱了两个音节，他抬眼看了看王维。

王维手弹琵琶，心里想着木榻下的孟浩然，曲子挺长，孟老兄趴在低矮的木榻下，不知受不受得住。人一走神，错了音律，本想纠正，看见皇上带着疑问的眼神，心中不安，又一错再错，曲子已经无法继续。

"爱卿今日真有些反常。"

"陛下——"王维想，皇上看似随和，但至高无上的权威藏于内心，近臣们都深知皇上的练达与老辣，他从来叫人刚柔难辨，喜怒不测，索性将孟浩然的事和盘端出，省得再让皇上疑心。

玄宗以为王维开口，又要请罪解释，便打断他的话，说："算啦，算啦，这琵琶曲改日再听，陪朕下盘棋如何？"

王维还没说话，躲在木榻下的孟浩然腿脚弯曲着早已酸疼麻木，听皇上说下棋，知道会坐到这木榻上来，他心里慌张，不自觉伸了一下腿脚，砰的一声，脚将木榻下面的横栏撞响。

玄宗马上警觉地盯着王维。

"陛下恕罪，"王维敏感，本能地一下跪倒在玄宗脚前，哀求道，"陛下恕下臣有事相瞒之罪。"

玄宗镇定自若，口气平缓地说："朕恕你无罪，爱卿平身，慢慢说来。"

王维站起身，小心地禀报了孟浩然在他这儿谈天，听说皇上驾到，来不及回避的事情。

"孟浩然？"玄宗问，"就是前些天在中秋诗会上，以两句诗压倒众卿的那个襄阳山人？"

"皇上好记性。"

"他现在何处？"

王维见皇上没有见怪之意，反倒急切地想见孟浩然，心里生出些幽默。他用眼睛示意皇上，孟浩然正在屏风后的木榻之下。

玄宗好玩，轻手轻脚地往屏风后面来看，没见有人，便干咳一声，道："山人孟浩然大胆，朕亲临此地，为何避而不见？"

孟浩然听到皇上问王维他现在何处，王维没有声响，皇上的御足已立在木榻前面，他想爬出来见驾，又一想，自己四肢伏地，从榻下爬出，自尊全丢尽了不说，于皇上也有失体统。

孟浩然正犹豫着，王维叫了门外的一个太监进来，两个人用力将木榻掀起。孟浩然满面紫红，躬腰从下面出来了。

"布衣孟浩然给陛下请安。"稍稍整理了一下衣袍、布巾，孟浩然跪在已经端坐在木榻之上的玄宗面前，叩首道，"吾皇万岁，万岁，万万岁！"

"孟浩然平身。"

皇上的声音亲切，王维放了心。

孟浩然从地上站起，心绪也渐渐恢复常态，抬头看了一眼皇上。没穿龙袍的君王，走在街巷之中，与普通老百姓不会有太大的区别，孟浩然想。

"孟浩然，"玄宗说，"朕听说你善作诗歌，拿出来给朕看看。"

孟浩然往衣袖中去摸，摸了几下，才想起，今日王维突然派人来请，出门时没将自己的诗集带在身边。

王维见孟浩然找不出诗集，从他的书架上抽出前些时孟浩然送他的那本，呈送到皇上面前，恭恭敬敬地说："陛下，下臣有一本《孟浩然诗集》。"

玄宗接过，见诗集挺厚的一本，翻开看了看，诗歌按年代顺序编撰，前面多是孟浩然青少年时所作，便说："最近有什么新作，吟一首让朕听听。"

"陛下，孟浩然作诗敏捷过人，常看似信手拈来，其实意境深远，耐人寻味。"

王维抢在孟浩然之前回话。然后，又偷偷地给孟浩然使了个眼色。

孟浩然明白，王维是要他向皇上献诗。以前，王维曾对他说过，玄宗喜欢听恭维话。有人当面对皇上歌功颂德，说得皇上高兴，会立即给他封授官位。想做官，这是一个极好的机会。

但是，孟浩然不想以投机取巧的手段来谋取一官半职，他相信自己有实力，有本事，应试科举一定能名列榜首。

玄宗见孟浩然站在那儿沉默不语，以为他在想新作，很耐心地等着。

孟浩然不吭声，王维猜不透他在想什么。他怕孟浩然依着性子，吟出对皇上不恭的诗句，更怕时间拖得过长，扫了皇上的兴，又说："孟兄近日作了不少诗赋，吟首最好的，请求皇上面教，这是千万人可望而不可得的良机。"

既然是不可多得的良机，孟浩然想，就应对皇上说几句心里话。他打定主意，吟他的近作《岁暮归南山》，便说："布衣斗胆在皇上面前吟诗一首，诉说心中苦闷。有不当之处，还望皇上多多见谅。"

玄宗朝他做了一个手势，示意孟浩然：尽管吟诗，不必顾虑。

王维在一旁听了孟浩然的话，为他捏着一把冷汗。他预感到，他的担心即刻就会变为现实。

果不其然，孟浩然吟道：

北阙休上书，南山归敝庐。

不才明主弃，多病故人疏。

白发催年老，青阳逼岁除。

永怀愁不寐，松月夜窗虚。

你听孟浩然说了些什么？他在皇上面前发牢骚！

他说，原以为历史上有"马周直犯龙颜请恩泽"的先例，大唐天子就会代代以此为戒。没想到，现实却令人失望！"明主"当我是"不才"之人弃之山野，过去的朋友也因我"多病"而疏远了我！如今，我鬓发已白，功名未就，眼见着春日步步紧逼岁末，一年又一年流逝，内心忧虑焦急。布衣终老，让我怀有一腔愁思，年年岁岁，夜不能寐。仕途的空虚与苍白的月色、迷蒙空寂的夜晚浑然一体，好不令人悲伤！这首诗艺术境界无可非议，但思想情绪实属低沉。

历史上，唐玄宗是数得上的多才多艺的皇帝，对诗歌不是外行。听了头两句，他便觉得其味不正。又听什么"不才明主弃"，脸也就慢慢地放了下来。自从登基以来，万民颂德，群臣歌功，谁敢在他面前说一个"不"字？孟浩然竟敢当面吟诗指责他，真是胆大包天！

"孟浩然，"玄宗压住胸中怒火，尽量用缓和的语气说，"朕立誓要'野无遗贤'，而你有意避于山野，不来求仕，朕并未怪罪于你，你为何反诬朕弃你有才之人？"

孟浩然的诗一开场，王维便知大事不妙，听见皇上冷冷地责问，他赶紧跪下，说："陛下，孟浩……"

"你不必插言，朕问的是孟浩然。"

孟浩然在王维的示意下，勉强跪下，说："臣民所言，乃心中所思，多有惆怅，并无诬蔑陛下的意思。"

"大胆山民！"玄宗终于性起，指着孟浩然斥责道，"你欺朕不懂得诗文？朕给你留面子，你还不认错，反倒强词夺理！"

"陛下息怒，臣……"跪着的王维壮着胆子说。

玄宗一个手势，不让王维说话，他要听孟浩然再说什么。

孟浩然跪在地上，不再说话。

玄宗站起身来，丢下一句："朽木不可雕也！"扬长而去。

皇上无戏言。

孟浩然参加科举考试，名落孙山。试前，王维曾劝孟浩然不再参试，若真心求功名的话，只能给皇上写一份谢罪书，由他呈上，看能否挽回败局。但孟浩然不听，非去参试不可。对于结果，他心中懊恼，却又自觉极有骨气，不做小人，回去继续做他的山民倒也心安理得。

𝟪

年底，许夫人给李白生了一个又白又胖的小女孩。

守着这个嫩嫩的白莲藕一般的小人儿，李白喜欢得了不得。他给她取了个了不起的名字，叫平阳，意思是女儿在他心中，就像天上的太阳一样，给了他无限的温暖和希望。

守着女儿，李白想起了母亲，想起了小时候，母亲常将他放在膝上，给他讲东讲西，教他唱民谣儿歌的情景。

人们说："生我儿，养我儿，才知我娘养我时。"无论儿女对父母的情感有多深，都比不过父亲母亲对儿女的深情。人心总是朝下长着，当做儿女的自己也为人父母时，才能亲临其境，体验父母对他们的无可比拟的情爱。

李白离家已有三年。

三年间，李客，李氏，一对老夫老妻，两双挂着血丝充满热切期盼的眼睛，什么时候离开过他们的儿子呢？李白想起他们的时候，却大多是最需要他们的时候。面对女儿，李白觉得自己有愧于父母，他写道："海草三绿，不归国门。又更逢春，再结乡思。"

他不知道自己何时才能衣锦还乡。

听说族妹有孕，许大郎又使出了坏点子。他编打油诗诬陷李白，派人抄了贴在许府的大门上，故意要气许夫人，让李白夫妇生出不和。

时值李白外出不在家，下人揭了打油诗送给许员外。许员外看了，和上次李长史说的是一回事，断定又有人捣乱。他本想再瞒过女儿，但女儿听说后，一定要问老父是什么事情。许员外见瞒不过去，只好将前后经过讲给女儿听了，并加上他的看法。

许夫人本是个有理智的女人，听了这些，心里虽然有些不快，但想想，也同意老父的分析：夫君才貌过人，婚前有风流浮浪之事不足为怪。

四处散布谣言、贴打油诗的人是别有用心，她不会上当。许夫人将打油诗收起，并一一叮嘱知道这事的下人，从今往后，任何人不许再提此事。李白回来后，他们父女俩也不对李白提一个字，全当根本没这事发生。

许大郎见族妹生的是个女孩，松了一口气。没有男儿，李白在许家成不了大气候。许大郎想，暂且放他一马，让他过两天安生日子，等时机成熟，再一起和他算总账！

京城科举揭榜，孟浩然落第的消息传来安州。

李白听说，像是自己落第一般，惋惜不止。想孟浩然养精蓄锐，四十岁才雄心勃勃地第一次出山，结果是大败而归，人生可叹可悲。再想自己，干谒求取功名无望，落居安陆，每日以妻女为乐，如此"大鹏"真羞煞人也。

李白将自己比为碧荷，吐艳于乡间僻野，不为世人所知。花蕊馨香有期，艳丽易逝，何时才能移入朝廷的华池中，日日事君王而成功名呢？李白有诗《碧荷生幽泉》：

> 碧荷生幽泉，朝日艳且鲜。
> 秋花冒绿水，密叶罗青烟。
> 秀色空绝世，馨香谁为传？
> 坐看飞霜满，凋此红芳年。
> 结根未得所，愿托华池边。

在充分享有家庭妻女的欢乐的同时，李白心中时有阵阵躁动和惆怅，他向往着功名。

后人评价李白说，唐代，唐代以前和以后，中国历史上真正以"诗人"为职业的，恐怕只有李白一个人。因为，他一生没做过官，没有其他谋生的职业，他只在作诗，是中国的诗仙。这是李白的殊荣。但李白自己从不重视这些，或者说，他作诗纯属自然，是天赋的才能，他自认为，他最大的才华在于经济之才，他天生是宰相坯子，是国家的栋梁之材。诗赋仅仅是他进入官场的敲门砖而已。

历史就爱开玩笑：你想干什么，它偏偏不让你干什么；你不想干或不想要的，它又偏偏要送给你。正所谓："有意栽花花不发，无心插柳柳成荫。"

李白在安陆有了一个幸福的家，柴米油盐不用操心，读书作诗自由自在。他偏偏不以此为安乐，他向往着外面的世界，想上朝廷去侍奉皇帝，做君王的忠臣，当国家的大管家。

当然，如果李白一辈子在家安享天伦之乐，不去外面的世界游荡，他可能成不了诗仙；如果朝廷接受了李白的请命，让他做了朝廷命官，他也不可能超出众诗人之上，成为中国历史上独一无二的诗仙；历史就在和李白开这样的玩笑，它让李白离开他的小家，进不了国家，超出大家，一直朝诗歌领域的顶峰攀登。这条人生之路，行来艰难跌宕，洒满悲愤与泪水；后人眺望，有畏惧，更有羡慕和感叹，唯愿上天也给自己引一条登天成仙之路才好。

李白身在其中，不明其中事理，只和芸芸众生一样，按自己的意愿，或者说是按着他不自知的天意，混混沌沌地行他的事，走他的路。

安陆城外道观中的一个道士，从江南东道的天台山回来，给李白带来了一封信，说是一位叫元丹丘的年轻道长托他转交给李白的。

李白兴奋地打开信，果然是他兄弟元丹丘亲笔所书。信中说，他听安陆来学道的道士讲，李白入赘安陆许家，祝贺李白成为宰相之孙婿。又说，他匡山学道之后，与玉真公主一起来到天台山，从司马承祯深学道法，已一年有余。估计再有半年时间，他们便要离开天台山。不知在此期间，李白是否能来天台山与他们一聚，他与玉真公主都很想见李白。

李白一目十行，读过信，便去与娘子商量上天台山之事。

走到卧室门口，听见小女儿平阳哭了，娘子"小妮乖乖，小妮乖乖"地哄着，要喂小女儿吃奶，李白站住了。他想起上次孟浩然来信相邀，他第二天天不亮便起程外出。走前的晚上，娘子好哭了一场，他才知道，娘子有孕在身，舍不得他离开身边。如今，女儿生下不满百日，娘子弱体还未完全恢复，他又要出去，娘子会作何感想？李白知道，娘子通情达理，他一定要走，不会阻拦，但李白不想让他的娘子难受。

李白转身回到书房，将元丹丘的信放在书案上。他想等些日子，女儿满了百日，娘子身体完全恢复后，再与娘子商量外出之事。

过了几日，许夫人来书房，正巧李白不在。她坐在书案旁等他回来，无意间看见书案上放着夫君刚作好的一首新诗。新诗的墨迹尚未干：

> 燕赵有秀色，绮楼青云端。
> 眉目艳皎月，一笑倾城欢。
> 常恐碧草晚，坐泣秋风寒。
> 纤手怨玉琴，清晨起长叹。
> 焉得偶君子，共乘双飞鸾？

初看，许夫人好笑：这是写谁家女子相思，如此传神逼真！

再读一遍，许夫人突然想起了那首贴在大门上的打油诗："冒充宗室假王孙，招摇撞骗滥斯文。青楼妓馆都逛遍，万般无奈进许门。"许夫人想，莫非夫君在安陆久住，又想起了先前相好的哪个女人，他还想与她"共乘双飞鸾"不成？念头一闪，许夫人立即觉得委屈、伤心，泪水涌入眼眶，忽闪着就要落下。

许夫人强行抑制着自己，不让眼泪往外流，尽量使心情平稳下来，又读了一遍。

读完，她细细地体会着，渐渐地悟出些言外之意。

平日，李白虽未过多地表露要外出寻求功名，但许夫人心里也清楚，夫君的志向颇为远大，无时无刻不想着功名。她读过夫君的《大鹏赋》，知道以李白这等才华，不可能时时以妻室为伴。她又何尝不想让夫君早日成就功名？只是，与李白不同的是，许夫人想的是让夫君在家再好好读几年，然后进京城考科举，一举成名天下知。而李白偏偏厌弃科举，一心要走干谒之路。

从这"燕赵有秀色"看，许夫人想：夫君怀抱绝世之艺，不肯轻易许与别人，但他又恐老之将至，功业未成。因此迫切思见"君子"，好尽心事之，共创大业。我不能理解夫君的苦闷，还要以妇人之心度之，实不应该。

想到这儿，许夫人拿起案上的毛笔，打算与夫君和诗一首。她想在书案上找张纸，见书下压了一封信，信封已被夫君拆开，于是，顺手打开来看。

原来是元丹丘寄来的。

读罢，许夫人联想到，近日与夫君闲话时，夫君两次欲言又止，原来是为了外出之事。她笑笑，自言自语道："看样子，妻德还未修到家，要不，夫君心里有话为何不对你直言呢？"

恰好，李白刚刚进门，听到了这句的后半节，不禁莫名其妙地问："谁有话不敢对我直言？"

许夫人见李白回来了，连忙放下手中的笔，起身，含笑道："为妻的读了夫君新作，略领其中意思，本想和诗一首，无意又见朋友给夫君的来信。想夫君是以妻女为虑，才未提起要外出之事。"

"娘子指的是元丹丘的信？"李白看了看桌上放着的信，又看了看娘子的表情，说，"他是我在家乡时结拜的兄弟，有四五年未见面了，听人说我在安陆，想约我到天台山一会。我想……"

"兄弟相约，你当然要去。"

"可是，娘子身体……"

"你不必挂着我。家里上上下下这么多人照顾，还怕恢复不好吗？"

"还有月余，平阳要满百日，为父的我应在家主持宴庆。"

"时间允许的话，为父的亲自为小女儿操办'百日'，当然最好不过了。"许夫人多站一会儿，就觉得两腿有些发软，她拽了一下李白的衣袖，让他同她一起坐下来说话。李白在她身边坐下，她又说，"写信时间到现在，已有三个多月了。依信中所言，你兄弟还有两个多月就要离开天台山。那天台山在江南东道，临近东海，从安陆去路途不近。若等到平阳'百日'后你再去，我怕时间不够。"

"这我也想过，只是……"李白为难地看着他的娘子。

"夫君不必多虑，自家人什么事情都好商量。"许夫人说，"和老父说明白，请他代为主持平阳的'百日'宴庆，他不会不答应。你尽管放心去好啦。"

"娘子真心让我即日就去天台山？"

"难道我与夫君玩笑不成？"

李白听娘子这么说，真兴奋起来，他顺手将身边的夫人紧紧地搂进怀

242

里，没头没脑地亲吻着，还不停地念叨："好娘子，好娘子，真是我的好娘子！"

9

李白一路兼程，不出半月，到了天台山。

天台山被称作三山五岳之精灵。南北朝时，陶弘景在《真诰》中云：天台山"山高一万八千丈，周八百里，山有八重，四面如一，顶对三辰，当牛斗之分野，上应台宿，故曰天台"。

民间则传说，天台山原是龙鳞组成的一朵莲花。很多很多年以前，天台山所在地是一片汪洋大海。海上无风三尺浪，无数的渔民葬身海底。东海龙王的九个儿子见此情景，心里万分难过，他们商量一定要拯救渔民。九个龙子各自从身上拔下八片龙鳞，七十二片银光闪闪的龙鳞，化作一朵硕大无比的银莲，漂浮在海面。每当风浪骤起，银莲便会救助来不及返回岸上的渔民，成为渔民最好的避风港湾。天长日久，这朵巨大的莲花，在海上扎根，变成一座高大的山峰。

为给这造福一方的山峰起名，五岳之神相约在山上聚会。五岳之首泰山环顾四周，说："我看此山可算是我们三山五岳的精灵，其优美胜过天台，就叫它天台山吧！"

从此，天台山的名字流传下来。

李白上了天台山，径直奔往众妙台。

众妙台因司马承祯而闻名于世。李白幼年在青莲乡时，就常听父亲提起，出蜀在江陵偶遇司马承祯时，大师也曾邀他日后到众妙台来会面，今天终于成行，心中好不高兴。

下午时分，山路上不见一人，道观门前亦冷冷清清，没有李白想象中，或在江陵时见到的——人们聚集在观外，翘首等待大师会见的热烈情景。

莫非错走了山门？李白怀疑自己的眼睛。他回忆，山腰上的那块巨石分明刻着三个大字——"众妙台"。字下，有一个显眼的箭头。按着箭头

243

方向往上走，照理应该不会有误。

再看眼前的道观，建筑气势宏伟。高墙大院，观顶冲出参天古木之上，紫云白雾缭绕其间。一看便知，这道观非同一般，定有大师坐镇其中。道观大门两边的石柱上，刻有对联一副：

　　　　海甸涌名山，烟复云回，位出精灵参五岳；
　　　　洞天开福地，阳舒阴霭，馨香瑞应启三元。

由此，李白断定这里正是众妙台。他上前叩门。

良久，一仙童打扮的小道姑，吱呀一声，开了观门，她看着李白，并不问话。

李白拱手，客气地说："打扰道姑，司马承祯老道长可在观中？"

"你是何方人士？"小道姑带着童音很庄重地问。

"蜀人李白。"李白递上他的门状。

小道姑接门状细细看过，说："不是，应是淮南道安州来客才对。"

"我正是来自淮南道的安州首府安陆。"李白听了忙解释道，他虽入赘安陆许家，对外仍称自己为川蜀人士，门状也照原样写就，并不改变。

"请道姑通报一声，就说川蜀李白求见司马承祯大师。"

"你不知道我家老道长已一年多不见客了吗？"小道姑有些惊讶地问。

"李白不知。"

"知道了就请回吧。"

李白被小道姑说得莫名其妙。刚才听小道姑口气，李白以为大师算好近日他要上山求见，对小道姑已有交代。怎么请小道姑代为通报一声，她却让他打道回府？莫非道家清静之地，也染上了官府恶习，小道姑要打发些银两，才肯通报？

几年来，李白干谒众官府豪门，受够了长着势利眼的门人的气，小道姑不与他通报，他自然将她与他们连在一起。

小道姑见李白愤然瞪着她，也没生气。她想，李白远道而来，可能真不知他们众妙台的规矩，便又耐心地说："我家老道长年事已高，从八十一岁那年起立下规矩，无论来者身份高低，一律不见。公子若不信，可在我们这观中住上一年半载，看看有没有人破得了这规矩。"

"既然如此，道姑为何知道安州有客来访？"李白问。

小道姑笑道："那是我家大师兄交代过的。他早就叮嘱，有安州来客寻他，定要通报与他，不可错过。"

"你家大师兄可是元丹丘？"

"正是。"

"我就是寻他来的！"李白兴奋地说。

小道姑却不明白了："那你为何只字不提大师兄道号，反倒让我进去替你通报司马承祯老道长？"

李白被小道姑问得哑口无言。

你说李白为了什么？人大多爱好虚荣，喜浮上水。李白认识司马承祯大师一点不假，他主要是为寻元丹丘而来也不错。来到众妙台前，为周围仙气所慑，李白不由自主，以求见大师相告，恐怕是要借大师名分，增添自家身价。元丹丘的道号自然退居其后。

小道姑表面老成，其实哪里看得透这人之常情呢？她见李白被问得呆在门外，便又问一句："你真是来见我家大师兄元丹丘的？"

李白点头认可。

"不要见老道长了？"

李白摇头，又点头，怕小道姑理解错了，赶紧再补话说："一切按道观规矩办事，我只见元丹丘就是。"

"如此，请随我进来。"

小道姑将李白引至后院的厢房，告诉他，她大师兄早为他准备好了住处。今日他与玉真大师姐一起外出，天黑前便可返回。她让李白先在厢房中休息，她去为他烧火做饭。

观内寂静无声。

冬日，山中没有鸟鸣，不时有冷风吹过。房檐下吊挂的一排排风铃，随风摇摆，发出叮叮当当的清脆悦耳的天籁之声，将人带入幽静神秘的道家仙境。李白觉得，他回到了匡山，站在他学习生活过的大明寺中，又像是在元丹丘住过的戴天观中。

李白奇怪：佛门道家，境界如此相似。时间空间，流逝变幻，感觉却常常止于一点，每每重复、回味、体验，没有厌倦之感。每当这时，人便会以为，时间可以逆转，空间可以自由纵横，人可以超出一切，是世间和仙界的真正的主宰者。即将进入而立之年的李白，此时有的是这种感受。

不过，随着年龄的增长，李白将越来越信佛教，也越来越崇拜道教。佛教道教都认为，站在神力的面前，人相当的渺小，渺小得不值一提。入世越深的人，对此越深信不疑。因此，他们时刻想着出世。他们以出世为幸运，而以不得不入世为恐怖。

傍晚，元丹丘从外面回来，见到李白，两人相互在对方的肩头又捶又拍又打，高兴得无法言表。

静下来，李白端着元丹丘肩膀，上下打量一番，发现元丹丘有不小的变化。他仍穿着道袍，但嘴上蓄起了挺长的青丝胡须，眼神较在戴天观时深邃了许多，看上去已是名副其实的道长，而不再是青年道士了。

元丹丘却说："相隔几年，你成了家，也有孩子了吧，怎么不见变样，还似神仙一般飘逸洒脱。这剑依旧挂在腰间，游侠梦肯定还未做完。"

李白听了哈哈大笑，说："人生之梦做尽了，人不也就完结了吗！"

"说得好！说得有理！人生之梦不可断线！"元丹丘连声赞同，跟着李白大笑起来。

"你们兄弟只顾高兴，忘记这里还站着一个人呢！"与元丹丘一起回来的玉真公主，一个人站在门边，想等他们亲热够了，再让元丹丘进行介绍。可眼看元丹丘和李白一见面就好像忘记了她的存在，李白也不转过脸来朝她这边看上一眼，两个人的亲热劲儿还在继续不断地升温，她终于忍不住发话了。

李白收住了笑，回头看门口说话的女道士。是玉真公主，不用元丹丘介绍，李白便知道。

这玉真公主身穿黑色道服，头顶靠后盘着一个不大的发髻，用青色头巾包了，扎着黑色发带。乌黑发亮的长长发梢随意披在肩后，耳边垂有两缕青丝，衬着她白净的面庞，让人想到洁白无瑕的美玉。

此时，玉真公主怕也有三十六七的年纪了，但看上去，比元丹丘年轻了许多，甚至不会比李白大。

"玉真公主请进，"李白拱手，斯文地说，"我们兄弟见面，无意怠慢了公主，敬请原谅。"

"不必介意，都是一家人，用不着客套。"玉真公主还没回话，元丹丘先对李白说，"我们是兄弟，她就是你的兄嫂，直呼玉真，或称兄嫂都行。"

"看你又在胡说，"玉真公主一边往里走，一边嗔怪地笑着说，"我入道多年，并没嫁你，怎么可以让兄弟称我兄嫂？也不怕人笑话！"

李白和元丹丘都笑了。

玉真公主坐下，对元丹丘说："你总说你这兄弟与你长得犹如孪生，我看除了高矮个头，相貌并不太像呀……"玉真公主话未说完，意思却是非常明显：李白比你英俊潇洒呀！

元丹丘摸了摸嘴边的胡须，看看李白，又看了看玉真公主，笑道："那是当然，四五年过去，我成了老道一个，李白老弟还是青年才子。公主眼里，青年才子自然要比老道更有情趣啦。"

"兄长不要取笑。"李白与玉真公主不熟，元丹丘开这种玩笑，让他觉得有些尴尬。

"不要理他，他这人就爱老没正经。"玉真公主说，"今天我们头次见面，你们兄弟也多年未见，应该在一起好好庆贺才是。"

元丹丘笑够后，唤来小道姑，问酒菜是否准备好了。小道姑应了，端来酒菜，都是观中素食，别有风味。

三个人围着圆桌，边聊边喝酒。

李白与元丹丘讲了各自分开后的故事。相比之下，元丹丘过得顺心如意：道门中，他已经是较有名气的道长，身边还有志同道合的玉真公主相伴。李白虽家有贤妻爱女，功名之路却一波多折，前途渺茫，心中懊恼。

元丹丘高兴，尽兴喝酒。他的酒量不如李白，喝到夜半，人已烂醉，顾不得再聊天，和衣倒在为李白准备的床上睡了。

李白的酒也喝得不少。元丹丘倒下，他的头也重了。见玉真公主还清醒如初，李白坚持陪她喝酒，他不想醉倒在女人面前。

"来，"李白斟满一杯酒，送到玉真公主面前，"他醉了，我们继续喝。"

玉真公主伸出纤细的微微发凉的小手，压在李白端着酒杯的手背上，轻声道："兄弟，到此为止。今晚大家都喝得够多了。"

李白拨开她的小手："哎，喝酒就要喝得尽兴。我没醉，你也没醉，我们继续喝，喝他三天三夜，别去管这个没用的元丹丘。"

"我有些头疼，不想喝了。"玉真公主心里笑李白已经醉了，嘴上却说，"你要还不尽兴，我们到外面走走，清醒了，回来再喝。"

李白接受了玉真公主的建议，和她一起出去。

子夜，明月高照。

玉真公主带李白走出道观，顺着小道，一直往山峰上走。李白本来头重，让冷风一吹，顿觉轻松了许多。他问玉真公主，这是要上哪儿去。

"前面是琼台。"玉真公主说，"我带你去看琼台夜月，这是天台山的绝景之一。"

琼台以百丈崖为倚靠，三面绝壁，下临龙潭，孤峰卓立。白天站在这里，眺望四周，险象丛生。夜晚，暮色隐去了周围的险境，琼台成了突兀于空中的平台，人站在上面，为月色笼罩，有一种飘逸出世的感觉。

琼台上有许多动人的传说。一块酷似椅子的石头，人们给它起名叫"仙人座"，说是太上老君坐过的椅子。据传，很久很久以前，太上老君曾住在琼台对面的万年山。每年中秋月圆之际，太上老君都要飞渡绝谷，从万年山飞来琼台，坐在仙人座上，邀请嫦娥与众仙子和他一同赏月，共度良宵。

"你看对面的那两座山峰，多像一对少女。"玉真公主幽幽地一指。

顺着玉真公主的手指望去，李白看见前面的深谷里，耸起两座婀娜的山峰，几乎像在阳光下那样，一切都看得清清楚楚。静穆清淡的月光还照亮了一望无际的远方。微光扑朔的山坡上，起伏的草丛发出了一片低低的簌簌声，像是不肯停歇的低回浩叹。

"相传，它们是两个仙女变成的。"玉真公主又幽幽地说。

"为了什么？"

"为人间爱情。"

李白看着玉真公主。女道士说"爱情"二字，与一般女子不同，他想。

玉真公主没注意李白在看她，继续说："这两个仙女在天上是姐妹俩，

248

下凡后，一个取名叫琼娟，另一个取名叫阙娟。她俩同时爱上了天台山上名叫三郎的砍柴人。两个仙女熬不住爱情，瞒过家人，下凡来到三郎家。她们谎称是外出迷路，找不到归所。三郎为人厚道，留姐妹俩住在家中。琼娟和阙娟不好意思对三郎说出真心话，只是悄悄地爱着，尽心尽力地照顾他的生活起居。日子长了，三郎爱上了这两个美貌能干的姑娘。可家中贫困，三郎不愿让姐妹俩在山里和他受一辈子苦，他不对姐妹俩提婚嫁之事。三个人平日以兄妹相称，日子过得十分美满。可是，当时正值秦汉相争，一天，三郎外出砍柴，被强征为壮丁。从此，三郎再没回家。姐妹俩日日站在山腰上盼望，天长日久，化成两座对峙的山峰。为纪念这两个仙女，人们就叫这两座山峰为双娟峰。"

玉真公主说完，停了一会儿，又自言自语地说："民间的爱情力量真大，她能将人化成山峰，也能让山峰变成美女。"

"公主正是为追求民间爱情，才放弃皇家生活的?"李白想和玉真公主开个玩笑。

不想，这话像是刺痛了玉真公主的神经，她猛地回过头来，瞪了李白一眼。

月光下，李白看玉真公主像是冷美人，晶莹剔透，光艳照人，只是一双眸子射出万道利箭，让人无法接近。

李白想，一句玩笑话值得动气?我兄弟服你的公主脾气，李白我可不服。他要再逗逗玉真公主，又说："以道门为契机，实现自选郎君之目的，正是公主入道的全部动机，我说得没错吧?"

"为何出道，是我私人事情，你不要多问!"

李白还要气她，"动机不纯，才怕别人过问，要是……"

玉真公主真的动了大怒。她冲着李白大喝一声："你住嘴!"然后，不管李白如何表情，转身离开了琼台。

公主的出道原因，从来是一大忌。除了求拜师父时，司马承祯问过玉真公主，让她巧妙地对答过去外，没人再敢提起过。

玉真公主姐妹俩入道后，富家女子入道成为时尚。但究其中原因，每一个入道的女子，心中都有不可言说的痛苦。要不，好好一个女人，放着荣华富贵不享，为何要入贫道受苦受难?

玉真公主是不忍看皇家争权夺利，骨肉相残，才痛下决心，步入道门的。为维护皇家尊严，她和整个皇族都特别忌讳提起入道原因。问这，等于直接指责皇家不是。

李白吃了豹子胆，偏挑这个痛处说，越不让他说，他还越说得厉害。进道观门时，玉真公主想，让你厉害，今晚就让你一个人在外面过一夜。她将道观大门紧闭，自己回房去了。

李白跟在玉真公主后面往回走。玉真公主穿着黑道袍，月色下极易与树影相混同，拐过几个弯，李白就看不见她了。不熟悉山中小道，李白转来转去，迷失了方向，直到天快亮时，才摸到了道观门口。

观门紧闭，任李白敲得震天响，里面没有半点回音。无奈，李白只好缩在道观门口蹲着。人又困又冻又累，李白心中不快，想这玉真公主真是公主，生起气来不留一点情面。"公主也，主公也，不可交也。"李白自言自语地说，"不知元丹丘是怎样在公主手下度日的。"

第 六 章

1

拂晓前，周围一片漆黑。李白蹲在门边，不知不觉睡了过去。这一觉睡得很沉，没有床上地下、屋里屋外的区别。天光大亮了，他也不知醒来。

偌大的众妙台道观，近两年来，只住着司马承祯、元丹丘、玉真公主和小道姑四个人。小道姑早起忙着院内杂事，无人出入便不开道观大门。

元丹丘夜里喝得多了，睡下去后，酒一直未醒。玉真公主从外面生气回来，刚上床时睡不着，她想李白被关在观门外，有些担心。但又一想，李白不识相，非好好整治一下不会醒悟，让他待在外面，清醒清醒才是。这么想着，玉真公主也就放心地睡了。

临近正午，小道姑奇怪，一上午怎么不见大师兄和大师姐的面？平日，他们每天上午都要领着她修炼内丹功课，今日他们没来正殿。小道姑以为，昨日李白刚来，他们正陪着他呢。

午饭做好后，小道姑来后院厢房寻他们，才发现，昨晚吃剩的酒菜还放在桌上，元丹丘醉卧在李白的床上，李白不知上哪儿去了。

小道姑唤醒了元丹丘。

元丹丘看看周围，想起昨晚与李白喝酒的事，问小道姑可见到玉真公主和李白。

小道姑摇头，说："早起到现在没见一个人。"

元丹丘急忙去找玉真公主。

天快亮时，玉真公主才睡下。元丹丘进屋前，她刚刚醒来，见元丹丘来了，她起身，问道："你的酒醒啦？"

"这酒冲头，醉了睡下，什么事都不知道。"元丹丘不好意思地摸了摸头，问，"李白呢，他也醉了？"

玉真公主听他问李白，突然想起，昨晚她赌气将李白关在了道观门外。她"哎呀"叫了一声，就往门外走。

元丹丘跟在她后面，不知出了什么事。

打开道观大门，玉真公主先往外面四处张望，没见李白人影，她急了。反身来再找，看见李白蜷缩在大门边上，还在沉睡。

元丹丘和玉真公主同时看见了李白，他先是一愣，又大笑道："兄弟醉得比我还不如，我知道往床上睡，你却睡到门外来了！"元丹丘去摇李白，手往他肩头一放，就觉得不对劲儿。

李白身上热得烫人。他喝了酒，到琼台上吹过夜风，又睡在这冰冷冰冷的麻石地上好几个时辰。冬末开春之际，在外面这么折腾，还有不病的人？

晌午时，李白全身发冷，开始哆嗦，醒了过来。他试图强挣着从地上爬起，但没有力气。无奈，他只好又睡在地上，昏昏沉沉中想他的家，想他的娘子。与娘子相比，这玉真公主哪里算得上女人！

高烧上来，李白又昏睡过去。

"他在发高烧。"元丹丘说着，将李白从地上扶起，"怎么会醉得跑到外面地上来睡觉？"

李白睁开眼睛，看了一眼元丹丘，又看了看站在一旁露出焦急神态的玉真公主，说："是我……"

"快起来进屋去吧！"元丹丘边说，边将李白扶起，转身背起他就往道观后院的厢房走。

玉真公主知道自己做得太过分，心中像倒了五味调料一样，说不出是啥滋味。她觉得对不起元丹丘，更对不住李白。人家刚从老远来会兄弟，因为一两句话，让她给整治病了。这无论从道义，还是从兄弟情分上，都说不过去。她低着头，跟在他们后面，一句话也不说。

元丹丘将李白放在床上，摸着他的头，对玉真公主说："烧得厉害。

你先在这儿照料一下，我去给他采些草药回来。"

玉真公主点头答应。

元丹丘走后，玉真公主走到李白身边，看李白脸烧得通红，呼吸急促，她想说句道歉的话，又碍着面子，说不出口。她虽然出道，但公主身份依旧，做错了事情，没有道歉的习惯。

李白觉察到玉真公主站在他床边看他，他闭着眼睛，将头扭向里面。他用这个细微的动作，表示对公主的不屑一顾和不满。

平日，有人敢对她这样，玉真公主必会动怒。但此时，玉真公主自认有愧于李白，李白这么做，情有可原。她不但没生气，反而笑了笑，伸手到李白额头上去试试他的热度，问李白要不要吃点什么。

李白不理她。

玉真公主无奈，只好坐在李白的床边，说："我在这儿陪你，需要什么尽管开口就是。"

李白这次病得不轻。玉真公主和元丹丘，再加上小道姑三个人日夜轮流看护，细心照料。元丹丘给他换过几帖药方，都不见效果。

差不多二十天了，李白一直高烧不退。

元丹丘着急，他与玉真公主商量，让她再拜见司马承祯一次，请大师提示为李白医病的方法。

玉真公主何尝不愿李白快些病好。她早想到求拜师长，可又怕破了师长定下的戒律，坏了师长的大事，一直犹豫不决。

元丹丘知道其中难处，但为了李白，他没有别的办法，还是主张玉真公主再求见一次师长。

为此，元丹丘与玉真公主整整商量了一夜。

司马承祯就住在观中，玉真公主是他的亲授弟子，又是当今皇上的亲妹妹，要见他一面，为何如此之难？话说起来还挺长。

唐睿宗景云二年（711），司马承祯在长安收玉真公主姐妹为弟子后，返回天台山。众妙台从此成为道家圣地之一，每天求教者络绎不绝，前面已经说过。这前后，司马承祯收弟子七十多人，道观中经常住有二三十个弟子，同时跟着他学道。

司马承祯的道学确实有他独到的地方。

道教书上说，司马承祯吸收了儒学的正心诚意和佛教的止观、禅定学说，阐发了道教修道成仙的理论，认定"神仙亦人"。所谓"神仙亦人"，就是说，人的禀赋本有神仙的素质，只要修炼得当，人可以成为神仙。难怪司马承祯在江陵时，一眼便看出了李白之仙人素质。他是道教学说中人仙相通理论的奠基人。

司马承祯将人修炼成仙的道路归结为一句话，即"神仙之道，五归一门"。这"五归一门"又细分为七个修道阶段。

第一阶段：修炼形体。要求修炼者饮食得当，居处适宜，劳逸结合，经常按摩使血脉舒畅。

第二阶段：澡身虚心。其首要条件是，修炼者对教法必须虔诚，不能有任何怀疑。司马承祯称之为"敬信"。

有了"敬信"，便可进入"断缘"与"安处"的新境界。在这个新境界中，修炼者不参与任何世俗事务，不与人们交往，处在无事安闲的人生哲学之中。司马承祯认为，心神为身之主，心安才能目安，目安才能体安。这种集中精力的功夫叫作"收心"和"静定"。从断缘到收心，从安处到静定，要求修炼者深居静室，弃世无为，它是成仙的第三步。

第四步，修炼者必须安于道徒生活，安分守己，不多取，不多求，这些行为规范，叫作"简事"。

"简事"为的是使修炼者忘掉外物，不被外物所迷惑。只有这样，才能得到道家学说中的"真观"，或者进入"存想"的收心复性阶段。

到了第六个阶段，修炼者遗形忘我，修炼得"形如槁木，心若死灰"，物我两忘。人到了这一步，便越来越接近于道了。司马承祯将它叫作"泰定"，或者"坐忘"。最后一步达到万法通神，便是"得道"。修炼者得道，终于从人变成了无所不能、无所不解的神仙。"得道"的过程被称为"神解"过程。司马承祯认为，"神解"融佛教的"真如"、道教的"无为"和儒家的"一性"为一体，成为三教共同追求的最高理想。

司马承祯的道学新理论得到唐玄宗的高度重视。

开元九年（721）他被召至京师，专门给玄宗讲道教理论与成仙之术。开元十五年（727），也就是李白到安陆入赘许家的这一年，司马承祯又被召入长安。皇上为他在王屋山修了道观，取名为阳台观。应皇上请求，司马承祯在阳台观，用他擅长的篆、隶两种书法，写《老子》石经，刊正文句，定著五千三百八十言，传为真本。年内，司马承祯以年已八十有一，体力不支为由，再三请求，返回了天台山。司马承祯推算，他肉身在世之日有限，自我必须进入"万法通神"阶段，以便在灵魂飞离肉体之际，由人转为神仙。他将观内的弟子一一打发出门，只留下小道姑一人，看守道观。自己则谢绝一切外客，隐居于内室，绝粒服气，不吃不喝，只一心修炼内丹之功。他准备用三年时间，完成转变，达到神仙境界。

没想到，绝粒服气不到一个月，大弟子玉真公主带着元丹丘从川蜀来到众妙台，求见师长。绝粒服气后的司马承祯是个什么样子，照理不能让人知晓。小道姑隔些日子，通过一个极小的窗口，给他递送些山上的净水。司马承祯在里面接了，从无回音。

玉真公主和元丹丘来后，要求随师长继续深造。小道姑万般无奈，只好通过窗口递字条进去，请示如何处理。司马承祯先是不理，字条递得多了，才回六个字："留下自修二年。"这是司马承祯给玉真公主的特许。

有了初一，便会有十五。玉真公主又反复提出，她与元丹丘想要拜求师长，最后面教一次。司马承祯不肯，拒绝回复一字。但玉真公主不见师长誓不罢休，每日让小道姑往里面递字条。时间长了，木头人也会被牵扯出不少精力。这弟子身份与一般弟子不同，司马承祯不得不破戒，在内室会她与元丹丘一次。

司马承祯已多时不食人间烟火，每天只喝些净水，慢慢地冲洗肠胃，这是第一步。一年后，他将停用净水，吞气进去，风干内脏。再过一年，他将形如槁木，内外干缩，而灵魂升华，进入神仙境界。

玉真公主和元丹丘步入司马承祯内室，见到的是一个干瘦的长者，盘足安坐在地席之上。

这个长者与先前的师长大不相同。玉真公主暗想，他的血肉之躯已不再鲜活，人瘦小了许多。

司马承祯白色的长披发与大把的胡须枯竭得像冬季的干草，没有规则地伸延于四面八方。用科学眼光审视，这是极简单的静电现象。而道学认为，这是人之灵魂演变的一种表现形式。灵魂聚于肉身时，人之毛发茂盛葱茏，服帖顺滑。灵魂将散，毛发枯竭，自然向四方散去，待用神力将灵魂收入仙境时，毛发又会重新聚合，如同枯木逢春一般，再次生机盎然。这正是从人向神仙过渡的所谓"聚散聚"过程。此时，司马承祯毛发虽散，但他深藏于乱发与胡须之中的一双慧眼仍炯炯有神，极具穿透力。

255

"持盈法师，"不等玉真公主开口，司马承祯便称呼她的法号，道，"你与丹丘道长是世间见我最后一面之人。你们修道多年，无须为师的过多教诲，我只送你们一句话，八个字，供二人在众妙台修炼之用。"

　　"请教师长，玉真在下洗耳恭听。"

　　"大师传世金玉良言，元丹丘永世铭记在心。"

　　司马承祯一字一句，声音厚重如铜铸洪钟敲响，送出八个字："静则生慧，动则成昏。"

　　八个字虽简单，却是司马承祯修道理论的实质所在。他认为，修道者守静的目的在于无欲，人要做到应物而不为物累。静心，并非不想任何事情，它求的是专一无欲，正如盲人看不见周围事物，却更能用心去体验事物之精髓。因此，明眼人时常没有失明者心中亮堂，也容易为事物表面所迷惑，辨不清其中真相。这就需要修道者静心除欲，存想外界事物，从中发现"嗜欲"给人带来的危害，进而"心舍诸欲"，从根子上厌恶人生七情六欲，自觉抵制"嗜欲"的干扰。如此，从静到动，又从动到静的人，成为思想上的"醒人"，才能彻底超出凡世，真正走入正道。这就是所谓"静则生慧，动则成昏"的含义。

　　玉真公主和元丹丘深领大师其意：司马承祯从他们同行学道及来众妙台后急于求见的行为，察验到二人身心欲念未灭，有浮游于道学表面的倾向。他让他们生慧于静，在众妙台好好修炼两年。同时也告诫他们，今后再不可干扰他司马承祯的成仙之道。

　　从师长内室出来，玉真公主与元丹丘获得神力感染，道学大有长进。他们每日修炼内丹功课十分勤奋。

　　可对于情欲，二人依旧不舍。他们都认定，情欲滋生，强行抑制，不予满足，反而要影响静心修道。按元丹丘的理论，修道在心，必须去除非道学的一切心中欲念。而情欲并非心欲，它由生命之源而起，以心欲为表现。人之为人，不可没有生命之情欲。一旦修道成正果，由人成仙，肉体消失，生命之情欲自然随之泯灭，无须强行抑制。

　　李白病重，出于兄弟情义，元丹丘又想着求助于司马承祯。大师回话："李白之病，根于川蜀……吸引晨霞，餐漱风露……"

　　玉真公主想了想，说："大师是说，李白的病因不在其身，而在故土。也许，他家中父母有难，李白由衷动情致病。"

停了一会儿，玉真公主又分析道："后两句也像是说李白的病因，他不正是睡在观外得的病吗？"

"既然病因不在本身，受寒发热仅是致病契机，大师的意思是不是……"

"意思是从契机入手，医治病根。"玉真公主接过元丹丘的话头说，"我记起师长从前曾教导说，祛病延年，可通过服气，吸引晨霞，餐漱风露，养精源于五脏，导荣卫于百关。师长重提，是要我们依道法理论，从服气入手，为李白医病。"

元丹丘和玉真公主都高兴了。由司马承祯大师的指点，他们更进一步明白了以道法医病的途径。

元丹丘以他的内丹之功为基础，先在自己体内炼化真气，再传入李白体内，推动李白的肾气、肝气、脾气、肺气、心气依次传导循环。让李白的体内形成"小还丹"运气系统，逐渐恢复他的元精元气，使动情致病的李白，情归于本来真性，祛病返还本源。

做过几次，效果显著，李白高烧渐退。按照道法，在恢复期，得病之人必须主动运气，配合治疗。

玉真公主将道家行气之法传授给李白。她告诉李白，天地之气分为两种，从夜半至日中为生气，从日中至夜半为死气，身体有病，要以生气克之："清晨，你正偃卧于床上，瞑目，闭气不息。在心里数数至二百，然后用口吐气。逐日增加，会有身神具五脏安的功效。"

每天一大早，玉真公主便起身，来到李白房中，将门户打开，让晨气入室。李白认真地按要求去做。开始，他吸入一口晨气后，闭气不息，数数不过二三十下，便憋得不行，非换气不可了。好多天后，李白基本掌握了行气之法。他的病也基本痊愈。

一次病，加深了李白与元丹丘的情义，他们是无话不说的兄弟，也成了事实上的师徒。兄弟之间不需要明确师徒名分，但李白学习道法，确实是从元丹丘这里起步的。

和玉真公主熟悉后，李白也改变了先前的看法。表面上，她的公主脾气很大，心地却十分善良。维护公主尊严，玉真公主说话挺硬，很少一般女子的柔情细语，有错也从不肯直接认错，可过后，她要以行动补偿。她恨人会恨之入骨，爱人也会爱之入骨。李白觉得，玉真公主的侠肝义胆和他，和元丹丘，有许多相近之处，也将她当姐姐看待。

这天清晨，玉真公主照例来到李白房中，见李白已经起床，站在敞开的窗户前，自行运气，她不打断他，默默地站在门口。

李白听见有人，知道是玉真公主来了。他正在闭息数数，没有马上停止。他想吐出这口气后，再回身和她打招呼。可是，不知为什么，他又强烈感觉到玉真公主的目光凝视着他。李白突然心绪不安，运足的气在胸中乱了阵脚，很快窜了出来。

"你如此行气，怎么能达到愈病养生的功效？"玉真公主站在李白身后，带着笑说，"去，躺回到床上，还是我来帮你。"

"你今日好像来得早些。"李白为掩饰情绪的变化，故作平静地回身，先招呼她，再说，"今日醒来，我自觉好得多了。"

"病体要慢慢恢复，气也要平平静静地运。"玉真公主推了李白一下，让他仰面在床上躺好。自己像平日一样，面对李白坐在床边，合目运气，准备将手放在他的丹田穴上，引导他控制气息。

运好气，伸出已经发热的手，玉真公主见李白一动不动地躺着，衣襟没有解开。她嘴角浮上一丝笑意，身子挪了个位子，坐到李白的枕边，从领口将手送入，放在李白的胸窝上，说："今天从膻中穴导气。"

公主温热的小手贴上前胸，热量倏地一下传入李白的心房，他好像被烫得不由自主全身抽动了一下。

玉真公主也察觉到李白有变化，但她仍不动声色地说："开始吧。匀着点，不要性急，我替你数数。"

李白瞑目，闭气，想平静下来，却总觉得放在他胸前的小手特别的烫人，烫得他心绪波动起伏，气也无法运平。明明闭着气，李白还是闻到了玉真公主搭在他脸上的衣袖中飘出的阵阵香脂气。这香脂气水一般沁入了肺腑。

没等玉真公主数到二十下，李白就憋不住了，他向外重重地吐气，又粗又壮，不是按行气法要求："微而引之。"反复几次，都是如此。

玉真公主也觉着自己有些反常，她不但不能让李白平静下来，自己的情感也在跟着变化，气越运越不足，手渐渐发凉，看看做不下去了，她只好说："好啦，今天就做到这儿吧。"说着，就想抽出手来。

李白一下按住玉真公主的小手，让她更紧地贴在自己的胸前。小手已

258

经很凉，李白却被她炙烤得透不过气来。

玉真公主没有强行抽出，任李白隔着衣襟按着她的手，她的指尖触碰到一颗剧烈跳动着的心，一时舍不得离去。转过脸来，玉真公主低头直视躺在床上的李白，她的目光里有认可，有赞赏，也有责备；有普通女人真实情感的流露，有进退两难的不知所措，还有最后一点公主的尊严。

李白将头扭向一边，不和玉真公主对视。他想止住情感的奔泻，又想永久地留住这美好的时刻。他为玉真公主的认可，为这个女人感到振奋，他不愿看着她责备和含有公主尊严的眼神，可又觉得这责备和保持一定距离完全应该。

"我说你们有完没完，"元丹丘进来，什么都没看清楚，就说，"我的功可是已经练完啦。"说完，他才发现，李白穿着鞋，和衣侧身，面对墙躺着。玉真公主坐在李白的枕边，脸上微微泛着红晕，两只手不停地相互搓揉。屋子里的气氛与往常好像不同。

元丹丘是个聪明人，一片阴云浮上心头。他站着，走也不是，不走也不是，一动不动地不说一句话。

"李白今天感觉好多了。"玉真公主在李白肩上拍了一下，很随便地对元丹丘说，"倒是我不对劲儿，运气做功样样不顺。"

李白从床上坐起来，走到桌前坐下，脸上的病容少了许多。他看着元丹丘，要说什么，想了想，到了嘴边的话又咽了回去，表情很不自然。

李白上山就病，差不多一个月都在床上躺着。元丹丘想，兄弟能尽快康复就是最大的幸事，我不必过多地计较个人感情的得失。再说，从道义而言，一切顺其自然，兄弟间以义气为重。玉真公主若是对李白有情，我宁可自己心中难受，也不能违了她的意愿。李白若爱上玉真公主，我做兄长的也不应与兄弟相争。想着玉真公主情有他移，李白爱上了他的心上人，元丹丘心痛如刀绞。但他不像李白，做事只凭情感，冲动了什么事都可能做。元丹丘是一个极有理智的人。何况，眼下所有的一切都仅仅是他的个人猜测，没有事实证据。元丹丘这么想，心境渐渐平稳。

为了弥补自己的唐突，元丹丘故作轻松地说："今天天气好，我想我们一起出去走走。"

"我不去。"玉真公主反应迅速，她受不了元丹丘轻松的口吻，压着性子说，"要去，你们兄弟去吧。"

元丹丘不解其意：我没生气，你为何生气？他看着玉真公主。

玉真公主有她生气的理由：她与元丹丘虽没有夫妻名分，相爱已经多年，一起生活的时间也不短。来天台山后，他们就一直住在一起。刚才元丹丘进来，意识到气氛不对，脸色突变，玉真公主不担心，反而暗自高兴。她和李白之间没发生什么，只是有那么一点点情分。元丹丘动怒，说明他看重她对他的爱。可元丹丘一会儿就平静下来，还让大家一同外出散步。玉真公主生气，气元丹丘将兄弟情义放在他们两人的情感之上。你这个没良心的！她心中暗骂。为了给元丹丘留面子，她才尽量用平缓的语气拒绝了所谓的出去走走。

猜想玉真公主之所以拒绝，是因为刚才发生的事，李白很自责，觉得于元丹丘有愧，更有愧于玉真公主。他看着玉真公主，话挤在嘴边，说不出来。

你这个没用的！玉真公主见李白一脸的晦气，也在心中骂他。刚才还情真意切，见了元丹丘便悔成这样！你和我逢场作戏不成！

玉真公主突然性起，厉声问道："都看着我干什么？不认识我吗？"她起身就往门外走，走到门口，又转过身来，指着仍看着她发愣的元丹丘和仍看着她有愧的李白，十分严厉地说，"告诉你们，我玉真公主还是玉真公主！你们，一个元丹丘！一个李白！我认识你们！你们不认识我！"

2

李白和元丹丘漫步在道观外的小路上。

初春，大地回暖，草木吐绿，山间生机勃勃，李白和元丹丘没用心去欣赏。两人心里想的是玉真公主，嘴上说的也是玉真公主。

元丹丘给李白讲了他与玉真公主相识相爱到一起生活的全部经过。他说，玉真公主的性格就是这样，爱耍脾气。不过，她的脾气来得快，去得也快。她的感情和脾气不一样，她爱得专一、投入。为了他们的爱情，玉真公主可以放弃一切，他想去哪儿，她就跟他上哪儿。元丹丘还告诉李白，为李白这次病，玉真公主十分后悔。他高烧昏迷不醒，玉真公主经常通宵熬夜，给他端水喂药，这是公主以前从未做过的事情，就是对他元丹丘也没有如此细心过。

"我虽有病在身，心中明了。"李白说，"你和公主待我都无话可说。刚才……"

李白想对元丹丘解释一下，却被元丹丘打断，他说："兄弟不要在意，一切都有其自然，勉强不得。玉真公主动怒，也是一时之气，过后不会有事。"

尽管元丹丘说得十分超脱大度，李白还是要将他想说的话说出来："我知道出道之人一切超俗。要说男女情爱是世俗之本，不错；说男女情爱是超脱一切世俗之上的最神圣的人类之精神，更没有错。公主与你的情爱不正说明了这点吗？说心里话，我也爱恋公主。她对我的兄弟情义，是由你而起，在我这儿却完全融于精神爱恋。刚才她帮我运气，我一时冲动，情感宣泄于外，过后追悔莫及。这些年，我爱过女人，有过女人，又已娶妻成家。细细想来，对我娘子，对我爱着的女人，我的世俗之爱多于精神之爱。公主是兄长的心上人，又是兄长的红颜知己，我只能以兄嫂敬待。不过，在我内心，对公主的精神恋情怕是再不会泯灭。为此，我也深感于兄长有愧。"

好长一段路，李白和元丹丘不再说话。

李白说出了他心中想说的话，心情比先前轻松了许多。他边走边看林中景色，很想将自己融入山林之中，蜕去血肉躯壳，成为飘逸于宇宙间的一个精灵。从这里，李白想到正将躯体禁闭在内室中的司马承祯。不明道理的人，以为他正自找苦吃。深入道理之中，才能体会到大师所享有的，一般人渴望而不可即的快乐。

元丹丘听了李白的话，在心里反省自己。他对玉真公主的情与爱是世俗的，还是超俗的？他不能像李白那样，分得那么清楚。元丹丘从来以为，情欲与情爱是生命中的混沌现象，要将它们截然分开实在不可想象。爱至极致，自然要去相互满足对方表达生命欲望的情欲。他和玉真公主情爱甚深，才有肉体的完美结合。他无法设想，他与玉真公主没有肉体上的情欲的完满，精神情爱将怎样像现在这样完整地结合。

元丹丘不同意李白的说法。他告诉李白，他认为，灵魂存在于肉体时，情爱就表现为情欲，表现为对生命欲望的满足。当灵魂升华，不需要肉体表现时，情欲自然消失，情爱才变成一种完全的神交。修道在尘世，一切欲念皆可灭，唯这生命欲望不能没有。出世超俗的过程必须借助于生命过程，情欲也就随之伴行，这是他的看法与一般道教理论不同的地方。

不过，李白对玉真公主的精神情爱，元丹丘也能理解。他说，李白生有自然的仙气，没有修道，却能自然入道。这也是他第一眼看到李白，就认他为兄弟的原因。他不会因为李白心中爱恋玉真公主而淡漠他们的兄弟情义，也不会嫉妒他，或是玉真公主，他们还是他世间的最好的朋友和伴侣。

元丹丘和李白虽看法不同，交流得深了，感情自然比先前更加融洽。两人走走停停，在山林间消磨了许多时间，直到正午过后，才往回走。

刚进道观，小道姑就迎过来，说："大师兄怎么才回来？玉真师姐已经走了多时了。"

元丹丘不相信自己的耳朵。李白也很吃惊。

小道姑又重复了一遍，并递给元丹丘一张折好的纸条。元丹丘急忙打开来看，上面空无一字。显然，这是玉真公主专门给他留下的白纸。

"她上哪儿去了？"元丹丘追问小道姑，"她去了哪里？"

小道姑的头摇得像个拨浪鼓。她和他们一样，不知道玉真公主去了哪里。

玉真公主自己都不知道她要去哪里。

开始，玉真公主并没打算走。她生气，一个人回房中坐着。本以为，发了这么大的脾气，元丹丘不来，李白也会跟过来劝她。可她一个人空坐了好久，脾气快发完了，还不见有人来。出来问小道姑，才知道，元丹丘和李白早已出去散步了。这下，玉真公主可是真动怒了。她三下五除二，收拾了自己几件换洗衣物，提上小布包就要离开道观。走到门口，被小道姑拦住，问她要去哪里。她忍着泪水，交给小道姑一纸白张，让她转交给元丹丘和李白，然后，头也不回地下山去了。

元丹丘马上要去找玉真公主。李白也想去。

元丹丘不答应，他说："你大病刚愈，不能过累，还是我一人去。"

结果，李白留在道观，并不比出去找玉真公主舒服。他每天坐卧不安，心事重重，人好像又大病了一场。直到第十三天的下午，元丹丘才回来。

"可曾找见她？"不等元丹丘进房坐稳，李白便急切地问。

元丹丘情绪低落，往凳子上一坐，说："没找到。"

喝下李白递过来的一大碗山泉水，元丹丘叹了口气，说："先以为她不会走得太远，我去山上的其他大庙小观中找。找了几日，不见她踪影。我又下山去，四处打听。后来听人说，几天前，见过一个道士打扮的女子朝北去了。我便往北追，可追出去好远，都不见她人。再打听，没了一点消息。看看已经过了十多天了，我怕你在观中着急，才急急忙忙赶了回来。"

在道观中又住了几日，李白和元丹丘商量，一定要找到玉真公主。他们决定即日下山。

离开道观前，元丹丘和李白来到司马承祯隐居的内室外。

李白在天台山两个多月，虽未面见司马承祯，但他的病愈靠了司马承祯的鼎力帮助。为此，修炼中的司马承祯担了很大的风险，打断或延误了修炼时间是小事，没有前功尽弃是大师的幸运。这是一件极不容易做到的事情。要是玉真公主和元丹丘为其他人恳请大师指点，司马承祯恐怕不会理睬。

大师还有不到一年的时间，便要成仙飞离尘世，元丹丘不敢再打扰。他和李白并排站着，两人在心里默默地与司马承祯道别，祝大师修炼成功。

据传，司马承祯在众妙台道观内室与世隔绝，修炼了整整一千一百天，比三年多出五日。终于第一千一百零一天的凌晨，得道升天。司马承祯的肉身不需要任何药物，全靠内功外力修炼，变成了不朽的楠木。

李白和元丹丘下山，往西北方向，一路寻找玉真公主。沿途所有的道观、寺庙，他们所想到的玉真公主可能去的地方，都不放过。走出江南东道，进入淮南道，几个月时间，没有找到玉真公主。玉真公主真像变成仙人飞入太空了一样，在人间音信渺然。

来到光州（今河南光山），再往北，过了淮水，就要出淮南道，进入河南道了。往南行不远，则到安州。

元丹丘提出来在这儿与李白分手。他说："看样子，我们一时半会儿寻不到玉真公主的行踪。这里离安陆不远了，你先回家。我再去华山找找看。她曾和我说过，她的皇上哥哥在华山给她修了一个道观，她没去住过。也许，她会到那儿去。"

李白想与元丹丘一同去华山，心里又牵挂着家。离开安陆已有半年多了，他常常想念睡在摇篮里的小女儿，还有体弱的娘子。李白犹豫了很久，最后还是依了元丹丘的主意，他先回安陆。

"找到她，我一定尽快给你来信。"元丹丘想让李白放心回家，特意说些宽心的话，"我想她不会有事，只是赌气躲着不见我们。见了面，说清楚相互间的误会，还会和好如初。"

"找不到她，你也要尽快给我来信。"李白说。

"那是当然。"元丹丘比李白乐观，他说，"不过，我相信不会找不到。"

元丹丘继续北上，李白坚持送了他几十里地。一直到淮河边上，看着元丹丘乘船，过了河，李白才原路返回，往安州回家。

路上，李白想着玉真公主，作了一首《玉真仙人词》：

> 玉真之仙人，时往太华峰。
> 清晨鸣天鼓，飙欻腾双龙。
> 弄电不辍手，行云本无踪。
> 几时入少室，王母应相逢。

李白想象着玉真公主成了仙人，飞往西岳华山的西峰道观中居住。每天清晨，她还像在众妙台一样，晨起练功，在西峰顶上"鸣天鼓"。

这"鸣天鼓"是道家的修炼方法之一。按动作起名，就是一种叩齿的方法。在道家修炼中，左相叩齿曰"打天钟"，右相叩齿曰"槌天磬"，中央上下相叩齿则曰"鸣天鼓"。

李白想象着玉真仙人叩齿能掀起飙风，绞舌如同双龙腾飞。她的功夫已经与泰山仙官东方朔不相上下，可将雷电玩弄于股掌之中，激波扬风，令风雨失调。她是仙人，来无踪去无影，飘忽于天地之间。

李白还说，有时候，玉真仙人会到嵩山少室主持修炼，王母娘娘若是在场，也要起身相迎。

元丹丘要去华山寻玉真公主，李白便想象玉真公主住在华山西峰，并不为怪。奇怪的是，李白说玉真仙人会到嵩山少室主持修炼。而元丹丘过了淮水不远，没去华山，正是在河南道府颍阳（今河南颍阳）北面的嵩山上，意外地找到了玉真公主。十多年以后，到天宝年间，玉真公主离世，元丹丘为她树碑，也立在嵩山之中。这是后话。

李白的"仙风道骨"在他诗句的字里行间，随处可见。

8

在众妙台李白连续高烧不退的时候，青莲乡，李白的老家发生了重大变故——李白的父母同时遇难，李家的房产被一把大火烧成灰烬。这个重大变故，要从李白离家后说起。

李白离家后，李氏心情总是不畅，白天黑夜经常梦见儿子。特别是当李客外出跑商不在家时，李氏更是度日如年，她想儿子，担心老头子，最后发展到不想吃，不想睡，从早到晚站在家门口，盼望着他们回家。

好不容易将李客盼回来，李氏说什么也不让他再出去。她总说外面有危险，李客年纪大了，家里的钱够用，不要再去跑商了。

李客见夫人身体不好，心绪也有些迷乱，只好将生意停了，暂时不外出，在家待了挺长一段时间。他每天陪着李氏散心，还请来郎中给她瞧病。李客想让夫人尽早康复，自己也好趁跑得动的时候，多跑些生意，多攒些钱财。

有夫君在家陪伴，李氏的心情明显好转。她不想让李客再出去了。瞒着李客，她让人将驮东西用的马鞍全部贱价卖掉。李氏想，没有了马鞍，李客想出去也没了办法。

可谁承想，李客发现马鞍被卖掉后，发了一场前所未有的大火不说，立即不惜高价重新配好马鞍，外出跑商。而且，外出比以前更频繁了。

李氏一个人在家，寂寞、担忧，日子特别难过。她找出儿子小时候穿过的小棉背心，终日不离手。家里的仆人见女主人总是抱着儿子的小衣服，呆呆地坐着，都说女主人精神有了毛病。请郎中来看，吃了许多的药，李氏还是老样子，整天坐在椅子上发呆。

日子长了，人们也就习以为常。

一天三餐饭，仆人送到李氏面前。晚间睡觉，有专人来牵李氏入室，照顾她睡下。李客回家，只是反复交代下人，一定要精心照看好夫人，其他话也不多说了。他还是照样外出几个月，回家住几天，又急着出去跑生意。

其实，李氏坐着发呆是有原因的。她抱着李白的小棉背心，仿佛可以看见儿子在外面的举动，还可以让时间返回到过去，让小儿子重新搂着她的脖子，在她耳边牙牙学语。李氏坐着发呆，思绪常常也在跟随夫君的足迹，李客走到哪儿，她就跟到哪儿。她替他观察四周，发现潜伏着的危险的苗头。

李氏在白日梦中，发现了一双褐灰色的眼睛。这双眼睛充满了仇恨，瞳仁中映出李客的身影。从这对阴森森的瞳仁里，李氏看见她的夫君骑在马上行路、讲话，下马吃饭、休息、睡觉。很多天，这双可怕的眼睛没有消失过。李氏很害怕，她越发显得呆气。

李客回来。李氏等他走到身边，呆呆地对他说："有一双胡人的眼睛跟着你，你不要再出去了。"

过了差不多半辈子，为了那笔意外之财，夫人还在提心吊胆。尤其是发呆以来，她常常说些吓人的疯话、呆话。李客已经听习惯了，根本不往心里去。他不会因一句呆话改变主意。

在家住了几天，李客又准备外出了。他像往常一样，和坐着发呆的李氏告过别，转身刚想走，李氏猛然伸出双手，拉住他的衣袖口不放。

"你不要走！胡人的眼睛来啦！"

李氏的这句疯话喊得很大声，简直就是在歇斯底里。

李客回头盯着李氏看，他的曾经是那么贤淑漂亮、机智能干的年轻娘子，不知不觉之中已经成了一个白发苍苍、目光呆滞、颤颤巍巍的老太太。无限的怜惜之情涌上李客心头，他猛力将他的娘子搂进怀中，用同样已是皱皱巴巴的手，轻轻梳理着李氏有些蓬乱的白发。

这已经是很久很久没有过的事情了。李氏靠在夫君的身上，号啕大哭，没有眼泪，只有老太太沙哑撕裂的喉音。

李客的心在哭，在流血。整个李家大院都在哭，都在流血。

开元十七年（729）夏末，李白从天台山返回安陆后，曾以《长相思》为题写过一首乐府诗，读来很像在记叙他的老父老母之间的这段情感故事。

266

李客夫妻二人离世，与他们的儿子作的这首《长相思》，前后相隔差不多半年时间。李白在诗中写道：

> 日色欲尽花含烟，月明如素愁不眠。
> 赵瑟初停凤凰柱，蜀琴欲奏鸳鸯弦。
> 此曲有意无人传，愿随春风寄燕然，忆君迢迢隔青天。
> 昔时横波目，今作流泪泉。
> 不信妾肠断，归来看取明镜前。

李氏从年轻时起，就生活在年年月月为夫君担忧的日子里。花容月貌的年轻女子，白日盼君君不归，夜晚只好与明月相伴，苦苦思念。夜深人静，宁静致远，鸳鸯琴弦奏响，传遍川蜀山地。相思人多么想让春风将她的相思曲寄往遥远的燕然（唐代的燕然州是突厥九姓部落的住地，李客很可能与他们有生意来往）。

岁月不留情。往日纵横于桃花粉面上的相思泪，如今化作泪流泉。皱纹满面的李氏眼泪业已流干，泪流泉却依然喷涌。

面对日月明镜，谁不痛断肝肠！

在这，古人有一则李白的小故事：

李白作完《长相思》，以"不信妾肠断，归来看取明镜前"一句颇为得意，举在手中，反复吟诵。他的妻子许夫人在一旁听了，笑道："君不闻武后诗乎！"说着，许夫人将武后的诗句吟出："不信比来常下泪，开箱验取石榴裙。"原来，武则天说在李白之前。李白听了，怅然若失。古人于此强调："此即所谓相门女也。"意思是说，许夫人真不愧是相门后代，论起诗歌来，能让中国历史上著名的大诗人李白黯然失色。

古人旨在突出相门之女。其实，李白不该怅然若失，更应得意才是。他与武则天共吟同一个意境，令人想得很多，想得很远。

历史的长河中，有人做大事，有人做小事。无论做大事，还是做小事，每个人都只有一段极为有限的光阴。武则天做的是大事，她的名字永远写在历史上。无数的小人物做了数不清的小事，历史不予记载。可是，当着末日来临，大人物小人物，皆无可选择，他们面对着同样的终点——必须结束生命。

历史留名，对于大人物自身没有什么特殊的意义，他的生命结束了。历史不予留名，小人物的生命也结束了。小人物对历史没有过多的奢求，生命之灯的熄灭恐怕比大人物轻松了许多。

大人物也好，小人物也好，个体生命活着，还是死去，对于历史从来无关紧要。从这点出发，结束生命完全可以泰然处之。但是，对于个体生命本身，对于一个人，不管你是大人物，还是小人物，不管你回顾一生是宽慰、安详，还是遗憾，你的生命毕竟就要结束了。面对匆匆逝去的岁月，人自然会有肝肠寸断的悲痛。这大概是上天为你幸运出生与热爱生活的特别的搭配。

李客这次出去只用了十来天，他将拖着尾巴的生意处理完毕，便返回了青莲乡。外出前，李客就想好了，回来后他要请最好的郎中，彻底治好夫人的病。夫人不恢复正常，他不再外出。

进家，李客先去看他夫人。李氏还是抱着儿子的小棉背心，呆呆地坐着。她不再提"胡人的眼睛"，也不说话。李客问她，她只是点头或摇头。

这天晚上，李客让李氏与他同床。自李氏有病后，这也是第一次。李氏不哭，也不笑，顺从地睡在李客的身边。躺在床上，李客睡不着觉，忆起以前的事情，他不停地说，像是对李氏说，也像是自言自语。李氏睁着眼睛静静地听。她爱听李客讲他们的过去，发生过的事情一幕一幕地在她脑子里重现。

过去的经历，即使苦得厉害，即使当时极不愿发生，放到回忆中间也会变得津津有味，丰富多彩。老年人喜欢回忆过去，不是因为他们曾经有过灿烂辉煌的时刻，而是因为他们身上积淀了很多很多的过去，他们的未来却已经不多了。

李客在回忆中渐渐入睡。李氏好像睡着了，也好像没睡着，她的眼睛一直半睁半合。

后半夜，李氏突然疯了似的大叫："胡人的眼睛！胡人的眼睛！"她用力抱着李客的身体。

李客惊醒，眼前真的站着好几个只露着眼睛的蒙面胡人。他想跃起，却被李氏死命地抱住，一下起不了身。待他挣脱李氏，两把利剑已经卡住了他的脖子。两个蒙面胡人跳到床上，踩住李客的手脚，剑逼在李客的颈

268

动脉上。

李氏好像猛然清醒，她爬起来，扑向卡住夫君脖子的利剑，要救李客。不想，另外两把利剑同时刺穿了她的胸口。利剑抽出，李氏倒了下去。她的最后一个动作，是抓住放在她身边的儿子的小棉背心，捂在胸口上。

小小的棉背心立刻浸泡在鲜血之中。

眼见夫人惨死，李客怒不可遏，他吼叫道："为什么？"

一个蒙面胡人冷冷地回问："哼，二十多年前，你连杀我们五位兄弟，问了为什么吗？"

是仇杀！

李客闭上了眼睛。夫人说得对，仇家总要找上门来的，无论躲在哪里。

蒙面人一起嘿嘿嘿地笑着，让李客身首分离。

与此同时，住在李家大院的二十多口人全部被杀。安顺子，他的儿子小顺子，小顺子的一家，还有老五楞一家，都和主人一同归天。李家大院的所有财产被洗劫一空。

天亮前，一把大火点燃。那个冬季无雪，气候干燥，李家大院的火势迅速蔓延，火光冲天。大火整整烧了两天一夜，整个青莲乡被笼罩在浓烟黑尘之中。

乡人救不了大火，只能站在一边观望。曾给李客打过包票的风水老先生听说，也赶来了青莲乡。

望着气派的李家大院变成了一片废墟，风水老先生惋惜地对乡人说："唉，当年我说过，若能找到一块负阴抱阳的宅基宝地，李家肯定不会遭此厄运。可惜呀，可惜了这么许多的财产。"

见乡人没什么反应，风水老先生又说："不过，话又说回来。世间有'冤仇'二字等着，要靠天地风水保平安，怕也难哪！"

1

李白回到安陆家中。

269

小女儿平阳已九个多月，快十个月了。她刚刚下地学走路，见一个陌生男人进屋，吓得一下反身扑向母亲许夫人，将圆圆的脸蛋藏进母亲的腿缝中间。

许夫人本来弯下身子扶着女儿，没见有人进来。小平阳的动作让她吃了一惊，抬头一看，是夫君进了门。她好不高兴，一把抱起女儿，说："平阳乖乖，不怕，是你爸爸回来了！叫爸爸！叫爸爸！"许夫人边说，边把女儿抱到李白身边。

李白欣喜地站着，等着女儿叫他。

小平阳睁着大眼睛看着面前这个在她看来十分高大的人，小嘴紧紧地闭着，不肯张开。

"她还不会说话，"许夫人说，"我只教会了她'爸爸'两个字。平阳快说，爸——爸——"

小平阳跟着许夫人的口型，张开小嘴，奶声奶气的，拖着长声，发出两个含糊不清的音节，听着很像是"巴——巴——"

李白激动极了。他一把接过女儿，用力地亲她红红的小脸蛋，又将女儿高举过头顶转个不停。小平阳早吓得哇哇大哭起来。李白还止不住，只是哈哈大笑。

"别闹了，别再闹了，看把孩子吓着啦！"许夫人拽住李白，好不容易从他手中接回小平阳，含笑着嗔怪道，"哪有你这样当父亲的，没轻没重的，看把孩子吓得哭成什么样了。看看，裤子都尿湿了，你还笑得高兴。"

李白真的高兴。

回到家，与在外面的感觉完全不一样。难怪人们常说："金窝银窝，不如自家的狗窝。"

"在家千日好，出门时时难。"有一个温馨的家，有一个善解人意的娘子，还有一个可爱的小宝贝，谁不愿意回家！

可是，在家住得久了，李白焦虑又起。他连着写了不少自伤有才无人赏识，英杰无用武之地，恐时光白白流逝的诗篇。

他在《青春流惊湍》中写道：

青春流惊湍，朱明骤回薄。
不忍看秋莲，飘扬竟何托？

270

光风灭兰蕙，白露洒葵藿。

美人不我期，草木日零落。

"朱明"是指夏季。夏季气赤而光明，因此叫作朱明。李白说，青春岁月如湍急奔流不息的河水，炽热旺盛的夏季转瞬即过。不忍看秋季枯萎了的蓬草，被风连根拔起，卷至空中。飞蓬要飘向哪里？哪里是它真正的归属？阳光风雨能让兰蕙芬芳，生长畅茂，也会令它枯萎死亡。向日葵花要迎着太阳开放，秋霜白露只会破坏它的姿容。

国君是李白心中真正的"美人"，他惊呼："时不我用，老将至矣！"怀才不遇，岂不悲夫！

在《秋思》中，他又写道：

春阳如昨日，碧树鸣黄鹂。

芜然蕙草暮，飒尔凉风吹。

天秋木叶下，月冷莎鸡悲。

坐愁群芳歇，白露凋华滋。

春阳已经逝去，秋凉降至大地。眼见着秋风扫落叶，霜打华滋茂盛的花卉绿草，群芳凋谢，万木干枯。悲，悲戚不止。愁，愁煞人也！

还有一首《嘉谷隐丰草》，他叹曰：

嘉谷隐丰草，草深苗且稀。

农夫既不异，孤穗将安归？

常恐委畴陇，忽与秋蓬飞。

乌得荐宗庙，为君生光辉？

这是李白感叹，为什么时下没有伯乐，没有引荐出类拔萃之人的在位贤人？你看，出类拔萃之人流于荒野之外，混于常人之中，就好像稀有的良种谷穗隐在深草之中。农夫看见谷穗埋没在荒草之中不加以区分，在位贤人不引荐在野贤人。怎不叫在野贤人担忧，悲叹，难道他真的要与草木一同枯死，腐烂在野地里吗？

李白期望着，有知贤者将他引进朝廷大门，好让他为国君争得光辉。

许夫人见了这些诗，为她的夫君分忧。她劝李白不记前时过结，放下架子，再向安州李长史求谒："俗话说，'精诚所至，金石为开'，说不定李大人能为你的真诚所动，以才华为重举荐你。"

"安州府是朝廷设立的十五个中等督府之一，能取得地方长史的推荐，就算一大成功。"许员外也劝李白说，"大丈夫能屈则屈，能伸则伸。韩信可受胯下之辱，你只需稍稍低头，说几句谦逊的话。依我看，并不失脸面。"

李白想来想去，觉得娘子与老岳丈说得有理，眼下自己只有这条路走。他违着性子，写了一封《上安州李长史书》。

许员外为李白备好马鞍，叫李白亲自送到安州府上，他说："此书于你前程至关重要，你亲自送去，方显出十分的诚意。"

李白答应。

临出门前，许夫人抱着平阳又叮嘱道："夫君此去，无论遇上何事，万不可任性。古人常说，为人处世以谦让为明智，退一步为的是进两步。"

李白记住，一路调整自己的情绪，设想那李长史如何如何刁难于他，他都要忍住吞下。孔老夫子的名言"小不忍则乱大谋"，饱读经书的李白何尝不知？只是他生性倔强倨傲，很难做到。

来到安州府上，李白递入门状并许员外特意给写的便函，求见李长史。门人让他在大门外等着，自去通报。这情景李白经历得多了，并不在乎。

李长史看过许员外的几句客气话，又看了一眼写有"布衣李白"字样的小小门状，心里暗笑，嘿嘿，到头来，你们还是要来求我！他喜不自禁，对门人说："让他到大堂上候我。"

许久，李长史才迈着八方步，从里屋走进大堂。他好像没看见站立在堂上久等的李白，自己往上首坐下，又端起放在茶几上的茶盅。揭开茶盅盖子，新泡开的茶水直往上冒着热气，李长史悠悠地品着茶香。

"布衣李白在下叩见李大人。"李白心平气和，谦卑地双膝跪地，向李长史行叩见大礼。

以前，除了父母，李白从来没跪拜过什么人。跪下叩首干谒，这是李白有生以来的第一次。这以后，李白再没给任何朝中官员下过跪。对李长史，是李白一生中唯一的一次。

"噢，是许员外的乘龙快婿来了。"李长史拉长音调，故意不讲李白的名字，而突出他是人家的上门女婿，"上门两年有余，已经过习惯啦？"

"许员外待李白如同己出。"李白仍跪在地上答道。按理，李长史应该请李白平身，可李长史并不发话，已经跪下的李白只好继续跪着。

"你来这里有何事相求？"

"李白带来上书一封，叩请大人览阅。"

"噢，写给我的？"李长史的语气明显是：你李白还好意思上书于我？

"好吧，那就呈上来吧。"

李白趁机站起身来，从怀中拿出他写好的书信，并一本新作的小诗集，递给走到他身边的官差。

李长史不接官差送上的李白书信诗集。他背靠着座椅，挥手，对官差说："打开，念给我听。"

这天当班的官差正好是李长史一房远门亲戚，人已有了年纪，老眼昏花。打开李白的上书，整版密密麻麻的蝇头小楷，他认起来实在费劲，好一会儿，才结结巴巴地开口念道：

　　　　白，嵚崎历落可笑人也。虽然，颇尝览千载，观百家。至于
　　圣贤，相似厥众……

"停！停下！"李长史打断老官差。他一来嫌他念得结巴，二来听李白开场便自认，他是历经高山崎途，沦为落魄之人，心里高兴，想进一步戏弄李白。

李长史露出笑脸，对李白说："他念不清楚，你自己念给我听。"

听着老官差念出第一句话，李白已觉心中不快。李长史又故意让李白亲口念给他听，李白更觉得是自己人格的极大屈辱。要知道，李白好不容易写下这些文字，连看都不愿再看一遍，现在让他站在堂下，面对这个可恶的李长史，亲口朗读，这不是要了他的命一般！

不自量力的李长史，你也太得寸进尺！一团怒火在李白心中燃起，火焰立即由眼神中喷出。

李长史见了，冷笑不止，道："我今日公务繁多，时间有限。想让我

听，你就快快读来。不想让我知道，你原封带回去好了。"

写都写了，跪也跪了，最后念出来，为何不忍住？许夫人、老员外，还有女儿平阳都站在李白身后，让他压住性子。李白只好接过他的上书，强迫自己开口往下念道：

> ……白孤剑谁托，悲歌自怜。迫于凄惶，席不暇暖。寄绝国而何仰？若浮云而无依。南徙莫从，北游失路……青白其眼，瞢而前行。亦何异抗庄公之轮，怒螳螂之臂？御者趋召，明其是非。入门鞠躬，精魄飞散……白妄为人也，安能比之……敢昧负荆，请罪门下。傥免以训责，恤其愚蒙，如能伏剑结缨，谢君侯之德。敢以近所为《春游求苦寺》诗一首十韵，《石岩寺》诗一首八韵，《上杨都尉》诗一首三十韵，辞旨狂野，贵露下情，轻干视听，幸乞详览。

在上书中，李白以从未有过的卑躬屈膝，自称是孤剑、悲歌、浮云。他坐不暖席，不得安居，被迫汲汲于奔走。他南北碰壁，无所依从，迷失方向。又说：他负荆请罪于李长史门下，求李长史怜惜他愚昧无知，对他严厉训责。他将伏剑结缨杀身报德。

这些，李长史听得都很顺耳。他接过李白念完后重又交给官差送到面前的上书和小薄诗集，想仔细对证，这上书到底是不是李白亲笔所书。

李长史打开上书，上下扫过，突然发现两行很刺眼的文字。听李白念时，他没注意。自己看来，却觉得话中有话。

李白在上书中引用典故："青白眼"和"螳螂之臂"，虽然直接说的是古时候的事情，李长史却以为，李白在借古讽今。

"青白眼"出自《晋书·阮籍传》，说是阮籍有一大本事，会使青白眼。遇到不高兴，或不喜欢的礼俗之士，阮籍作白眼；有人送礼给他，或遇到他喜欢的人，阮籍则改用青眼。

李长史以为，李白将青白眼之事写入上书，不是暗指他李大人长着青白眼？李白跟着再用"螳臂当车"的典故，不是嘲笑他李大人"自不量力"，又是什么？想到这儿，李长史气愤已极。他一下将上书和小薄诗集掷于李白的脚前，翻着白眼，怒声喝道："狂徒李白，胆敢在本官面前卖

274

弄文字！假借负荆请罪之名，狂说典故，用意何在，你以为本官识不出来！"

不等李白申辩，李长史又对着下人大吼："快些将他给我攘出府门，从此不得进来！"

李白早就义愤填膺，他不捡被掷在脚前的上书，反而伸出一只脚，在上面连着踩了好几下，然后抬腿，用脚将这上书从地上撩起，踢飞，说："见鬼去吧，我不需要你！"

又脏又破的上书飘起，重新落地，位置离李长史很近。

李长史被气得不停地翻着白眼，连声叫着："滚出去，你给我滚出去！"

李白这下倒高兴起来，他哈哈大笑着，甩开前来推他的老官差，大步走出安州府的大门。

回家，李白还在高兴。许夫人问他，见到李长史了？他不正面回答。许夫人又问，李长史可有话说？他逗着女儿玩，假装没听见。

后来，许夫人从老父亲那儿听说，李白此去，将李长史气了个半死。她不得不摇头叹息道："唉，这个夫君样样都好，就是生性桀骜不驯，以这种脾气性格，日后哪有官场的出头之日？"

转眼，时光又是一年。

进入开元十八年（730），安州传出消息：李长史高升，入京城做朝官，继任裴长史已经到任。

听到这消息，李白愈加愤愤不平，"青白眼"凭什么官运亨通，就凭他的缺德少才不成？由此，李白又不能不大发一通感慨，感叹世间常让小人得志，他说："古人云：'狐裘虽敝，不可补以黄狗之皮。'这古人都知道狐皮袄破了，即使一时找不到适当的材料缝补，绝不以黄狗皮冒充。朝廷一时缺人，也不可用小人来充数。小人在朝，君子在野，叫国家如何继续昌盛？"

许夫人与李白的想法不同，她以为，这是件好事。许夫人说："李长史在安州，于夫君不利。他走了，无异于摘掉了我们头上的灾星。夫君应该喜欢才是。听说，新到任的裴长史文武双全，人也豁达大度，善结交文人学士，这不正合夫君的喜好吗？依我看，夫君去城里听听消息。果真如此，再上书，或是想办法与裴长史结交，于前途不会有错。"

李白觉得娘子说得有理，自去安陆城中打听。

朋友们都说，这个裴长史与先前的李长史不同。他性情慷慨，气干虹霓。来安陆前，他重义气讲信用的美名早已飞扬京城内外。来安陆不久，月费千金，府上日日有宴会，宾朋嘉客成市。他日常生活也与一般官人不同，常常洒脱不拘一格：白日出府跃骏马，夜来罗帐搂红颜。

朋友还给李白背了一首街上近日流传的小诗："宾朋何喧喧？日夜裴公门。愿得裴公之一言，不须驱马埒华轩。"

说话间，一列马队从李白他们坐着的小酒家门前走过。朋友看见，忙指给李白看，说："前头那个骑着枣红骏马的人，就是裴长史。"

李白急忙起身，追到小酒家门外去看个清楚。

裴长史骑在马上，察觉到有人从小酒家里匆忙赶出来看他。他人已走过小酒家，又回过头来，对着那个神里神气地望着他的布衣笑了一笑。然后，扬鞭策马，率领他的马队在安陆街头狂奔，黄泥街上掀起一路尘土。

回到家里，李白告诉娘子，他看见裴长史了。他神采飞扬地给许夫人形容裴长史："这个裴长史，实在与一般官员不同。别的不说，单说他那长相，我看他骑在马上，鹰扬虎视，威风凛凛。他身材魁梧，目若悬珠，齿若编贝，肤如凝脂。我所见过的文武官员中，少有这般集英武文静于一身的人。"

几天后，许员外接到裴长史的请柬，约许员外及李白赴他府上家宴。

李白到安陆三年，在安州已有不小的名声。按他自己的话说，是"白以弱植，早饮香名"，有美誉在外。其实，李白在安州的名声，有好有坏。说他好的人，将他赞美得无与伦比。李白所作诗赋，许多佩服他的人背得滚瓜烂熟，常吊在嘴边引用。说他坏的人，把他毁得一无是处。有时候，李白在前面走，后面便会有人指着他脊背给朋友介绍说，那是许家的入赘女婿，来安陆前在金陵、扬州各地，挥金如土，是个典型的公子哥、丧门星。许家不败在他手里，才怪呢。

李白的名声，最好的最坏的，两头都占，没有中间的说法。裴长史对他发生了兴趣。请遍了安州头面人物、地头蛇或一方之霸后，裴长史请朝中元老，顺便也将李白请上。

宴会上，裴长史对许员外毕恭毕敬，一口一个前辈。看样子，前辈在他面前讲话很有分量。许员外借机讲了李白许多好话，暗示裴长史，举荐

276

贤人不可忘记他的贤婿。裴长史没有表示反对，只是一个劲儿地点头，笑着答应。裴长史已经认出，李白就是那天赶出小酒家门外，专看他的那个布衣。

宴会回来后，许员外和李白商量，让李白给裴长史写一封上书，请裴长史向上举荐李白。

李白也觉得，裴长史确实可交。他对李白一点不摆架子，在宴会上主动找李白对饮了好几杯白酒，还说改天要专门拜读李白的诗赋。

李白想：话不讲不明。要讲，我就从身世讲起，让裴长史对我李白有个彻底了解，以求得共鸣。若裴长史和前任一样，有眼无珠，识不得人才，我从此不在安州求谒。

于是，李白提笔写下《上安州裴长史书》。

上书中，李白从他的豪族大姓，先祖李广讲起，他说，他是李广的第十六世孙李暠的后代，按宗谱推算，他是李暠的第九世孙，与当今皇家同出一族。（据郭沫若考证，若李白真是李暠的第九世孙，他便是唐玄宗李隆基的族祖。因为，唐高祖李渊是李暠的第七世孙，李隆基是第十一世孙。这么一算，李白便高出李隆基两辈。当朝皇上还应当叫李白叔爷才是。）

这话，李白出蜀后，干谒众多朝官时没少讲过，可朝官们都不重视。你想，至唐高祖李渊起，皇家李姓的嫡系子孙已经繁衍了上千人，谁还会将一个李姓旁族子孙放在眼里？

又据野史传记，唐朝皇家李氏一族，本不属陇西大族李广、李暠一系。为着抬高身价，唐高祖李渊将族谱冒认过继在陇西李氏的门下。当朝很多人都知道其中缘由。李白以陇西李氏后代自称，与当朝皇家攀亲，当然没人理睬。

不管别人怎么看，李白坚持父母告诉他的事实。讲完身世，李白又细细叙说他三十年来的生活经历。从幼年勤奋读书开始，到青年从师赵蕤，礼部尚书苏大人对他另眼相待，以及出蜀干谒，他一年散金三十万，直至妻以宰相之孙女许氏为止。随后，李白特意将裴长史好一番赞颂，并坦言相告裴长史，他李白来安州后，有人制造谣言诽谤他，而他心胸坦荡，自知无辜，不与小人计较。

李白在《上安州裴长史书》的开头和结尾写道：

白闻天不言而四时行，地不语而百物生。白人焉，非天地也，安得不言而知乎？敢剖心析肝，论举身之事，便当谈笑以明其心，而粗陈其大纲，一快愤懑，惟君侯察焉！

……愿君侯惠以大遇，洞开心颜，终乎前恩，再辱英盼。白必能使精诚动天，长虹贯日，直度易水，不以为寒。若赫然作威，加以大怒，不许门下，逐之长途，白即膝行于前，再拜而去，西入秦海，一观国风，永辞君侯，黄鹄举矣。何王公大人之门，不可以弹长剑乎？

这次，李白没有亲自去安州府，他打发下人将上书送交给裴长史。

裴长史看后，没像李白想象的那样，或从此对李白另眼相看，与他结交；或赫然大怒，让李白膝行他面前。他笑了笑，随手将李白用了不少心思的上书压在书案的镇纸下，再不去想它。

裴长史自认为，像李白这类小有才华、神里神气的布衣，他见得多了，不必对他们用心。当然，他们说两句过头话，也无须和他们动什么肝火。

李白这边，送出上书，即石沉大海，一等再等没有回音。心中气盛的李白，整天唉声叹气，度日如年。

为此，许员外专门去州府拜访裴长史。他让李白同他一起去，李白不肯。闲谈中，许员外有意将话题往李白的上书上引。而裴长史全作不知，每每都把话题巧妙地岔开。凭经验，许员外知道，期盼裴长史举荐李白，根本无望。

安州的路彻底堵死，李白有了新的想法。

元丹丘来信，告诉李白，他在嵩山找到了玉真公主，两人和好如初。玉真公主打听李白的情况，她对李白没有任何记恨。元丹丘说，他看得出来，玉真公主很留念李白，责怪他不该走到嵩山门口，将李白先打发回家。元丹丘还告诉李白，春末夏初，玉真公主要回长安一趟，等她重返嵩山，请李白来与他们一聚。

玉真公主要去长安，李白的心为之一动。他本来就有离开安陆，进京城去直接寻找机会的想法。玉真公主回长安，更促使李白打定了主意。

李白将去长安的想法说与娘子听。

许夫人说，她早有这个打算。她想让李白去长安，投靠许家的亲戚，通过他们将李白举荐给朝廷。这想法已与老父商量过，老父亦认为可行。只是担心李白自尊好胜，不愿走许家的门路，所以一直放在心上未说。

夫妻二人想到了一块儿，李白哪里会不高兴？

他给元丹丘去了一封信，告诉他和玉真公主，夏天，他也要去长安。

想到孟浩然在长安有不少朋友，其中不乏朝中高官贵人，许夫人让李白给孟浩然也去一封信，请他为李白写几封引荐书，让李白带着去长安。

李白先是不肯。他不想借朋友的关系谋自己的出路。这其中有只能意会，不可言传的奥秘。一般说来，朋友之间关系再好，涉及共同前程问题，或多或少会有一些忌讳。有时，这种忌讳当事人自己都无法察觉。但当着朋友刚刚谋前程且失败，你又借着朋友的关系去走同一条路，不成功还好说，万一成功，今后朋友间会难以相处。李白深知这一点，孟浩然不会想不到这一层。

可许夫人坚持说，出门在外，多一个朋友多一条路子。李白一个人第一次上长安，两眼一抹黑，请孟老兄介绍认识几个他的朋友，不算过分。许夫人还说："若是这点忙都不愿帮助，你们还算是什么真正的朋友？"许夫人不知道，这就是她相门之女的短见了。

李白依了娘子，给孟浩然去了一封信。李白告诉孟浩然，夏天，他要上长安，问孟公是否有信相托。并说，他在长安没什么朋友，有很多的时间。

孟浩然很快便回了信。信的基调很低。孟浩然说，从长安回来，他人心已死，不再想入朝为官之事，长安的朋友也不想联系。要是他们还记得他，他们自会与他联系，他再不会去主动找他们。介绍李白认识他长安朋友的话，孟浩然当然没说。信尾，孟浩然预祝李白此去长安顺利。

许夫人看了这信，无话可说。

李白心里有话，也不能说。

朋友毕竟是朋友，不能过多地要求人家。

李白极重义气，他不把这事放在心上，只要他娘子无话可说就行了。

279

开元十八年（730），初夏时节，李白从安陆起程，前往长安。

路过襄阳，李白住了一夜，没去见孟浩然。第二天一早，李白就从襄阳出发了。

路上，李白走走停停，途经邓州（河南南阳）、商州（陕西商州）等地，步行了一千多里，来到长安，已是盛夏。

长安位于关中平原西部，八百里秦川之上。它南倚终南山，东望骊山，依山带水，四周河流纵横，历来有"八水绕长安"之说。这八水，指的是泾、渭、灞、浐、沣、滈、潏、涝八条河流。

在古代中国，长安作为政治中心前后长达一千零六十二年。从公元前11世纪的西周起，秦、汉、西晋、前赵、前秦、后秦、西魏、北周、隋、唐等十多个朝代在长安建都。其中以西周、秦、西汉、隋唐的都城最为著名。

唐代的京都长安城，围在高大的青灰色护城墙内。城墙四周围有十余丈宽的护城河。据记载，它的外郭城，东西一十八里一百一十五步，南北一十五里一百七十五步，周围六十七里。城墙高一丈八尺。城墙全部是板筑夯土墙，其厚度九到十二米，近城门处则厚达二十米。

夯土城墙十分的坚固，它的最底层用石灰、土和糯米汁混合夯打而成，上面再用黄土分层夯筑。历经一千多年以后，拾一小块散落在地的夯土碎块，你会发现，这夯土根本就是铁榔头也砸不烂的顽石。

西安历史博物馆有关于秦始皇时期民工筑造夯土城墙的故事，说是古时候的人，施工特别注重施工质量。相传，暴君手下的官吏，为着建功立业，定下残酷的施工检验标准。他们发给检验员每人一把铁锥，劳役民工筑好夯土墙后，由检验员用铁锥验收。若细细尖尖的锋利的铁锥能扎进夯土，负责筑造这段夯土墙的劳役民工就要被处死。若铁锥扎不进夯土，检验员就要送命。双方必有一死的检验标准叫人难以相信。可夯土城墙经受住千百年风风雨雨的考验，有历史见证。

长安城的城墙，东、西、南三面，对称地辟有三座城门。南面的明德门，一门五洞，东、西两侧的城门则是一门三洞。城北由于宫城影响，城门的设置不守规则。各方城门，建有巍然耸立的城楼，城墙四角有角楼对应。

平日，城楼上驻扎着禁卫军士，城墙上插着禁军锦旗。墙高风大，军旗猎猎，人们未进长安，便先领略到了大唐京都的雄伟、庄重和威震四方的宏大气势。

李白从东门入城。很远就见三座放下的吊桥前，城门洞开。城楼上高悬"春明门"三个大字。左、中、右三个大门，分列两排禁军兵士，他们高矮胖瘦，整齐划一，面容严肃，头戴羽盔，身着金甲，手执长戟，威风凛凛。左边城门，专走入城车马；右边城门，是出城车马的专道；中间的大城门供行人出入。车马行人在禁军卫士中间穿行，进城出城，熙熙攘攘，秩序井然，有条不紊。

长安城与其他城镇大不相同。它的规模大，自不用说。唐朝以前的历史古都，没有哪座城市能与之相比。它的合理布局，具有超前意识的城市规划设计，现代人也要叹为观止。

早在公元前两百多年，汉代长安的城市建设就很有规划。城中八街九陌，排列齐整。东西方向、南北方向的城门用笔直的大街连接。大街由三条道路组成，中间为御道，百姓行走于两侧。大街十分宽敞，可容纳十二辆马车同时通过。街道两侧栽有槐、榆、松、柏等林荫树木。

经过东汉末、三国时期的战乱，古长安城基本被毁，到隋朝，才又重新设计规划，建筑宏伟的大都城。隋朝三十多年，长安都城初具规模。

再经初唐半个多世纪的建设，到唐高宗时，外郭城竣工。城内建成南北向大街十一条，东西向大街十四条。大街小巷笔直端正，将市区民宅划分得方方正正，整个城区就像棋盘格子一样。

当时，长安最宽的大街有九十多米宽。街道两旁种植树木，梧桐、槐树、柏树、榆树，还有石榴果树，各条街道特色不同。平坦、宽敞的大街，春天生机盎然，夏天林荫凉爽，冬天银装素裹，煞是好看。街道旁边挖有水沟，地下设有下水道，保证不积雨水、泥浆。城内坊巷布局合理，坊门启闭一致。每当夜幕降临，鸣鼓为号，坊门统一关闭。第二天，雁塔晨钟敲响，坊门又纷纷开市。

古代以钟鼓报时，几乎每个城市都建有自己的钟楼鼓楼。唐代长安，叩钟报白昼时间，击鼓则通报夜间时辰。

长安的钟鼓楼建在城中心东、西、南、北四条大街的交会处。钟楼内悬有一口巨钟。它高两米，直径一米五，重六吨，铸于唐睿宗景云二年(711)，因此取名为景云钟。景云钟敲响，钟声洪亮，音质浑厚、雄壮，声传数十里远。

与钟楼不同，长安鼓楼引人注目的是它的两块巨幅横匾。一块挂在鼓楼的南檐，称"文武盛地"。另一块曰"声闻于天"，悬于鼓楼的北檐。八个大字，古朴苍劲。相传，这八个大字是唐代一位名不见经传的杂役用扫帚写成的。

游览鼓楼，导游会将这传说讲给你听：武则天时，重修鼓楼。为了庆贺竣工，武则天在鼓楼上宴请群臣。众人正喝得高兴，武则天却皱起了柳眉。她圆睁杏眼看着这刚修好的鼓楼，总觉得不甚满意，可又说不上到底少了什么。

宰相狄仁杰跟着武则天的目光转，他揣摩到女皇帝的心思，上前奏道："依臣看来，这鼓楼处处皆好，只是少了两块匾额。"

武则天眼睛一亮，说："爱卿所言，正是朕刚才所想。你有匾文吗？"

"回陛下，"狄仁杰反应迅速，即刻打出腹稿，奏曰，"臣已草拟两块匾文，不知是否合适。"

"讲来。"

"南匾书：文武盛地；北匾书：声闻于天。"

八个字，既取用了女皇帝的名号，又表现了鼓楼特点。

武则天十分高兴，马上命工匠做好两块长十丈、宽二丈有五的巨匾。

唐代书法家众多。可是，真到宣诏书题写匾额，当时城内的书法大师，竟无一人敢于应召，个个担心自己的书写不合武则天之意，被问杀头之罪。

巨匾抬放在鼓楼之内，多日无人书写。一个扫大街的杂役听说后，毛遂自荐，说他可写这八个大字。狄仁杰将他上下打量，见这杂役果然面貌不俗，便欣然允诺，命人抬来漆桶和巨笔。

杂役不去动那笔墨，也无多话。他拿起自己平日扫地的扫帚，放进漆桶中，提出，往那巨匾上几挥几舞，八个大字瞬间即成。原来，这杂役自幼喜爱书法，因家境清贫，无钱买纸买笔，便以扫帚为笔，大街为纸，天长日久，居然练就了一手好大字。这手大字悬于鼓楼南檐北檐一千多年，人见人颂，世人皆爱。可是，这杂役并未因他的传世绝笔而被历史誉为书法家。问起他姓氏名谁，竟也无人知晓。在世人的嘴中，他永远是一个打扫大街的杂役。

唐代长安的居民区，以朱雀大街为分界，东属万年县，西属长安县。两县开设东市、西市两个大的商业区。商业区内街宽十八米，东西、南北各有两条大街，将市场分为井字形状，其中店铺林立。有人考证，东西两市各有三四万家店铺。当时的商业繁荣盛况可想而知。这些店铺，三百六十行，行行都有，每一行集中于各自划定的区域内营业。

作为古代"丝绸之路"的端点，唐代长安又是世界性的商业都会。当时，唐王朝与三百多个国家和地区保持着密切的交往，南亚、西亚、欧洲的商旅，沿着"丝绸之路"东进，到达长安。他们带来世界各地的珍奇物品，珠宝、皮毛、马匹、犀角、象牙、香料、药品、海味、玻璃制品、玳瑁、珊瑚等，使长安城的商业丰富多彩。

唐高宗年间，长安城内约有上百万人口，这个数字来自《大慈恩寺三藏法师传》。它说，唐高宗显庆三年（658），佛教大师玄奘亲率弟子迎接慈恩寺碑，当时长安城内百万士女拥入街头，争相观看。

李白进了长安城，顾不得观光游玩。他找到客店，放下东西，就向人打听玉真公主的行宫。连问了好几个人，都摇头说不知道。

这些人真是莫名其妙！李白想，同住在一个城市，怎么不知道当今皇上御妹的行宫？

这些人也觉得李白怪怪的，怎么可以随便打听皇族成员的行踪？真是乡下来的书生，不懂得京城生活规矩。

在京城小住会有感受：京城中，普通市民与皇上，与皇家贵族居住的地理位置较近，心理距离却依旧遥远。他们虽然同住在一个城中，共处于一片蓝天之下，身份不同，生活起居和活动范围也就各不相同。普通老百姓从不擅自打听不该他们知道的事情。一日三餐，他们日复一日过着普普通通的贫民生活，好像皇上根本不住在城里，不在他们身边。他是天子，应该住在天上。

精美的皇宫建筑提醒人们，高墙深院中另有一片天地。后代人能通过历史故事了解一些那里面发生的事情，同时代的人却不得打探皇家机密。

日子长了，习惯成自然。只要能生活下去，京城市民也就不想关心深宫大院中的事情了，他们走自己的路，过自己的日子。当然，皇上不能没有地位。京城市民也和所有的平头百姓一样，把皇上认作至高无上的神仙，供奉在心里。

李白四处打听玉真公主的行宫，没有结果。无奈，他只好拿着岳丈大人给他写的"介绍信"，去找许家长房重孙，许员外叔伯的重孙，光禄卿许辅乾。

论辈分，许辅乾是许员外的侄孙，应是李白的姻侄，得管李白叫堂姑丈。按年龄，许辅乾是长房之后，比李白大了许多，已是五十好几的人了。他在朝廷官居四品，授有紫袍玉带。不过，可利用的权力不大，他是专管皇宫后妃膳食的官员。

见到李白，看过叔爷的亲笔信，许辅乾很热情。他请李白坐下说话，问李白许家亲戚们的近况，还特别问到许大郎。他关心许大郎，不知他是否较先前改好了一些。

听说李白来京城，已在客店里住了好几天，许辅乾有些不高兴，他说："自家人，为什么要住到客店里去？赶快搬过来住。"说着，不容李白解释，便吩咐下人到李白住的客店取东西。

李白说到进京城干谒之事，许辅乾犹豫了一下，说："这事不能着急，得要慢慢来。等这阵子忙过后，我带你去认识一些有权势的高官，请他们往上头举荐你才好。"

许辅乾告诉李白，玄宗的生日庆典，千秋节就要到了。今年是皇上四十六周岁诞辰，他被抽去筹办宫内的诞辰宴席，已经有半个多月没回府上了，每日里住在宫中。今天偶尔回家休息，正巧遇到李白来访。这是他们有亲戚的缘分。

李白笑说："不急。我初次来长安，正好四处走走玩玩。你忙你的公事，忙完后，我也正好玩够了，我们再办私事。"

"这么也好。"许辅乾叫来府上的管家，对李白说，"我交代管家，每日安排一驾马车和一个下人，陪你到长安名胜游玩。你有什么要求，尽管告诉管家。"

"不必费累。"李白说，"我一个人，来去方便自由，用不着车马和陪同。多谢许大人想得周到。"

"长安城内方圆几十里地，城周围还有很多名胜景点，出去游玩没有车马很不方便。"许辅乾劝李白还是坐车出行，"我府上马车是现成的，人也有不少，为什么不用呢？"

李白坚持自己出游。他说，他一个人独来独往已成习惯，坐上官车反觉得不便。话说到这步田地，许辅乾也只好由他去了。

说话间，李白的行装已从客店中取回。许辅乾亲自安排李白住下，又反复交代管家下人，他不在家时，要好好招待李白。

李白住在许辅乾府上，起居十分自由方便。他真的每天外出游玩，干谒之事先放下再说。

以唐玄宗的生日，每年的八月初五为千秋节，是上一年，即开元十七年，玄宗满四十五周岁时开始设置的。

千秋节，全国放假三天，宫里宫外普天同庆。

史学家们考证，自古以来，没有一个帝王把自己的生日定为节令，举国宴乐，祈祷"万岁寿"。唯独唐玄宗这样做了。北宋时的王钦若说："诞圣节名始于此。"

从唐玄宗在位四十四年的历史看，千秋节的设置，反映了"开元之治"的盛世达到顶峰阶段（封禅泰山与设置千秋节前后相隔三年半的时间），也是唐玄宗骄气最盛的表现。

开元十七年的八月初五，玄宗庆祝自己的生日，在"南内"兴庆宫的花萼相辉楼下，大摆酒席，宴请百官。

兴庆宫原是兴庆坊"五王宅"，是武则天退位，唐高宗将朝政迁回长安后，李隆基和他的五个兄弟住过的地方。李隆基正式即位后，他的长兄李成器说，"五王宅"是平息朝中内乱的最初酝酿之地，周围祥云缭绕，建议将它改为皇上的离宫。玄宗对"五王宅"也深有感情，接受了大哥的建议，为他的兄弟们另建了豪华的王宅，把原来的"五王宅"作为自己的离宫。

经过十多年的反复营造，离宫建成艳丽堂皇的宫殿。宫内有正殿兴庆殿和大同殿、南薰殿等建筑，还有闻名于史册的勤政务本楼、花萼相辉楼及龙池、沉香亭等别具一格的建筑。

开元十六年（728）正月，玄宗正式移仗于兴庆宫听政。兴庆宫成为朝廷最高的权力中心，称为"南内"。

唐代长安的皇城分"西内"太极宫、"东内"大明宫和"南内"兴庆宫，集中于城区的北部。历史上将这三大宫殿称为"三大内"。在不同时期，"三大内"的地位不同。

唐高祖李渊在太极宫登基。太宗李世民即位，朝中的门下省、中书省等主要政权机构仍设在太极宫。为安置父亲李渊，李世民下旨动工修建大明宫。但工程未完，李渊即死。大明宫建好后，高宗李治将政治中枢从太极宫移至大明宫。以后，唐朝的历代皇帝基本上居住在大明宫。

兴庆宫只住过玄宗一位皇帝。它的规模小于太极宫和大明宫，但建筑之精，是两宫所不及的。玄宗四十四岁时移居兴庆宫，直到七十八岁去世（除安史之乱外逃蜀川两年多），大部分时间都在这里度过。

玄宗四十五岁生日宴席，在花萼相辉楼举行，这是兴庆宫有史以来最盛大的场面。百官满席，杯觥交错，歌舞助乐。玄宗兴致正高，右相张说和尚书左相源乾曜，率领文武重臣，递上他们事先写好的上表书。

前面说过，封禅泰山回来不久，张说被罢相，去专修国史，等于是一度退休。接替张说，玄宗以源乾曜为右相，张嘉贞为左相。两个搭档干了三年，基本是守成前任，维持日常工作。不过要说没有任何建树，也冤枉了他俩。

源乾曜保持了原来的风格。他一直是个好好先生，为人处世，宽厚仁和，遇事很少发表独到的看法，总以退让为上。张嘉贞出身军旅，为人直爽，思维敏捷，办事果断，责任感极强。与此相应，张嘉贞的性格中就有暴躁、刚愎自用、不善于团结人等少不了的毛病。这样的两个人配在一起，要相安无事，只能是张嘉贞说了算，源乾曜服从他。可源乾曜是右相，为正职，张嘉贞是左相，为副职。好在，源乾曜也能让。两人正职变成了副手，副手行使了右相的职权。

这期间，张嘉贞对军役制进行了改革。当时军队采用府兵制，兵士平时为农，战时为兵，服役期从二十一岁到六十岁，几乎要终身服役。军官常把士兵当作家奴使用，派劳役，扣军饷，长此以往，引起众人不满。张嘉贞长期在边界军营中任职，了解下情。他任宰相后，提出改革军役制，将服兵役的年龄定在二十五岁至五十岁之间，并由百姓轮流参军。这是他的一大政绩。

源乾曜的贡献在于力图改变朝中重京官轻外官的风气。姚崇为相时就曾提出，要重视地方官员，朝中官员犯罪，不可以贬出京城到地方任官职为治罪方法。但是，京官地位高于地方官员的现实一直改变不了。高官子弟受荫为官，多被留在京城，出身低层的金榜题名者却大多被派往边远地区任职。源乾曜想扭转这不正之风，主动将自己已经担任了京官的两个儿子放为外官。在他的影响下，有一百多个高官子弟被他们的父亲送到外地为官。

　　三个年头过去了，政敌没抓到源乾曜和张嘉贞的把柄，两人本可以继续做搭档。不巧，就在这时，张嘉贞的弟弟——金吾将军张嘉佑贪赃枉法之事败露。张嘉贞被连坐，贬为幽州（今北京地区）刺史。

　　再以谁为宰相？玄宗前思后想，好费了一番心思。

　　自姚崇、宋璟离开政坛后，玄宗调整了他的施政战略。他要明确皇权是主宰，相权是附庸，不再想用名臣为相。他想告诉天下，"开元之治"是他英明领导的结果，而不在于哪个人出任宰相。为了让国家昌盛，持之以恒，玄宗选用听话的宰相来维持局面。以源乾曜为右相，目的正在于此。

　　俗话说："逆水行舟，不进则退。"治理国家，没有创新就保持不了兴盛。源乾曜和张嘉贞维持了三年，朝中积压了许多老问题，新问题也不断出现。玄宗感到，再这样下去，将直接影响到他的英名。

　　宰相还是要用得力之人。玄宗重新起用了张说。他下旨，任张说为右相，源乾曜做他的副手，改任左相。

　　张说哪里想到，他六十二岁的年纪，还会被皇上重新重用，接到再次封相的诏书，心中的喜悦可想而知。

　　重登相位，张说做的第一件事，是奏请皇上修订"五礼"，他希望与学士们一起讨论古今，删改实施。这恐怕是他几年来专修国史的成果。玄宗下诏从之。

　　第二件事，张说将僧一行编撰的《开元大衍历》，呈给皇上。从此，天下开始实行新历。

　　张说要做的第三件事，是于重新为相的第二年，与源乾曜一起，率文武重臣上表玄宗，恳请皇上下诏于天下，以每年八月初五为千秋节，普天同庆。

呈给玄宗的上表曰："伏惟开元神武皇帝陛下，二气合神，九龙浴圣，清明总于玉露，爽朗冠于金天。月惟仲秋，日在端五，长星不见之夜，祥光照室之朝。群臣相贺曰：诞圣之辰也，焉可不以为嘉节乎……"

后面，上表书中大讲了一通以八月初五为千秋节的好处。玄宗边看，边点头称是。当即，便令笔墨侍候，亲笔手谕："自我作古，举无越礼。朝野同欢，是为美事。依卿来请，宣会所司。"千秋节从此确立。

千秋节，意思是让李家王朝千秋万代，永世不衰，同时也表达了玄宗自己长守富贵万寿无疆的个人企盼。与先前相比，这时的玄宗已显得不那么明智了。张说率百官奏请封禅泰山时，玄宗曾多次推辞不许。可以说，当时，玄宗对自己的政绩还有正确的估价。而这次，张说率重臣建议置千秋节，玄宗毫不犹豫，满口应允。这说明，玄宗在位十多年后，面对"开元盛世"，逐渐故步自封，开始由一个励精图治的皇帝，变为一个好大喜功的帝王。

玄宗明明知道，"凡是节日，或以开气推移，或因人事表记"。自古以来，没有以生日定令节的先例。但他需要以一个创举来肯定自己的功绩，肯定自己的伟大。后人评说："享国既久，骄心浸生。"

面对盛世，保持清醒，做个善始善终的皇帝，在这一点上，玄宗远远不如太宗李世民。史书记载，贞观二十年（646）十二月，唐太宗四十九岁生日，群臣欲大庆，太宗反对，他说："今日是朕的生日。俗间以生日为喜乐之日，朕的心情却翻成感恩。我在位二十年，虽然天下富有，百姓同乐，但是追求侍养，永不可得。为人君主，一日不敢怠慢。《诗》云：'哀哀父母，生我劬劳。'朕怎么能在父母劳苦之日，做欢宴享乐之事！"太宗说着说着，心绪起伏，不禁流下泪来。左右侍臣也不禁随之悲伤。三年后，太宗离世。李世民不为"贞观之治"的显赫政绩所陶醉，历史交口赞誉。

玄宗四十五岁定下千秋节，仅在兴庆宫内庆贺了一番。来年的千秋节，实际上是第一个全国性的千秋节，当然要大庆特庆。

从六月开始，朝廷内外，京城地方，都在为筹办千秋节忙忙碌碌。许辅乾被抽出专门筹备宫内的一百桌宴席。除了他，负责这一百桌宫内宴席的大小官员还有十几个人。他们整整忙了两个多月，忙得许辅乾这期间只回过一次家。由此，推至全国上下千千万万桌喜庆宴席，人们要忙成啥样！

千秋节不仅仅要宴庆，围绕着喜庆，还要组织各种庆典活动：入朝进贡献贺，朝中封授彩邑、加官晋级，地方祈农祭神，城中游园盛会，等等，这么多的活动要筹办，其财力人力物力的投入，可想而知。两个多月能筹备完毕，也算是高效率了。

八月初五千秋节。玄宗又在花萼相辉楼摆出酒宴，宴请百官。席间，百官纷纷为皇上祝寿、献礼、吟诵贺词。玄宗高兴地赐给四品以上官员每人一面金镜、一对珠囊和两束缣彩，赐给五品以下的官员锦缎绢帛不等。随后，玄宗又其乐融融地赋《千秋节宴》诗一首：

> 兰殿千秋节，称名万岁觞。
> 风传率土庆，日表继承祥。
> ……
> 处处祠田祖，年年宴杖乡。
> 深思一德事，小获万人康。

张说不失奉承皇上的好时机，赶紧和诗一首。他在《奉和千秋节宴应制》中颂扬："五德生王者，千龄启圣人……何岁无乡饮，何田不报神。薰歌与名节，传代幸群臣。"

众臣又随着张说、源乾曜，一起给皇上叩头拜寿，三呼万岁。玄宗笑眯了双眼，将手一扬，站在一旁高力士忙传圣旨："奏——乐——"

宫廷梨园子弟演奏玄宗亲自创作的乐曲《紫云回》，貌若天仙的舞女们和着乐章，飞扬长袖，翩翩起舞。兴庆宫歌舞升平，满园笑语。

长安城内也热闹非凡。千秋节，城中大街小巷，三天昼夜不断，连续举行各种庆祝活动。

6

李白来长安一个多月，城内的主要景点他都已游过一遍。

千秋节的头一天，许辅乾从宫中带话出来，让李白千万不要错过节日

289

三天的庆祝活动，到城中好好玩一玩。其实，不用许辅乾嘱咐，李白也不会放过这难逢的游玩机会。

千秋节一大早，李白就往城中最热闹的地方去了。他到城东南的曲江池看游龙表演，进芙蓉园观风筝大赛，去慈恩寺听高僧讲经布法，听说马球场里马球打得好看，又赶去看打马球。

唐代马球，是一种竞技性极强的体育活动，也是一种赌博活动。李白来到马球场，一场比赛正在进行。只见选手分为红黄两队，各乘着彩骑，手持钩月状球杖，在鼓乐声中，催马左右往返，追逐着一个小小的滚球。一名黄队队员，回杖凌空猛击下去，小球飞转似流星直入对方球门。裁判唱筹，黄队赢得一分。

观众席上喝彩声骤起，赌黄队得胜的人们兴奋得手舞足蹈，黄队已经超出红队两分。下赌于红队的观众急了，在席间用力跺脚，喝上倒彩。场上，双方角逐更烈，鼓声阵阵，马蹄纷踏。整个马球场声震如雷。

不知怎的，一名黄队队员突然马失前蹄，跌倒在场上。几匹马收不住足，跟着绊倒撞翻在地。双方队员纠打在一起，裁判挤在中间无法劝阻。看台上，双方观众有助威喊打的，有骂娘的，还有跃入场中去帮忙的。马球场顿时乱作一团。

李白被群情激动，他看着是红队队员犯规，有意用球杖猛击那黄队队员的坐骑前足，令其人马同时栽倒。"不讲理，太不讲理!"李白自然地站在黄队观众一边，帮着呐喊。

"小子，你掺和啥子!"一个人在身后推了李白一把，"活腻了!"

李白回身，见几个流氓神气的人站在他身后。推他的那人右脸下方文了一条小青蛇。

"你小子下赌啦?"一个流氓质问李白，"下了赌，为何不向我家大爷缴场子钱?"

李白开始没动气，他缓着口气说，他并未下赌，只是见场上不平，才讲两句公道话。

"说的啥子公道话? 这里没你小子说话的地方。"文脸的流氓说，"你他妈的没缴大爷的场子钱，赶快滚出去!"

李白火了，下意识地将手放在剑柄上。

"啥子啊! 你小子他妈的还想动手不成?"文脸的流氓见了，捋了捋袖子凑到李白面前。

李白真想照着他的下巴就是一拳，想了想，又忍住了。离开安陆时，娘子反复叮嘱过他，出门在外，不比在家，遇事千万不可任性。宁让一分，不争一毫。

"我看这小子是外地人，这次放他一马。"说话的就是那个"大爷"。他拦了文脸的流氓一下，将头一摆，示意让李白走开。"不过，小子你记住了，在大爷我的地盘上活动，不把大爷放在眼里，终没你的好果子吃。"

李白离开马球场，有些扫兴，随意在街头走着。忽然，大街上驶过一队车马，马车铃铛摇得叮叮嘟嘟直响。车马风驰而过，很多人跟在后面跑，街上的人好像一齐往车马去的方向拥。

李白觉得奇怪，站在街边问："看什么，你们都往那边去?"

三五个人从他身边急匆匆地跑过，嘴里有一句没一句地说着：

"走啊……"

"热闹……"

"刚才出来的……"

"快些……"

李白根本不明白他们说了些什么，又有人从李白身边快步走过，李白拉住了他问往那边去看什么。

"皇上放贾昌出来了!"

"贾昌?"

那人见李白不明白，补充道："贾昌啊，最会斗鸡的神娃，你没听说过?"

"是那个斗鸡神童?"

"一点不错。"那人讲起贾昌，神采飞扬，"自打这神娃被皇上召进宫后，再瞧不着他。今个皇上过生日开恩，下旨让神娃出宫，给城中百姓表演驯鸡术。听说，他还带了宫中最好的雄鸡出来，要表演斗鸡给大家伙瞧，这可是平日里只有皇上、高官贵人才瞧得着的。"说着，他见李白还站着不动，又补上一句，"快走吧，去晚了，只怕看不见了。"

斗鸡场在城东头，李白跟着人群往那边奔去。他早就听说过长安城的斗鸡神童贾昌的大名了!

玄宗即位以前就很喜爱民间斗鸡娱乐，常出宫参与斗鸡活动。做了皇

291

帝后，玄宗在宫中设立了鸡坊，从皇家六军中选拔五百多人，专门做驯养斗鸡的驯养员和教练，驯养了数千只斗鸡。

长安男儿贾昌，从小迷恋斗鸡。他天天和鸡滚在一起，渐渐地熟悉了鸡性。贾昌进入鸡群，就像和他的小朋友们一起玩耍一样。站在鸡群中，贾昌让鸡怎样做，鸡就会怎样做，所有的鸡都不敢违背他的指挥调度。

玄宗听说后，宣旨召贾昌进宫，令贾昌当场表演驯鸡术。贾昌年少却毫不怯场，将宫中的斗鸡调教得和人一样听话。玄宗大喜，当即赏给贾昌上百束绢帛，并封他为四品大臣，让他留在宫中，负责掌管鸡坊。鸡坊的五百驯养员和教练也归贾昌指挥。

神鸡童一下变成朝廷大臣。他做的官，比京城科举会考，金榜题名的进士还要大。一般进士初次封官，顶多做个六品县令。弄得不好，还只有七品官位。而这贾昌一步登天，怎么能叫人服气？一时间，有民谣流传各地："生儿不用识文字，斗鸡走马胜读书。贾家小儿年十三，富贵荣华代不如。"

李白来到斗鸡场，贾昌的驯鸡表演刚刚结束。

斗鸡场上人山人海，李白只能远远观望。站在高台子上的贾昌，好生标致。他年不过十七八岁，头戴雕翠金华冠，身穿锦袖绣襦袄，腰束翡翠银丝带，一副少年得志、不可一世的样子。

人群中有人使劲儿鼓着巴掌，高喊让神鸡童再表演一次。众人都跟着叫好，想再看一次这难得一见的场面。

贾昌像没听见一般，他将手中执着的挂着大铃铛的尘拂一挥，上百只威风凛凛的大雄鸡，立即依次排列着走下高台，飞入马车车篷。这些雄鸡十分高大、强壮，它们有的高冠昂尾，有的毛色金黄，有的脚爪全黑，都是民间少见的珍稀品种。

贾昌的车马启动，众人又乱了一阵，很多看热闹的人跟着车马跑出斗鸡场。随后，斗鸡场恢复了正常，斗鸡者继续他们原先的斗鸡比赛。大家有秩序地围成一个一个圆场，按照事先分组，在各自的场子内，放出雄鸡相互争斗。

李白也很喜爱斗鸡。可惜他事先没有准备，一时找不到斗鸡参赛，只能挤进人群围子，饶有兴致地观看人家的雄鸡争斗。

场子中间，从笼子里放出的两只斗鸡，一只全身雪白，一只遍体芦花。它俩可能被刚才宫廷的雄鸡表演所激怒，心中充满嫉妒，冲出铁笼就直扑对方，气势汹汹。两只好斗的雄鸡，鼓翅扬颈，绷紧了利爪，你追我逐，前后上下飞舞，好一阵乱抓乱啄。围观者和鸡主人不停地叫好，给两只斗鸡加油鼓劲。

几十个回合过后，场子上落得遍地鸡毛。白色的雄鸡血迹斑斑，倒在了地上。它奄奄一息，两只铁爪不停地抽搐，像是仍然不服输。芦花雄鸡呢，简直变成了一只肉鸡，只有长长的脖子上还横支着十几根可怜的短毛。它生命不息，战斗不止，继续伸张着利爪，扑向倒在地上的对手。

裁判一面扬着小旗赶开进攻的芦花肉鸡，一面使劲地吹响哨子，宣布芦花鸡主得胜。

芦花鸡主满面得意，召回了他的胜利者，并赐予胜利者上等食物。胜利者休息一会儿，还要重抖精神出战。而那只快死的白鸡的主人却不知溜到哪里去了。只见裁判捡起白鸡，随手啪地扔在一边，任它继续在地上抽搐，已经无人再看它一眼。

下一场比赛又开始了。随着比赛一场场进行，场子旁边丢下了一只一只战死的斗鸡。它们曾经是那么勇猛，主人也曾经对它们那么爱护，那么关心，可一旦战败，一旦战死，身价马上直线暴跌，连肉都没人要吃了。这些可怜的鸡勇士，它们根本不明白它们为什么要相互搏斗。它们只知道斗斗斗，为了斗而斗。这是它们的可悲之处。

千秋节最后一天的下午，李白来到城西关帝庙。

这里，临时搭有比武用的擂台。正式的擂台比武大赛进行了两天半，到第三天的上午已经全部结束。李白后悔，不该晚来一步。通常比武大赛后，胜者要进行表演赛。第一名与第二名重新交手，表演总是十分的精彩。

比武英雄虽然走了，关帝庙前的空场上，还有不少武师、游侠、卖狗皮膏药的在大声吆喝着，招揽游客过去看他们的表演。一个穿着长裤、赤裸着上身、胡人长相的汉子，特别引人注目。李白走了过去。

周围已围了一圈人，赤膊胡人狠着劲朝自己长满黄毛的胸脯上拍了三下，抱拳说道："各位父老，各位兄长，我献上几招家传拳棒。看得好，有钱的，请捧个钱场。无钱的，请捧个人场。看得不好……"他的汉语讲得很是流利，看样子，不是刚进内地的胡人。

说完，胡人汉子立地凝神。突然，他右手合拳朝左掌上猛砸下去，左脚跺地大喝一声，一口气打出一套拳路。只见他身以滚而起，手以滚而入，身脚手相随，上下合一，力达击点，耳边生风，干净利落。他动作舒展有力，一招一式，式式工整，不露半点破绽，看得人眼花缭乱。你还没缓过劲儿来，他已经收拳住脚，站稳了，像刚才根本没动弹一般。

李白禁不住大声叫好："好啊，好身手！"

围观的人并不响应。

李白又掏出一串铜钱，丢进场内。

胡人汉子朝李白抱拳道："多谢，多谢这位大哥。"然后，又绕场一周，对众人道，"内行看门道，外行看热闹。诸位父老，诸位兄长，多多捧场，多多捧场。"说完，胡人汉子用脚撩起一根差不多有碗口粗的长棒，握在手中，风转了几圈，正想继续献技，被一个声音止住："他妈的，你卖的哪门子乖子！"

李白看那说话的人，正是前天在马球场找他麻烦的那个文脸流氓。他们一伙人十几个都已经站在围子边上，看着要挑事端的样子。

"我以真武艺卖钱，并无乖子可卖。"胡人汉子平声说。

"你认得我们侯爷，侯大爷吗？"

"我在江湖上行走，近日初到长安，并不认得侯大爷。"

被称作侯大爷的人，名叫侯德，听有人敢说不认得他，嘿嘿冷笑了两声，朝前站了一步，对胡人汉子说："你也配走江湖？一点规矩都不懂。自古道：入山要拜土地，出外要靠贵人。你到我的地盘卖武艺，不先拜我，还想收钱！"

侯德指了一下李白，又说："除了那个不识相的小子，你看看，没我开口，谁敢给你喝彩？"

胡人汉子并不动气，仍心平气和道："算是小弟失敬。敢问大爷高姓大名，也好交个朋友。"

"哼，粪桶也有两只耳。你的耳朵早干啥子去了！"文脸流氓说，"还想和我们大爷交朋友。实话告诉你听，我们大爷第一认的是银子，第二认的就是这个！"文脸流氓朝胡人汉子举起了拳头。

"也好，那我们就……"

胡人汉子的话还没说完，已有一站在他背面的流氓冲上来，照准他背心猛地就是一击掌。这一掌，少说也有百来斤的气力，若是别人，正击在背心上，定会被击倒在地，口吐鲜血，不死也会有个八分。

胡人汉子感觉背后生风，急忙侧过身来，掌心从他背部擦皮而过，划出一横杠粗细的紫血印记。胡人汉子就势反手抓住那流氓的胳膊，身体稍往下躬，腰手同时用劲，给他来了个倒背包，一下将这流氓甩出数尺远。

李白在一旁见了，又大声叫好，其他人都不敢吱声。

流氓们见同伙被甩在地上，半天爬不起来，七八个人一声吆喝，冲了上去，围住胡人汉子乱打乱踢。胡人汉子武艺虽好，毕竟只有两手两脚，四面八方，上下左右，都要对付，十几个回合一过，看着动作慢了下来。

侯德站在一边看得高兴，叫道："狠狠打，小子不行啦，给老子好好教训他！"

李白这时已忍无可忍，又听侯德叫得高兴，脑门心上顿时一炸，一个箭步跨了上去，抬腿一扫，侯德立即跪倒在地，李白腰上的水心剑也压到了侯德的颈动脉上："快快叫他们住手，否则，我剑不认人！"

说时迟，那时快，待侯大爷完全反应过来这是怎么一回事时，他早就双腿跪在地上，动不得半点了。冰冷冷的宝剑架在他的脖子上，低眼看去，寒光闪闪，吓得他大气都不敢出一口。

几个流氓转眼一看，他们的大爷已被压在剑下，连忙丢下胡人汉子，想冲过来插手帮忙，可看见李白圆瞪的虎眼，又不敢轻易动作了。

胡人汉子这时已经乘势打倒了三个流氓。他还想继续打下去，忽听一个女声叫道："葛勒突利，慢着！"

来人是他的远房表妹，阿里古朵。她随父亲在京城开了一家西域饭馆，前日，葛勒突利来长安，借住在她家里。这边打架，已有人跑去报信。阿里古朵听说，赶紧前来帮忙。她从小也练有一身好功夫，一般的男人不是她的对手。在京城十来年，她与地界内的流氓都认识，通常是井水不犯河水，他们的饭馆每月交足了黑社会索要的地盘钱和保护费，流氓们也不多找他们的麻烦。

赶来关帝庙，阿里古朵见表哥打得正欢，侯德跪在地上，知道这边占了上风。她不想将事闹得太大，叫住葛勒突利，自己来当中间调解人。

"有话好说，不要动气。"等葛勒突利和那几个流氓住了手，阿里古朵走到李白面前，对跪着的侯德说，"侯大爷，由我来调解，可以吗？"

侯德早盼着有人解救他出来，听阿里古朵问他，不住地点头。

"让你的手下也听我的？"阿里古朵又问。

侯德当然点头。

"那好，"阿里古朵对李白说，"这位大哥放了他吧。我保证，他们再不会动手。"

见李白用不信任的眼光看着她，阿里古朵再问侯德："你说是吗，侯大爷？"

侯德点头如捣蒜。

葛勒突利过来，对李白说："多谢大哥从中帮助。这回，饶过他们算啦。"

"也好，看你的面子，暂且饶了他们。"李白说着，抽回宝剑，侯德从地上站起来时，他又补上一句，"以后，你们再不可随意欺人！"

侯德既已脱离危险，流氓相马上又露了出来。他的手下也跟着他又变得气势汹汹，准备再动手。

阿里古朵眼明身快，一闪插在了双方中间，笑着对侯德说："侯大爷给我一次面子，改天我们父女在馆子里好好款待大爷，大爷想咋乐就咋乐，怎样？"

想了想，侯德觉得这是一个下台的机会。他瞪了一眼葛勒突利和李白，意思是："小子们，等着瞧！"嘴上却说："姑娘的面子，我当然要买。大爷我大人大量，不与他们一般计较。"

流氓走后，葛勒突利与李白相互做了介绍。对于阿里古朵，李白好像有些眼熟。她高挑的个头，金发碧眼，鼻梁又高又直，富于性感的鼻尖微微向上翘着，给人一种挺傲慢的样子。不过，她的举动，说话的神态，并没有了不起的味道，她感谢李白对她表哥的鼎力帮助，邀李白一起到他们家开的西域饭馆去坐坐。

提到西域，李白才明白，他并没见过阿里古朵，只是记忆中对阿里古朵这样的西域女子有很深的印象。听母亲说，小时候，他的奶妈是一个胡人。奶妈的相貌，李白记不太清了，但面对金发碧眼的西域姑娘，深藏的记忆很快就被唤醒，他好像早就认识阿里古朵。

盛情难却，李白在阿里古朵家的西域饭馆里饱餐了一顿。

阿里古朵取出她家特酿的上等马奶子葡萄酒款待李白。这种酒，色泽紫红，甘甜可口，但实际上，它并不是酒，而是一种上等的天然饮料。它是用西域特产的马奶子葡萄加工而成。

西域的羊肉焖米饭，李白也很久没吃到了。在家时，母亲常给他做这种一层嫩羊肉，一层白米饭，一层胡萝卜蔬菜，浇上重油，再盖上白米饭，用樱桃、葡萄干、杏仁等蜜饯点缀的手抓饭吃。不过，母亲不让他用手抓着吃，他们家习惯用筷子。葛勒突利和阿里古朵都用手抓着吃。他们让李白也用手抓，说是用手抓着吃和用筷子吃，风味完全两样。

阿里古朵用汤盘盛着清水，端送到李白面前，叽里咕噜地讲了一串西域话，李白居然也能听懂，他躬身站起，用汤盘中的清水净过手指，阿里古朵又送上一条洁白的布巾，给他擦手，然后再请他坐下。

手抓羊肉米饭端了上来，李白学着葛勒突利和阿里古朵的样，用右手的食指、中指、大拇指，三只指头抓着吃。这抓饭很有讲究。三个手指将盘中的饭菜，三两下撮成小小的圆饭团子，再用食指、中指托近嘴边，拇指轻轻一弹，将圆饭团弹入口中。咀嚼着特有筋劲，越嚼越香，越嚼越有味道，与筷子送入嘴中的散饭、散菜，确实不一样。

席间，阿里古朵不停地讲这讲那，标准的汉话中不时夹杂着西域话，她的开朗和幽默，常常逗得两个男人大笑不止。

葛勒突利见李白熟悉西域的生活习惯，更觉得与他合得来。他换上大碗和李白喝酒，将刚才的不痛快全丢到脑后去了。

鸣鼓收市后很久，李白才离开饭馆。这是千秋节的最后一天，夜里已没有活动。白日人们玩得累了，这会儿大都入室归家。宽敞的大街上少有人迹，只有欢庆节日的彩灯依然在闪烁。

李白一个人在街上走着。街两旁的彩灯照着他，前后左右，投在地上四个身影。影子一会儿拉得很长，一会儿又缩得极短，一会儿很暗很重，一会儿又变成暗灰色的，显得有些轻飘。

李白的思绪随着影子的变幻而跳跃。他从身体强壮的葛勒突利突然想到了瘦小多病的吴指南；他从西域饭馆想到了青莲乡老家，想到了母亲父亲；他又从阿里古朵想到了令狐兰。

不知为什么，李白从阿里古朵的言笑中几次看见了令狐兰。这个令人销魂的女人，一直牵着李白无穷的思念。"这会儿，令狐兰在干些什么？"

李白想着他与她分手时，令狐兰哭成泪人的样子，也许她正在席间弹唱，也许她正与……每次想到这儿，李白就不愿再往下想。

另一个女人浮上李白心头。玉真公主站在前面的彩灯下朝李白招手，她让他过去。等李白快步走过去，玉真公主却不见了。她的黑色道服，在黑暗中，留不下任何身影。

初来长安时，李白没有打听到玉真公主的行宫。过后，他也不急着去找玉真公主了。既然已走了许家的路子，许辅乾答应帮他找人举荐，他就先静下心来，听许辅乾的安排。玉真公主他想见，但暂时不见为好。李白想清楚了，不到万不得已的时候，不要走请玉真公主帮着引荐的路子。毕竟，玉真公主是个女人。

这天晚上，李白没想他的娘子。尽管平日里，他常常想着她，常常想着他的小女儿平阳。可这天晚上，许夫人没在李白眼前出现过。

许辅乾忙过了千秋节，回到府上，就为找人举荐李白的事奔忙。

张说病了。三年前，几天大牢把他的身体完全摧垮了。这两个多月，上下忙着千秋节，又把他累了个半死。千秋节还没过，他就躺在了床上。听说，他这次病得还不轻。许辅乾打听了，皇上派所有的御医都去给张说看过病，御医们没人敢打包票，一定治好张说的病。病中的张说，不便打扰。

找左相源乾曜，也不合适。都说源乾曜是"署名宰相"，一向管事，却不担责任。让他执行皇上旨意可以，让他自拿主张办事，恐怕很难。没有张说开口，源乾曜绝不会自己做什么决定。这样的人，找他也是白费口舌。何况，许辅乾和他也不熟悉。

再就是中书令萧嵩，户部侍郎宇文融，他俩一个管兵部，一个管财政，许辅乾和他们能说上两句话，可惜与专门负责掌管文官选授的吏部没什么关系。托了他们，他们还得再去托别人。人托人的事，往往很难办得好。

吏部尚书兼中书侍郎裴光庭，许辅乾认识。但他也知道裴光庭对他从来不感冒。

千秋节皇上的百官宴上，许辅乾特意去给裴光庭敬酒。他先是假装没听见，一个劲儿地和别人说话，不理许辅乾。等许辅乾厚着脸皮非要和他碰杯时，他又推说，酒已喝得过多，碰杯可以，酒是绝对不能再喝了。他说得出口，也真的做得出来，碰过杯后，许辅乾一口喝干了杯中的酒，裴光庭的酒杯没往嘴边送，他把满满的一杯酒直接放回了桌子上，当着众人的面，给了许辅乾一个难堪。这样的人，他许辅乾还会去求吗？换了别人可能不怕碰钉子，还会去求他。谁让他有权！可他许辅乾不会去了。许辅乾想，他与裴光庭同在朝中为官，姓裴的制不住他，说不定他还能通过后妃们制住姓裴的。再说，他不为自己的事，为亲戚托付的事，也没必要再掉身价去求裴光庭。

许辅乾问李白，认不认识张九龄、王维这些著名文人。

李白说，听说过他们，他的朋友孟浩然和他们很熟。

"孟浩然，我听说过这个人。"许辅乾说，"前年他来长安，听说引起不小的轰动。不是他当面得罪了皇上，他那些朋友把他抬得，差点一步登天了。"

"我来长安前，本想托他介绍，认识几个他在长安的朋友。可因走得急，孟兄正好外出，走前，没见到他。"

"可惜，真可惜。"许辅乾说，"要是有孟浩然的介绍，那就方便多啦。"他嘴上这么说，心里还想着："有张九龄、王维他们推荐，我不就省心了！只可惜，我不是文人，入不得他们的圈子。这李白是个文人，也没入了他们的圈子。事情就有这么麻烦。"

许辅乾将朝中的几位大臣，分析来分析去，最后又回到张说身上。他认为，相比之下，还是去求张说最合适。张说是朝中文人的领袖。先前有个许国公苏颋，现在有燕国公张说，两人并称为"燕许大手笔"。他再有病，求他发个话总是可以的。

于是，许辅乾给张说写了一封短信，请求宰相见李白一面。他说，若是大人贵体欠安，拜托宰相指派一人见见李白也好。

信送出去，五六天没有回音。许辅乾又派人送去一封求见信，遣词造句更为恳切。接连四封信送出，一个月后，总算有了回信。

宰相府上来人，传达口信，说是宰相口谕：宰相重病在身，不能面见许光禄卿。请许光禄卿即日带上李白，到宰相府等候二公子张垍接见。

张说总算有了安排,许辅乾满意了。他不管是谁接见,只要能把李白推上去,完成许家叔爷交给他的"任务"就行。至于这个人是否真会向朝廷举荐李白,最终是否能给李白封个一官半职,他许辅乾就管不了那么多了。

第 七 章

1

张说共有三个儿子，张均、张垍和张垍。三人都与父亲一样，能诗善文。长子张均，官至户部侍郎，是朝廷重臣。幼子张垍在朝中做符宝郎，是五品官员。二子张垍是皇家驸马，三品卫尉卿，在兄弟中间才貌最为突出，很受张说的宠爱。

张垍成为驸马，与张说早年于皇家的功绩直接有关。

当年，李隆基为太子时，他的妃子杨良媛怀孕上身。时逢太平公主处处与李隆基作对，恨不能找到个碴儿，让她的皇上哥哥废掉李隆基的太子地位。李隆基足根不稳，事事小心谨慎。

担心妃子受孕，给自己带来麻烦，李隆基召张说入太子府，密嘱道："良媛有孕，恐太平公主闻知，又要当作一桩话柄，到父皇面前去拨弄是非，说我内多嬖妻，沉淫于男女欢娱之中，不适宜做太子。不如用药堕胎，免得她来借口。"

那时，张说是正官侍读，专门陪伴太子读书习文，出入东宫十分方便。他与李隆基的关系处得极为融洽。听太子说要给妃子堕胎，想了想，认为不妥。他拱手道："殿下骨肉，乃皇家龙种，岂可轻堕？还望殿下慎思。"

李隆基想都不想，回复张说："我意已决。欲全一子，转害自身，实属不值。托侍读为我觅来堕胎药，速速将此事了结，千万不可泄露出去。"

301

张说无话可说，退出后，思来想去，觉得此事实在为难得很。寻了堕胎药来，必害杨良媛母子；不堕胎，又怕日后真的有碍于太子大事。他张说不想害人性命，更想成就李隆基事业，为国效力。两难之中，不好选择，反复思量，终于有了一条不担责任的妙计。

张说分别遣人去药店抓来两剂中药，一剂安胎，一剂堕胎。他亲自送进太子府，对太子说："为安全起见，臣觉得两剂药方，由殿下任选一剂。"

李隆基以为张说抓来的两剂中药均为堕胎药，很是高兴，夸赞张说能干。而张说心中暗想：这下，保胎还是堕胎，只能听凭天命了。保住胎儿，是杨良媛母子吉人天相。若是太子选中了堕胎药，除去龙子，那也是命中注定之事。天数既定，不能怪我张说。

拿到这两剂药后，夜深人静之时，李隆基随手取了一剂，在密室中亲自煎熬。熬好后，又亲自劝杨氏喝下。他说是安胎助气之药，让杨氏喝下后，好好睡一觉。没想到，杨氏喝下后，腹中果然没有动静，一夜睡得十分安稳。又过了一天，杨氏仍像无事之人一样，肚中的胎儿安然无恙。

李隆基并没怀疑药剂有诈，只当是杨氏年轻精力盛旺，一剂药不足以堕胎。入夜，他又照前夜办法，在密室中亲自煎熬第二剂药，想杨氏连服两剂中药，不怕她不堕下胎来。

为着观察杨氏服下药后的动静，李隆基已经连着两个晚上没睡好觉了。这第三天夜里，他又文火熬药，精心炮制，人觉得十分的辛苦。守着药火，李隆基不觉蒙蒙眬眬地睡了过去。

梦中，李隆基忽见一位金甲神，腾云驾雾，由天宫飞入他的太子府中。来到药炉前，金甲神环绕一周，用他手中执着的金戈，一下将药炉拨倒。

李隆基一惊，从梦中醒来，定睛看那煎熬的药剂，药炉真的已被倾翻，炭火刚刚被药水浇灭，还徐徐冒着白烟。李隆基心里惊讶不已。

第二天一早，李隆基密召张说入府，将夜里发生的事情，悄悄告知张说。张说听了，心中大喜。想那天数茫茫，真有神仙暗中相助。他跪拜于太子脚前，贺道："殿下双喜临门，可喜可贺。"

"何来双喜？"李隆基不解。

"金甲神亲自倒炉，实乃上天对殿下的呵护啊！"张说回道，"臣原说龙种不宜轻堕，但殿下明令要使杨妃堕胎，恐违抗尊命，臣不得已呈上两服药剂，一剂为安胎药，一剂是堕胎药，取决于天命选择。事到如今，臣不妨明说了，前日殿下用心煎的肯定是安胎药，杨妃服下，当然无事。昨晚煎的才是堕胎药。天意不使堕胎，遣神明拨倾了此药，保住了皇家龙种，这是一喜。殿下以此顺天而行，除灾避祸，必有大福随后而至。所以，臣贺殿下将有双喜临门。"

李隆基前后想想，觉得张说所言，不无道理，也就依了这天意。果然，杨良媛生下儿子后不久，太平公主以谋逆罪被赐死，李隆基正式即位，登上皇帝宝座。张说替皇上保住的龙种，便是以后的肃宗皇帝。

李隆基当了皇上，杨良媛随之封为贵嫔。她又生下一女，封号宁亲公主。宁亲公主长大，由玄宗做主，下嫁给张说之次子张垍。若信天命，这是杨良媛母子在暗中报德。

李白跟了许辅乾来到右相府。府上门人事先得到吩咐，见到许光禄卿的车马，便马上打发人进府通报。同时，又有人迎上前去，将许辅乾和李白直接引入正厅堂坐下，端茶倒水甚是热情。

等张垍出来，许辅乾忙示意李白，两人一同起身拱手拜见。

张垍年龄与李白不相上下，小了许辅乾十几二十岁。可他的官阶高出许辅乾一品，且职权较许辅乾大得多。

许辅乾虽是四品官员，出入内宫自由，但说得难听点，他充其量也不过是管着几十个给后妃们做饭的厨子，是个厨子头而已。张垍与公主相配，凤拥金凰。宰相父亲病重后，朝中翰林院事务又归在他名下代管，是皇上身边的红人。许辅乾见了张垍自然十分的谦卑。他赔着笑脸，躬腰九十度，作揖拜见，道："辅乾携许圉师之孙女婿李白，打扰驸马爷。"

李白见这张垍，面如冠玉，唇红齿白，一副贵少公子哥的打扮，拉着架势走入厅堂。他年纪挺轻，派头不小，李白心想，凭了什么？不就凭着他出身相门，攀上皇亲吗？站在许辅乾身后，李白没有随他这大内侄子躬身相拜，他只是平身拱手，以虎虎而有生气的眼神招呼张垍。

"许光禄卿不必客气，快快请坐。"张垍拱手回拜，又接住李白的招呼，彬彬有礼地说，"李白大兄弟也请就座。"

双方坐下，张垍先客套道："家父收阅许光禄卿的信函，一直放在心上，本想病愈后，即刻召见。可因家父长年辛劳，年事亦高，病情一时不见好转，万般无奈，只得嘱我代劳出迎。其间，耽误了一些时候，还请光禄卿大人多多见谅。"

"驸马客气。"许辅乾说，"宰相大人贵体不适，辅乾本应前来问安，不该多次打扰。信函之事，辅乾心下委实不安，烦驸马转呈宰相大人，下官给宰相大人请安，并请多多见谅才是。"

寒暄过后，许辅乾将话题引入正事。他又介绍了一番李白，并说许员外专门有信相托，嘱他一定要带李白来相府看望宰相一家。

张垍听后，笑着说："记得许员外在朝中为官时，家父与他常有往来。由此，我们张许两家也算是世交了。二位有何求，不必客气，尽管道来，能帮得上忙的，我们一定协力相助。"

既然张垍已经有话，许辅乾赶紧示意李白，呈上他的诗集，并说明他的来意。

坐在一边一直没开口的李白早等着这个机会，他没有犹豫，走到张垍身边，拿出早已准备好的诗集，双手送到张垍手上，并说："李白素有为国效忠的心愿，托请驸马相助。"

这话在李白，口气已经算是客气的。在张垍听来，却觉得有些不顺。刚才李白没有躬身下拜，他张垍不与他一般计较，乡下布衣初入京城，不知道天有多高，地有多厚，不懂得上下规矩，可以谅解。张垍想，可他要求人办事，还不是办一般的小事，是要走上层关系，入朝为官，竟然没大没小的，只一句"托请驸马相助"就完啦？看他也不是做官的材料！

张垍心里虽然这么想，表面却不露半点声色，他带着笑容接过李白递给他的诗集，顺手翻开来看。

"蜀人李白，自小好奇书，喜作诗赋。十八岁上匡山拜赵蕤为师，曾投刺于前宰相苏颋大人。苏大人称白的文章诗赋定能与司马相如……"

"你作的诗赋真是不少！"李白乘着张垍翻看诗集之机，想细细地叙述一番他的前后经历，也好让张垍更了解他。可是，刚开了个头，就让张垍客气地打断了，"留下，待我慢慢拜读怎样？"

"当然，当然。"许辅乾忙接上说，"只是要占用驸马的时间。"

"没关系。也是我的一个学习机会。"张垍说，"那么，待我拜读之后，再通知李白大兄弟如何？"

张垍说这话，很清楚是要送客了。许辅乾当然听得出来，他连忙邀李白起身，与张垍道别："今天冒昧打扰，改日驸马有空，到下官陋室一坐，辅乾不胜荣幸。"

"许光禄卿太客气了。"张垍一直把许辅乾和李白送出大门，临了，还对李白说了一句，"李白大兄弟，我们后会有期。"

回去，李白一直等着消息。

这一等，又是一个多月。

李白心中着急，和许辅乾商量再怎么办好。

许辅乾说："你已与张垍认识，他一口一个大兄弟地叫你，我看他对你的印象不错。要么你再等等，反正住在我府上，多等几日没什么问题。你要实在等得着急，自己再去宰相府会他张垍一次，也没什么问题。他不是说过，与你后会有期吗？"

李白知道，许辅乾是不肯再去宰相家里做矮人了。他想了想，自己去就自己去，早知道结果，总比每天坐在家里干着急要好得多。

再登相府，张垍的态度没有变化。他对李白还是客客气气，请李白坐下，问这问那，陪着说了不少无关紧要的话，只是不提举荐之事。

李白觉得这个老兄太不痛快。你的看法是什么，一是一，二是二，说出来多好，为何总要与我绕圈子，他忍不住问道："我的诗集，不知……"

"噢，大作已经拜读。"张垍说，"大兄弟有才华，有才华，哈哈哈……"张垍和李白打着哈哈，就是不提实质问题：他是否准备举荐李白。

张垍长了不少小心眼。他一看李白的诗，便知这是个少有的人才，不可等闲视之。凭他自己现在的水平，文章诗赋根本不是李白的对手。就是与他父亲张说相比，恐怕李白也不在其下。张垍认为，像李白这样的人，做官做不好，也做不了官。不过，皇上知道了，许他进翰林院是完全可能的。张垍想，李白要真进了翰林院，他张垍的日子不会好过。

再则，与李白接触了一次，张垍不喜欢李白桀骜不驯的性格。他打定主意要让李白进不了朝廷大门。但一时半会儿，又苦于没有良策打发走李白，无奈，他只好先进行冷处理，一直没有去理睬李白。

李白想了想，说："我想和驸马打听一个人。"

"谁？"

"玉真公主。"

"玉真公主？"张垍有些吃惊，问，"你认识她？"

305

"通过朋友认识的。听说她前些时候回了长安，不知现住在何处？"

向张垍打听玉真公主，李白一来是想抬出玉真公主压一压张垍，让他明白，他李白并不是非靠他举荐，他还可以找玉真公主。二来，李白也是真想见玉真公主一面。他想，张垍不会不知道玉真公主的行踪。

李白不说玉真公主还好，说到玉真公主，倒让张垍灵机一动，有了一个打发李白离开长安的良策。

玉真公主四五个月前回来，在长安城中小住了几日，便去终南山她的道观居住。张垍是玉真公主的亲侄女婿，前些日子，他听宁亲公主说，玉真公主已经离开了终南山，又往别处去了。走前，玄宗在宫中设宴，专门为她送行。

张垍想，李白在长安乱撞关系，搞不好，真让他碰上运气，有人向皇上举荐他，生米煮成熟饭，那就糟糕了。终南山距长安八十多里，音信闭塞，玉真公主又正好不在，何不先打发李白到终南山去住些时候，留出时间，他也好彻底堵住举荐李白的路子。想到这儿，张垍说："玉真公主回来，并不住在长安。"

"她住在哪里？"

"皇上在终南山为她专门修有道观，她常常喜欢住在那里。"

"终南山？"

张垍笑道："大兄弟若有意去终南山，我送你前行。"

"不劳驸马，"李白说，"要去，我自己可以去。"

"哪有让大兄弟自己去的道理，我派相府的马车送你上山。"

依张垍的口气，李白是非去终南山不可了。他不等李白回话，又说："就这么定下吧，明日我让相府的马车到许大人府上接你，直接送你上终南山小住几日。大兄弟到了那里就会知道，终南山山清水秀，风景宜人，空气十分清新，是修身养性的极好去处。皇姑玉真公主住在那里，根本不想回长安。每次皇上召她回来，她都是来去匆匆，不在长安久住。"

张垍非送李白去终南山不可，李白也就顺水推舟，收下了他这份特殊的人情。

李白明白，宰相府的路子是走不通了。再请许辅乾替他求其他人举荐，恐怕也难。他决定，明天一早上终南山，去见玉真公主。

回到许辅乾府上，李白没对许辅乾说要去终南山见玉真公主的事。他不想许家的人知道他认识玉真公主。

这是一种本能。

李白觉得，讲了比不讲麻烦，住在许辅乾府上，他一直没提过玉真公主。

李白只告诉许辅乾，他看得出来，张垍不会向朝廷举荐他。明天早上，他想去终南山附近会个朋友。张垍已经答应派马车送他。

"几时回来？"许辅乾问。

"说不清楚。"李白不知道会在终南山住多久，估计日子不会短，就说，"我打扰多日，府上处处照顾，给以方便，心中感激不尽。"

"自家人不说两家话。你什么时候回来，我都欢迎。"

许辅乾说的是真话，又是假话。真话是，他这么大的官府，养三五个闲客不成问题。何况，李白是自家亲戚，住上一年半载，他不会嫌弃。假话是，李白住在府上，他必须负责到底。可替李白寻找为官的出路，他很是为难。由此，许辅乾又唯愿李白早些回安陆才好。当然，他外出会朋友，暂时离开府上，也是好事。

2

终南山，在长安城的正南面。它西起秦陇，东至蓝田，绵延八百余里。自古以来，终南山中，藏着很多很多的故事。

传说，盘古开天地之时，为了大小、高低和座次，终南山与秦岭之间曾有过一次论争。

盘古安排终南山与秦岭相隔渭水河遥遥对望，终南山在北，秦岭在南。可终南山是个近视眼，它看不清周围环境。于是，它自以为是，高傲自大，认为世上数它最高，数它最大。

一只小鸟飞来，告诉终南山："你不是最高的，也不是最大的。对面的秦岭比你高得多，大得多。"

终南山不相信。你一只小鸟知道什么！小鸟坚持说："不信，你自己去看。"

看就看。终南山决定去找秦岭比个高低，它要让小鸟认输，更要让秦

307

岭拜在它脚下，称它为王。

跨过渭水，秦岭正在睡觉，终南山朝它嚷嚷道："我终南山生来好强，今日特来与你比个高矮。你不要趴着，快些站起来和我比比。你输了，就认我为王，每年纳贡给我。"

秦岭见是小个子终南山，不理它的狂言，继续睡它的大觉。终南山得意，一脚踩在秦岭腰上，又嚷嚷道："起来，快快起来，不要怕输。"

秦岭这才慢腾腾地往起站。直起身来，它比终南山整整高出了一半。站在秦岭面前，终南山只是个小小的山丘。可终南山还不服气，它弯下腰，挨到秦岭脚下去看，非说秦岭不可能有这么高，它是站在别人的身上，垫高的。

"这家伙不知天高地厚，非给它点厉害尝尝，让它清醒清醒才好。"秦岭想着，顺手抽了终南山一个耳光。

这耳光，秦岭并没用劲，却打得终南山一个跟斗翻回了渭水对岸。从此，终南山变成了哑巴，老老实实地矮在秦岭旁边。

老老实实的终南山开始为人类服务。木匠的祖师爷鲁班，曾在这里拜师学艺。道家始祖老子，曾在山中讲经说道。

汉代以后，终南山成为道教胜境。到了唐朝，更有众多道家子弟来终南山修炼。不过，当时隐居于终南山的人，鱼龙混杂，出世入世，不知孰真孰假。所谓"终南捷径"，指的就是那些假修道真思俗的人。这些人把终南山作为入朝为官的跳板，以出世为名，实则为入世积累名誉和资本。当时，先在终南山修道成名，后做朝廷重臣的人，不止一个两个。

不过，这种现象并不奇怪。庄子曾说过："隐，故不自隐。"意思是，隐居的本意并不在于把自身隐没起来。它仅仅是由于时运不佳，不得已而为之的权宜之计。一旦时机成熟了，隐居者就会大摇大摆，步入红尘，登上官场。

李白一早从长安出发，乘坐着相府的漂亮马车，一路兼程，车铃风响，也有些威风。车夫告诉他，就这么赶路，最快能赶在太阳下山之前到达终南山。

坐在马车里，李白心情很激动，他感谢张垍的一片盛情，专门派相府的车马送他上终南山。就要见到玉真公主了，李白不知两人面对的那一瞬间，相互该说些什么。

"不知道就不要去想了。"李白坐在车上，看着路旁飞驰而过的野景，又想，"反正我们是要见面的。"

李白不知道玉真公主已不在终南山。

初夏，玉真公主为给她的亡母崔贵妃超度亡灵，从嵩山返回长安。两个多月后，在终南山，她收到元丹丘的来信，说是李白已来长安。

玉真公主心情矛盾。她想见李白，她喜欢李白，更准确些说，她内心爱着李白。可又觉得见到李白，一定会出现双方尴尬的局面，她不能向李白表白自己对他的爱，更不能接受李白对她的爱。为什么还要见他！

在嵩山见到元丹丘后，玉真公主曾怪元丹丘不该让李白先返回家，她很想见到李白。元丹丘倒是大度，马上写信，邀李白来嵩山。玉真公主很高兴，天天盼着李白来。可是，李白最终没来。为此，玉真公主很生气，她猜想李白没把她当一回事，只是逢场作戏，人走茶凉，事后忘记了她。玉真公主骂李白是浮浪公子，恋色不记情义。元丹丘一个劲儿地替李白解释，他将李白在天台山对他说的话，全都转述给玉真公主听，又说了他自己的看法。后来，玉真公主想通了，她想，李白不来是对的。李白要是真来了，她面对元丹丘，面对李白，怎么处理自己和他们两人的关系？还和他们做兄弟？当然做不到。这种状况，见面不如不见面。各自将对方放在心里，不比见面有话不能说要好吗？

前思后想，玉真公主没去长安找李白。她静下心来，在终南山为母亲超度。

百日超度结束，玉真公主想，李白来长安时日已经不短，很可能会到终南山来会她。留下等他，还是事先离去，她又是好一阵犹豫。终于，玉真公主拿定了主意，离开终南山。

走出道观，玉真公主又返了回去。她将出道时司马承祯师长送给她的道教经典、自己平日常用的笔墨、几本碑帖与她刚从头上取下的一把檀香木发簪收在一起，放入一个镶嵌着红蓝宝石的不大的楠木箱中，交给守观的小道童，嘱道："若是李白来此，告诉他，这是我平日里喜爱的物品，可由他任选其中一样作为留念。"

相府车马将李白送到山脚下。车夫指着眼前不高的山麓，对李白说："步行上山，走不多远，即是玉真观，你自己去吧。"然后，车夫掉转马车，赶回长安去了。

周围已是暮色苍茫，掩饰在参天古木之下的终南山，格外寂静。这情景，李白十分熟悉。所有的仙山幽境，夜幕降临前的情景，几乎都是一模一样。

玉真公主的道观修在西南山麓，命名为玉真观。因此观修的亭台楼阁，与众不同，又被称作楼观台。这楼观台北有著名的醴泉，西有春秋战国时秦穆公为其爱女修筑的凤凰台。楼观台四周郁郁葱葱。来到观台门口的李白想，张垍说得不错，终南山确实景色宜人。

玉真观大门洞开。

李白激动不已，走进去，就能见到玉真公主。

可前殿、后殿、偏殿，他到处走了一遍，四处空无一人，没有玉真公主的身影。

站在正殿前的一块很大的空地中间，李白有些茫然。刚才匆忙进了观门，没看前门匾额上写着的大字。不过，他相信自己不会走错，这里肯定是玉真观。抬头看看天空，夜幕裹挟着浓密的乌云，由西向东滚滚而来。黑幕拉过，苍穹陡降，似乎玉皇大帝突然暴怒，欲将天地变成一座巨型石磨，非要碾碎生存于天地之间的所有精灵，方才痛快。

天快黑了，暴雨即将来临，李白不知道自己此时该怎么办，他站着发呆。

一只小手在他背上捅了两下。

李白回头，身后站着一个小道童。他马上问道：

"这可是玉真道观？"

"不错。"

"玉真公主呢？"

"走了。"

"什么时候走的？"李白蹲下，抓着小道童的肩膀问。

"不知道。"

"还会回来吗？"

"不知道。"

"她到哪儿去了？"

"不知道。"

"你知道什么！"李白忽地站起身来，有点急了。一连五个问题，小道童一个"不错",一个"走了",其余全是"不知道",他怎能不心急如焚？

小道童摇了摇头,意思是说他什么都不知道。

看着这个小道童,李白只能长叹一声。停了一下,李白忍不住,还要问小道童一个问题：

"这道观中还有别人吗？"

"有。"

"在哪里？"

"她走了。"

"你！"

李白有点生气了,他不由得怀疑这小道童是有意捉弄他。说是还有人,怎么也走了？他真想将这穿着黑色道袍的小孩从地上提起来,再重重地放回地上,让他尝尝捉弄大人的滋味。

当然,李白不会这么做。他看见小道童睁大了眼睛看着他。这还是一个孩子的眼睛,明亮、稚嫩,却又特别冷静。相比之下,李白倒觉得他自己像是一个失去了理智的孩子,小道童却是一个未成年的成年人。

两个人相持站着,天全黑了,乌云压顶,豆大的雨滴噼噼啪啪地从天上落了下来。

感觉到对方不再生气了,小道童开口问道：

"你可是李白？"

"正是。"

"真的是李白？"

"当然。"李白说,"我不是李白,谁是？"

"那你跟我来。"小道童边说,边带李白往正殿旁边的一个楼台上走,"玉真公主有东西给你。"

摸着黑,上了楼,小道童点亮了一盏灯,将玉真公主交给他的楠木箱子打开,说："这些东西,你可以在这里看,在这里用,但只能选一样作为留念,归你保存。这是玉真公主让我告诉你的。"

一件一件地看过箱子里的东西,李白挑出檀香木发簪,他认得,这是玉真公主平日常插在头上的饰物,拿在手上可以闻到一股淡淡的檀香与发香味。李白将它收入怀中。

"我想在这观中住几天，"李白对小道童说，"不知是否可以？"

小道童一口答应。他说观中常有游客居住。

和小道童慢慢交谈，李白知道，观中还有一个道姑常住。昨天，道姑下山去了，三五天就会回来。玉真公主离开终南山已经有些日子了，她去了哪里，小道童真的不知道。他说，也许道姑知道，让李白等道姑回来，问她。

小道童给李白安顿好住处，让他早些休息，自己回房去了。

李白一个人坐在昏暗的茶籽油灯前，看着灯花跳动，想着玉真公主，想到张垍，还想到许辅乾。

见不到玉真公主，他又要回长安许府去吗？李白不想再给许辅乾找麻烦，他想着，有办法的话，最好不再去许府了。

难道张垍不知道玉真公主已经离开了终南山？他是有意而为，还是无意间的失误，好心办了坏事？李白一时无法准确判断。不过，李白的直接反应是，张垍有意戏弄他。想着张垍假惺惺的亲热，李白好不生气。

"玉真公主知道我要来。"李白想，"一定是元丹丘写信告诉她的。可她为何不等我？她不想和我见面，有意回避我！"这么想，李白心中酸楚，隐隐作痛。

爱上一位公主，爱上一个任性的常耍小脾气的女人，男人不能不多担待着些，不能不学会吃酸果子。可李白怎么也咽不下这颗酸溜溜的果子，他受不了玉真公主的公主脾气。

李白想着他在张垍面前显示他与玉真公主相识，张垍就汤下面，坚持送他来终南山时的情景。再看眼前玉真公主对他的有意冷落，李白终于气得无法抑制，他掏出怀中的发簪，用力甩向了门边。

木发簪啪嗒一声落地，摔成了两半，李白的心紧缩在一起。他走到门边，捡起发簪。发簪断成了两截儿，再也接不拢。

见物如见人，李白手握断开的发簪，仿佛看见了玉真公主。她是带着矛盾，欲离欲留，一步一回头，离开终南山的。

夜深了。屋外的雨还在不停地下着。

小道童又来了。他一只手掌灯，一只手提着一壶白酒，酒壶嘴上扣着一个小酒杯，进门就说："下雨天冷，我给你送些酒来喝。"

小小年纪，想得如此周到。李白一谢再谢小道童的关照。他留小道童坐下，一起喝酒。小道童说他不会喝酒，人也困了，要回去睡觉。

又是一个人坐在茶籽油灯前，李白不像先前那么寂寞了。他什么都不想，一口一口喝着白酒。酒从喉咙流下去，慢慢地，全身热气上升，血液沸腾，人兴奋起来。李白从木箱中取出玉真公主留给他的笔墨，铺开白纸，他要给自以为是的张垍写信，"感谢"他送自己来终南山。

他提起笔，凝住神，一挥而就，信是以诗的形式写成，题为《玉真公主别馆苦雨赠卫尉张卿》。诗云：

> 秋坐金张馆，繁阴昼不开。
> 空烟迷雨色，萧飒望中来。
> 翳翳昏垫苦，沉沉忧恨催。
> 清秋何以慰，白酒盈吾杯。
> 吟咏思管乐，此人已成灰。
> 独酌聊自勉，谁贵经纶才。
> 弹剑谢公子，无鱼良可哀。

李白说：卫尉张卿，你盛情送我来玉真别馆，我看这别馆就是汉宣帝时的金张馆，它是外戚权贵的象征。你的盛情，李白难却，更不便随意猜度。可这秋风秋雨甚是坦率：白日来，一路阴凉阴霾；清夜里，雨声哗哗，风声飒飒，将我困在孤寂苦闷的沉沉忧恨之中。我只能以一壶白酒自饮，聊以自慰了。

想那管仲与乐毅辅佐王政，是古今中外少有的社稷之臣。他们化作了灰土，世人还上哪儿去寻求？当今世上，谁是真正的经济之才，谁是理家治国之栋梁，只有一杯白酒明白吧。

战国人士冯谖，听说孟尝君好客，便足蹬草鞋，去拜见孟尝君，没想到孟尝君竟把他安排在下客所住的传舍。冯谖只好以剑作琴，弹其剑而放其歌："长铗归来乎，食无鱼！"孟尝君听了，改变了先前的态度，将他移到中客所住的幸舍，而且每餐饭菜都加上鱼了。今夜我在这终南山上，恐怕也只能仿效古人，以剑当歌，致谢卫尉卿张公子，无鱼良可哀矣！

一首诗写完，李白尚未尽兴，又来第二首：

苦雨思白日，浮云何由卷。

稷契和天人，阴阳乃骄蹇。

秋霖剧倒井，昏雾横绝巘。

欲往咫尺途，遂成山川限。

漻漻奔溜闻，浩浩惊波转。

泥沙塞中途，牛马不可辨。

饥从漂母食，闲缀羽陵简。

园家逢秋蔬，藜藿不满眼。

蟏蛸结思幽，蟋蟀伤褊浅。

厨灶无青烟，刀机生绿藓。

投箸解鹔鹴，换酒醉北堂。

丹徒布衣者，慷慨未可量。

何时黄金盘，一斛荐槟榔。

功成拂衣去，摇曳沧州傍。

雨夜之中，李白浮想联翩。今朝往昔，云飞浪卷。

上古时代的农官，稷，不厌其烦，教民播植五谷杂粮，恩泽四乡百姓；帝喾之子——契，做了虞舜之臣，他协助大禹治水有功，名留史册。上古时期的官吏，尚能为官一任，造福一方，为何后代官人，多有骄蹇、桀骜不驯之人！

连连不断的倾盆大雨，如同翻倒井水一般，座座耸立的山峰封锁在烟雨云雾之中。庄子说：水随秋至，山洪暴发，百川汇入黄河，水势滔天，平了两岸，牛马都分辨不清了。河神于是欣然自得，以为天下之美在己一身！志得意满的张公子呀，你和河神有什么两样？

想那汉代淮阴侯韩信，也曾在淮水边钓鱼维生，靠漂絮老妇舍饭度日。那时，他是生不逢时，就像秋末园里的贱菜，没有人把他放在眼里。我李白与他有什么两样？

玉真公主不在，李白把这富丽堂皇的道观当作荒凉废弃的别馆。他想象这楼观台，门户无人出入，四处蜘蛛结网，令人幽思万千。

夜来，蟋蟀在堂上鸣叫不止，听着让人困窘，大有失志之感。厨灶中没有柴火，烟囱里不冒青烟，案板上菜刀长满了绿藓。

投宿于这荒凉的别馆之中，投宿人只能自燃篝火，脱掉身上的衣裳换酒。好在还有这一壶白酒，让投宿人醉倒在北堂，不省人事，忘却人世。

《南史·刘穆之传》中，有刘穆之这么一则故事：

穆之年少时，家境贫寒。他嗜酒成癖，又不修边幅，行为举止没有检点。妻兄江家生活较好，穆之便常常上门乞食。为此，内兄曾多次羞辱于他，而穆之并不以此为耻。一次，江家又有生日宴庆，特嘱其妻，不让穆之来混酒饭。穆之不听，和往日一样，来到江家，坐入上席，丢人现眼地大吃大喝。饭后，他还不知趣，还厚着脸皮凑近内兄，求吃槟榔一口。内兄早已烦透了他，不但不给槟榔，反戏之曰："槟榔消食，妹郎常常饥不择食，还需要吃槟榔吗？"

后来，穆之时来运转，做了丹阳尹。他要妻子去请内兄。妻子怕得泣下如雨，跪在地上直磕响头，请他宽恕内兄以往所为。穆之则非常诚恳地说："我从不记怨仇。让他来，是请他来赴宴呀。"

内兄在宴会上喝得大醉，穆之不怪他，还让厨子赶快端来满满一盘上好的槟榔，连盘子一起送给了内兄。而那盛槟榔的盘子却是十足的黄金打就。

李白欲以这个故事，告诉张公子："贫贱常思富贵，富贵必践危机。你不要小看眼下的丹徒布衣，我们来日方长。到时候，李白也会和刘穆之一样，慷慨无量。我从来不恋荣华富贵，一旦功成名就，自然会拂袖而去，隐居水滨，逍遥自在。"

信写完了，无人送去长安，也不要紧。李白出了一口气，心里好像舒服多了。

在玉真观住了几天，李白读完了玉真公主留给他看的道教经典。第四天下午，道姑从山下回来。李白找她打听玉真公主的去向。

道姑说，玉真公主具体去了什么地方，她也不清楚。只是听玉真公主说，她离开一段时间，不久还要回终南山来。

李白非要问，玉真公主到底什么时候返回。

道姑想了想，分析道："玉真公主回终南山，可能是六个月后，也可能是一年后。因为，按我们道家规定，法师替亡灵超度完毕，灵位可在道观内停放半年或一年。以后，必须将灵位送归故里。玉真公主母亲的灵位

315

还摆在道观后殿中，届时，她可能会亲自回来送行。"

既然如此，李白决定先下山去，半年后，再来终南山。李白想好了，这次，他不回长安。他要到长安附近的督府、郡县走一遭，寻找被举荐的机会，也不枉白来长安一趟。

下了终南山，李白一直往西，先去太白山看看。

太白山是秦岭主峰之一，为关中最高山峰。它山高势险，有"武功太白，去天三尺三"之说。由于山高，太白山顶峰终年积雪，人们将"太白积雪"誉为"关中八景"之一。

有关"太白积雪"，李白早有所闻。北魏郦道元的《水经注》中曾说："太白山南连武功山，于诸山最为秀杰，冬夏积雪，望之浩然。"这是说，太白山顶一年四季白雪皑皑，从远处遥望，犹如玉龙横卧天门。

《述异记》中另有一种说法，李白更感兴趣。它说，"太白积雪"，并非真雪，而是"金星之精，坠于终南圭峰之西，因号太白山，其精化为白石如美玉，时有紫气复之"。

李白，字太白。后人在评说李白时，曾有空中、水下、地上"三才太白"并称的说道：其一是每日清晨、黄昏，人人皆可看到的长庚、太白金星，它是天上的太白；其二为水中的太白，指的是河伯；其三就是人之太白，李谪仙也。

李白就是太白。从小母亲即告知，他是天上太白金星入怀而生。人说，那太白山亦是金星坠入，因而号为太白。李白与太白山同为一天神转世，你说他怎么会不到太白山来看看。

登上太白山，李白即与太白山融为一体。他在这里看到了些什么，听到了些什么，又做了些什么，后人无从知晓，历史也无法考证。只好以太白山奇景奇说，填充这一历史空白。

太白山巅的山峰间，有冰川纪留下的太白三池：大太白池、二太白池、三太白池。池水清澈见底，一尘不染。其中，大太白池从来被人视为"神湖"。这神湖静得出奇，不能在湖边敲鼓、放枪、吹号，或是弄出其他声响。一旦有声响，哪怕正是万里晴空，顷刻就会招致暴风骤雨。后世，苏东坡曾来大太白池边，他有诗写道："平生闻太白，一见驻行骖。鼓角谁能试，风雨果致不？"

用科学的眼光看，声响招来神湖暴雨，是因为山高气冷，湖上常有雨

316

云飘游。雨云浓时，鸣枪放炮，或发出其他声响，雨云受到振动，自然会转化为雨，从天上落下。

不过，细品其中味道，大太白池的神气，与李白的脾气性格，真有相通之处：平常安静无事，稍有契机变化，就易激动得大喜大悲或大怒。你就是让他阴雨绵绵，不喜不怒，常年消沉，也是做不到的。李太白的变化极端的性格脾气，决定了他的坎坷不平的人生经历。

历史考证，李白来太白山之前，有一个人曾在太白山创下奇迹。这个人，就是著名的医学家、比李白稍早一些的唐代人士孙思邈。孙思邈活了一百零一岁，他的长寿恐怕得益于他是第一个发现人参的人。他在太白山上发现了人参。

传说，药王孙思邈为人治病，到处寻找人参。可这太白山上的人参品质不好，它嫌贫爱富，从来只走有钱人家的门槛，不救穷人家的性命。

孙思邈来到太白山。人参听说他要带它到穷人家去治病，便偷偷逃到东北的长白山躲了起来。药王穷追不舍，一直追了几千里。在长白山，孙思邈找到了人参，他劝人参跟他一起回去。人参不肯，孙思邈便将人参双手反缚，强行拖往太白山。

一路上，人参不停地挣扎，不住地反抗。等到了太白山，人参的主体终于挣脱，再次逃走。被孙思邈缚住的，是人参挣断了的两只肉色白皙且五指分明的手。这两只手，很像婴孩的小嫩手。孙思邈抓在手中，真是气也不是，哭也不是，笑也不是。

所以，长白山上的白人参，只有身子，没有手。而太白山上的人参，没有身子，只有手，当地人给它取的名，就叫"手儿参"。

李白在太白山，不知见没见到这叫人心疼，让人喜爱，又使人无法评说功过的"手儿参"。想来，他的太白山兄弟，大概不会怠慢他吧。

下了太白山，李白草书《登太白峰》诗一首：

西上太白峰，夕阳穷登攀。
太白与我语，为我开天关。
愿乘泠风去，直出浮云间。
举手可近月，前行若无山。
一别武功去，何时复更还？

317

看样子，太白山确与李白有过窃窃私语，它为李白敞开了天关大门。李白为何不去天宫一游？他想去，却没有去。不知为了什么，离开太白山，李白恋恋不舍，他不知道自己什么时候还能返回这里，与他的兄弟重新一聚。

9

从长安出来，往终南山是正南方向，终南山到太白山是正西方向，现在李白往正北方向走，他到了京畿道所属的邠州（今陕西彬县）。

唐代开元年间，京畿道统领长安周围的六个州府，邠州是其中的一个中等州府。李白来到这里，听人说，张垍的弟弟，符宝郎张塓正陪同吏部尚书兼中书侍郎裴光庭在邠州视察。

许辅乾和李白说过，裴光庭是个架子极大的人，他求不动。李白想，我四处干谒，没少碰钉子，管他架子大与不大，试试看。说不定有架子的人，才是最有眼力的人。

李白等在州府门口，正巧，遇上裴光庭一行，五抬官轿由府门内出来。李白走上前，站在面对州府门口的大街中心。他拦住官轿，拱手，一板一眼地高声拜道："请众位大人慢行。"

大街上的行人百姓看这李白，像是个半疯半癫之人。他的外表确实和正常人不大一样。

从长安出来，前后二十多天，快一个月了，李白没洗过澡，没换过衣服。他游侠仙气仍在，一双虎眼仍炯炯有神。可是，原来挺标致的白脸却蒙上了厚厚的一层黄土，耳根前后结有黑垢，头上布巾也不正，衣袍又脏又皱皱巴巴的，背上背着布包，腰间还挂着一把长剑。

李白这副模样，认识他的人，一下不敢认他。不认识他的人，会把他当作落魄布衣看。而他又大大方方地往街中间站了，有板有眼地大声喧哗，不让州府中出来的官轿前行，人家怎么会不怀疑他有些疯痴？

两个衙役上前，对李白吆喝着，要他让开。

李白不从。他双手将自己的小小的门状高举过头，又大声报道："蜀

318

人李白，特来拜谒吏部尚书裴光庭裴大人。"

"这小子，给脸他不要脸，越喊越大声啦！"衙役哼了一声，两个人同时上去推李白，一个还咬着牙关说，"小子，闪到一边去，别站在这儿挡道！"

李白不是好惹的。他们敢推他，他就敢和他们拼命。他退了两步，站稳后，一下拔出水心剑，对着衙役厉声说道："官家狗不得无理。我李白是来拜谒裴大人的，与你们何事！"

"哎呀，你还敢拔剑！"

两个衙役拉开架势。

看着就要打起来了，张垍从前面的轿子里走了出来。他面带笑容，朝李白边走边说："李白慢来，李白慢来。"

李白没见过张垍，看他走过来，便问："可是张垍？"

"正是。"张垍站在李白面前，友善地说，"我听二哥说起过你。你来相府时，我们没见面，故而在路上不敢相认。我出来迟了，请你多多原谅。"

"我要拜谒裴光庭大人。"

"这事容易。"张垍已经想好了对付李白的办法，他很快答道，"只是裴大人不在轿中。朝中有急事，今晨，皇上身边的王公公赶来，将他召回京城去了。你有事，说给我听。回长安后，我一定原原本本转告给裴大人。"

这干谒的事，三两句话哪里讲得清楚。李白手握水心剑，一时不知该说什么。

"你先消消气，我们晚上再谈可好？"张垍又说，"晚上，你来州府，我们一起去酒楼小坐，你看如何？"

李白是吃软不吃硬的，听张垍说得客气，他将剑插回剑鞘，性子也收了回去。他问："裴公真的不在？"

"当然不在。"张垍说得认真。

李白相信了。

张垍说，他和州长史有公干在身，这会儿不能耽搁过久，请李白让他们先走一步。

李白退到一旁。

临上轿子，张塓又重复了一遍他和李白晚上约会的事，像是怕李白忘记了。他让李白到时一定来。

　　五乘官轿从李白身边过。第三乘轿子抬过去时，轿子侧面的小窗布帘撩起，李白看见，里面坐的是一个蓄着青丝胡子的官人，他身穿紫袍，面如白玉。李白想，这人不像是长史，说不定，就是裴光庭。

　　要是裴光庭，张塓不是当面说谎吗？可听他的口气并不像骗人。站在路边的李白，怀疑自己的判断，也怀疑张塓的为人。这张家兄弟，说话做人，真真假假，很难让人猜得透。李白想，不管他是真是假，晚上会面，一定要问个清清楚楚、明明白白。

　　回到客店，李白准备将自己梳理打扮一番，晚上也好像模像样地去会张塓。他让客店老板找来一面大铜镜。

　　拿着镜子，李白站在窗前，往镜中一照。他简直不敢相信，镜中这个垢面人物就是他自己。再低头看看衣袍衣袖，这穿在身上的衣服，不平不整还不算，上面那一道一道的污痕，真是不堪入目。他有好长时间没注意过自己了。

　　"难怪刚才在街上，大家都用异样的眼神看我。"李白自言自语道。

　　没见到玉真公主，李白一直心情不畅。再加上天天在乡间行路，日日在山野林间游逛，他哪里有时间和心情注意自己的仪表外貌。可是，要干谒朝廷官员，与高官贵人打交道，没有一定的风度、姿态，想来也是不行的。李白利用余下的时间，在客店洗澡又换衣，把自己里里外外的，好好清理了一遍。

　　人，换了一副新外表、新容貌，看起来，自然比先前文雅、高档得多了。

　　再往大街中间一站，再一板一眼地大声喧哗，也不会有人当他是半疯半癫的人了。衣冠外表有时确实特别重要。难怪俗话说：人要衣装，佛要金装。

　　夜来，张塓在城内一家有名气的酒家，定了一席酒宴，款待李白。和张塓接触，李白感觉，他比张垍好接近。张塓说话挺随和，没那么多的官腔官调。

　　端起酒杯，张塓先为白日之事向李白道歉。他说，他们实在是有公务在身，身不由己，怠慢了李白："来，我们干了这杯酒，白日的不快全都

320

化解了。"

李白干了这杯酒。想了想，他还是想把心中的疑团解开，他说："有句话我问得直，请符宝郎不要介意。"

"我也是直来直去的人，有话，你尽管说。"

"白日你说裴公已回京城，怎么我见那第三乘轿子卷起窗帘，里面坐着的人，很像是他。"

张埱心里一怔。他想，这裴光庭不给别人留一点面子。自己不下来见李白，人家给他挡了驾，他还要将小布帘子卷起，让李白看见他就坐在里面。这不是有意要给人家难堪吗？心里这么想着，张埱表面上一点没露，他反应极快地笑了，说："既然你都看见了，我就抱歉地和你直说了吧。"

张埱承认，白日里他是说了假话。可假话不一定都是错话、坏话，有时候非得说假话不行。有人说，不说假话干不成大事，依他看，不说假话连小事也干不成！他说："你不了解裴大人。他这个人从来不多管闲事，从来不给任何人帮忙。别说你一个布衣，在大街上拦着他干谒求见，他不会见你。平日，同朝为官的平级官员有事求他，他都没搭理过。正好今日我们确实有要事在身，你挡住去路，坏了他的情绪，他怎么可能见你。你也正在气头之上，我要不说他不在轿中，你又怎么肯退让。两相僵持，既耽误了公事，又达不到你的目的。你说，这种情况下，我不以假话相劝，又能怎么办？"

张埱分析得很在理，话又说得实在诚恳，李白只能服了他的假话，且承认是自己考虑不周，给张埱平添了许多的麻烦。

接下来，改为李白向张埱道歉，他说自己行为莽撞，差点弄出乱子，还错怪了张埱，请他多多包涵。

"你不要客气。这只是一个小小的误会，我不会在意。"

李白又将他去终南山没见到玉真公主的事告诉张埱。

张埱替他哥哥解释，说："我想二哥肯定是好心办了错事。你不知道，皇家的人和事，谁都说不准。玉真公主的行踪，她不会告诉别人。"

李白想想也是，道姑和小道童守在身边，不是也弄不清玉真公主去了哪里吗？张埱住在京城，怎么能知道？这也是自己错怪了他。下了终南山，李白已经将在山上写的那两封信寄出去了。他请张埱回去，转达他对张埱的歉意。

321

"你再给他写几个字，由我代交，不更好吗?"张垍说。

李白要来笔墨。

还要对张垍说些什么? 提笔，李白觉得好像无话可说。搜肠刮肚，也尽是一些无关痛痒的话。他写了一首小诗，《秋山寄尉张卿及王征君》：

> 何以折相赠? 白花青桂枝。
> 月华若夜雪，见此令人思。
> 虽然剡溪兴，不异山阴时。
> 明发怀二子，空吟招隐诗。

诗句本身含义并不大。可张垍却因李白给他写过几首诗，受益匪浅。没有李白的这几首诗，张垍的名字也许很难为后人知晓了。

李白诗写完，由张垍收下。

张垍引着李白和他边喝酒，边天南地北地闲聊。他问李白家中的情况，又讲些朝中绯闻逸事给李白听。讲得兴奋了，张垍唤来酒家老板，让他找几个高级一点的歌妓舞女来陪酒献舞。

看舞听歌，与女人调笑，酒喝得人飘飘然，夜间的几个时辰很快就滑溜了过去。

玩到后半夜，张垍突然猛醒了一般，对李白说："我和你玩得高兴，差点忘记了，明天一早，我还有公事要办。今夜，我们就到此吧。"

为了表示感谢张垍，李白拿起放在一边的笔墨，又挥笔写下八行诗句，《夜别张五》（这张五就是张垍，唐代有相互称其家中兄弟排行的习惯）：

> 吾多张公子，别酌酣高堂。
> 听歌舞银烛，把酒轻罗霜。
> 横笛弄秋月，琵琶弹陌桑。
> 龙泉解锦带，为尔倾千觞。

李白酒喝多了，回到客店，倒床就睡，醒来，已是第二天下午。

躺在床上，李白细细地回味昨夜之事。忽然，他往起一坐，手掌拍得自己的前脑门子啪啪直响，嘴中还念叨道："哎呀，李白，你好不糊涂！"

李白想起，他昨晚白白丧失良机，专门为了干谒之事而来，竟一次未提"干谒"二字，连准备好的带在身边的诗集，也没给张垍。李白好不后悔！他不明白，他喝酒怎么喝得如此糊涂，把要办的最重要的事情忘在了脑后。

这是张垍的厉害。他可以把人哄得团团转，他让你转昏了方向，转迷了心眼，乖乖地跟着他转。他让你知道自己吃了亏，还不能不感谢他。

为着补救，李白急急忙忙地跑去州府，想再找张垍，递上他的诗集，请张垍举荐。可是，州府的差人说，吏部尚书裴大人一行今日早起已经离开州府，返回京城去了。

这回，裴光庭和张垍是真走了。昨晚分手时，张垍又说了假话。李白明白了，也只能自认倒霉。

心里有话，无处诉说，李白就写诗。他给裴光庭写了一首，《赠裴十四》。这首诗，送不到裴大人手上，只是李白的自思、自述和自吟。

李白想着从轿子小窗中看到的裴光庭，觉得裴光庭与晋朝时的俊杰裴叔则有些相像。

裴叔则做过中书郎，他人长得俊美。书上说，裴叔则脱帽也好，戴冠也好，或穿粗布衣裳，或发束蓬松，皆让人看着好看。所以，当时的人们叫他作玉人。有人说："见裴叔则如玉山行人，光映照人。"

人洁美如玉，应该是胸怀宽阔，能融入江河湖海。李白有诗四句：

朝见裴叔则，朗如行玉山。
黄河落天走东海，万里写入胸怀间。

看这四句诗，李白真有些呆气。他要拜见裴光庭，裴光庭躲在轿中不见他，他就说朝见了裴叔则。受了裴光庭的气，李白记恨于他，骂他两句，也不无道理。可他偏偏美化裴光庭，将轿中之人的高抗之态、达官气派，比作玉山行人。还说他的胸襟如何如何之大，可以泻入黄河之水。诗人之呆气，叫人可笑，让人可怜，当然，还有些可爱。

再想自己，李白说他是：

身骑白鼋不敢度，金高南山买君顾。

徘徊六合无相知，飘若浮云且西去。

李白将自己比作踩在白龟背上的河伯，在水中追逐着功名，又往那小岛子上敬拜神女。他忠君爱国，时时怀有眷恋之情，在裴大人面前却欲言又止，不敢有半点造次。李白想象他如此优秀杰出之人才，总能买来有识之人的回头顾盼。可惜，裴光庭根本没把他放在眼里。李白哀叹，他徘徊于天地四方，寻不到相知，无可奈何，只能像浮云一样，随风飘零。

在邠州，李白写了不少诗作，全是情绪低落的伤感之作。比如，李白往城郊闲游，登新平楼，望天地远景，想到自己前程渺茫，便感叹道：

天长落日远，水净寒波流。

……

苍苍几万里，目极令人愁。

李白还有《豳歌行上新平长史兄粲》诗一首。这邠州长史李粲，官从六品，根本没有向朝廷举荐人才的资格。不知李白为何要向他上诗一首。

因与李粲同姓，李白就称他为兄。这以后的李白总这么做，他将许多李姓之人称作：从兄、从弟、族弟、从侄、族叔、从祖、从孙、从叔，他们都和李白有了直接的亲属关系。可是真帮李白忙的人，寥寥无几。正如李白对他的这位长史兄李粲所说："寒灰寂寞凭谁暖，落叶飘扬何处归？"

另一首《赠新平少年》，更集中地体现了进入而立之年的李白，面对世态炎凉的所思所想。其曰：

韩信在淮阴，少年相欺凌。

屈体若无骨，壮心有所凭。

一遭龙颜君，啸咤从此兴。

千金答漂母，万古共嗟称！

而我竟何为？寒苦坐相仍。

长风入短袂，内手如怀冰。

故友不相恤，新交宁见矜？

摧残槛中虎，羁绁鞲上鹰。

何时腾风云，搏击申所能！

韩信不得志时，忍得胯下之辱。一旦为汉高祖刘邦重用，便成为一代开国功臣。功成名就的韩信，不忘报恩。他赠给"漂母"千两黄金，以报答她在他饥饿之时，一连数十日给他饭食的恩德。这个故事一直为后人所传诵。

李白由韩信想到自己，他也正处于处处受人白眼、事事忍气吞声的苦境之中。形容这一苦境，李白说，长风钻入他的短袖筒子，呼啸着，回旋着，将他的心吹得寒战不已。他枯坐客舍，两手如冰，一腔苦水，无法倾吐。以往的朋友都不来救济他，新结交的所谓知己哪里会怜悯他？人世如此苍凉，好不令人悲伤。

不过，李白又自信，他是暂时被囚的猛虎，受人摧残；他是一时被缚的雄鹰，不得展翅。一旦冲出囚笼，挣脱束缚，他就会搏击长空，驾驭风雨云雾，做出惊天动地的大事业。到那个时候，只怕韩信也比不上他。

第二年初春，李白来到坊州（今陕西黄陵）。

由此，李白以长安为中心，拉开一百里左右的半径，差不多转了一圈。去年夏天，他由东入长安。秋冬时节，他在邠州，正好是长安的西边。终南山是长安的南屏，而坊州在长安的正北。

在坊州，李白仍是一无所获："游子东南来，自宛适京国。飘然无心云，倏忽复西北。"

算算时间，离开终南山已有数月。道姑说玉真公主半年内可能返回终南山，李白又从坊州往终南山去。路过长安，李白没进城，绕过城墙边，直接南下。

终南山的玉真观还是冷冷清清，只有一个道姑和小道童，没有玉真公主。道姑不想让李白失望。她劝李白在观中多住几日，说不准玉真公主哪天就回来了。以前，她常这样。

游云飘浮的日子，李白过了几个月了。返回终南山，他也想安顿一段时间，他住在观里，静候玉真公主。

小道童尽心照顾李白。每日里，他给李白做道门素食，再温上一壶白酒。

李白吃饱了,喝足了,闲来无事,又将玉真公主留给他的道家典籍翻出来看。反复读诵,李白发现,这些道家经典之作真是名副其实的"金书玉诀"。玉诀读进去了,吃透了,往往令人茅塞顿开。

道教讲求"龟息",即求道之人应将呼吸调息如龟。其中道理有一则小故事来讲明——

很久很久以前,南方时常洪水泛滥。大水来临,年轻人都跑不及,更不用说小孩和老人了。有一位聪明的老人,想出一个聪明的办法。他捉来四只平板乌龟,将它们绑在床脚上,用它们支垫床脚。老人想,平日乌龟垫在床脚下不会动。洪水来了,乌龟会游水,床就变成了不会沉的大船。他可以安心睡觉了。垫好乌龟,老人总想着发一次洪水,试试他的杰作。可是,老天爷偏偏和他作对。没准备的时候,他要时时治你。有了准备,他便再不发难。一晃二十多年,老人的家乡没发过一次洪水。

老人老死了。人们将他的床移开,发现四只垫在床脚下的乌龟还活着。乌龟不吃不喝,忍辱负重二十余年,居然活了下来。其奥秘在于,它心平气静,会自行调节气息,匀进匀出,故而长生不死。此乃"龟息"也。

李白读道经,渐渐将他的浮躁之心平息了一些。终南山,玉真别馆,也不再像他先前感觉的那样荒凉、寂寞,不可多住一日了。关于这一点,有他的《春归终南山松龙旧隐》一诗为证。李白说:

> 我来南山阳,事事不异昔。
> 却寻溪中水,还望岩下石。
> 蔷薇缘东窗,女萝绕北壁。
> 别来能几日,草木长数尺。
> 且复命酒樽,独酌陶永夕。

除了休闲读书,李白还往各处走走。

南五台是终南山风景最秀丽的地方。它是终南山中段的一座主峰,因主峰有五座小台式的山峰大台、文殊台、清凉台、灵应台和舍身台而得名。这主峰从山下至山顶有不少佛寺庙宇,住了很多隐士和出家之人。

李白在半山腰的圣寿塔旁边,认识了王炎。

那天，李白来圣寿塔闲逛，见有一人在塔边绘画，神情凝注。李白站在他身后的坡上，从上往下看他画了许久，他一直没有察觉。他正用炭头白描圣寿塔及远景，白纸上的构图错落有差，线条流畅。外行人看了，也知他底气十足，非一般功底的画师。待他刚刚画完收笔，李白便上前和他搭腔。

"李白这方打扰了。"

王炎抬头，见李白拿着一卷书，双手合抱，立在他身旁。看样子，年龄比他大几岁，便回道："兄长客气。王炎无事，在此随便消遣。"

"听口音，你不是本地人士？"

"我是淮南道人，家离金陵不远。"

"我虽是川蜀人士，却在安陆成家，可以说是半个淮南道人。"

在外乡得遇同乡，无论先前认识与否，总像遇到亲戚一般。李白和王炎都来自淮南道，感情上自然近了许多。

王炎请李白坐下慢慢讲话。两人相让着，坐在草丛之中，侃侃而谈，十分投机。

原来，王炎也是来京城长安寻求出路的。他小李白八岁，父亲是乡间的画师，他也从小学画。听说当今皇上广招奇术异技之才，王炎抱着侥幸心理来长安试试，看看是否能被朝廷录用。来长安后才知道，画技在他之上的人，比比皆是。仅凭技艺，轮不上他在长安称雄。何况他又是乡间子弟，在京城找不到通天的门道。听人家说，有"终南捷径"可走，便来了终南山，名为隐居，实为苦练画技，想等得有朝一日，一鸣惊人。

李白很喜欢王炎的画，王炎也欣赏李白的诗作。这以后，他俩常常聚在一起谈诗作画。

春天，终南山一派生机，每天都有新的景色出现，到处有写不完画不尽的诗情画意。

王炎有画师特有的眼力，他把握景色入木三分。绿色的远山近林，在他的画笔下，既有静态之美感，又有动态的完整的变化过程。他用橄榄绿、草绿、茶绿、墨绿、油绿、翡翠绿、嫩绿、莴苣绿等多层次的颜色，表现青山峻岭由低向高的不同海拔高度，描绘常青树一年四季春夏秋冬的生态演进。

李白有诗人特有的灵感，一条小溪、一枝嫩芽、一声鸟鸣和一抹彩霞，都能在他的笔下展现出崭新的意境。李白想象的大胆、思维的跳跃、情感的丰富，给他的诗句融入了深厚的内涵。

他们两人在一起，有时王炎作画，李白为他配诗。有时李白作诗，王炎按照其诗之意境勾勒出一幅离奇的想象画面。合作的协调与默契更加深了相互的友谊。一晃又是一个多月，看着春天就要过去。

李白等不到玉真公主，决定下山，返回长安，再作打算。王炎舍不得李白，想让他在终南山再多住些日子。可李白心中有事，再也住不下去了。李白的主意一定，谁也无法阻拦。

王炎送他下山，一直送出山口。

没与李白结交，王炎一人在山上隐居多时，也未感到寂寞。和李白结伴一个多月，李白下山，王炎突然觉得这终南山他也住不下去了。分手时，王炎告诉李白，不久，他也会去长安。

"我在长安等你。"李白说。他把许辅乾府上的地址留给了王炎，叮嘱王炎，到了长安，一定去找他。

1

上一年冬末，张说在他的相府过世，时年六十四岁。这年千秋节，玄宗刚过了四十六岁的生日。两个人的年龄那么凑巧，正好是一个数字的颠倒。

玄宗虽然正年富力强，却也难免兔死狐悲。右相的去世，无论对朝政，还是对玄宗，都是一个不小的打击。从这以后，大唐的开元盛世开始走下坡路。玄宗本人，也开始从励精图治的明君向贪图享乐的昏君转变。

唐朝的皇帝推崇道教、佛教是有名的，年纪越大越往神仙、佛祖身边靠拢，以求得长生不老的秘方。玄宗也是一样。延和元年（712），玄宗由皇太子受禅即位，便开始了他对道教的极力推崇。

道教的祖师太上老君李耳，在唐朝被封为玄元皇帝。开元十年（722），玄宗诏令两京及全国诸州各置玄元皇帝庙一所，每年设醮斋祀。开元九年（721）和开元十五年（727）玄宗又两次请司马承祯入京，为司马承祯营造专门的道观，请大师撰写《老子》石经，这前面已经说过。除了司马承祯，与玄宗保持密切关系的道士还大有人在。

开元元年（713），长安正月十五闹花灯，热闹非凡。玄宗登上大明宫临街的楼台观灯，不住地赞叹长安城内灯景绚丽。

特意请来和玄宗一起观灯的大法师叶法善却不以为然，说："陛下，不是我说大话，眼前这区区几盏花灯实在无法与西凉的盛大灯会相比。"

玄宗不信。

"陛下若是不信，可随我一同前去观看。"

西凉距长安少说也有上千里地，怎么去？骑快马赶去，恐怕也赶不上明年的灯会。

"若陛下真想去看，贫道可略施法术，助陛下速去速回。"

玄宗动了心，应允试一试。

叶法善请玄宗紧闭双目，心中万念俱空。他在一旁口念咒语，挥舞道袍，施展法术，自太空调集祥云，托起玄宗，腾空而去。

须臾，玄宗去了西凉观灯。返回时，长安当夜灯会还未散尽。

据传，叶法善的法术很是了得。他生活于隋炀帝大业十二年（616）至唐玄宗开元十一年（723）间，在世一百零七年。叶法善的法术源于他家祖上。他家祖居唐括州括苍（今浙江丽水东南），曾祖三代，祖父、叔祖、父亲及叶法善，四人都是唐代著名的道士，有摄养占卜之奇术。

显庆元年（656），唐高宗将叶法善征诣京师，欲授予爵位。他固辞不受，只求做一道士。高宗依允，留他于内道场。当时，高宗求仙丹心切，广征四方道士烧炼金丹。叶法善入宫后，极力反对。他说，金丹难炼，又耗费财力，有亏政理。高宗听从他的劝告，不再大张旗鼓地征集金丹。这才使朝中内外、全民动员的炼丹高潮逐渐降温。

在高宗、武则天、中宗的五十余年间，叶法善往来于名山大川之间，时不时去长安或东都洛阳的皇宫内，与皇上谈理国之法。相传，这些年间，叶法善常在东都凌空观设坛醮祭。那场面之大，法威之巨，观者无不为之惊心动魄。每次，城中士女都竞相赶往观看。有人观之着迷入魔，顷刻间便有数十人奔向道场内的火坛，欲自投于坛中焚身。众多观者大惊，急忙上前拦住，拼死救下，才免出人命。

传说，玄宗所作著名的《霓裳羽衣曲》，也是在叶法善的法力感召下写成的。

那是一次八月中秋，叶法善再次施展法术，邀玄宗与他同游月宫。

月宫天境，仙女奏乐，嫦娥起舞，玄宗跟着叶法善飘飘然行于其中。那美妙的仙曲天乐令玄宗心旷神怡，他一一默记在心，暗谱一曲。

从月宫返回，玄宗与叶法善驾祥云，路过潞州（今山西长治部分以及河北涉县）上空。叶法善笑道："陛下何不在此将你的新作演奏一番。"他从袖中取出一支玉笛，递给玄宗。

玄宗接过玉笛，将成于心中的曲子吹奏起来。瞬间，眼前红霞满天，万羽白鹤腾飞，天上景致空前绝后。玄宗高兴，给曲子命名为《霓裳羽衣曲》。

曲终，叶法善取铜钱出来，与玄宗一起，投于潞州城中。十数日后，潞州城天乐临空，并降钱雨，百姓受益匪浅。

唐代另一个很有传奇色彩的道士叫罗公远，在世一百零四年。他大约生活于唐高宗永徽五年（654）至唐肃宗至德三年（758）。据说，罗公远擅长隐遁之术。

开元中，玄宗想召见罗公远，跟他学习隐遁术。

玄宗先下诏书，请罗公远入京。可宫中特使手执诏书，四处寻不见罗公远。二次，朝廷通令各州，有见罗公远者，即刻宣圣旨，请他进京。先找到罗公远，宣读了圣旨的州府官吏，皇上将给以重赏，还要加官晋级。各地官员无不尽心尽力，寻找罗公远。费时一年有余，仍寻不着罗公远踪迹。

找不到这隐身道士，玄宗誓不罢休。他命翰林院文人写出感人至深的诏书，派出朝中大小官员数十人，往各地张贴诏书，大作宣传，恳请罗公远现身，进京面见皇上。

罗公远终于被打动，自己行入内宫，与玄宗相见。

玄宗见这罗公远，其貌不扬，小矮个儿，穿草鞋，除此之外，并无其他特点，但他开口讲话，实在让玄宗信服。

玄宗讲出他欲学隐遁术的想法。

罗公远道："我以为，陛下不应以四海之尊，万乘之贵，宗庙之重，社稷之大，而轻徇小术。"

这话有道理。你想，至尊至上的天子，大唐王朝的皇帝，若徇私情于道门小术，像那崂山道士一样，在墙壁门洞间钻来钻去，成何体统？

听了罗公远一句话，玄宗也觉自己若真学会了隐遁之术，即会变成可笑之人。可他迷恋道术，一时自控不得，非请罗公远教他一门可学之术。

"陛下为何求道？"罗公远问。

玄宗想都不想，随口对曰："为国为民谋利，亦为朕自身享用天年。"

"既然如此，请陛下记住罗公远一句话：道在心，不在他求。"

罗公远与玄宗对话，不像其他道士，总有君上臣下之分，客客气气。他说出忠告，不管皇上接受与否，起身便走。

玄宗欲追他回来，罗公远一个隐身，早行于山野小道上去了。

相传，后来，有朝中使者在入川蜀的路上，遇见了罗公远。罗公远唤住使者，到山中现采了一颗"蜀当归"，请使者带回朝中，交给玄宗。

玄宗拿了这颗"蜀当归"，不知罗公远葫芦里卖的是什么药，苦思苦想，几日不得其中奥秘。

早朝上，玄宗将"蜀当归"示出，讲明其来历，让大臣们各抒己见，猜猜罗公远真意何在。

臣子们在大殿上窃窃私语一阵，两边臣子一边推举出一个平日特别机敏善用智慧的，站出来，面奏皇上。

一个曰："启禀陛下，臣等以为，这'蜀当归'是一大补药，罗道士远道托人带来，意为陛下补养龙体，万寿无疆。"

玄宗笑道："这是短见。孰不知，这当归是女人之补品，罗公远哪会送它来给朕补养。难道要让朕阳体补阴不成？"

受陛下启示，一个没被推举出来奏本的臣子，抢先一步，跨入大殿正中，聪明地道："陛下，想那罗道士神机妙算，天下之事无不知晓。一定是他知道惠妃娘娘近日贵体欠佳，特意……"

玄宗还没听完，就把头摇来摇去，挥手让他退下。

果真如此，还须你来显聪明？皇上想不到，说明皇上智力欠佳。若罗公远真用意在此，他也没有传奇可传了！罗公远会被人当作笑料，说他是一个扎扎实实的傻道士。宫中高级御医有的是，哪轮得着罗公远送当归来给贵妃娘娘治病！

下一个见皇上有些不高兴了，小心翼翼地站出来，奏道："陛下，臣等从'蜀当归'的字义理解，罗公远是向陛下禀告他的去向。他不辞而别，又有隐遁之术，没人找得到他。出于对陛下的敬意，他特意送'蜀当归'以做解释。不知如此分析是否正确，请陛下明鉴。"

玄宗听他说的有些道理，点头道："朕也希望它再无其他意思。但愿这'蜀当归'仅有此意。"

玄宗让人将"蜀当归"放入宫中内仓好好保存。

安史之乱，玄宗带着杨贵妃及其近臣逃出长安，在入川蜀的途中，他突然想起了罗公远送给他的这颗"蜀当归"。原来，罗公远早有预言，大唐天子将避难于蜀地。可惜，当时朝政正在鼎盛时期，谁也不会想到这一层含义。

人要是都有罗公远道士这先见之明的本事，世界上就不会有错误存在了。

张说死后，玄宗恍惚多日，神情总不能平静。正好有河北道恒州（今河北石家庄市附近）长史韦济的举荐奏本送到宫中。

奏本上表曰：恒州中条山隐一方士，名叫张果。其阅历有数千年之久，神通广大，为世间奇才。下臣特向朝廷举荐，唯为社稷尽犬马之劳。

这个张果，先前已有人向朝廷举荐过。说是河北道境内有人发现一老道，须发垂白，神气清癯，常踯躅于道旁，能数日不食。问之，其对曰：他生于唐尧时，曾为侍中。玄宗令史官查阅历书，唐尧时并无侍中位号，因此判断其中有诈，没理睬他。这次，恒州长史又举荐此人，正逢玄宗心神不宁，有求于道士。他便令通事舍人裴晤往恒州去召这张果。

据说，裴晤领旨来到恒州，由韦济亲自陪同上了中条山，去一幽黑径深的山洞里，寻找张果。长史韦济告诉裴晤，张果老道人常常睡在这黑洞中，多日不外出。

差人们打着火把在前面照路，裴晤他们跟在后面，高一脚低一脚地往洞里深处移。走了一段路，在一个拐弯处，长史让打火把的差人停住，他自领着裴晤摸黑进去。他说，这张果老道人不喜欢睡觉时有亮光打扰，万一惹得他不高兴了，他抬腿就跑，没人能追得上。果真如此，再想寻他就困难了。

又拐过一道大弯，已来到黑洞的顶头，不等长史说话，裴晤已在黑暗中见到了一道横卧着的白光。

那是张果卧睡在墨青石板床上的身影。他从头到脚皆为雪白色。毛发雪白，道袍与鞋袜也是雪白，围着他的身体形成了一圈白光，在黑暗中特别显眼。听见有人喧哗着进洞来了，躺着不动的张果并不理会，还突然发出震雷般的鼾声。

韦济走近石床前，毕恭毕敬地对张果说："长老，京城特使领皇上圣旨，前来接你进京。"

鼾声不断。

裴晤见状，向前走了两步，展开圣旨，轻咳了一声，装模作样地开始大声宣读圣旨，"圣上有旨，召恒州道士张果……"

"这黑洞中你看得见什么圣旨。"张果猛然从墨青石板床上弹起，跳跃下地。裴晤和韦济看到的是横卧着的白光忽然竖立了起来。他打断裴晤"宣读"圣旨，说："你这分明是玩笑于我！"

张果声若洪钟，将裴晤震住。

韦济也愣了一愣，又马上反应过来，道："长老不要动怒，容下官解释。洞中黑暗是实，圣旨字字闪烁着金光也是实，更何况我们裴大人已将圣旨牢记在心中。长老若是不信，可亲阅圣旨，请裴大人背与你听。"

"既然如此，你将皇上说的话背给我听，不要宣什么圣旨。"张果的声音平静了下来。

裴晤老老实实地把玄宗的意思，复述了一遍。他话音刚落，就听扑通一声，眼前竖着的白光卧倒在地。

良久，白光没有半点声响。

韦济轻轻地唤了张果多次，倒在地上的张果不理他。裴晤让韦济将火把调进来，照照看。韦济开始不肯。他走近张果，弯下身子，伸手去摇张果。张果还是没有动静。韦济这才大声唤人，让火把来照。

火光下，韦济亲自将伏卧在地上的张果翻转过来。张果口唇紧闭，面色苍白。

韦济伸手去试他的鼻息，鼻孔已经断气。韦济不相信，又用二指按在张果的太阳穴上，摸他的动脉，脉动也停止了。

刚才还好好的一个人，怎么说死就死了呢？裴晤也不相信，他让两个差人将张果从地上抬起来，支撑着他站住。张果像一节树干，硬邦邦地立着。裴晤过去，想翻开他的眼皮，看看他到底是真死，还是假死。翻开张果右眼的上眼皮，裴晤让差人将火把移近一些，他好看个清楚。没想到，火把刚一移近，张果突然从口中喷出一口大气，将火朝裴晤脸上吹去。好

333

在裴晤反应灵敏，往侧面躲闪开去，才没烧到他的脸面眉毛。

靠近张果的火把灭了，另外两个火把也随之灭了，洞子里又是一片漆黑。张果身体周围的白光也消失了。裴晤和韦济他们不知是怎么回事，只好让差人将张果重新放回到地上，他们先出洞去。

出洞后，韦济进行了紧张的部署，他派人把守住洞口，又派人将上山的小道封住，以防止张果乘人不备跑掉。他和裴晤在洞外临时搭好的帐篷中坐等，想这张果总会出来的。

一等几天，不见张果动静。韦济派人进洞里去看。看过的人说，张果是真的死了，尸体已经有些臭味。

"怎么办？"韦济没了办法，问裴晤。

裴晤也觉得很为难。皇上命他来召张果，召不回去，是他的失职。想了想，他说："活的请不去，死的也要把他抬去。我就不相信他是真死，活了几千年，这一下能死得了吗？"

"我也怀疑他在用'闭谷息气'的法术骗人。"韦济说，"这张果最不愿意进京城见陛下。听说，武则天做皇帝时，曾派人来召过他，他坚决不从。这次，恐怕他也不愿去，才以装死来对付。"

两人商量好，命人找来木床板，将张果抬了放在上面，用棉被盖好，外面再用绳子捆了。韦济又安排了专门的马车，用板条封好马车的门窗。这样，张果即使路上醒了，也不怕他跑掉了。

裴晤一路兼程，赶回京城。进宫，将他见张果的前前后后，一一奏给玄宗。

玄宗听说张果还被捆在马车里，忙遣中书舍人徐峤去好生安顿，并吩咐一定要像对待活人一样，饮食起居皆用最高规格，不许有半点怠慢。

徐峤在长安南郊找了一所豪华僻静的道观，送张果去住。他派专人为张果沐浴更衣，洗去他身上的臭味，在睡房中熏过香，将仍是僵硬的张果抬睡在三扇屏风床内。这种床两头和后面围着素屏，前面床沿的两侧各有一块比三围素屏矮一半的护板，使床形成了一个较严密的空间。

为着给张果安魂定神，扫除一路的辛苦，徐峤又请观中的道士，从早到晚，轮流守在张果的床边，为他做还阳道场。

一日三餐，徐峤替张果安排得十分周到。酒菜供果有人按时送到床前，下一餐再撤去，摆上新的。隔日，徐峤还要亲自到床前来问安，并送来宫中厚礼，转达皇上的问候。不管张果知道与否，徐峤一丝不苟地坚持这么做。

精诚所至，金石为开。百日后，张果真的死而复生。玄宗听说，高兴异常，当即给徐峤加官晋级，并命他赶紧接张果进宫。

张果乘皇上亲自指定的肩舆进宫。这个白发老道好睡了一大觉，醒来后，神情格外清爽，坐在锦绣轿帘之中，真如天上神仙下凡一般。

进了侧殿，玄宗起身相迎。

张果见到皇上，不再目空一切，他伏地行君臣大礼。

"道长快快请起。"玄宗说着，就有高力士过去，将张果扶起，送入皇上对面早已备好的高背椅中坐好。

"朕久仰道长大名，不得相见。今日特意接道长进宫，请问神仙之术。"

"陛下客气。"张果说，"我乃仙界之人，本不应在宫中走动。无奈陛下固执要见，只得先回天界奏明玉皇大帝。准奏，才返回下界。其间延误多时，还请陛下见谅。"

玄宗请张果给他讲神仙道理。

张果道："道家言道，常说'无为无不为得道之理'。这一点，想必陛下早有所知。我观陛下神情之中，有非静之气，是心上不安宁之结症。送些话给陛下，陛下若记得住，身体力行之，日后可免一切祸端；若记不住，日后总少不了受些阳界磨难。"

"道长请讲。"

"木性为静，因动而生火自焚；人之性静，动而生奸，不觉奸成而乱其国。"张果闭上眼睛，慢慢地说，"修炼而知自然之道。宇宙虽大，览之只在于掌中；万物虽多，生杀不离于术。耳、目、口乃心之佐助，神门之户，智之枢。耳不聪不能区别其音，目不明不能见其机，口不度不能施其令。三者不精，上不能治国，下不能治家……"

玄宗认真聆听张果的这些并不连贯的道理。

这些道理玄宗没有听不懂的，也全想照着去做。但，有些他能做得到，有些他做不到。耳聪目明，玄宗做得到。他本是一个有作为的皇帝，治国有他的一套办法。但让玄宗以静为本，他便做不到了。玄宗生来兴趣广泛，爱玩喜动，擅长音乐游戏，更十分好色，离不得美艳的女人。张果让他静，以免生火自焚，以免生奸而乱国。玄宗即使听懂了，也做不到。后来，他有了杨贵妃，写下有名的"李杨爱情"故事，导致安史之乱，大唐王朝从此走向没落。这时张果已有预见，他特意点出来，提醒玄宗，可玄宗没听进去。

与张果见过面，玄宗留他住在集贤院内。玄宗想，张果能死而复生，又自称非阳界之人，他要亲自试探一下这张果到底是人，是鬼，还是仙。

玄宗早在宫中收留了两个有奇术的道士，一个名叫邢和璞，能知人夭寿；另一个名叫师夜光，声称他是专门伺候鬼神起居的术士。玄宗把他二人招来，吩咐他们测测张果的底细。

二人唯命是从。

集贤院内，邢和璞陪张果喝酒。酒中放有特效药丸，张果喝下，倒头便睡，一睡又是数日不醒。邢和璞便乘机日夜在他床前掐指推算。一般的人，邢和璞只用三两日就可算出他一生几十年的寿程道路。包括这人原先做了些什么，今后还要做些什么，死后的归宿，邢和璞说他都能算得十分的准确。遇上有法术的人，这寿程要难算一些，花的时间较多，但他保证，也能推算个八九不离十。可是，这次他推算张果，一连五日六晚，没能算出头绪来。无奈，他只得如实禀告皇上，说这张果确实不同一般。

张果醒来，玄宗亲自请他坐进集贤院中的一间密室。他告诉张果，他手下有一术士，自称能穿墙观察鬼神的行踪，他一直想验证一番，苦于没有机会，想请张果协助，验一验这术士的真假。张果应承了。

师夜光在密室之外，使尽了浑身解数，表演了各种法术技巧，就是无法探出密室内张果的行踪。第三日，他对皇上说，虽看不见张果的身影，但张果仍在密室之中坐着是肯定的。可是，打开密室，张果根本不在。师夜光说不出他的去向，正着急的时候，张果出现在他的身后。

玄宗生气，当场想驱师夜光出宫，被张果劝阻。他说，他的行踪不可能有人测得准确。可测不出他的行踪，并不等于测不出其他鬼神的行踪。玄宗相信张果，留下了师夜光。

张果太让人奇怪了。回宫后，玄宗想来想去，总想知道这张果到底是不是仙。

高力士也以为，还要试他一试才好。

"朕听说，将堇菜捣成汁，喝下去，觉不出苦味的人，便是奇士。你

336

找人替朕寻些堇菜来，朕用它再测张果。"

高力士依玄宗的意思，立即组织人马出寻堇菜。

堇菜是一种草本植物。它的花瓣基色是白颜色，上面有紫色的条纹镶嵌，叶子的边缘有许多的锯齿。这种植物样子很好看，味道却苦涩难忍，且有一定的毒素，吃下去，弄不好就会中毒。

几天后，出寻堇菜的人马回来。高力士又让人将寻来的新鲜堇菜捣碎成汁，和在酒中，调制成堇漉酒。一切准备就绪，玄宗再召张果入见。

这次，玄宗摆下酒宴请张果和他对饮。酒喝到一半的时候，玄宗朝高力士使了一个眼色。高力士立刻心领神会，取出堇漉酒，送至桌前，恭敬地对张果说："老道长，我们宫中有一种特殊的酒，只有特殊人物才饮得。奴才端来了，不知老道长是否敢试它一试？"

张果看了高力士一眼，笑了笑，言："取大杯子来。"

小宫人赶紧送来大杯。这大酒杯，一杯足可装下半斤来酒，和高力士端来的酒壶差不多大小。张果让高力士将壶中的酒全倒在大酒杯中，他一口一口地把这一大杯酒全喝了下去。

玄宗在一旁看着，觉不出张果是在饮其苦无比的酒。

"老道长还想喝吗？"高力士问。

"有多少，你拿多少来。"张果答道。

高力士亲自进去，取来余下的两壶堇漉酒，分两次倒在张果的大酒杯中。张果仰面，两口就倒进了肚子。喝完酒，张果用袖筒揩了一下嘴巴，对玄宗说："陛下，此酒不是好酒！"

玄宗和高力士正在心里暗暗惊叹张果的神力，忽听扑通一声，只见张果应声栽倒在地，把皇上和奴才都吓得要命。

高力士边喊来人，边过去想扶张果起来。

栽倒在地上的张果却自己翻了一个身，仰面躺在地上。他拒绝高力士扶他起来，并咧开大嘴，用手示意玄宗过来看他龇着的两排牙齿。

玄宗不明白他的意思，只当是张果中了堇漉酒的毒，痛疼难忍，才龇牙咧嘴，做出痛苦万分的样子。他心里好不后悔，悔不该让张果喝这酒。

张果见玄宗不走近来，急了，大叫一声："陛下，快些来我跟前，晚了你就看不见了！"

高力士已经发现张果裸露在外的两排牙齿正在变化，他也招呼皇上，快些过来。顷刻间，张果的白牙全部焦缩，变得像木炭一样黑。他圆瞪着双眼，对高力士说："快些给我取铁如意来。"

高力士不敢误了时间，让手下宫人分头去找。不一会儿，送来大大小小好几个铁如意。

张果躺在地上，接过其中一个最大的，用力往自己的黑牙齿上击去。啪，啪，啪，啪，铁如意每击一下，焦缩了的黑牙脱坠几颗。张果以另一只手接住，收藏在自己的衣囊里。牙齿全部敲完后，他又从衣囊里掏出包药粉，抓一把，随便糊在上下牙床子上。不到一个时辰，张果口中长出新牙。新长出来的牙齿，粲然如玉，颗颗雪白光洁。

玄宗亲眼看见了张果换牙的全过程，终于认定，张果确实是活在世间的仙人。

他把张果供奉在集贤院，倍加关怀照顾，还三天两头宣张果入宫，问神仙术。

一日，玄宗突发奇想，要为张果娶亲。他说，张果来到人间几千年，没尝过男女欢情之美妙，不能说不是一大遗憾。

高力士也极力赞同玄宗的想法，献计道："陛下，张果乃仙界之人，婚配不同一般。奴才想，一定要选一位才貌双全、身份相配之人才好。"

"你已经有了人选？"玄宗问。

"奴才想是想过，不知……"

"说出来，让朕听听，合不合适都不怪罪于你。"

有了玄宗的这句话，高力士便大胆地说了。他满脸堆笑，有些神秘地说："依奴才看，玉真公主与张果相配最为合适。"

"玉真公主？"玄宗有些诧异，问，"怎么讲？"

"奴才以为玉真公主是最合适的人选，这一是因为，玉真公主才貌过人，出道也有十多年了，与张果正是志同道合；二来，玉真公主是陛下的亲妹子，又是太上皇的宠女，谁都知道她在宫中的地位不同一般。若陛下将玉真公主许配给了张果，就能把张果长久地留在宫中。否则，像张果这样的仙道，哪能在宫中久留？再者，玉真公主得遇张果，也是她的福分。她出家修道，无非是想早日成仙，嫁给张果，不也正合她的心意吗？"

玄宗觉得高力士说得有理，只是他曾听玉真公主说过，她已经有心上人，且和他住在一起。这一下要为她点亲，玄宗担心这个性子倔强的妹妹不会顺从。

高力士道："这个陛下不必担心。先宣玉真公主回宫，然后再和她讲明。天下人谁不爱慕神仙？玉真公主聪明绝顶，如此好的机遇，旁人求都求不来，想必她不会轻易放过。"

事情就这么定了。玄宗下御旨，遣快马出寻玉真公主，召她速速回宫。这边，玄宗等候机会，亲自给张果提亲。

高力士想得周到，他专门在花萼相辉楼安排了歌舞宴，请玄宗宣张果单独赴宴。席间，歌舞不断，美女如云，几个艳丽的妃子陪伴在玄宗和张果的左右，把个神仙张果侍奉恭维得心花怒放。

看看时机已成熟，高力士站在一旁给玄宗使眼色。玄宗领会，端起一杯酒，先自己喝了，再令坐在张果两边的妃子给张果敬酒。

两个妃子将张果夹在中间，各敬他四杯。老神仙一连喝下八大杯酒，人也高兴得恍恍惚惚，他伸出胳膊搂住两个妃子，有些忘乎所以。你想，要是平常，谁敢当着皇上的面，搂他的妃子？这不是欺君，又是什么？

玄宗可没生气，他正盼着张果这样。

张果与妃子们玩笑了一阵后，玄宗开口道："道长单身一人，平日总免不了孤独。朕欲给你做一次大媒，不知道长意下如何？"

"陛下为我做媒？"张果哈哈哈大笑，想了想，又说，"陛下一番美意，我不敢推辞。不知陛下提的……"

"朕有一爱妹，也是出道之人，名叫玉真。朕欲将她许配给道长。"

张果本以为玄宗只是说说而已，他也是顺水推舟，领了皇上的美意即可。没想到，玄宗真的要做媒，提的还不是一般之人，是御妹玉真公主，张果真有些作难了。不接受，会得罪皇上。接受，又违他仙人之道。一时间，张果无法回复。

玄宗见张果不言语，想他又在使什么仙术，便说："道长不必费心思。朕已派人去召她回宫了。过几日，你见了她的面，便知她的品貌。朕包你十分满意。"

原来玉真公主还不在宫中，张果缓了一口气。有几天的时间，他总能找到理由或躲避的机会。张果心里想着，嘴上便说："陛下的美意，我不能拒绝，一切遵听陛下旨意便是。"

听了张果的话，玄宗大喜，只等玉真公主早日回宫。

张果回到集贤院，将玄宗的话转述给集贤院的奇才术士们听。有人恭喜，有人羡慕，也有人说："俗语有言，娶妇得公主，平地升公府。人以为可喜，我以为可畏呢。"张果亦以为，此事对他灾多福少，好多日都坐卧不宁，想找出一个两全其美的法子，推却这皇家婚姻才好。

玉真公主接到皇兄宣她回京城的圣旨，即刻起程。其时，她离开终南山正好有半年的时间了。她准备回宫住几天，就去终南山安顿她母亲的灵位。玉真公主心里还想着李白。她想，说不定李白会在终南山等她。

回到宫中，玉真公主才知道皇兄是想为她做大媒，将她嫁给张果。

这个张果，玉真公主早听人说过，印象中是个疲里疲沓糊里糊涂的千年老道。她堂堂的皇家公主怎么能嫁给这么个肮脏的老道！玉真公主坚决不从。无论皇兄说多少好话，许多少愿，她就是不从。

往日，玉真公主与她的皇上哥哥关系极好。对她的请求，玄宗几乎是有求必应。可这回，玄宗在张果面前说了大话，打了包票，要做这个大媒，玉真公主却死都不从，让玄宗下不来台。她的行为大犯了龙颜，让玄宗十分恼火。玄宗下决心，非让玉真公主就范不行。他命人将玉真公主软禁在宫中，吩咐宫人，玉真公主什么时候答应，什么时候才准出来。

张果听说玉真公主不从，心里高兴。他想捉弄皇上，故意一天催问一次，只说是希望早日成婚。玄宗被催急了，每天都亲自去见玉真公主，先来硬的，再来软的，最后只得请求御妹给他一次面子。玉真公主听说，张果对婚事十分积极，心中奇怪：一般老道都回避男女婚配之事，这张果为何如此热心？说不定其中有诈！玉真公主想试他一试，便假意答应下来。只说是看皇兄的面子，只好委屈自己，嫁给这个让人讨厌的老道算了。

玄宗即刻下达御敕至集贤院，令张果接旨："朕妹玉真公主，愿适道长。恭喜道长，两日内完婚。"

张果大惊，本意捉弄皇上，结果弄假成真，这可怎么是好？思来想去，只有一计：走。他当晚起程，悄悄地离开了集贤院。走前，张果捋起一把白须，蘸着墨汁，在集贤院住所的墙上，留下一行大字："陛下以果为仙，果实非仙。若视果为尘俗中人，也可不必。果从此辞别，请为转奏。"

张果走了。玉真公主解放了。玄宗悔不该给他二人点亲。他本意在长久留住张果，没想到适得其反，得罪了皇妹不算，还逼走了张果。以后，恐怕再也寻不见张果的踪影了。

为了弥补追悔，玄宗下旨，授张果为银青光禄大夫，号通玄先生。皇上下令，全国上下张贴他的圣旨。他希望张果见到，来京城领他的封授。可是，张果始终没来。

直到玄宗年老之后，他才听说，张果连夜离开京城，往恒山行，不几日，便死在途中。他死后，尸体自动分解为碎块，化整为零，飞升上天。还有人说，看见张果骑着白毛驴从宫中出来。以后，这个全身雪白的老道人，每日倒坐在白驴背上，日行万里，没有归所。

传说，张果的白驴极为奇特，歇息时，他将它折叠在一起，放入随身携带的小竹箱中。上路前，他只需喂它些河水，白驴便可复归原形。张果老道倒骑毛驴的形象也很特别，后世之人称赞说："举世多少人，无如这老汉。不是倒骑驴，万事回头看。"元代以后，张果被列入八仙之一，尊称张果老。

被张果老的一段假姻缘耽误，玉真公主返回终南山时，李白已经离开，去了长安。玉真公主和李白错过了在终南山会面的时间，也错过了在路上相遇的机会。本来，他们两人，一个往终南山去，一个往长安行，迎面相逢，不该见不到对方，可他们偏偏谁也没有看见谁。也许，这是命里注定，梦中情人不得会面。

5

李白来到长安，照旧住在许辅乾府上。日常起居饮食，许辅乾待李白仍和先前一样热情，只是不再提起引荐之事。李白想提，但感觉到许辅乾藏而不露，拒他于千里之外的态度，又不便再提。闲住了一些日子，李白觉得实在无聊，便天天早起外出游逛。

天蒙蒙亮，长安城就热闹起来。尤其是"南内"皇宫的门前，清晨赶赴早朝的大小官员络绎不绝，有骑骏马的，有坐官轿的，有乘马车的，官吏们都从自己的府邸赶到皇宫来朝见皇上。

一连数日，李白天天赶早来到这里。他站在离宫门不远的地方，看着朝中官员们出出进进，心中有说不出的感受。

那些身着绿袍银带的是六品、七品官员，他们一般都来得较早，规规矩矩地站在后面；身着绯袍金带的四品、五品大臣，往往来得稍晚一些，见到同僚，他们相互招呼、玩笑，比较随便；最后到的，总是异常严肃，是身着紫袍玉带的三品以上的重臣。重臣一下官轿，早已等候在皇宫门前的大小官员，立即自觉地分成两行长列，站立于左右，为他们让路。随后，"南内"宫中的早朝钟声敲响，觐见的官员们按品位高低排列入朝。

有两次，李白脚情不自禁地跟着往前走，他以为自己也是其中的一员，理所当然地要进去早朝。可离朝中官员们距离还远，就被守卫在皇宫四周的羽林军卫士厉声喝住："站住，小子！"

李白被羽林军卫士拦住，才从梦中醒来：他原来仅仅是个旁观者而已。不过，李白没有马上离开，他相信，自己总有一天会加入这些官员的行列。在这个行列中，他李白不站则已，一站就要站在最前列，要着紫袍玉带。到那个时候，看你们这些小小的卫士还敢不敢要威风。

李白的莫名其妙的举动，引起了羽林军校尉的注意：这是一个不得志的布衣，还佩有宝剑，要特别警惕他。羽林军校尉叮嘱手下说："防止他狗急跳墙，破坏早朝，或是干其他不利于朝廷官员的事。"卫士们对李白盘查得更严了，不许他向前靠近一步。李白对他们的行为则嗤之以鼻，不以为然。

白天，李白在长安城内乱逛。逛累了，他就去酒楼喝酒。

在酒楼，李白结识了一帮显贵的公子哥。这帮公子哥，"五陵年少金市东，银鞍白马度春风"。他们依仗着出身豪族，有的人还以自己曾从军边塞为资本，在长安城中为所欲为，不可一世。

李白与这些人接触，以为可以凭借着他们的势力，敲开朝廷的大门，替自己寻一条新的出路。他开始和他们称兄道弟，和他们混在一起。贵公子们则以李白的诗文来点缀他们花天酒地的生活，玩得兴起，便让李白给他们来上一段诗文。这有违于李白的本性，但他渴求功名心切，想着让贵公子们高兴，能从中得些好处，便也顺从了他们。李白为他们作了不少的诗文，在《白马篇》中，他这样写道：

龙马花雪毛，金鞍五陵豪。
秋霜切玉剑，落日明珠袍。

斗鸡事万乘，轩盖一何高？
弓摧南山虎，手接太行猱。
酒后竞风采，三杯弄宝刀。
杀人如剪草，剧孟同游遨。
发愤去函谷，从军向临洮。
叱咤经百战，匈奴尽奔逃。
归来使酒气，未肯拜萧曹。
羞入原宪室，荒径隐蓬蒿。

诗中，李白对贵公子们有贬有褒，有抑有扬。

类似的诗听得多了，贵公子们开始嫌弃李白。他们说李白是小小书生游侠，有太多的穷酸味。他们笑李白眼界低，作诗小家子气（尽管李白诗句的大气，他们根本读不懂）。李白想借贵公子们做云梯，是万万不可能的。希望破灭，李白再也忍受不了他们的骄横跋扈，终归与他们分了手。

经过这次与贵公子们的交往，李白的情绪更加低落了。李白想不通，为什么战国时的燕昭王为招募天下志士，情愿筑起黄金台，"置千金于台上，延天下之士"，而时下朝廷的权贵们，却视他这样出类拔萃的人才为尘埃粪土，弃之不屑一顾。他们为美女歌妓，不惜珠宝钱财，却用糟糠来应付国家栋梁与贤才！

李白在《燕昭延郭隗》一诗中说：

燕昭延郭隗，遂筑黄金台。
剧辛方赵至，邹衍复齐来。
奈何青云士，弃我如尘埃！
珠玉买歌笑，糟糠养贤才。
方知黄鹤举，千里独徘徊。

以黄鹤自居的李白想要远走高飞，离开京城。可是，进长安不易，离长安也不易。是去，是留，李白一时间还在徘徊犹豫。

徘徊期间，李白频繁地出没于斗鸡场上。

李白加入斗鸡赌博。赌赢了，他用赌来的钱，请赌徒们喝酒吃饭；赌输了，他用衣物做抵押，继续赌；又输了，他借赌徒的钱，再赌。常常从早赌到晚，李白只把衣物赎回来了事。

许辅乾对李白出入酒楼赌场，经常天快亮时才返回府上，很有看法。他客气地和李白说过几次。李白不理会他。气愤之下，许辅乾交代下人，夜晚不给李白留门，李白不按时回来，就让他睡在门外。

好多次，李白下半夜返回，狂敲乱砸许府的大门，就是无人理睬。李白只能蹲在大门边上过夜。等到天亮，门人开了大门，李白进去，还要受下人的白眼。至于许辅乾，李白已经难得一见了。

李白买了一只雄鸡，很为他争脸。斗鸡场上，它连战连胜，打败了六个对手，为李白赢了不少银两。

李白正赌得上劲，侯德带着十几个流氓将他围住。他们和李白已打过两次交道，李白认识他们，他们更认识李白。

"你们要干什么？"李白问。

侯德嘿嘿嘿地干笑，不作回答。

文脸流氓向前跨了一步，冷冷地问："干什么，你还不知道？我们大爷早该跟你算账啦！"

"识相的，把钱全部交出来，我们大爷与你的旧账一笔勾销。"另一个流氓说，"不识相，今儿个要和你算了旧账，再缴你的钱。"

李白胸中早就憋着一团火气没有地方发泄，遇上这群流氓找上门来挑衅，他哪里肯让步？李白心想，你们来得正好，今天我不出了胸中的闷气，就不算是李广爷的后代！

人一旦真的动怒，往往会造出一种假象：怒发冲冠的时候，下手可能并不厉害；看上去冷静异常时，出手恐怕特别的凶狠。侯德在一旁一个劲儿地干笑，他是铁了心要找李白报前日之仇恨的。李白表面上看去，也是非常冷静。

"你是交钱买命，还是以命抵账，赶快选择！"文脸流氓逼李白。

"我们相互通融一下，好吗？"李白笑着，十分客气地说，"我在斗鸡场上赌钱，输得多，赢得少。今日好不容易来了些手气，遇上只好雄鸡，替我赢了一点钱，你们抬抬手，让我继续赌。赢了的钱，侯大爷拿六成，我李白只得四成，你们意下如何？"

"他妈的，"文脸流氓骂道，"你小子还想和我们大爷分成！赶快老老实实把钱全部交出来，否则没完!"

"不分成也行，"李白还是赔着笑脸，"下面这场，算我为侯大爷赌的专场。输了归我，赢了全归侯大爷，如何?"

"不行!"文脸流氓还是不肯让。

"让他继续赌。"侯德说话了，"不过，我的条件是，你必须拿命来赌：赌赢了，你以钱买命；赌输了，可别怪我侯某不讲情面，我要你以命抵钱!"

"好，我们一言为定。"李白痛快地答应下来。

侯德的手下选来一只高大壮实的雄鸡，与李白的雄鸡对垒。

斗鸡开始了。这场斗鸡，赌注下得很大，流氓们都投入到雄鸡双方的争斗中去了，他们希望李白的雄鸡快些被打败，结果了李白的性命，又好得一大笔钱财。李白却不注意斗鸡，他观察好退出的路线，趁流氓们不备，突然抽出水心剑，朝站在他身旁的文脸流氓劈去。剑光闪过，文脸流氓的左手四指一齐落地。剑的锋利，让文脸流氓一时感觉不到疼痛。

不等文脸流氓和其他人反应过来，李白已反身跨出了几大步，飞腿将侯德踢倒在地。侯德正在为他的雄鸡初战得胜而兴奋，想不到李白又是突然袭击，从身后给了他一脚。趴在地上的侯德还想叫人，右臂膀上接着中了一剑。剑锋拔出，一柱鲜血随之从侯德的臂膀上涌出，直痛得他在地上不停地翻滚。

这时，文脸流氓也抱着左手，坐在地上，痛得哇哇大叫。

一些流氓去救他们的侯大爷和文脸兄弟，另一些流氓来对付李白。而李白早看好了出路，他往斗鸡场侧门跑去，迅速解开侧门柱子上拴着的一匹棕马的缰绳，跃上马鞍，飞奔而去。

李白以剑作鞭，往棕马的屁股上啪啪抽了两下，两道血痕应声现出。棕马受了这从未受过的刺痛，疯了似的撒开四蹄，向前飞跃。流氓们一下被甩在后头，追赶不上了。

长安大街上，马蹄嘚嘚急响，有人躲闪不及，被撞倒在地。人们不知发生了什么事情，只见一个游侠，又像是一介布衣，手持利剑，伏在马上，飞驰而过。一眨眼儿，棕马便冲出了城门。

天已经黑了。李白坐在棕马上，立于长安郊外，他不知要往哪儿去过夜。许辅乾府上，他是不能去了，李白想。这些日子，许辅乾对他的行为极为反感。今天他又在外伤了人，许辅乾知道了，绝不会再留他住在府上，尽管他们有亲戚关系。在长安，除了许府，他李白还能上哪儿呢？刚才赢来的银两，飞奔时散落得所剩无几，住店肯定不够。再说，这时返回城中，侯德一伙不会找麻烦吗？但不回城，难道在荒郊野外过夜不成？还是要回城才好。

犹豫中，长安城内鼓声大作，城门在鼓声中徐徐关闭，吊桥也随之高高拉起。李白想进城，也进不去了。这一夜，他只能在野外度过。

黑暗中，李白下了马，坐在一个小土包上。

初夏，夜风清爽，却吹不散李白心头的阴云。他眼前浮现出长安城内那一条条宽阔笔直的青杨大道和绿槐长街，心里却清楚地感觉到，自己已经被逼往小路的尽头，再无路可走。愤懑之中，一首《行路难》脱口而出：

> 大道如青天，我独不得出。
> 羞逐长安社中儿，赤鸡白狗赌梨栗。
> 弹剑作歌奏苦声，曳裾王门不称情。
> 淮阴市井笑韩信，汉朝公卿忌贾生。
> 君不见昔时燕家重郭隗，拥彗折节无嫌猜。
> 剧辛乐毅感恩分，输肝剖胆效英才。
> 昭王白骨萦蔓草，谁人更扫黄金台？
> 行路难，归去来。

大道如青天，豁达宽广。从来以为生逢圣明时代，斯人逢斯世，鲲鹏可以展翅，上九天任其搏击。李白向来自信，他"文可以变风俗，学可以究天人"。可谁曾想到，所有的人，包括那些斗鸡赌徒、不学无术的豪门子弟，都能由大道通天。唯独他李白，面对青天，无路可行。这让他怎么能不愤怒？怎么能不失望？他大惑不解，感愤万千，为何"我独不得出"！

想起自己在长安街头，曾与浮浪子弟为伍，加入斗鸡赌徒之列，干浪荡赌博、嬉戏人生的勾当，李白真羞于启口。他简直不敢相信，自己也会流落到如此地步！竟希求通过这些不光彩的、极为荒唐下作的手段来获取官名！好在没有成为现实！好在它已成为过去！

其实，李白不必过于自责。英雄失路，总有潦倒之时。用杜甫的话说就是"英雄有时亦如此，邂逅岂即非良图"。哪个伟人不给后人留下几个议论纷纷、重新评说的话题？没有这跌宕起伏，人生还有什么意思，伟人还有什么味道？李白也想得清楚，韩信、贾谊年轻时不也和他一样，在市井受辱，遭权贵忌弃？他们不会在命运面前低头！

当然，站在某一点上，以今比昔，免不了会有今不如昔的感慨。李白想不通，当今皇上为何不像战国时期的燕昭王那样，高筑黄金台，广招天下贤士。可怜昭王的白骨点缀在草蔓之中，再不会有人来为他打扫黄金高台了！

"行路难，归去来！"李白浩叹一声，在长安郊外的荒野之中，天上人间，留下多少失意和怅惘！

天亮后，李白待出入城的高峰期过去，直到午后，城门口行人不多的时候，才徒步进城。一进城，李白便直接奔往西域饭馆，去找胡人姑娘阿里古朵。

"李大哥！"虽然仅有一面之交，相距也有八九个月的时间了，李白刚一出现在饭馆门口，阿里古朵便认出了他。"千秋节一别，你不再露面，我以为你早忘记了我们这小小的西域饭馆了。"

李白想打起精神来与阿里古朵说话，可经过昨日风波，晚上又在野郊过夜，人疲惫极了，他笑都笑得很没样子。

见李白神情疲惫，阿里古朵断定他一定有事。她不再多说，赶紧把李白让进饭馆的里屋。

李白把他的麻烦告诉阿里古朵，他说，他想尽快离开长安，可还有些东西放在许辅乾府上，要取出来，想请阿里古朵帮忙。

阿里古朵是个痛快人，她说："李大哥信得过我阿里古朵，我也一定让李大哥你满意。到了我这儿，就算到了安全地方。一切事情，我都会替你安排好。"

她把李白安顿在饭馆楼上的一间小屋里住下，让小伙计给李白打水，洗脸净手，送来好酒好菜，她陪着李白一起吃。酒足饭饱后，阿里古朵让李白一个人在小屋里好好休息，其他事不用担心，她自会找人替他办好。

李白真的放心了。他一觉几乎睡了一个对时，醒来，已是第二天的上午。

阿里古朵送来李白放在许辅乾府上的所有东西。她告诉李白，许府的人打听李白去了哪里，她派去的人说，李白已经离开了长安。她交代过取东西的人，让他替李白谢过许府，请许大人不必再为李白担心。阿里古朵还告诉李白，许府的人说，昨天有人到府上来找过李白，自称是李白的同乡。

"同乡？"李白想了想，一时想不起来川蜀会有什么人来长安找他。

"我想，可能是侯德手下的人冒充你的同乡，想打听你的下落。"阿里古朵说，"你在这儿多避几天，等风头过了，再走不迟。"

李白点头同意。

这天，西域饭馆很冷清。中午时分，本应是饭馆生意最好的时候，却没有食客进来。近黄昏时，李白在楼上的小屋里听见，饭馆来了一个客人。这人进门就和小伙计讨价还价。客人说了些什么，李白听不太清楚，他只觉得，这个客人的声音很熟。可仅从声音，李白无法判断这人到底是谁。他想下去看看，又担心惹出乱子，不敢随便露面。

楼下的讨价还价声消失了，估计客人已经和小伙计达成了协议，现在坐下来吃饭了。李白忍不住，还是想看看这个客人到底是谁。他轻手轻脚地走到木楼梯口，从上往下，探头张望。

客人正好坐在楼梯边上的餐桌旁。他背对着楼梯，低头吃饭。

身影很熟悉。是王炎。李白想起来，在终南山见到王炎，第一眼看见的也是他的背影。那会儿，王炎正在绘画。

没错，就是王炎。李白高兴了，他快步下楼，边走边招呼道："王炎，王炎兄弟！"

王炎回头，见李白从楼上跑了下来，大吃一惊。

来到王炎身旁，李白抓住他的双肩，使劲摇了摇，说："想不到在这儿遇见了你。我还以为，离开长安前，再见不着你了。"

"我也奇怪，你怎么会在这里？"王炎也很兴奋，他拉李白坐下，说，"我来长安，先去许府找你，没找到，还以为你已经走了。没想到，竟在这里巧遇。"

小伙计见客人是李白的朋友，态度明显改变。他主动打来一壶好酒，加了两个菜，给李白添了一双筷子。李白谢过小伙计，和王炎边喝酒，边聊了起来。

王炎告诉李白，他已经想通了，"终南捷径"并非捷径，在长安，他一时没有出路。"听人说，翻过秦岭，川蜀那边另有一片天地。我想去川蜀寻找机会，也许远离京城，成功的机遇更多。"

王炎问李白的打算，他邀李白与他同行。

"川蜀是你的老家，回到家乡，可能比在外地更方便，你很可能会如鱼得水。"

回川蜀，李白何尝不愿意。那里有生他养他的父母。李白不知道父母已经遇难，他一直感觉着，老父老母每时每刻都在盼他荣归故里。川蜀还有他的令狐兰，李白想到她，就恨不能生出双翼，飞回川蜀。可是，他至今功名无望，他不能回去！他在安陆已有妻室女儿，他不能不回安陆！想到这些，李白的情绪又回落到低点。他埋头喝酒，不再说话。

王炎见李白无言，知道他的话触痛了李白，后悔不该和他说功名之事。他换着话题想使李白从不愉快之中摆脱出来，可惜并不见效。

喝了一会儿闷酒，李白说："我也打算近日离开长安。不过，不回川蜀。回不回安陆，暂时也不能定。"

王炎无话可对。

"离开长安，我们兄弟就要分手。没什么可赠送，我李白只能赠诗一首给兄弟。要对兄弟说的话，也全写在诗中了。"李白说完，请小伙计找来纸笔，将他刚才想好的诗写下，郑重地送给王炎。

这首诗题为《送友人入蜀》。诗曰：

> 见说蚕丛路，崎岖不易行。
> 山从人面起，云傍马头生。
> 芳树笼秦栈，春流绕蜀城。
> 升沉应已定，不必问君平。

李白告诉王炎，蜀道崎岖险阻，路上处处重峦叠嶂，不易通行。自秦代以来，人们在悬崖绝壁之间，傍山架木，搭成栈道入蜀。人在栈道上行走，崇山峻岭迎面重叠而起，云气依傍着马头向上翻腾，真有腾云驾雾的感觉。蜀道险是险，不过，其险势之中自有它瑰丽的风光。蜀道上，林木繁茂；蜀城边，春水环绕；那如诗如画的景色，只被川蜀独占。

王炎怀着追求功名富贵的目的入蜀，李白劝他不要过于乐观。他说，人的官爵地位、进退升沉皆早有定局，不在个人所求。有了这个信念，你不必去问西汉时期有名的占卜大师严君平，也不用为成功与否悲伤兴奋，一切都以平常心态，安然处之才好。李白劝说王炎不要刻意追求功名，一切顺其自然，话讲得极有理智。可他自己却一辈子为功名所困。连自己都做不到的事情，还要劝说别人去做，又实在没有道理。王炎是否听得进去，可想而知。

阿里古朵从外面回来，知道王炎是李白的朋友，好意留王炎住下。李白和王炎非常感谢阿里古朵的盛情。

在这小小的西域饭馆里又住了三天。第四天一早，李白和王炎一同上路，离开京城。

阿里古朵一直把他们送出南门。

走过吊桥，高大的五孔明德门越缩越小，渐渐变得和五孔窑洞一般。长安都城永远被封在夯土城墙内，从城里走出来的人，应该感到庆幸和欣慰。城墙外面展现的是青山碧水，是广阔无垠的自然天地。可李白和王炎，却被一种巨大的失落感所笼罩，两人都觉得，长安城内无路可走，长安城外有路难行。

来到岔路口，李白和王炎道别。他们一个要往西南方向行，由秦川入川蜀；一个则往东去，回安陆还是再当游子，暂时未定。该说的话，三天四夜，已经说得够多的了。拉住王炎的手，李白只说了一句："兄弟，多多保重！"

王炎拉着李白的一只手，久久不肯放松，两行苦涩的泪水夺眶而出。

李白从怀里拿出一块白色的绢巾，放在王炎的手上，又说了一句："一路保重，兄弟。"说完，他转身先行。

王炎目送着李白的背影。背影延伸向远方，李白没有回头。王炎涕泗纵横，此去不知何时再与李白相见？他情不自禁地用握在手中的绢巾去揩泪水，一股浓郁的墨香止住了他的动作。

白色绢巾上写有数行枯墨草书。这是先天晚上，王炎睡着后，李白写下的《蜀道难》。

《蜀道难》，是李白一生创作的数千首诗歌中首屈一指的名篇。悠悠岁月，众说纷纭，嗟叹赞美，不知占用了后人多少笔墨文章。然而，诗中所描述的峥嵘嵯峨的蜀道山水，所表达的悲愤怅恨，所慷慨唏嘘的情感，令后人总有用不尽的笔墨、写不完的文章，每每有新的发现和新的研究成果诞生。蜀道之难，真是难于上青天！

　　王炎凄然读道：

　　　　噫吁嚱，危乎高哉！蜀道之难，难于上青天。
　　　　蚕丛及鱼凫，开国何茫然。
　　　　尔来四万八千岁，不与秦塞通人烟。
　　　　西当太白有鸟道，可以横绝峨眉巅。
　　　　地崩山摧壮士死，然后天梯石栈相钩连。
　　　　上有六龙回日之高标，下有冲波逆折之回川。
　　　　黄鹤之飞尚不得过，猿猱欲度愁攀援。
　　　　青泥何盘盘，百步九折萦岩峦。
　　　　扪参历井仰胁息，以手抚膺坐长叹。
　　　　问君西游何时还？畏途巉岩不可攀。
　　　　但见悲鸟号古木，雄飞雌从绕林间。
　　　　又闻子规啼夜月，愁空山。
　　　　蜀道之难，难于上青天，使人听此凋朱颜。
　　　　连峰去天不盈尺，枯松倒挂倚绝壁。
　　　　飞湍瀑流争喧豗，砯崖转石万壑雷。
　　　　其险也若此，嗟尔远道之人胡为乎来哉？
　　　　剑阁峥嵘而崔嵬，一夫当关，万夫莫开。
　　　　所守或匪亲，化为狼与豺。
　　　　朝避猛虎，夕避长蛇。
　　　　磨牙吮血，杀人如麻。
　　　　锦城虽云乐，不如早还家。
　　　　蜀道之难，难于上青天，侧身西望长咨嗟。

　　王炎挥泪朝蜀道走去。
　　李白朝东走，走的又何尝不是蜀道？
　　他的一生都在蜀道上行！

图书在版编目（CIP）数据

蜀道难 / 曾月郁, 周实著. -- 北京 : 中国文史出
版社, 2023.1

（李白三部曲 一）

ISBN 978-7-5205-3185-6

Ⅰ. ①蜀… Ⅱ. ①曾… ②周… Ⅲ. ①长篇历史小说
-中国-当代 Ⅳ. ①I247.5

中国版本图书馆 CIP 数据核字（2021）第 187216 号

责任编辑：薛未未

出版发行：**中国文史出版社**

社　　址：北京市海淀区西八里庄路 69 号院　邮编：100142
电　　话：010-81136606　81136602　81136603（发行部）
传　　真：010-81136655
印　　装：北京新华印刷有限公司
经　　销：全国新华书店
开　　本：720×1020　1/16
印　　张：22.75　　字数：361 千字
版　　次：2023 年 1 月第 1 版
印　　次：2023 年 1 月第 1 次印刷
定　　价：69.80 元